옥포동 명판관

두꺼비

옥포동
명판판
두꺼비

옛사람 씀 — 백순남 고쳐 씀

보리

겨레고전문학선집을 펴내며

　우리 겨레가 갈라진 지 반백 년이 넘어서고 있습니다. 그러나 함께 산 세월은 수천, 수만 년입니다. 겨레가 다시 함께 살 그날을 위해, 우리가 함께 한 세월을 기억해야 합니다.

　예부터 우리 겨레가 즐겨 온 노래와 시, 일기, 문집 들은 지난 삶의 알맹이들이 잘 갈무리된 보물단지입니다.

　그동안 남과 북 양쪽에서 고전 문학을 되살리려고 줄곧 애써 왔으나, 이제껏 북녘 성과들은 남녘에서 좀처럼 보기 어려웠습니다.

　북녘에서는 오래 전부터 우리 고전에 깊은 관심과 사랑을 보여 왔고 연구와 출판도 활발히 해 오고 있습니다. 그 가운데 〈조선고전문학선집〉은 북녘이 이루어 놓은 학문 연구와 출판의 큰 성과입니다. 〈조선고전문학선집〉은 가요, 가사, 한시, 패설, 소설, 기행문, 민간극, 개인 문집 들을 100권으로 묶어 내어, 고전을 연구하는 사람들과 일반 대중 모두 보게 한 뜻 깊은 책들입니다. 한문으로 된 원문을 현대문으로 옮기거나 옛글을 오늘의 것으로 바꾼 성과도 놀랍고 작품을 고른 눈도 참 좋습니다. 〈조선고전문학선집〉은 남녘에도 잘 알려진 홍기문, 리상호, 김하명, 김찬순, 오희복, 김상훈, 권택무 같은 뛰어난 학자분들이 머리를 맞대고 연구한 성과를 1983년부터 펴내기 시작하여 지금도 이어 가고 있습니다.

보리 출판사는, 조선민주주의인민공화국 문예 출판사가 펴낸 〈조선고
전문학선집〉을 〈겨레고전문학선집〉이란 이름으로 다시 펴내면서, 북녘 학
자와 편집진의 뜻을 존중하여 크게 고치지 않고 그대로 내는 것을 원칙으
로 삼았습니다. 다만, 남과 북의 표기법이 얼마쯤 차이가 있어 남녘 사람들
이 읽기 쉽게 조금씩 손질했습니다.

　이 선집이, 겨레가 하나 되는 밑거름이 되고, 우리 후손들이 민족 문화
유산의 알맹이인 고전 문학이 지니고 있는 아름다움을 제대로 맛보고 이
어받는 징검다리가 되기 바랍니다. 아울러 남과 북의 학자들이 자유롭게
오고 가면서 남북 학문 공동체가 이루어지는 날이 하루라도 앞당겨지기
바랍니다. 그리고 이 자리를 빌려 어려운 처지에서도 이 선집을 펴내 왔고
지금도 그 작업에 몰두하고 있는 북녘의 학자와 출판 관계자들에게 고마
운 마음을 전합니다.

2004년 11월 15일
보리 출판사 대표 정낙묵

차례

옥포동 명판관 두꺼비

서씨전

■ 일러두기

1. 《옥포동 명판관 두꺼비》는 북의 문예출판사에서 1992년에 펴낸 《옥포동기완록》을 보리 출판사가 다시 펴내는 것이다.

2. 고쳐 쓴 이와 북 문예출판사 편집진의 뜻을 존중하는 것을 큰 원칙으로 했으나, 맞춤법과 띄어쓰기는 '한글 맞춤법'을 따랐다.
　ㄱ. 한자어들은 두음법칙을 적용했고, 모음과 ㄴ 받침 뒤에 오는 한자 '렬'은 '열'로 '률'은 '율'로 고쳤다.
　　예 : 량식→양식, 뢰물→뇌물, 규률→규율, 치렬하다→치열하다

　ㄴ. 'ㅣ' 모음동화, 사이시옷, 된소리 따위의 표기도 '한글 맞춤법' 대로 했다.
　　예 : 도리여→도리어, 시내물→시냇물, 잠간→잠깐

3. 남에서는 흔히 쓰지 않는 표현이지만, 북에서 쓰는 입말들은 다 살려 두어 우리 말의 풍부한 모습을 살필 수 있게 했다.
　예 : 간해, 강구다, 굽석굽석, 그쯘하다, 까박, 깨깨(몽땅), 돌박, 망탕, 미시리, 바라오르다, 바르다(흔치 않다), 사품치다, 서발막대, 쓰겁다, 옥파(양파), 인차, 지내(너무), 쪼박, 쪼프리다, 찌꿍, 타발하다

4. 북의 문예출판사가 펴낸 책에 실려 있던 원문을 그대로 실었다. 다만, 오자를 바로잡고, 표기를 지금 독자들이 알기 쉽도록 고쳤으며, 몇몇 낱말은 한자를 병기하였다.

옥포동 명판관
두꺼비

옛사람 씀
백순남 고쳐 씀

영허 대사 짐승들 말을 알아듣는구려

이 세상에 온갖 짐승들이 살고 있구나.

어떤 무리들이 살고 있나 볼작시면, 몸뚱이에 날개고 털이고 비늘이고 없으며 조가비나 딱지에 싸여 있지도 않고 살이 그대로 드러나 보이는 나충이 삼천 종 있고, 공중을 나는 날짐승이 삼천 종, 땅 위로 다니는 길짐승이 삼천 종, 비늘 있는 짐승들이 삼천 종, 날개나 껍데기가 있는 벌레들이 삼천 종이나 된다. 이렇게 다섯 무리를 다 모아 볼 것 같으면 만오천 종이나 되는구나.

그중 입으로 소리를 내는 짐승들이 적지 않다. 길짐승들은 울부짖고 날짐승들은 지저귄다. 또 어떤 길짐승들은 길게 부르짖으며 어떤 날짐승들은 짧게 지저귄다.

짐승들 무리가 수없이 많으나 그것들이 내는 소리 가운데 같은 것은 하나도 없다. 또한 짐승들이라 해서 아무 뜻 없이 소리를 내는 것이 아니다. 짐승들이 모인 데서 한 놈이 소리를 지르면 다른 놈들은 그것에 대답하고 따르는 것을 볼 수 있다. 그러니 짐승들이 내는 소리가 어찌 사람의 말과 같지 않다 하랴.

사람들도 생긴 모양이야 제가끔 다르나 사람이라는 점에서는 다 같지 않은가. 한데, 같은 사람이라도 사는 나라가 다르고 말이 다르면 서로 통하지 않나니, 오직 다른 나라 말을 배운 사람만이 다른 나라 말을 알아들을 수 있다. 사람들이 제 나라 사람이 아니면 무슨 말을 하는지 알아들을 수 없기는, 새나 짐승의 소리를 듣고 무슨 뜻인지 알기 어려운 것과 다름이 없다.

총명하고 지혜로운 사람이 있어 그이가 온갖 짐승들이 내는 소리를 다 알아듣는다고 하면, 말도 안 되는 소리라고들 할까?

옛날 반야산 반야사에 늙은 중이 있었다. 법명은 혜총慧聰이고 당호는 영허靈虛이다.

영허 대사는 어려서부터 총명하여 열한 살부터 반야사에서 도를 닦았다. 어린 나이에 속세를 떠나 깊은 산속에 살아 짐승들이 울부짖는 소리와 새들이 지저귀는 소리를 오래 들었더라. 대사는 어떤 짐승 소리라도 분간하지 못할 소리가 하나도 없고 무슨 뜻인지 모를 소리도 전혀 없었다.

어느 날 영허 대사는 짚신 신고 지팡이 짚고 산에 올라 경치를 구경하였다. 경치가 하도 좋아 산속으로 점점 깊이 들어가 웬 곳에 이르니 그곳이 옥포동玉浦洞이었다. 산봉우리에 구름이 두터이 끼고 바위들이 우뚝우뚝 솟아 있고 숲이 우거진 속에서 봄풀이 향기를 내뿜으니 영허 대사 몸에도 그 향기가 스며든다. 천천히 숲을 거닐던 영허 대사는 문득 발걸음을 멈추었다.

평퍼짐한 둔덕 위에서 궁노루 여남은 마리가 제가끔 달리기도 하고 공중으로 껑충 뛰어오르기도 하면서 사방에 대고 큰 소리로 외치고 있었다.

"널리 알리옵나이다. 노루 어른이 내일 이곳에서 어머님 생일잔치를 차리니 많이들 와 주시기 바란다 하옵니다. 우리 산천의 벗님네들 누구라 할 것 없이 아침 일찍 모두 와 주옵소서."

그러자 숲 속 여기저기서 짐승들이 대답하였다.

"알았다."

"알았소."

"알았소이다."

영허 대사는 궁노루가 외치는 소리를 다 듣고 혀를 두른다.

'내일 여기서 별스런 구경거리가 벌어지겠구나. 꼭 와서 구경하리라.'

노루 어머님 생일잔치가 벌어졌구려

이튿날 이른 새벽에 일어난 영허 대사는 밥을 서둘러 먹고 곧바로 옥포동으로 갔다. 짐승들이 빽빽한 나무 사이 바위 굴에 몸을 숨기고 이리저리 두리번두리번 살피면서 모여들더니만 생일잔치가 시작되기를 기다리고 있었다.

이윽고 저쪽 나무 사이에서 아침 해가 두둥실 솟아올랐다. 산봉우리에 짙게 끼었던 젖빛 안개가 걷히기 시작하자 온 천지가 환히 밝아 왔다.

조금 있자 저마다 생김새가 다른 짐승들이 하나둘 모여들기 시작하였다. 날아오는 놈, 달려오는 놈, 공중에서 날개를 푸드득거리며 내려오는 놈, 땅을 헤집고 나오는 놈, 별의별 짐승들이 다 있다. 한참 동안 모여드니 헤아릴 수 없이 많아 짐승들이 마구 뒤섞여 있었다. 어떤 짐승들은 점잖이 앉아 잔치가 시작되기를 기다리고, 어떤 짐승들은 자기 벗을 찾아 소리를 지르면서 왔다 갔다 부산을 피웠다.

뭇짐승들 속에 섞여 있던 원숭이가 앞으로 뛰쳐나왔다.

"여러분, 아침 일찍 오시느라 수고하셨소이다. 그런데 이처럼 갑자기 모여서는 잔치가 차례도 없고 분수도 없소이다. 이쯤 되면 사람들도 정신이 없겠는데 하물며 우리 같은 짐승들이야 더 말해 무엇 하겠소이까? 그러므로 여러분들 가운데서 차례를 바로잡고 생일잔치를 주관할 분을 골라 집사 일을 맡기는 것이 좋을까 하오이다. 집사를 뽑고 나서야 앉을 자리를 정할 수 있고 규율과 질서도 바로잡을 수 있소이다. 그러니 뭇짐승들의 신망이 두터운 분에게 집사의 소임을 맡기는 것이 어떻겠소이까?"

주인 노루가 천천히 일어나 원숭이를 보며 말하였다.

"재빠르고 영리하기로는 당신보다 나은 짐승이 없소이다. 그러니 당신이 집사 소임을 맡아보길 바라오."

주인 노루의 말에 원숭이는 머리를 가볍게 흔들면서 사양하였다.

"오늘 생일잔치에는 손님들이 많이 오셔서 주관할 일도 번거로울 것이오이다. 제가 아무리 총명하다 해도 문필을 두루 갖춘 분만은 못할 것이오이다. 그러므로 여기 모인 짐승들 가운데서 문필을 갖춘 분을 추천하여 집사 소임을 맡기는 것이 좋을까 하오이다."

원숭이의 말이 끝나기 바쁘게 무리 속에 섞여 있던 토끼가 깡충깡충 뛰쳐나왔다. 토끼는 자신만만하여 짐승들을 휘둘러보고 말하였다.

"참으로 문필을 갖춘 짐승을 추천해야 하오. 우리 집안은 본디 문필을 갖춘 대갓집이오이다. 우리 조상 모영毛穎* 할아버지는 옛적에 궁중 문서며 임금의 명령을 적은 문서 들을 맡아보는 벼슬을 지냈다오. 또한 보잘것없는 우리 가문을 일떠세운 중시조 모수毛遂 할아버지는 춘추 시대에 사신으로 외국에 갈 것을 자청하고 가서 문제를 간단히 해결하고 돌아왔소이다. 그 일로 모수자천毛遂自薦이라는 말도 생겨났고 후세에까지 명성을 떨쳤소이다. 우리 조상님들이 대대로 스스로를 천거하여 일을 성사시켰으니, 오늘 생일잔치를 주관할 집사 소임을 나 말고 누가 맡을 수 있겠소이까?"

토끼가 스스로 나서자 원숭이가 소리 내어 웃으며 말하였다.

"집사 소임 맡을 자를 됨됨이와 문필을 보지 않고, 집안이니 문벌이니 하는 것만 보고 정한다면, 그자는 머리에 든 것이 없어 직책을 다하지 못할 것이며 자리만 지키고 앉아 공밥만 먹게 되오이다. 어찌 그릇된 것이 아니오이까?

그대가 모영의 후손이라고 하지만 과연 조상을 넘어설 만한 재능을 가지고 있소이까? 그대가 비록 그 옛날 명성이 드높던 모수의 후예라고 하지만 그를 따를 만한 재능을 가지고 있소이까? 십 년이면 강산도 변한다는데 십 년이 수백 번이나 바뀌어 옛날과 지금이 같지 않소이다. 그대의 선조들은 옛적에 문필로 이름을 떨쳤으나 지금 당신 집안은 뭐 아무런 평판도 얻지 못하고 있소

---

* 털로 만든 붓이라는 뜻으로, 붓을 달리 이르는 말이기도 하다.

이다.

　지금 세상에 위로는 황궁과 조정과 관아에서 아래로는 시골에 이르기까지 글 짓는 곳마다 명성이 자자한 짐승으로 족제비만 한 분이 없소이다. 요즘 문인들은 한결같이, '지금 세상에서 족제비를 보지 못한다면 더럽고 인색한 싹이 다시 마음에 자리 잡게 되느니.' 하고들 있소이다. 문인들이 족제비를 아끼고 사랑하는 것이 이와 같으니 오늘 생일잔치를 주관하는 일은 오직 족제비만이 감당할 수 있소이다."

족제비를 집사로 추천하자 뭇짐승들이 모두 찬성하였다. 그러자 스스로 집사로 되려던 토끼는 민망하여 두덜거리며 물러갔다.

"모수의 후손인 내가 이리 스스로 물러가는 신세가 되었으니 선조를 욕보이는구나!"

그 말에 모두가 떠나가라 웃었다.

이리하여 족제비는 뭇짐승들의 추천으로 집사 소임을 맡았다. 족제비는 사양하지 않고 제법 신이 나서 우쭐렁거리며 나왔다.

"집사가 할 일은 문서를 처리하고 사무를 집행할 따름이오이다. 규율을 세우고 질서를 바로잡자면 먼저 웃어른을 높이 모신 다음 짐승들을 법도로 다스려야 하오이다. 여기 모인 분들 가운데서 윗자리에 앉을 만한 분으로는 몸가짐이 진중한 사슴, 재빠르고 영리한 원숭이, 약삭빠른 여우, 임기응변에 능한 토끼오이다.

　사슴, 원숭이, 여우, 토끼는 윗자리에 앉을 만한 자질을 갖추고 있으나, 저야 겨우 집사 일을 맡았을 뿐이니, 누구를 윗자리에 모실지 이래라저래라 하기도 어렵소이다. 이 네 분 가운데서 나이 많은 것 하나로 윗자리에 앉을 분을 고른다면, 그분이 어떻게 뛰어난 재주를 지닌 이나 덕을 많이 쌓은 분을 호령하겠소이까? 이런 여러 가지를 두루 생각해서 알맞은 분을 추천하자면 여러분들 생각엔 누구를 윗자리에 모시겠소이까?"

뭇짐승들이 누구를 윗자리에 모셔야 하는가를 놓고 다들 제 주장을 내세우니 의견들이 분분하였다. 어떤 짐승은 원숭이를, 어떤 짐승은 사슴을 추천하면서 옥신각신하다 나니 소란스러웠다.

이때 큰 두꺼비가 시냇가 풀숲에서 어기적거리며 천천히 생일잔치 판으로 들어왔다. 두꺼비는 숨이 차 헐떡거리면서도 뭇짐승들에게 정중히 인사하였다.

"여러분, 편히들 오셨소이까? 저는 지나가던 나그네이온데 마침 성대한 생일잔치가 있다 하여 뒤늦게야 왔소이다. 《주역》에 보면 '늦게 온 나그네를 존경하고 후대하라.' 하였으니, 저를 예로 맞으신다면 어느 자리를 내주시겠소이까?"

집사인 족제비는 몸집 작고 험상궂게 생긴 두꺼비를 보고 빈정거렸다.

"너같이 못과 숲에 사는 미물이 무슨 앉을 자리를 논하느냐? 썩 물러가 있다가 먹다 남은 찌꺼기나 먹어라."

족제비가 하는 말에 두꺼비는 어이가 없는 듯 하늘을 우러러 소리 내 웃으며 말하였다.

"그대가 과연 집사란 말인가? 뭇짐승들이 모인 이 자리에서 너한테 집사 소임을 맡긴 것은, 네게 학식과 지각이 있어서인가? 아니면 예의와 법도가 있어서인가? 외려 식견도 없는 주제에 웃어른을 몰라보고 업수이여기다니, 쯧쯧!

내 말을 들어 보아라. 이 세상에 존경할 만한 것이 세 가지가 있나니, 첫째는 높은 벼슬을 지낸 것이고 둘째는 나이가 많은 것이며 셋째는 덕을 많이 쌓은 것이다. 나는 비록 몸집이 작고 볼꼴 없이 생겼지만 이 세 가지를 모두 갖추고 있느니라. 그러니 오늘 생일잔치에서 두 번째 자리를 권해도 앉지 않을 것인데 도리어 나더러 썩 물러가 있다가 찌꺼기나 먹으라고? 그게 무슨 말 같지 않은 소리냐?"

너 소싯적 벗 손오공의 후손이로구나

족제비가 미처 입을 열기 전에 원숭이가 뛰쳐나왔다.

"너는 도대체 웬 놈이냐? 쪼꼬마한 놈이 어른들 모인 곳에서 버릇없이 어찌 그리 배짱만 두둑하냐? 너 같은 미물이 생일잔치에 들어온 것만도 분에 넘치거늘, 감히 윗자리를 넘본단 말이냐? 도대체 네 나이는 몇 살이나 났으며 어떤 벼슬을 지냈는지, 덕을 얼마나 닦았는지 자세히 여쭈어라. 네 말이 참으로 거짓이 아니라면 내 마땅히 네게 윗자리를 내주고 어른으로 모시겠노라. 어서 말해 보아라."

다시 한 발자국 앞으로 나온 두꺼비는 눈을 부릅뜨고 원숭이를 눈여겨 쏘아보더니 천천히 입을 열었다.

"눈이 오목눈처럼 움푹 패어 들어가고 이마가 벗겨진 걸 보니 너는 원숭이가 아니냐? 너는 본디 재빠르고 아는 것도 많으니 이런 질문을 할 만도 하구나.

 내 나이를 알려거든 너희 시조 손오공의 나이를 헤아려 보아라. 손오공은 내 소싯적 벗이었나니, 오공이는 동승신주東勝神州 오래국傲來國 화과산花果山 수렴동水簾洞에서 나서 자라 만 년 동안이나 도를 닦아 둔갑술 일흔두 가지 재주를 가지고 있었지. 나는 그보다 나이가 많았지만 오공이의 재능을 사랑하여 허물없이 벗으로 사귀었나니 그런 지가 벌써 수천 년이 되는구나. 오공이와 함께 지낸 일을 들려줄 터이니 잘 들어라.

 옛날 큰 바다 밖에 밤이 긴 나라 장야국長夜國이 있었다. 장야국 왕은 나와 손오공에게 신비스러운 재능이 있다는 소문을 듣고 선물을 넉넉히 보내오면서 예의를 갖추어 자기 나라로 초청하였지. 하여 나와 손오공이 장야국으로 갔더니 그 나라 왕은 멀리까지 친히 마중 나와 귀빈으로 대해 주더구나. 우리가 궁궐에 들어가 자리를 잡고 앉자 왕이 자리에서 일어나,

 '우리 나라가 하늘 밖에 치우쳐서 밤이 긴 나라가 되었소. 두 분의 신기한 재주로 해를 이곳으로 옮겨 와 어둠을 밝혀 주시면 길이길이 은혜로 될 것이오. 두 분께서는 수고로움을 아끼지 마시고 힘써 도와주기를 바라오.'
하면서 제 소원을 풀어 달라고 간청하더군.

 본디 총명하고 사리에 밝은 오공이가 머리를 가볍게 흔들면서 말하였지.

 '임금님이 해를 옮겨 올 생각이 있었으면, 해 열 개가 하늘에 떠 있을 때 청하지 않고 왜 해가 아홉은 사라진 뒤에야 청하오이

까? 이제 하늘에 해가 하나밖에 없는데 그것을 장야국으로 옮겨 오면 여기야 밝힐 수 있으나 다른 곳은 밤이 긴 나라로 될 것이오 이다. 또 이 세상의 가운데 땅은 하느님께서 다스리는 나라오이다. 우리가 해를 장야국으로 옮겨 올 수는 있으나 하느님께서 벌을 내리시면 어찌하리까? 그렇게는 못하겠소이다.'

그러더니 소매를 떨치고 뒤도 돌아보지 않고 가 버리더구나. 오공이가 쌀쌀하게 거절하자 왕은 몹시 당황하면서 내 두 손을 꼭 잡고 거듭 청하였느니라.

'두 분이 수고로움을 마다하지 않고 모처럼 우리 나라에 왔으니 과인이 어려운 청을 드린 것이오. 귀한 분들께 허물 될 말을 하였으나 해를 끌어 오고 싶은 마음은 참으로 누르기 어렵소. 손오공이 말한 것처럼 이 세상의 가운데 땅은 하느님이 몸소 다스리는 나라인 만큼, 해를 이곳으로 옮겼다 해서 어찌 다른 해가 그곳을 다시 밝게 비추지 않겠소.

그리고 해를 옮긴 일 때문에 하느님께서 벌을 내린다 해도 그것은 과인이 받는 것이지 공들이 받는 것은 아니오. 공의 재주에 대해서는 일찍부터 잘 알고 있는데 그 뛰어난 재능이면 해를 옮기는 일쯤은 한순간에 할 수 있을 것이오. 손오공처럼 매정하게 거절하여 과인을 실망시키지 마오.'
하고 간절히 부탁하였느니라.

나는 본디 성질이 너그럽고 후더분하기 때문에 장야국 왕의 간절한 청과 후의에 감동해 차마 거절하지 못하고 승낙하고 돌아왔느니라.

그해 사월 초하루 신묘일에 나는 혼자 해를 옮기러 갔지. 해를 한품에 안아 장야국으로 옮기려 할 때, 해 속에 있던 금까마귀가 눈치를 채고 급히 하느님께 날아가서 해를 도적질해 간다고 고하더구나. 그러자 하느님은 노발대발하면서 나를 인간 세상으로 쫓아냈지. 물론 내 잘못이고, 부끄럽게도 일을 이루지 못해, 내 스스로 자랑삼아 이야기할 것은 못 되지만 조금도 숨김 없이 말하였느니라.

또 한 가지 일을 이야기할 터이니 들어 보아라.

장야국에서 돌아온 너희 시조 손오공은 그 뒤 경루瓊樓 아래 삼천 년 만에 한 번 열리는 복숭아가 달린 것을 보고 먹고픈 마음을 누르지 못해 몰래 훔쳐 먹다가 선관에게 들켰구나. 이 일이 바로 알려져, 하느님은 붉으락푸르락하면서 곧바로 석가모니에게 손오공을 양계산兩界山 돌박 속에 가두라고 명령을 내렸지. 하여 손오공은 오백 년이나 돌박 속에 갇혀 있었구나.

그 뒤 손오공은 기한을 마치고는 삼장 법사를 만나 그곳을 떠나 서천으로 갔노라. 여든한 가지 죽을 고생을 다 겪으면서 서천에 닿았는데, 그곳에서 대장경을 빌려 가지고 돌아와 당 태종에게 바쳤지. 손오공이 삼장 법사를 스승으로 모시고 서천으로 갈 때 나는 손오공을 바래 주러 약수弱水 가까지 갔더랬구나. 오공이는 헤어지는 섭섭함을 가누지 못하여 내 손을 굳게 잡고 눈물을 흘리면서 이렇게 말하였다.

'노형과 영영 헤어지자니 차마 발길이 떨어지지 않소이다. 저희 자손은 초산楚山과 신양申陽 두 곳에서 살고 있소이다. 노형이

이 땅에 살면서 우리 자손들을 찾아봐 줄 수 있소이까?'

손오공과 헤어진 뒤 나는 부탁을 잊지 않고 초산과 신양에 사는 오공이의 자손들을 찾으려고 두루 알아보았지. 초산에서 살고 있는 자손들은 번성하였더구나. 그런데 그중에 일청一靑이란 자가 있었는데 미친 도사가 되어 몰래 남의 술을 훔쳐 먹다가 들켜 잡혔구나. 술을 훔쳐 먹은 죄로 그자는 바위틈에 갇혔다가 삼 년 만에 돌로 변해 버렸지. 지금껏 돌인 채로 양강공楊康公이라는 사람의 집에 놓여 있느니라.

신양에서 살고 있는 자손들은 늙은 쥐의 소굴을 빼앗아 제멋대로 나라를 세우고 제후라고 하였더구나. 그 뒤 이덕봉李德逢이라는 사람에게 다 잡혀 죽게 되자 삼삼오오 떼를 지어 사방으로 흩어져 갔다고 하더구나.

그래 너는 신양의 자손이냐? 아니면 초산의 자손이냐? 오늘 우연히 너를 보니 감회가 더욱 새롭구나."

두꺼비의 이야기가 끝나자, 원숭이는 벌떡 일어나 두 귀를 잡고 어쩔 줄 몰라 거듭 절하였다.

"저는 다만 전해 오는 이야기를 듣고 손오공 할아버님이 시조로 된다는 것만 알고 있었을 뿐 근거로 될 만한 문서는 여태 보지 못하였소이다. 저희 집에는 그리 오래지 않은 호적이 있어 본적지가 초산이라는 것만 알고 내력과 갈래에 대해서는 전혀 몰랐소이다.

오늘 우연한 기회에 선생을 만나 귀중한 말씀을 듣고서야 우리 선조의 내력과 가계를 자세히 알게 되니 기쁜 마음 누를 길이 없소이다. 선생을 뵈오니 마치 손오공 할아버님을 뵙는 심정이오이다. 지금 저 윗자리가 비어 있사온데 선생께 양보할 때라고 생각하오이다."

벼가 사슴 너희 까마득한 조상의 은인이니라

곁에 있던 사슴이 후닥닥 일어나 원숭이를 쏘아보며 발끈 성을 냈다.

"내가 늘 당신의 경솔한 행동을 좋아하지 않았으니 바로 이 때문이오. 오늘 이 생일잔치는 당신을 위해 차린 것이 아니며 또 여기 당신네 족속들만 모인 것도 아니지 않소? 저 두꺼비가 참으로 당신네 시조 손오공의 벗이었다고 해도, 그대는 생일잔치에 온 손님일 뿐인데 뭇짐승들을 무시하고 제 마음대로 저자에게 윗자리에 앉으라고 허락할 수는 없소. 그리고 당신은 두꺼비가 나이 많다는 것만 듣고 어떤 벼슬을 지냈는지 자세히 알지도 못하면서 어찌 경솔하게 윗자리에 앉으라고 할 수 있소? 당신은 그럴 수 있다 하더라도 누가 그 아랫자리에 앉겠소?"

그 말에 두꺼비는 뭇짐승들에게 다시 점잖게 절하고 이번에는 사슴을 쏘아보며 말했다.

"훤한 차림새와 청아한 목소리로 보아 당신은 사슴이구먼. 내가 나이 많다는 것이야 방금 들어서 잘 알 것이오. 내가 지낸 벼슬을 알고 싶소? 그렇다면 들어 보오.

내가 장야국 왕의 부탁으로 몰래 해를 옮기려다가 들켜 인간 세상으로 쫓겨났을 때는 마침 황제黃帝가 다스리던 때였소. 그때 군사를 일으켜 싸움질을 즐기는 치우蚩尤라는 자가 난리를 일으켜 세상이 말이 아니었소. 황제는 내가 용맹이 뛰어나고 지략이 있다는 것을 알고 가까이 불러 전쟁터에 나아가 싸우라고 하였소. 당시 대장 역목力牧이라는 이는 안에서 군사 일을 주관하였고, 나는 전쟁터로 달려가 군사를 거느리고 치우와 싸웠소.

그때 당신네 시조는 내 부하로 녹 각간鹿角干이라는 벼슬을 하고 있었소. 우리는 온 힘과 지혜를 다하여 적과 싸웠으나 승패가 쉬이 가려지지 않았소. 원래 치우라는 자는 무쇠로 된 이마에 짙은 안개를 뿜는 재주를 가지고 있어 쉬이 물리칠 수 없었소. 전장에 나아가 삼 년이 되도록 힘껏 싸웠지만 승전보를 올리지 못하였소. 그 당시 싸움이 얼마나 가열하고 어려웠던지 내 손은 활에서 떨어질 새가 없었다오. 그 때문에 내 팔이 보시다시피 이렇게 안으로 휘어들었소. 또한 말에서 내릴 새가 없어 다리도 점점 안으로 휘어든 것이오. 내 팔과 다리를 보면 그때 적들과 싸우느라 얼마나 힘들었는지 잘 알 수 있을 것이오.

황제가 삼 년이 다 가도록 이겼다는 보고가 올라오지 않자, 지남거라고, 쇠를 끌어당기는 힘을 가진 수레를 만들었소. 그러고는 지남거를 전쟁이 한창인 탁야涿野로 끌고 나와 치우의 무쇠 이마를 끌어당겨 사로잡았소. 이리하여 싸움은 끝이 났다오. 승리를 축하하며 신하들의 공로를 표창할 때, 황제가 당신네 시조 녹 각간에게 탁야 땅을 주었소. 그래서 그곳을 녹 각간이 다스리는 탁야라는 뜻으로 흔히들 탁록涿鹿이라고 하였으며 당신네 선조 이야기가 널리 퍼져 나갔소.

그 뒤 당신네 선조 중 또 다른 이는 녹 각간이 공을 세운 덕택에 은나라 살림을 맡아보는 탁지부에 있게 되었소. 그이가 녹대鹿臺에 있는 임금의 재물을 맡아보고 나는 그때 녹대 제조라는 벼슬을 하고 있었소. 얼마 뒤 주나라 무왕이 은나라를 정벌할 때, 당신 선조가 맡아보는 곳의 재물이 다 없어졌소. 그 책임으로 당신네 선조는 관직을 박탈당하고 오랑캐 쪽으로 도망쳤고, 나는 그 죄에 함께 엮이어 벼슬이 깎이고 '섬이'라는 고장의 자사로 내려갔소."

조용히 앉아 두꺼비의 이야기를 듣던 원숭이가 물었다.

"섬이는 어느 곳에 있사오이까?"

"섬이는 강남에 있는데 사람이 못 사는 고장이오. 지금의 '경애 담이瓊崖儋耳'라는 곳을 말하오. 세월이 꽤 흘러 말세에 이르러서는 사람들이 교활해져서 참뜻은 뒷전에 밀어 놓고 형식만을 숭상하다 나니 '두꺼비 섬蟾'자에서 벌레 충虫 대신 사람 인人자로 바꾸었다오. 그래서 섬 자가 멜 담儋 자로 바뀌었으니, '담이'가 바로 옛적 '섬이'라오."

두꺼비 이야기가 계속 이어진다.

"목왕穆王의 시대가 되어 나는 백경伯冏이라는 사람을 대신하여 태복정太僕正 벼슬을 할 때였소. 그때 나는 팔준마를 잘 부려 임금의 총애를 받던 조보造父라는 이와 함께 팔준마를 타고 천하 강산의 명승지를 찾아다니며 두루 구경하였소. 그때 신선이 사는 요지라는 못가에 차린 연회에 참가하여 신선들이 마시는 자하주를 마셨소. 지금 내 눈이 충혈돼 보이는데, 그게 다 그때 자하주를 마셨기 때문이라오.

그 뒤 목왕이 북쪽 오랑캐 견융犬戎을 치려 하였소. 그러자 충신인 채 공蔡公이 견융을 쳐서는 안 된다고 간곡히 간하였소. 허나 임금은 그 말을 듣지 않고 견융을 공격하였소. 왕은 이 싸움에서 많은 전과를 거두었으며 수많은 오랑캐들을 사로잡았소. 포로들을 바치는 날 그들 속에 흰 사슴 네 마리가 있었소. 내가 그들에게 집안 내력을 자세히 물었더니, 그중에 좀 나이가 있어 보이는 사슴이 녹대의 후손이라고 하였소. 그래서 나는 반가워 그를 껴안으며 그들 모두를 천거하여 벼슬을 하게 하였다오.

세월이 흘러 미친 진시황이 만리장성을 쌓는 역사를 벌였을 때였소. 황제는 나와 장수 몽염蒙恬에게 성 쌓는 일을 감독하게 하였소. 그때 역사에 끌려 나온 군사들과 백성들이 자잘한 연장을 가지고 성을 쌓느라고 애를 썼으나 산이 가파르고 돌이 커서 잘 움직이지 못하는 것을 보고 내가 등으로 져 날라 주어 성을 쌓았소. 그때 큰 돌을 져 나르느라고 내 손과 발에 굳은살이 박이고 뼈가 상하여 내 주제가 이리되었소.

오랑캐 나라로 도망친 당신네 조상은 조고趙高라는 자를 따라

망이궁望夷宮으로 들어갔소. 그자는 사리사욕을 채우려고 임금도 서슴없이 죽이는 자였소.

어느 날 조고가 조정의 벼슬아치들이 어찌 나오나 보려고, 사슴을 가리키며 말이라고 하였소. 다른 신하들은 어처구니없어 말을 못하였는데 당신네 조상은 조고에게 아첨하면서 조고의 말이 옳다고 하였소. 조고가 충신의 말을 받아들이지 않고 간신의 말만 들으니 나라의 정사는 날마다 어지러워졌으며 백성들의 원성은 높아 가고 세상이 어수선해졌소.

초야에 묻혀 살던 많은 영웅호걸들은 당신네 조상이 조고를 섬겨 나랏일을 그르치는 것에 분개하면서 쫓아낼 것을 결의하였소. 끝내 당신네 조상은 중원으로 쫓겨나고 말았소. 중원으로 왔으나 누구 손에 죽을지 몰라 항상 불안하였을 게요. 어느 날 당신네 조상은 뛰어난 재간과 날랜 발로도 당할 수 없어 거록성鉅鹿城에서 한 태조에게 사로잡혔소.

다시 백 년쯤 지나 무제가 다스릴 때, 나라에서는 사슴 가죽으로 돈을 대신하자는 의견이 분분하였소. 그때 나는 나이도 많고 건강도 좋지 않아 벼슬을 그만두고 초야에 묻혀 살았소. 그 뒤부터 당신네 조상 일에 관해서는 알지 못하니 더 말할 것이 없구려.

내 나이로 보아도 역대의 모든 임금들을 다 받들고 벼슬을 두루 지냈으니 그것을 하나하나 헤아리기도 어렵소. 당신네 선조와 함께 조정에서 지낸 벼슬을 꼽아 봐도, 황제 시대에 대장군 벼슬, 은나라에서 녹대 제조 벼슬, 주나라에서 태복정 벼슬, 진나라에서 감동 벼슬 들이오. 내가 두루 지낸 벼슬을 주욱 돌이켜 보면

오늘 이 생일잔치에서 윗자리에 앉는 것만으로는 외려 모자라지
않소?"

두꺼비 말이 끝나자 사슴은 후닥닥 일어나 그에게 절하고 삐죽삐
죽 내민 뿔을 땅으로 숙이며 잘못을 빌었다.

"제가 문헌을 살펴 선조의 행적을 보았더라도 선생을 존경하는
마음이 일었을 터인데, 선생께서 지난 일을 전해 주었으니, 이제
라도 자손 된 자로 어찌 존경하는 마음이 아니 들겠소이까? 비단
저만의 생각이 아닐 것이며 누가 보더라도 모두가 우러를 만큼
높은 벼슬자리에 있었으며 연세도 높으시니 우리들 중에 누가 감
히 윗자리를 차지하겠소이까? 공께서 윗자리에 앉기를 간절히
바라오이다."

용궁의 토끼를 살려 번 것이 이몸이라오

토끼가 벌떡 일어나 말하였다.

"윗자리에 모실 어른을 어찌 한두 분 마음대로 정하려고 하오이까?"

그러고는 두꺼비에게 말하였다.

"당신은 나이도 많고 높은 벼슬을 지냈으며 덕을 지니고 있다고 말하였소. 나이가 많고 높은 벼슬을 지냈다는 것이야 사실이든 거짓이든 이미 들어서 알겠소. 허나 당신이 덕을 많이 쌓았다고 하는데 쌓았으면 어느 만큼이나 쌓았길래 큰소리를 치는 것이오?"

그 말에 두꺼비는 사방을 휘둘러보고 이어 토끼를 쏘아보며 풀떡거리더니 성난 투로 말하였다.

"호물때기 같은 주둥이와 긴 수염을 보니 토끼가 분명하도다. 그대 같은 꼴을 해 가지고도 덕을 입에 올리다니, 만물치고 떳떳하고 밝은 덕을 숭상하지 않는 자가 없다는 것을 잘 알겠구려.

덕을 말하자면, 그 뜻이 참으로 깊고 크며 그 세계가 지극하므로 함부로 가벼이 이야기할 수 없소. 또한 덕은 자기가 쌓고 싶다고 해서 마음대로 쌓을 수 있는 것이 아니오. 만물이 이 세상에 생겨날 때에 어째서 다 타고난 덕이 없겠소만, 물욕이 쏠려 들고 바깥에서 객기가 침범하여 스스로 버리게 되는 것이오. 이렇게 타고난 착한 본성을 점점 잃어 가면서 전혀 깨닫지 못한 채 도리어 으스대는 것이라오.

내가 보건대 어진 이는 타고난 성품을 따르면서 그 덕을 온전히 지키는데 이것은 지혜로 행하는 것이고, 성품을 수양하여 덕을 닦기도 하는데 이는 그다음 가는 것으로 이로운 것을 행하는 것이며, 또한 배워서 덕을 알고 되살리기도 하는데 이것은 그다음다음 가는 것으로 힘써 행하는 것이오. 허나 덕을 이루기는 마찬가지라오.

그러니 몸으로 익히고 마음에 거리낌이 없고 수양을 쌓아 행동에 옮기면 그것이 바로 세상을 도와 백성들을 다스리는 도가 아니겠소? 지금까지 이야기한 것을 간단히 줄여 한마디로 말하면 인의예지仁義禮智를 아우르는 것이오. 이것을 행하는 방도는 대바르고 곧으며 강하고 부드러움을 몸에 익히는 것이라오. 이것이 모두 어진 사람들이 지니고 있는 덕이오.

내가 감히 논할 것은 아니지만 선한 것을 좋아하고 악한 것을 미워하며 생명을 소중히 여기고 죽임을 미워하는 마음이 있으면

이 또한 훌륭한 덕을 닦은 것으로 되오. 나는 한생을 살아오면서 착한 일은 여색을 좋아하듯 즐겨 하였으며, 악한 것은 악취를 싫어하듯 미워하였소. 살릴 수 있는 것을 살리면서 미처 다 살리지 못할까 봐 마음이 조급해 서둘렀고, 죽을죄를 지은 자를 죽일 때도 마지못해 죽였소. 내가 한평생 살아오면서 선한 일을 한 것과 목숨을 살린 일을 하나하나 들면서 그대에게 증명하기란 번거로운 일이오.

하지만 나에게 덕이 있느냐 없느냐 물었으니, 그대의 선조와 관련된 일만 추려 말하겠소.

내게 은섬銀蟾이라는 막냇동생이 있다오. 그 아이는 일찍부터 옥황상제를 가까이 모시고 있었소. 내가 해를 훔치다 들켜 인간 세상으로 쫓겨난 날 옥황상제가 은섬을 불러들여 말하였소.

'네 형이 해를 도적질하다가 발각되었구나. 네 형이 큰 죄를 지었으니 너도 벌을 받아야 한다. 너는 이제 여기를 떠나 달을 지키는 일로 옮겨야 할 것이니라.'

이어 옥황상제는 은섬을 달나라 궁전의 문지기로 임명하였소. 그리하여 은섬은 옥황상제를 가까이 모시지 못하고 달나라로 가서 그곳 일들을 맡아보았소.

그대의 선조 옥토끼는 옛날 유궁有窮이라는 나라의 후예后羿 임금을 가까이 모시고 있으면서 왕비 항아와 몰래 사통하였소. 그런데 얼마 안 돼 항아와 간통한 사실이 드러나 옥토끼는 곧 죽을 목숨이었다오.

그때 나는 옥토끼의 현명함을 사랑하고 있던 터라 그가 잡히면

영락없이 죽을 것을 걱정하여 곧바로 이 소식을 은섬에게 전하였소. 내 기별을 받은 은섬은 바람을 채찍질하며 달려와 옥토끼와 항아를 데리고 달나라로 갔소. 은섬은 옥토끼에게 달나라 궁전에서 몸을 보존하면서 약 빻는 일을 하게 하였소. 옥토끼의 곁갈래 일가붙이인 명시明視 들도 우리 집에 숨겨 두고 목숨만은 보존하게 하였소. 옥토끼가 죽을 처지에 빠진 것을 살려 내는 일이 나와 내 동생 은섬이가 할 일은 아니었으나, 목숨 구하기를 좋아하여 내 스스로 한 일이라오. 이게 바로 덕으로 한 일 아니겠소?

다른 일도 들어 보오. 그 뒤 진나라 때 장수 몽염과 함께 그 기나긴 성 쌓는 일을 감독할 때였소. 어느 날 몽염은 멀리 중산中山까지 사냥을 나가 그대 선조인 모영을 비롯한 일가붙이를 다 사로잡아 가지고 돌아왔소. 당시 그 나라에서는 사로잡은 적의 목을 치는 것을 높이 보았으며, 목을 쳐서 머리를 바치는 것이 국법이었소. 장평에서 승리한 진나라가 조나라 군사 수십만을 죽여 묻어 버렸다는 말은 들어 봤을 게요.

모영도 그날 하마터면 머리가 잘릴 뻔하였고 자손들도 씨도 남지 않게 될 위험에 놓였소. 목숨이 경각에 이르렀단 말이오. 나는 모영을 만난 적은 없으나 모영의 재주가 뛰어나다는 말을 들은지라 몽 장군더러 말하였소.

'장군, 들으니 모영은 글재간이 뛰어나 선비들 속에서 이름을

• 토끼를 이르는 말. 《예기》에 "토끼는 자라면서 눈이 밝게 트기 때문에 명시라 한다."고 쓰여 있다.

날리고 있다 하오. 모영을 뽑아 쓰면 천하를 이롭게 할 수 있다고 다들 한목소리로 말하고 있소. 다행히 장군이 재간 있는 모영을 손안에 넣었으니, 이는 이 나라가 번영하고 문물제도가 번성할 좋은 징조며 천하를 다 차지할 조짐이오. 그러니 사로잡은 자를 죽여서는 안 되며 현명한 자를 없애서는 안 될 것이오. 사로잡은 모영을 죽이지 않고 요긴하게 쓴다면 장군에게는 어진 생명을 살려 주는 덕이 있게 될 것이고, 나라에는 재능 있는 인재를 얻는 이로움이 있게 될 것이며 또한 모영을 살려 주면 그가 어찌 살려 준 은혜를 배반하겠소?'

이 말에 몽 장군은 몹시 기뻐하면서 말하였소.

'훌륭한 가르침이오. 정말 뜻이 지극하구려.'

몽염은 곧 궁궐 안에 있는 장대章臺를 맡은 관리에게 사로잡은 자들을 바치면서 내 말대로 모영을 살려 줄 것을 청하였소. 당시 시황제始皇帝는 천하의 폭군으로 소문이 났으나 몽염의 말을 듣고 모영을 살려 주었다오. 그리고 모영에게 궁중의 서기를 맡아 보는 중서 벼슬을 맡겼는데 황제의 총애가 매우 두터웠소. 그리고 세월이 흘러 모영이 나이 들자 관성管城˚ 땅을 떼 주고 제후로 봉하였으며 여생을 편안히 보내게 하였소. 나는, 죽은 몸이나 다름없는 모영에게 살길을 틔워 주어 온갖 부귀를 누리도록 하였으나, 그가 내게 은혜 갚을 것을 바라고 그런 것은 아니었소. 죄 없이 죽을 목숨 살리는 것을 좋아하여 한 일이니, 곧 덕으로 그를

˚ 붓대를 성, 곧 영토에 견준 것.

살려 준 것이라오.

또 들어 보오. 그 뒤 수백 년이 지나 내가 북해 용왕에게 손님
으로 놀러 갔을 때 있은 일이오. 용왕은 병으로 앓고 있었소. 그
는 자기 병에 토끼의 간이 좋다는 말을 듣고 주부 벼슬을 하는 자
라를 시켜 빨리 뭍으로 나가 토끼를 데려오라고 하였소. 자라는
곧 뭍으로 나와 사방으로 토끼를 찾아다녔소. 어느 날 자라가 토
끼를 만나서 달콤한 말로 꾀니, 토끼가 그 말에 넘어가 자라를 따
라 용궁으로 들어왔소.

용궁으로 들어온 토끼는 자기 간을 용왕의 병에 쓰려고 한다는
것을 알고 말하였소.

'용왕님, 저는 천지 신령의 후손이오이다. 그래서 저는 다른
짐승과는 다르오이다. 보름이면 새끼를 가져 낳을 때는 입으로
토해 낳는지라, 오장육부도 다른 짐승과 다르옵니다. 간만 하여
도 저는 보름날 전후로 꺼냈다 넣었다 하오이다. 지금이 마침 꺼
내 놓았던 간을 넣을 때인데 용왕님의 부르심을 받고 급히 오다
나니 미처 간을 넣지 못하고 왔소이다. 용궁으로 들어올 때에 저
자라가 제 간을 용왕님의 병에 쓰려고 한다고 한마디라도 귀띔해
주었더라면 왜 넣어 가지고 오지 않았겠소이까?'

토끼의 간곡한 말에 용왕은,

'네가 감히 나를 속이려 하느냐? 이 세상에 배 안에 있는 간을
꺼냈다 넣었다 하는 짐승이 어디 있느냐?'

하면서 노발대발하였소.

용왕은 좌우에 있는 신하들에게 토끼의 배를 갈라 간을 꺼내라

고 영을 내렸소. 그러자 신하들이 칼과 도끼를 들고 와락 달려들어 토끼를 도마 위에 묶어 놓고, 막 배를 가르려고 하였소.

그때 나는 죄 없는 토끼가 죽게 된 것이 불쌍해 위험을 무릅쓰고 앞으로 나섰소.

'저도 토끼란 짐승이 밑구멍 근처에 구멍이 셋 있어 그중 하나로 간을 꺼냈다 넣었다 한다는 말을 들어 잘 알고 있소이다. 토끼에게 구멍이 세 개 있는지 없는지 확인해 보고 참말로 있으면 저 토끼의 말이 거짓이 아니니 죽여서는 아니 되오이다.'

하고 말하였소. 용왕은 곧 신하들에게 살펴서 똑똑히 확인하라 하였소. 신하들이 달려들어 묶은 것을 풀고 토끼의 꼬리를 쥐고 자세히 살펴보니 과연 구멍이 셋 있었소. 그것을 확인한 용왕은 마음을 정하지 못하고 우물쭈물하였소.

그러자 어두참정 벼슬을 하는 잉어를 비롯하여 여러 신하들이 다 같이 아뢰었소.

'저 토끼에게 구멍이 셋 있기는 하오나 간을 넣었다 꺼냈다 할 까닭이 없사오니 배를 갈라 보시옵소서.'

여기저기서 신하들이 토끼의 배를 갈라 보자고 고집하였소.

그들이 노는 꼴을 보니 그냥 놔두었다가는 죄 없는 토끼가 죽겠기에 나는 다시 용왕에게 말하였소.

'용왕님, 토끼에게 간이 있는지 없는지 확인하려고 배를 갈랐다가, 만약 간이 있으면 다행이지만 토끼 말대로 간이 없으면 어찌하겠소이까? 죽은 토끼는 다시 살릴 수 없소이다. 그러면 결국 간을 얻지도 못하고 불쌍한 토끼만 죽이고 마오이다. 이렇게 되면 생명을 아끼고 사랑하는 용왕님의 덕에 흠이 생기는 것 아니 겠소이까? 저 토끼가 간을 꺼내서 맑고 깨끗한 곳에 잘 두었다 하오니, 신하들 가운데서 뭍의 지리에 능한 자를 함께 보내서 가 져오게 하면 용왕님의 병을 고치는 데 긴요하게 쓸 수 있소이다. 만약 토끼 말이 거짓이라 해도 다시 붙잡아 오는 것이 무에 어렵 겠소이까?'

그렇게 나는 토끼를 죽이지 못하도록 하였소. 용왕은 한동안 아무 말 없이 가만있다가 내가 한 말이 모두 옳다고 하였소. 그리 고 뭍에 능한 자라와 문어를 비롯 수십 마리의 신하들을 불러 빨 리 토끼를 데리고 갔다 오라고 하였소.

용궁 신하들이 지켜보는 가운데 용궁을 나온 토끼는 뭍에 오르 자 재빨리 깡충깡충 뛰어 숲 속으로 들어가 자취를 감추었다 하 오. 토끼를 데리고 왔던 신하들은 그가 사라진 쪽을 멍하니 바라 보다가 빈손으로 돌아와 사실대로 용왕에게 아뢰었소.

그러자 용왕은 대번에 낯빛을 바꾸면서,

'선생은 무엇 때문에 토끼란 놈을 두둔하면서 살려 보내지 못 해 안달하였소? 그놈과 무슨 사이요?'

하고 꾸짖기에 내가 말하였소.

'저도 토끼 말이 거짓이라는 것을 알고 있었사옵니다. 허나 그 를 살려 돌려보낸 것은 사실 용왕님을 생각해서 그렇게 한 것이 지 토끼를 위한 것은 아니었소이다. 나라를 다스리는 임금의 도 리는 제 욕망을 누르고 사람뿐 아니라 이 세상 만물에게 은혜를 베풀며 다른 이의 고통을 자기 고통처럼 여겨야 하오이다. 병신이나 앓는 자나 의지가지없는 자들도 살아갈 수 있도록 잘 보살펴 주어야 하오이다. 그러시면 용왕님의 덕이 하늘에 알려져 상제께서 보우하사 건강을 되찾음은 물론 자손 대대로 복을 받고 길함을 얻을 것이옵니다.

헌데 어찌하여 지금 용왕님께서는 그리하지 않으시고 용렬한 의원의 말만 듣고 용왕님만 살겠다고 토끼를 죽이려 하오이까? 이것이 과연 덕을 베푸는 일이오이까? 용왕님이 덕을 쌓고 덕스럽게 움직여 다스린다면, 병은 덕을 이기지 못하오이다. 덕을 닦으면 오래 앓던 병도 저절로 낫게 되오이다. 그런데 만약 자기를 위해 토끼를 희생시키는 모진 마음을 가지신다면 백성들은 도탄에 빠져 신음할 것이며 원성이 높아질 것이오이다. 이리되면 끝내는 이 세상 모든 토끼의 간을 약으로 써도 병은 낫지 않소이다. 용왕님이 지금도 토끼의 간을 얻지 못한 것이 후회가 되신다면 제 간을 약으로 쓰옵소서. 제 간이 토끼 간보다 더 좋은 것이오니 기꺼이 용왕님께 드리겠소이다.'

그러고는 허리에 차고 있던 칼을 뽑아 배를 가르려고 하였소. 그것을 본 용왕은 몹시 놀라 자리에서 벌떡 일어나 칼 쥔 내 손을 붙잡고,

'선생, 이게 도대체 무슨 경거망동이오? 과인이 어리석고 덕이 없어 도리에 어긋나게 욕심을 부리고 예의에 어그러지는 일을 거리낌 없이 하며 주색에 빠져 스스로 얻은 병인데, 그것을 깨닫기는커녕 잔인한 의원의 말만 듣고 또다시 못할 짓을 할 뻔하였소. 오늘 다행히 선생의 밝은 가르침을 받아, 죄 없는 토끼를 죽이지

않을 수 있었구려. 또 덕을 닦으라 권하는 선생의 타이름을 받으니 내 마음이 진정될 뿐 아니라 상쾌해지는 것이, 마치 무더위에 익원산을 먹은 것 같고 이른 아침에 청심환을 먹은 것 같소.'
하며 잘못을 사죄하였소.

용왕이 잘못을 진정으로 뉘우치므로 나는 왕에게 말하였소.

'바라옵건대 용왕님은 제 말을 조금도 어기지 마옵소서. 마음을 너그럽게 가지고 착한 천성을 수양하고 덕을 닦으면서 한동안 지내시면 약을 쓰지 않아도 병은 곧 나을 것이오이다.'

내 말을 달게 받아들인 용왕은 곧 옥에 있는 자들을 모두 용서하여 놓아주고 선정을 베풀었소. 또한 덕을 닦기 위해 노력하자 얼마 뒤 병이 다 나았다오.

뒷날 내가 용궁을 떠나려고 왕에게 인사를 드리러 갔는데 그는 나 때문에 병이 다 나았다고 거듭 고마워하며 헤어지는 것을 섭섭히 여겨 진귀한 보물을 많이 주었소. 나는 용왕의 뜻을 고맙게 여기면서도 그것을 받지 않고, 다만 너그럽고 어진 마음으로 나라를 잘 다스려 달라는 부탁을 남기고 용궁을 떠났다오.

십 년이 지나 우연히 종남산終南山을 지나다 보니 토끼들이 굴에 집을 짓고 살아가고 있었소. 그때 내가 듬직하게 생긴 토끼 한 마리를 만났는데 낯이 익어서 눈여겨보니 기억이 어렴풋이 안겨 왔소. 토끼도 나를 이윽토록 바라보다가 땅에 엎드려 절하고,

'은인이여! 은인이여! 오늘 마침내 그토록 찾아뵙고 싶던 은인을 만났소이다. 저는 십 년 전에 용궁에서 하마터면 죽을 뻔한 토끼오이다. 천만다행히도 공의 덕택을 입어 죽을 뻔한 목숨이 살

아서 고향으로 돌아왔소이다. 공 덕택에 다시 태어났으니, 공은 제 어버이와 다름없소이다. 고향으로 돌아온 저는 생명의 은인을 찾아 고맙다는 인사라도 올리려고 하였사오나, 그때 너무 혼이 빠져서 어디선가 또 자라를 만날까 봐 두려웠소이다. 그래서 감히 냇가나 못가에는 가까이 가지도 못하고 이렇게 깊은 산에 집을 짓고 숨어 살았는데, 그런 지 십 년이나 되오이다.'

하고 말하는 것이었소. 토끼를 만나 며칠 즐거운 나날을 보내고 가던 길을 계속 갔소.

내가 용궁에서 토끼를 살려 준 것도 무슨 보답을 바라고 그런 것은 아니었소.

예부터 군자는 남의 덕은 즐겨 말하지만 자기 덕은 입에 올리지 않는 법이오. 내가 먼저 이런 일들을 스스로 자랑하려던 것은 아니었소. 다만 당신이 내게 무슨 덕이 있느냐고 물으니 그대 선조들과 나 사이에 있었던 사실을 간단히 말한 것이오."

토끼는 기쁨과 슬픔이 한꺼번에 갈마드는 모양이었다. 그는 깡충 뛰어 일어나 두꺼비에게 큰절을 올렸다.

"저는 종남산에서 살던 선조의 십이 대 손이고 중산中山에서 살던 모영의 사십이 대 손이며 달나라에서 살던 옥토끼의 팔십이 대 손이오이다.

세상에 역사책이 전하고 있으므로 어설프게나마 선조의 일을 알고 있었소이다. 하여 공이 말씀하신 대로 선대에 그런 일이 있었으며 남의 도움을 받아 살아났다는 것도 알고 있었소이다. 하지만 선조를 구해 준 은인이 바로 공인 줄은 정말 몰랐소이다.

지금 다른 분들이 모두 공에게 윗자리를 양보하였는데, 저는 윗자리가 아니라 윗자리의 윗자리, 아주 높이높이 머리 위로 떠받들어 모시고 싶소이다."

이때 족제비 집사가 일어나서 말했다.

"해가 하늘 꼭대기에 떠올랐는데 잔치 시작이 늦어 가오이다. 앉을 차례를 정해야 할 터인데 아까는 두껍 공이 없었소이다. 윗자리에 앉을 만하신 분으로 네 분이 나섰댔는데 지금 세 분이 두껍 공에게 양보하였소이다. 두껍 공을 윗자리에 모시자는 의견이 사분의 삼으로 반수가 넘으니 공을 웃어른으로 모시고 자리를 정해 앉은 뒤, 잔을 들고 풍악을 잡히는 것이 좋을까 하오이다."

여우 네까짓 놈이!

그때였다.

홀연 여우가 눈을 부릅뜨고 콧살을 찡그리며 나서더니 혀로 주둥이를 감빨고 나서 말하였다.

"나는 반대요, 반대. 저 두꺼비를 웃어른으로 모시지 못할 까닭이 세 가지나 있소. 오늘 이 생일잔치는 털짐승들 잔치인데 저 두꺼비가 윗자리에 앉는다면 이것은 도리어 나그네를 주인으로 모시는 것과 다름이 없으니 첫째로 안 될 일이오. 자그마한 동물이 우리같이 큰 동물을 마주 대할 수는 없소. 그리고 두꺼비는 못과 숲에서 사는 작은 짐승인데 우리보다 윗자리에 앉는다면 이것은 쪼꼬마한 것이 큰 짐승을 업신여기는 것으로 되니 이것이 둘째로 안 될 일이오. 우리는 모두 주인이 청하여 왔으나 저 두꺼비는 청하지도 않았는데 제 발로 찾아들어 온갖 달콤한 말로 꾀어 우리

보다 윗자리를 차지하게 되니 이는 늦게 온 나그네가 도리어 어른 대접을 받는 것으로, 셋째로 안 될 일이오. 그러므로 저 두꺼비가 윗자리에 앉기에는 그 자리가 너무 아깝지 않소?"

여우가 지껄이니 두꺼비는 기분이 상한 듯 고개를 돌려 보고 나서 쓴웃음을 지었다. 그러고는 여우를 쏘아보며 느직느직 입을 열었다.

"저 노란 눈동자와 간사한 목소리로 보아 너는 여우가 분명하구나. 천하에 간사하고 악한 자를 만나면 차라리 자리를 피하고 아무 말도 하지 말자 하였는데, 내가 꿀 먹은 벙어리처럼 입을 봉하고 가만있으면 네 간악한 심보로는, 네가 더러워서 피하는 줄 모르고 오히려 너를 두려워해서 그러는 줄 알 것이다. 너는 못된 버릇이 점점 자라, 가는 곳마다 방자하게 굴었으니 바로 죽지도 못할 게다.

오늘 나를 만난 것이 너에게는 정말 다행한 일이로다. 지금 내가 하는 말은 윗자리를 차지하려고 하는 말이 아니라 어리석은 너를 깨우쳐 주기 위함이니 잘 들어라.

네가 첫째로 반대하는 까닭은 내 몸에 털이 나지 않았다는 것인데, 털이 났느냐 아니 났느냐 하는 것이 무에 그리 중한 것이냐? 이 세상 만물 중에서 가장 귀한 것은 사람이다. 그래, 사람에게 털이 있느냐? 이 세상에서 용이 지극히 신령스러운데 그래 용에게 털이 있더냐? 나한테 털이 있느냐 없느냐를 가지고 까박을 붙이면서 시비질하는데, 그렇다면 어째서 고슴도치를 추천하여 윗자리에 모시지 않느냐?

예부터 거룩한 어른들은 남과 다른 이상한 생김새로 세상에 이름을 날렸느니라. 아득한 옛날에 신농씨라는 제왕이 있었는데 몸은 사람 몸뚱이고 머리는 소 대가리로 되어 있었지만 누구보다 위에 앉아 천하를 다스렸느니라. 그리고 복희씨라는 제왕은 뱀의 몸뚱이에 사람 머리로 되어 있었지만 천자의 자리에 앉아 세상을 다스렸다. 그래 네 주장대로 하면 이 제왕들이 만백성 위에 앉아 천하를 다스린 것이 잘못으로 되는데, 과연 그러하냐?

네가 둘째로 반대하는 까닭은 내 몸이 작다는 것인데, 너는 어찌도 그리 말하는 것이 좀스럽냐? 인간 세상의 도리로 보아도 사람이 '크다', '작다' 말하는 것이 어찌 겉모양을 보고 말하는 것이겠느냐? 사람들 가운데서 됨됨이가 크고 뛰어난 분은 대인이라 하여 어른으로 되는 것이고, 그렇지 못한 자는 소인으로 되는 것이다.

《논어》라는 옛글에 '소인'이라는 말이 나오는데 이 말은 사람의 몸집이 작은 것을 말하는 것이 아니니라. 또 《주역》에 '나라를 다스리는 임금은 대인을 가려 신하로 쓴다.' 하였는데, 어찌 사람의 몸집이 큰 것을 말하는 것이겠느냐?

그러면 잘 들어라. 옛날 송나라에 포布라는 사람이 살았는데 키가 구 척이나 되도록 컸구나. 그는 일을 감당할 만한 능력이 없어 맡은 일에 의심이 많았기 때문에 사람들이 소인이라고 하였지. 그와는 반대로 제나라 안영룡嬰이라는 사람은 키가 몹시 작았으나 도량이 컸으므로 모두가 큰 재상이라고 칭찬하였다. 또한 제나라에 말재간이 능란한 순우곤淳于髡이라는 사람이 있었는데 키가 여섯 자도 안 되었다. 순우곤이 초나라에 사신으로 갔는데 초나라 임금은 그가 키가 작은 것을 보고 난쟁이라고 여기면서 거만하게 대했지. 허나 순우곤은 조금도 주눅 들지 않고 도리어,

'신이 키가 작고 허리는 한 자도 되지 않지만 팔 척 장검을 차고 있소이다. 그러므로 예의 도덕도 모르는 임금의 머리를 단칼에 벨 수 있소이다.'

하고 큰소리를 쳤더랬느니라. 이어 순우곤이 초나라와 제나라 사이의 이해관계를 한바탕 역설하자, 임금은 자기 나라에 온 사신을 업신여기고 욕보인 것이 두려워 거듭 잘못을 빌고 순우곤을 윗자리에 모셨느니라.

내 허리는 한 치도 아니 되지만 만 길 되는 장검을 차고 있나니 간사하고 교활한 자의 머리를 단숨에 벨 수 있다. 네가 주장하는 것처럼 몸집이 큰 것으로 앉을 자리를 정한다면 용왕이 외려 고래보다 아랫자리에 앉아야 할 것이며, 기린이 코끼리나 낙타 뒤에 서야 하며, 황제가 키 큰 자들이 사는 대인국에 가면 신하 자리에서 엎드려야 할 것 아니냐?

사람이건 짐승이건 늙으면 젊을 때 건장하던 몸도 살이 다 빠져 뼈만 앙상하게 남는구나. 또 갈비뼈가 줄어드니, 앉으면 무릎이 귀를 지나가고 정수리가 어깨와 나란해지느니라. 이렇게 되면 젊을 때 건장하던 자도 어린아이 같아지지 않겠느냐?

너희 집에도 할아버지, 할머니, 아버지, 어머니가 있겠지. 그이들은 이제 늙어서 몸이 쇠약해졌을 게다. 그러니 건장한 너보다 못할 것이다. 그래, 여우 너희 집에서는 앉을 자리의 차례를 몸집

이 크고 작은 것으로 정하느냐? 이치가 이와 같은데도 네 말이 옳다고 우기겠느냐?

내가 윗자리 앉는 것을 반대하는 셋째 까닭은 내가 주인이 청하지 않았는데도 왔다는 것인데, 그것을 가지고 시비질하고 또 온 순서대로 자리에 앉자고 하니 참으로 어리석기 짝이 없는 말이다. 대장부가 이 세상에 나서 처신하는 도리로 말하면, 여유작작하고 때에 맞게 행동하는 것이니라. 그 때문에 불러도 가지 않을 곳이 있으며, 그와 반대로 불러 주지 않아도 갈 만한 곳이 있는 법이다. 아니 그러하냐?

어찌 소인배들처럼 도시락밥 한 그릇 때문에 부르지도 않았는데 제 발로 찾아가 아첨하며, 또 술 한잔 놓고 청한다고 해서 주책머리 없이 가겠느냐?

옛날에 공자는 이웃 나라에서 부르지 않았는데도 스스로 제나라도 가고 양나라도 찾아갔느니라. 이는 다 도를 베풀러 간 것이다. 또 양화陽貨라는 자가 성대한 잔치를 베풀고 공자를 귀한 손으로 부른 일이 있지만 공자께선 가지 않았다. 그것은 양화가 예의 도덕을 모르는 자였기 때문이니라.

오늘 내가 옥포동을 지나다가 마침 생일잔치를 만나 주인이 청하지 않은 자리에 스스로 온 까닭은, 첫째로는 주인이 어머님께 바치는 효도를 더욱 빛내기 위해서이며, 둘째는 여러분들에게 이 자리가 예사로운 자리가 아닌 성대한 잔치이기 때문이니라.

오늘 생일잔치의 주인이 여우 너이고 여기에 참석한 귀한 손님들이 모두 너와 같다면, 아무리 산해진미로 상을 차리고 높은 권세로 불렀더라도 나는 절대 오지 않았을 게다. 내가 오늘 여기 온 것은 사실 노루 어머님의 생일을 축하하고 잔치를 빛내기 위해서 이다. 그런데도 주인이 청하지 않았는데 왔다고 해서 내가 잘못한 것이란 말이냐? 또 주인이 손님을 대접하는 것은 대체로 그 손님이 어진가 어질지 못한가에 따라서 하는 것이지 어찌 온 순서에 따라서 하겠느냐?

옛날에 양 효왕梁孝王이 토끼 동산에 호걸들을 많이 부르자 여기저기서 문객들이 많이 모여 왔다. 그때 사마상여가 맨 나중에 도착하였으나 '설부雪賦'를 지어 바치자 모두가 사마상여에게 윗자리를 양보하였지.

그뿐 아니라 등왕각滕王閣이라는 전각에서 아흐레 동안 크게 잔치를 베풀었을 때도 문인들이 많이 모였는데, 마침 왕발王勃이라는 사람이 그곳을 지나가다가 그 자리에서 바로 '등왕각서滕王閣序'를 지어 바쳤느니라. 잔치를 베푼 염공閻公은 뒤늦게 온 왕발의 글을 보고 깜짝 놀라 천재라고 칭찬하며 귀한 손님이 앉는 윗자리로 모셨다.

또 옛날 조나라 평원군은 진나라가 침범하자 그를 물리치려고 사람이며 물자를 다 동원하는 한편 이웃인 초나라와 동맹을 맺으려고 초나라를 찾아갈 재사 스무 명을 고르는데, 열아홉을 고르고 나서 한 사람이 모자랐구나. 이때 모수라는 사람이 찾아와 자기도 함께 갈 것을 청하였지. 그러자 평원군은 모수더러,

'송곳은 주머니 속에서도 삐죽 나오는 법이라, 뛰어난 사람은 가만히 있어도 알려지는 법이오. 허나 당신은 이제껏 알려진 것

이 없구려.'

하면서 모수의 청을 물리쳤다. 허나 모수는 뜻을 굽히지 않고 힘껏 주장하여 끝내 사신 일행에 끼어 초나라로 갔느니라. 평원군과 열아홉 명의 재사가 다 초나라 왕을 설득하는 것에 실패하였을 때, 모수가 나섰지. 모수는 칼을 꺼내 초왕 앞에 들이밀면서, 두 나라의 이해관계를 사리에 맞게 설명하고 동맹은 초나라를 위한 것임을 말하였다. 모수의 논리 정연한 말에 초왕은 마침내 동맹을 허락하고 곧 자기 나라 정승을 파견하여 진나라를 물리치게 하였느니라.

이웃 나라와 동맹을 맺고 돌아오자 평원군은 모수더러,

'모수 선생이 세 치밖에 안 되는 짧은 혀로 백만 군사를 움직였도다.'

하고는, 모수를 윗자리에 모셨느니라.

그래, 여우 네 말대로 하면 사마상여, 왕발, 모수가 뒤늦게 와서는 윗자리를 차지한 것이 모두 잘못된 일이란 말이냐? 어서 말해 보아라."

사리 정연한 두꺼비의 논박에 말문이 막힌 여우는 꼬리를 털고 두 귀를 쫑긋거리면서 대꾸질을 하였다.

"네가 한 말은 조리가 서 있어 조금도 꾸민 것이 아니라고 여긴다. 허나 나이가 많고 높은 벼슬을 지냈으며 덕을 많이 쌓았다고 하는데, 나는 두꺼비 네 말을 조금도 믿지 못하겠구나. 하지만 말로는 너를 당할 수 없고 네 거짓을 증명할 수가 없으니 더는 말하지 않겠다.

네가 높은 벼슬을 지냈으며 나이도 많고 덕을 쌓았다 해도 그 것은 지내 허망한 것 아니냐. 옛사람들이 말하기를, '덕은 가볍기가 털과 같다.' 하였느니라. 옛사람들이 덕을 털에다 댄 것을 보면 털이 난 자들에게만 덕이 있다 해야 옳거늘, 어떻게 털도 나지 않은 네게 덕이 있겠느냐?

또 어떤 이가 말하기를, '사람은 이가 난 것으로 나이를 센다.' 고 하였으니, 이빨이 난 자만이 나이도 많고 또 존경할 만도 하거늘 이도 없는 네게야 무슨 나이를 논할 것이 있겠느냐?

그리고 벼슬이라 하는 것은 조정에서 귀히 여기는 것인데 축에 빠지는 너 같은 것이 어찌 그에 해당하랴."

두꺼비는 하늘을 보며 소리 내어 웃었다. 그러고는 여우에게 말하였다.

"일찍부터 나는 여우 네가 간사하고 교활하다는 것을 알고 있었다. 허나 어찌 이처럼 아둔할 줄이야 알았겠느냐? 옛사람들이, '덕은 가볍기가 가느다란 털과 같다.' 한 것은, 덕이 모습도 없고 냄새도 없으므로 가볍기가 털과 같다는 것이며, 덕을 이루는 사람들이 적다는 것을 빗대어 말한 것이다. 어찌 살가죽에 붙은 털을 말하는 것이겠느냐. 성현들의 덕은 물론이거니와 우리 짐승들로 말하더라도 옛글을 보면 알 수 있다. '용의 덕은 치우침이 없나니.' 하는 말이 있고, 또 '봉황이여, 봉황이여. 태평세월에 나타나고 어지러운 세상에는 숨어 나타나지 않는 것이 네 성품인데 어찌하여 이같이 어지러운 세상에 나왔느냐?' 하는 구절이 있느니라.

용이나 봉황은 본디 털이 없건마는, 그들에게 덕이 있다고 옛글에 쓰여 있느니라. 그러니 내 몸에 털 한 오라기 없다고 해서 네가 어찌 감히 나더러 덕이 있느니 없느니 말할 수 있느냐?

또 네가 주장하는 것처럼 이를 가지고 나이를 센다면, 이 세상에 오래 산다는 십장생을 보자꾸나. 그중에 거북이와 학이 있는데, 그래 너는 이가 난 거북이를 보았으며 이가 난 학을 보았느냐? 거북이와 학을 미루어 보더라도, 나한테 이가 없는 것으로 나이가 많지 않다 할 수 있겠느냐?

내가 높은 벼슬을 지냈다는 것을 놓고 말해 보자. 물론, 지금 병부를 차고 있지 않고 다만 전직만 있으므로 아는 게 없는 네가 알아듣도록 증명하기 어렵다. 허나 들어 보아라.

옛날 장안성 동문 밖에 참외나 심어 먹고 살던 소평邵平이라는 사람이 있었는데, 그가 지난날에 동릉후東陵侯라는 벼슬을 지냈다고 누가 생각이나 했겠느냐? 또 오현 저자에서 굴러다니는 군졸이 누가 남창위南昌尉 벼슬을 지낸 매복梅福이라는 사람임을 알았겠느냐?

지나간 일을 돌이켜보는 것은 마음만 상하게 하고 쓸쓸하게 할 뿐이니 자질구레하게 말할 필요가 없다."

그 말에 여우는 잠자코 있다가 다시 말하였다.

"그대는 과연 이야기 주머니라고 할 만하오. 청산유수 같은 말솜씨를 당해 낼 수 없구려. 나이가 많으면 마음도 총명해져 보고 들은 옛일을 마음속에 적는다고 하였는데 그대가 우리 선조 내력을 찬찬히 이야기할 수 있겠는지?"

여우 말에 두꺼비는 손바닥을 싹싹 비비고 웃으면서 대답하였다.

"옛 책에, '도가 서로 다르면 함께 일을 도모하지 못한다.'고 하였느니라. 또 '자기만 못한 자는 벗으로 사귀지 말라.'고 하였으며, '저마다 자기 편을 따른다.'고 하였지.

나와 네 조상은 도가 같지 않아 서로 친구로 사귈 수 없었으며 또 같은 부류에 속하는 동물도 아니었다. 허나 혹시 내가 그때를 지내보았다 하더라도 어찌 너희 조상을 알며 무슨 할 말이 있겠느냐?"

두꺼비가 여우의 청을 거절하자 곁에 있던 원숭이가 말하였다.

"선조를 그리는 마음은 현명한 자나 어리석은 자나 모두 한결같사오이다. 저 여우는 간사하고 교활하지만 자기 선조에 대하여 알기를 간절히 바라고 있소이다. 공은 번거롭겠지만 본 대로, 알고 있는 대로 조금도 숨기지 말고 다 말해 주시오."

두꺼비는 말하였다.

"그렇지 않다. 내가 듣건대, '군자는 남의 허물은 숨겨 주고 선한 일은 세상에 널리 전한다.' 하였고, '사람을 대할 때 그 아버지의 허물을 말하지 않는다.'고 하였느니라. 저 여우의 선조 행적을 아는 대로 자세히 이야기해 줄 수 있지만, 말을 하면 길어질 것이고 그가 들으면 마음이 상하고 부끄러울 게다. 내가 만약 저 여우를 헐뜯으려고 그의 조상이 베푼 선한 행실을 숨긴다면 이것은 선비의 정직한 행실이 아니며, 또 사실대로 있는 그대로 모든 것을 이야기하면 이것은 군자가 남의 허물을 숨겨 주는 도리와 어긋나니라.

대부 벼슬을 하던 영무자甯武子는, 어지러운 세상에서 임금이 도가 없어 나라가 망하려 하자 곧이곧대로 말하기 좋아한 탓으로 결국 고향을 떠나 제나라에서 죽임을 당했다. 그러니 오직 착하고 어진 마음을 지닌 자만이 곧이곧대로 말해도 받아들일 수 있는 법이니라.

나는 저 여우가 어질고 착한지는 전혀 모르고 있다. 지난날 선조의 일을 곧이곧대로 이야기해도 여우가 제대로 받아들일는지 모르겠구나. 그러니 내가 차라리 입을 다물고 말하지 않는 편이 좋을 게다."

두꺼비의 말에 여우는 너털웃음을 짓고 지껄였다.

"조상들은 선한 일을 많이 하여 이름을 떨쳤는데 그 후손이 나쁜 짓을 한다면 그자는 가문을 망가뜨리는 자요, 조상들은 혹 악한 짓을 하여 미움을 샀어도 후손이 조상의 허물을 던다면 가문을 흥하게 하는 자로다.

그대 말대로 우리 선조가 혹 세상에 다시없을 못된 짓을 한 적이 있다 하더라도 내가 그대 말을 악의 없이 성실하게 받아들인다면 이 또한 조상의 허물을 더는 것이다.

바라건대 그대는 수고롭겠지만 나를 위하여 우리 선조의 일을 자세히 말해 달라."

두꺼비는 지난 일을 말하기 시작하였다.

"내가 은나라 말년에 폭군으로 악명을 떨친 주紂 임금을 섬겼느니라. 그는 포악한 짓을 서슴지 않고 저질렀는데, 지금 할 이야기는 내가 본 일로 달기妲己라는 여인 일이다.

유소국有蘇國이라는 나라에 세상이 다 알아주는 미녀 달기가 있었는데 그 나라에서는 달기를 주 임금에게 바치려고 하였구나.

어느 날 꼬리가 아홉이나 달린 늙은 여우가 길을 가다가 사람의 해골바가지를 뒤집어쓰고 북두칠성을 바라보고 절하였다. 그러자 늙은 구미호가 사람으로 변한 게야. 사람으로 변한 여우는 달기의 방에 몰래 들어가 그를 잡아먹고 달기가 되었구나. 가짜 달기로 변한 늙은 구미호는 그 뒤 주 임금의 왕비로 되었지.

가짜 달기는 알랑거리고 아양을 떨면서 간교한 계책으로 주 임금을 제 마음대로 다루었다. 임금은 술과 음탕한 음악을 좋아하며, 달기가 해 달라는 것이면 옳고 그르고를 따지지 않고 무조건 다 들어주었지.

임금이 계집의 계교에 놀아나자 나라의 질서는 어지러워지고 백성들은 구렁텅이에 빠져 허덕일 수밖에 없지. 그때 비간比干이라는 어진 신하가 있었느니라. 그이는 제 한 몸의 위험을 무릅쓰고 임금을 찾아가, 나라의 정사를 바르게 하여 진흙 구덩이에 빠져 허덕이는 백성들을 구해야 한다고 하였지. 하지만 임금은 그 말을 듣지 않더구나. 비간이 사흘을 충성으로 간하자, 임금은 짜증을 내고 노발대발하여, '성인에게는 심장이 일곱 개 있다는 말을 들었느니라.' 하면서 비간을 잔인하게 죽이고 심장이 과연 일곱 개가 되는지 살펴보았다.

그뿐만이 아니야. 겨울 아침에 개울을 건너는 죄 없는 사람의 정강이를 심심풀이로 잘라 보기도 하고, 비위에 거슬리는 신하가 있으면 잡아다 살점을 저며 가며 죽이기도 하더구나. 주왕은 이런저런 구실을 붙여 수많은 사람들을 무참히도 죽였지.

나라를 다스린다는 임금이 이처럼 포악한 짓을 일삼는 것은 모두 구미호가 변한 달기의 계교에 따라 빚어진 것이었어. 가짜 달기는 임금을 부추겨 사람들을 마구 죽이는 것으로도 성에 차지 않았는지, 불태워 죽이는 형벌을 만들도록 꼬드기더구나. 임금이 사람들을 죽이고 불태워 버리면 달기는 밤중에 몰래 가서 그것을 먹곤 하였지. 이처럼 달기의 온갖 악행은 이루 다 말할 수 없었는데, 당시 사람들이 달기가 늙은 구미호인 줄을 알 리가 있나.

그 뒤에 있은 일이다.

강태공姜太公이 늙은 몸으로 한가로이 시골에 살고 있었지. 주나라 문왕文王이 하루는 사냥을 나왔다가 위수 북쪽 나루터에서 태공이 낚시질하는 것을 보았느니라. 둘이 나란히 앉아 서로 이야기를 주고받는데, 뽕나무 그늘이 옮겨 가지 않고 그이들 머리 위에 머물고, 둘레에는 상서로운 구름이 둘려 있었다더구나.

이때 여우 한 마리가 오더니 강태공에게,

'공이 지금 여기서 어진 사람을 만났으니, 이제는 악한 임금을 내쫓을 때가 되었소이다. 지금 왕비 달기는 우리 여우 족속이 변한 것으로 우리 족속 중에서도 몹시 간사하고 교활한 자로 천하의 요물이오이다. 지금 임금이 충신이며 양민이며 죽이기를 식은 죽 먹기로 아니, 나라가 몹시 어지러워지다 못해 점차 망해 가고 있소이다. 이는 다 임금이 달기에게 놀아나기 때문이오이다. 뒷날 주왕을 물리치고 승리를 거둔 왕도 이 사실을 알지 못한다면 그 임금 또한 달기를 만나 먼저 임금과 같이 될 것이오이다. 그때

가서 오늘 제가 한 말을 잊지 마옵소서.'

하며 가짜 달기의 정체를 밝혔지.

말을 마친 여우가 문득 사라지니, 문왕이 몹시 놀라 이상하게 여기면서,

'이 여우야말로 간사하고 교활한 무리 중에서 드물게 어진 여우로다!'

하고 감탄해 마지않았느니라.

해서 문왕은 그 나루의 이름을 어진 여우를 만난 곳이라는 뜻에서 영호진슈狐津이라고 하였구나.

그 뒤 문왕의 뒤를 이어 무왕이 임금이 되어 열세 해가 됐을 때 강태공은 늙은 몸으로 용맹을 떨쳐 폭군을 치고 달기를 사로잡았지. 듣던 바와 같이 달기는 천하의 절색이라, 태공은 달기의 얼굴을 보고는 차마 죽일 수 없어 옥에 가두었다가 좀 지나면 돌려보내려고 했지. 그러다가 영호진에서 간절하게 부탁하던 어진 여우의 말이 생각나서 마음을 굳게 먹고 달기의 얼굴을 가린 다음 목을 쳤는데 시체를 보니 과연 늙은 구미호였구나. 나라를 어지럽히고 온갖 악한 짓을 꼬드기던 늙은 구미호는 죽은 뒤 그 혼이 또다시 요사한 귀신으로 되었는데, 주나라가 한창 흥할 때에는 그것이 감히 작간을 부리지 못하였지.

그 뒤 춘추 시대에는 그 요귀가 형체를 드러내고 다시 미인으로 나타나 조나라와 위나라 사이에 있는 오록산五鹿山에 숨어 살았다. 그때 진나라에 호언狐偃이라는 사람의 팔촌 동생 호리狐臝란 자가 있었는데, 이자는 술과 여자를 몹시 좋아하였다.

하루는 호리가 술을 잔뜩 처마시고 비칠비칠하면서 저물녘 오록산 밑을 지나가다가 곱게 생긴 미인에게 홀딱 반한 게야. 호리는 미인과 함께 오록산에서 즐겁게 놀다 보니 집으로 돌아가는 것을 감감 잊고 말았지. 어느덧 한 해가 지났고, 호리는 주색에 빠져 본래의 기를 다 잃고 거의 죽게 되었다.

호리가 집을 나간 지 한 해가 되도록 돌아오지 않자 호언은 사람들을 시켜 동생을 찾게 하였구나. 사람들은 사방으로 다니면서 호리가 간 곳을 알아보다가 마침내 오록산에서 그 안해를 만나 데리고 왔지. 호리의 안해에게는 자식이 셋 있었는데 모두 요사하고 악독한 자들이었거든. 이 악독한 무리들은 이때부터 다시 번성하기 시작하였지.

그 뒤 여우 같은 종자들의 모진 학정으로 위나라가 망하자, 사람들은 '붉은 게 여우 아닌 게 없었다.'고 했으며, 여우 같은 종자의 음란한 짓 때문에 제나라가 망하니, '숫여우가 어슬렁어슬렁 돌아다닌다.'고 풍자했다. 또한 맹상군孟嘗君 때 백상白喪이란 간악한 자가 있었는데 이웃 나라들 사이가 나빠지도록 이간하였으며, 사당에서 여우 울음소리로 진섭陳涉이 왕이 된다고 울었지.

한나라 말년에도 여우는 조조나 사마의 같은 장수들을 따라다니면서 고아나 과부들을 돌봐 준답시고 그럴 듯한 속임수로 인심을 얻어 천하를 가로챘구나. 다 그게 여우의 요망한 행실뿐이지 칭송할 만한 일이라고는 하나도 없었지. 호리는 늙은 구미호가 남긴 악독한 종자였다.

그러나 조간자趙簡子 때에는, '양가죽 천 장보다 여우 가죽 한 장이 낫나니.' 하는 말이 있었는데, 이는 어진 여우의 후예를 두고 말하는 것이니라.

너희 족속은 두 갈래로 나뉘었는데 네 본향은 도대체 어디냐?" 두꺼비의 이야기를 주의 깊게 듣던 여우는 말하였다.

"내 본향은 위양의 나루터다. 영호진이라는 말이야."

그러자 원숭이가 끼어들어 말했다.

"당신, 문벌 내력이 참 좋구려. 지금 당신은 두껍 어른의 바다 같은 은덕으로 선조의 행적을 잘 알게 되었으며, 또한 이 자리에 참석한 분들한테도 당신네 조상의 내력이 잘 알려지게 되었소. 그러니 은인을 만난 것 아니겠소? 여러 말 말고 빨리 두껍 어른께 윗자리를 양보하오."

여우가 발끈 성을 냈다.

"우리 선조의 행적이라면 저 두꺼비가 말하지 않아도 잘 알고 있었소. 두꺼비가 살아오면서 보고 들은 것을 말했을 따름인데 그것을 무슨 은혜라고 할 수 있으리오?

처음에 윗자리를 노린 분이 넷이었는데 셋은 이미 두꺼비에게 양보하고 지금 그와 맞서는 것은 오직 나 하나뿐이로군. 오늘 생일잔치에서 윗자리는 어질고 현명한 분이 앉아야 마땅하오.

내가 차라리 바위에 머리를 들이받아 죽으면 죽었지, 어찌 비굴하게 저 두꺼비에게 머리를 숙인단 말이오? 또 우리 선조로 말하면 주나라를 팔백 년 동안이나 받든 공이 있는데, 후손 된 내가 어찌 악명 높은 폭군 주왕을 섬기고 미친 진나라에서 살던 저 두꺼비에게 윗자리를 양보할 수 있겠소?"

이처럼 윗자리를 놓고 옥신각신 다투고 있는데 까치 한 마리가 나무 위를 빙빙 돌며 "깍깍 깍깍!" 다급하게 소리 질렀다.

구렁이를 물리치고 두껍 공으로 등극

"아이구, 이 일을 어쩌지? 깍깍, 참으로 어려운 일이 생겼소. 깍깍, 무슨 일이냐고요? 깍깍, 방금 구렁이가 숲 속에서 나왔소. 깍깍!"

까치는 목이 쉬도록 더욱 다급하게 소리쳤다.

"구렁이가 오고 있소, 구렁이가! 생일잔치 마당으로 점점 다가오고 있소."

뭇짐승들은 모두 놀라 벌떡벌떡 일어나 까치가 가리키는 곳을 보았다. 길이가 오륙십 자나 되는 징그러운 구렁이가 소리 없이 기어오고 있었다. 구렁이 대가리는 닷 섬들이 옥돌 항아리만 하고 눈빛은 횃불같이 이글거렸다. 대가리를 곧추 들고 아가리를 쩍 벌렸는데 혀가 날름거리는 것이 마치도 쌍지창 같고, 몸뚱이는 검은 바탕에 흰 줄무늬가 있었다.

숲 속 못 사이를 따라 소리 없이 다가오는데 비린내가 풍겨 왔다. 구렁이는 짐승들이 뒤섞여 벌벌 떠는 것을 보자 한입에 삼켜 버리겠다고 꿈틀거리며 다가왔다. 흉하게 생긴 모양과 사나운 기상은 보기만 해도 무시무시하였다. 누구도 감히 어쩌지 못하고 떨고만 있었다. 짐승들이 겁에 질려 벌벌 떨면서 도망치려 할 때였다.

두꺼비는 구렁이 쪽으로 껑충 뛰쳐나가 짐승들을 안심시켰다.

"여러분 놀라지 마오. 두려워하지 마오. 내게 구렁이를 단매에 쳐부술 방책이 있소."

말을 마친 두꺼비는 다시 껑충 뛰어 구렁이 앞을 막아 나섰다. 원숭이가 두꺼비를 뒤쫓아 와 그를 막고 나섰다.

"작은 것은 큰 것을 대적하지 못하고 약한 자는 강적을 이길 수 없소이다. 무엇 때문에 한 점 고기 쪼박처럼 경솔하게 주린 뱀의 아가리에 들려 하오이까? 죽고 사는 것이 한순간이온데 하릴없이 제 발로 죽으러 가다니 어찌 가엾지 않겠소이까? 맞서기 어려운 강적을 만나면 삼십육계 줄행랑을 놓는 것이 상책이오이다.

지금은 저 흉포한 구렁이를 피하였다가 천천히 좋은 방책을 세우는 것이 좋겠소이다. 공은 늙어서 헐떡거리며 도망치기 어려울 것이니 제 등에 업혀 피하는 것이 좋겠소이다."

두꺼비는 원숭이 말에 고맙단 뜻을 표하고 말하였다.

"내 걱정은 하지 마오. 걱정하지 않아도 된다니까."

말을 마친 두꺼비는 앞으로 껑충 뛰어나가 면바로 구렁이 앞을 막아섰다. 두꺼비가 당돌하게 앞을 막아서자 구렁이는 한입에 삼킬 생각으로 아가리를 쩍 벌리고 곧장 앞으로 다가왔다. 구렁이가 점점 가까이 다가와 두꺼비를 삼키려는 순간이었다.

구렁이를 노려보던 두꺼비가 입을 쩍 벌렸다. 그러자 마치 새벽에 성문이 찌꿍 열리는 듯한 소리가 나더니 푸른 안개가 쏟아져 나왔다. 두꺼비가 내쏜 푸른 안개는 그대로 구렁이의 목구멍에 들어갔다. 그러자 구렁이는 흠칫 놀라 몸뚱이를 꿈틀거렸다. 그 모양은 마치 대포알에 맞은 듯, 혀를 독화살에 맞은 듯, 목구멍을 날카로운 창에 찔린 듯하였다.

구렁이는 대뜸 몸을 돌려 도망치기 시작하였다. 그러나 일여덟 자국을 가기도 전에 대가리를 후두두 떨더니 꼬리로 나무를 쳤다. 마치도 오한이 심하여 떠는 듯하였다. 제힘을 믿고 거만하게 달려들던 구렁이는 이내 죽었다. 그것을 본 짐승들은 몹시 놀랐다. 짐승들은 구렁이가 이미 죽었다는 것을 알면서도 흉악하고 사나운 모습에 감히 가까이 다가서지 못하였다.

두꺼비는 구렁이가 죽은 것을 보고 고개를 젖히고 소리 내어 웃었다. 짐승들은 모두 두꺼비에게 절하며 승리를 축하하였다.

"용맹하오이다, 공이시여! 늙었어도 기력이 왕성하오이다. 어르신과 처음 잔칫상을 마주하고 이야기를 주고받을 때 비록 지난날의 일을 듣기는 하였지만, 방금 눈앞에서 본 것은 옛적의 소문난 장수의 용맹스러움이나 같소이다. 맞서 겨룬 지 단 한 번에 간악하고 포악한 구렁이를 죽여 버리는 것을 보니, 포악한 치우를 물리친 용맹과 만리장성을 쌓던 기풍이 남아 있소이다. 아직 늙지 않았소이다."

그리고 또 물었다.

"예부터 백전백승하는 장수에게는 반드시 훌륭한 무기가 있었소이다. 이름난 무기만 해도 활 잘 쏘는 양유기養由基의 상아전象牙箭, 초나라 백왕伯王의 화첨창火尖槍, 관운장의 청룡도靑龍刀, 조자룡의 청강검靑杠劍, 여포의 방천극方天戟, 장비의 장팔창丈八槍들이 있는데, 이것은 모두 주인을 바로 만나 빛을 낸 것이오이다. 이름난 장수들은 자기에게 알맞은 무기를 가지고 있었기 때문에 어떠한 적과 맞서 싸워도 반드시 이길 수 있었소이다.

저기 죽은 구렁이는 누구도 함부로 맞서기 어려운 강적이오이다. 옛날에 칠 척이나 되는 칼로 뱀을 쳤다는 한고조라도 한칼에 요정 내기가 어려울 터인데, 어르신은 화살 한 대 날리지 않고 칼 한 번 휘두르지 않고 눈 깜빡할 순간에 구렁이를 없애 버렸으니, 어떤 전법과 무슨 술법을 쓰셨소이까?"

두꺼비는 뭇짐승들을 휘둘러보고 말하였다.

"대개 적과 맞서 승벽내기로 칼이나 창을 휘두르는 것은 못난 사내들이나 쓰는 방법이오. 나는 그렇게 우둔하게 싸우지 않소. 나는 천하의 그 어떤 적도 물리칠 수 있다오. 풍운조화를 일으키는 묘술을 지녔고 가슴속에 만 가지 술법을 감추었으며 뱃속에는 수많은 무기를 채운 곳간을 가지고 있소. 태평한 세월에는 아무리 작은 무기도 지니지 않지만, 세상이 어지러운 때는 뜻밖의 적과 맞다들지라도 처치할 방법과 지략이 생기는 것이오. 평화로울 때라면 무엇 때문에 칼이나 창, 활 같은 것을 가지고 다니겠소? 괜히 남들이 휘둘러보기나 하지요."

짐승들은 두꺼비 말에 의아하여 또 물었다.

"아무 때 어떠한 적을 만나도 구렁이를 죽인 그 방법을 쓰오이까?"

두꺼비는 자세를 고쳐 앉아 웃으며 말하였다.

"왜 그 한 가지 방법만 쓰겠소? 거미는 그물을 쳐서 적을 잡는 방법밖에 없고, 벌은 독침을 쏠 뿐이겠지요. 나는 그들 같지 않소. 적의 형세를 보고 임기응변으로 대하오. 어떤 적은 불을 토해 그 소굴을 태워 죽이고, 어떤 적은 푸른 안개를 뿜어 적을 혼란스럽게 해 놓고 죽이며, 어떤 적은 바람으로 날려 보내 죽이오. 또 바람이나 비를 불러와 적군에게 들씌워 물리치기도 하오.

내 몸집은 보잘것없지만 신비로운 술법을 지니고 있으므로 어떠한 강적과 맞서도 이길 수 있소. 저 구렁이와 같이 오만무례한 자에게 푸른 안개를 뿜어 그 자리에서 죽이는 술법도, 적을 물리치는 방법 중 하나에 지나지 않소. 강적을 지략으로 이기는 방법이야 많고 많으니 어찌 하나하나 다 말할 수 있겠소?"

여우는 보잘것없이 생긴 늙은 두꺼비를 깔보다가 말싸움에서 졌으나 속으로는 굽히지 않고 줄곧 야비한 말로 헐뜯었는데 이제 더는 그리할 수 없었다. 오만무례하게 기어들어 온 큰 구렁이를 단숨에 죽이는 것을 보았으니, 자기가 한 짓을 돌이켜 보고는 당황하여 어쩔 줄 몰랐다. 여우는 족제비의 도움을 받을까 하여 낮추붙었다.

"집사님, 아까 내가 두껍 공과 더불어 수작질하는 것을 다 들었을 것이온데 혹시 제가 말실수하여 죄를 짓지나 않았소이까?"

"윗자리에 앉을 분을 추천할 때 당신은 두껍 공이 그 자리에 앉을 수 없는 까닭이 세 가지라 하면서 반대하였소."

"아니오, 아니오이다. 집사님이 말을 잘못 들었소이다. 저는 두 꺼비 공이 윗자리에 앉아야 마땅한 근거가 세 가지 있다고 하였소 이다."

"당신은 또한 두꺼비 공이 손님들이 다 모인 맨 마지막에 와서 윗 자리에 앉는다면 바위에 머리를 들이받아 죽겠다고도 하였소."

"그 말도 잘못 들었소이다. 저는 두꺼비 공을 존경하여 머리가 땅 에 닿도록 절을 하겠다고 말하였소이다."

"더 말하지 맙시다. 이미 지나간 일을 무엇 때문에 까밝히겠소이 까? 나라를 세워 제왕이 될 운명을 타고난 사람이라 하더라도, 질서를 바로잡고 저마다 자리를 정하기 전까지는 초야의 많은 영 웅들과 서로 싸우며 승패를 결정지어야 하는 법이며, 이기고 난 다음이라야 임금 자리에 앉아 신하를 부르는 법이오. 이는 이치 로 보나 형세로 보나 당연한 일이오. 손님들이 두꺼비 공과 더불어 윗자리를 놓고 다툰 것은 그럴 성싶은 일이외다. 두꺼비 공이라고 어찌 자리다툼을 혐의쩍게 여기겠소? 이제라도 다시 묻겠소. 당 신이 두꺼비 공과 다툴 수 있겠소? 다툴 수 있으면 다투고 그렇지 않으면 빨리 양보하여 두꺼비 공을 윗자리에 모시는 것이 좋겠소이 다."

"집사님이 두꺼비 공 앞에서 거듭 자리다툼에 대한 말을 하는 것은 저를 죽이지 못해 그러는 것이오이까? 두꺼비 공을 윗자리에 모시 는 문제는 다시 논하지 말기 바라오이다. 두꺼비 공이 앉을 자리는 우리들이나 앉는 이런 자리가 아니오. 우리같이 무지한 것들과 나란히 앉아서는 아니 되오이다. 특별히 자리를 따로 만들어 우리와 차등을 두는 것이 좋을 듯하오이다."

말을 마친 여우는 땀을 뻘뻘 흘리며 둘레에 널려 있는 커다란 돌들을 가져다가 자리를 만들었다. 돌을 쌓아 만든 자리는 높이가 다섯 층이나 되었다.

차례를 정하고 예의를 갖추어 자리를 정하였다. 모두 두꺼비를 양옆에서 옹위하고 앞에서 인도하고 뒤에서 따르며 웃어른으로 모셨다.

수달도 오고 모두 함께 잔치를 즐기세

짐승들은 두꺼비를 '두껍 공', '두껍 어르신'이라고 하면서 맨 윗자리에 모셨다. 두꺼비가 다섯 층계의 맨 윗자리에 앉으니 비로소 그의 머리가 사슴의 뿔 높이와 나란하였다.

여우는 좋은 자리에 앉으려고 가까이 온 짐승들을 물리쳤다. 허나 두꺼비 앞을 지나가면서 감히 올려다보지도 못하였다. 그것을 본 두꺼비가 여우를 불러 웃으며 물었다.

"네 아까는 나를 보잘것없는 미물로 대하며 거만하게 놀더니 지금은 왜 나를 존경하느냐?"

여우가 꼬리를 살살 흔들며 두꺼비를 한 번 올려다보고는 머리를 깊숙이 숙이더니 알랑대며 말하였다.

"제가 험한 산골에서 자라 듣고 본 바가 없어 아까는 어르신을 몰라보고 거만하게 굴어 공을 욕보였소이다. 어르신의 밝으신 가르치심을 받고서야 존경하는 마음이 들고 또 두려움도 알게 되었소이다. 오늘 어르신을 뵈옵게 된 것은 제게 천만다행한 일이라고 할 수 있소이다. 이제야 어른을 몰라보고 경망스레 구는 잘못을 고치고 새 출발을 하게 되었사온데, 이것이 다 어르신의 바다와 같은 은혜 덕분이오이다."

두꺼비를 중심으로 짐승들이 양옆으로 나란히 앉았다. 동쪽 자리에는 사슴부터 차례로 원숭이, 토끼, 여우, 담비 같은 길짐승이 앉고 맨 끝에 두더지 같은 작은 짐승들이 앉았다. 서쪽 자리에는 학부터 기러기, 따오기, 물오리, 비둘기 같은 날짐승들이 앉고 끝으로 뱁새, 참새 같은 작은 날짐승이 앉았다.

자리가 정돈되자 두꺼비는 잔치 마당을 휘둘러보고 말하였다.

"효도는 온갖 행실의 근본이오. 까마귀는 자기를 낳아 키워 준 부모의 은혜에 보답하는 지극한 효성을 지녔다오. 우리들이 응당 존경하고 따라 배워야 하오. 까치는 사납기 그지없는 구렁이가 침범해 온다는 것을 알려 주었으니 널리 칭찬할 만하오. 그러므로 까마귀와 까치의 자리를 따로 만들어 모셔야 하오."

집사인 족제비가 말하였다.

"까마귀와 까치의 공로는 비단 그뿐만이 아니오이다. 일 년에 한 번 있는 칠석날 은하수에다 오작교를 만들어 견우와 직녀를 만나게 해 주는 공로 또한 널리 자랑할 만한 것이오니, 따로 자리를 만들어 모시는 것이 좋겠소이다."

두꺼비는 까마귀와 까치의 자리를 특별히 정해 주고 그 나머지 곤충과 미물들은 아랫자리에 같은 종류끼리 모여 앉게 하였다.

생일잔치 자리 둘레로 산이 둘러싸고 있으니 병풍 삼기 좋고, 겹겹이 놓인 산마다 울긋불긋하고 푸른 하늘에 두둥실 흰 구름이 떠 있으니 근사하더라. 십 리에 뻗친 상서로운 기운이 봄날 아지랑이처럼 가물가물 피어나며 끝없이 푸른 풀밭이 위아래로 연달아 펼쳐지고 울창한 나무숲은 동서로 차일을 깔아 놓은 듯하였다.

자리가 정돈되자 주인인 노루 어머니의 생일을 축하하여 잔을 들려는데, 수달이 들어와 모두에게 절하고 집사에게 말하였다.

"나는 고기잡이를 일로 삼은 어부요. 명산대천을 찾아다니면서 구경하다가 우연히 옥포동에 이르러 성대한 잔치를 만났구려. 여기 앉아도 되겠는지요?"

족제비 집사가 자리에서 일어나 맞아들였다.

"당신은 어느 곳에 살며 나이는 얼마나 되오? 오늘 생일잔치에서는 나이 많고 덕을 갖춘 순서로 자리를 정하였소. 당신이 이 자리에 들려거든 나이를 사실대로 말하오."

수달은 손바닥을 탁탁 치고 말하였다.

"저는 위수 양광촌陽廣村에서 강태공이라는 사람과 이웃하여 살았소이다. 태공과 저는 강이나 못에서 고기 잡는 것을 낙으로 삼았소이다. 어느 해인가 문왕이 사냥을 나왔다가 태공을 만나 이야기를 주고받더니, 스승으로 모셔 수레에 태워 갔소이다.

강태공이 떠난 다음부터 산봉우리에 구름이 짙게 끼어 움직이지 않으며 위수를 밝게 비추던 달이 가리어 보이지 않았소이다. 강산에 주인이 없으니 몹시 적적하더이다. 나는 벗 삼을 친구가 없어 홀로 산수로 구경 다녔다오. 산으로는 곤륜산을 구경하고 강으로는 황하를 보았소이다.

경치 좋은 오호수로 노 저어 가는 작은 배에는 어지러운 세상을 피해 가는 범 상국范相國이 탔고, 망망한 바다 위로 떠가는 돛단배에는 벼슬을 버리고 고향으로 돌아가는 장 사인張舍人이 있었소이다. 고요한 동정호에 달 비치는 밤과 사품치며 흐르는 소상강에 보슬비 내리는 가운데 배 한 척에 행장을 싣고 낚시질로 생계를 이어 오고 있소이다.

동해에서 노닐지언정 권세에 굽히지 않은 노련魯連이와 동강에서 고기 잡으며 벼슬을 거절한 자릉子陵은 나와 뜻이 비슷하고 취향이 같았소이다. 이끼 낀 바위에 걸터앉아 살진 고기를 많이 낚아서는 집으로 돌아가는 길에 삐거덕거리는 버드나무 다리를 건너 주막집에 가서 고기와 술을 바꾼 적도 헤아릴 수 없이 많소이다. 그것은 나랏일이 답답하니 세상사를 잊으려는 것이고 초야에 묻혀 지내는 기쁨을 누리려 한 것이니, 삼정승 높은 벼슬을 준다 해도 이 즐거움과는 바꾸지 않으리다.

이처럼 오랜 세월 세상천지를 돌아다니며 구경하다 나니 몇 해가 흘렀는지 까맣게 잊었소이다. 본디 정처 없이 떠다니는 몸이오니 어디서 사는가를 묻지 마옵소서.”

손바닥을 탁탁 치며 족제비가 빈정거린다.

“당신은 귀한 손들이 모인 자리에서 그렇게 인사하는 법을 어느 스승에게 배웠소? 당신 말솜씨는 마치도 우주와 산천의 정기를 타고난 것 같소. 이런 잔치에는 당신 같은 손님도 오게 마련이니 저 속에 끼어 음식이나 먹으면서 기다리오. 풍악을 잡힐 때 부르겠소."

수달이 어처구니없는 듯 웃었다.

"내가 지금은 세상에서 한가로이 늙어 가는 중이나, 예부터 품행이 방정한 짐승으로 이름이 났소이다. 비 온 뒤 맑은 강에서 흰 갈매기와 놀다가 왔더니, 그 흥이 아직 가시지 않아, 괜히 생일잔치에 와서 내 지나온 날을 자세히 이야기하였구려. 내 말이 호탕한 것은 맑고 시원하고 씩씩한 기운에서 나온 것으로, 나를 부르자면 마땅히 풍류를 즐기는 호걸이라는 뜻에서 '풍류호사'라 해야 할 터인데, 그대는 도리어 나를 광대로 쓰겠단 말이오? 아무리 눈을 부릅뜨고 휘둘러봐도 여기엔 나보다 뛰어난 자가 없소이다. 나이와 덕을 헤아려 어서 자리를 정하시오."

"당신이 잔치에 들어오려거든 저 담비 발밑에 가서 앉소. 담비 갖옷에 수달 가죽으로 꾸미면 제격이 아니오?"

짐승들은 족제비가 집사 노릇을 잘한다며 통쾌하게 웃었다.

"족제비는 온갖 일을 맡아 감당할 만하도다."

그러자 수달이 발끈 성을 내며 빈정거렸다.

"붓으로 말하면 말 털 가운데다 족제비 털로 심을 해 넣은 것이 세상에서 제일 좋은 붓이라고들 하오. 당신 말대로 하면 댁은 말 뱃속에 들어앉아야겠소."

수달의 재치 있는 말에 뭇짐승들은 또다시 웃음을 터뜨렸다.

족제비와 수달이 다투는 것을 지켜보던 두꺼비가 조용히 말렸다.

"방금 한 말은 모두 농말로 한 것이오. 수달이 못에서 고기를 몰아 잡는 것은 옛날 악명을 떨친 걸왕과 주왕이 백성들을 몰아낸 일에 비길 수 있지만, 그래도 수달은 고기들을 제사 지내어 주는 정성이 있으니 본받을 만하오. 서쪽에는 까마귀와 까치를 앉혔으니 동쪽에 특별히 자리를 만들어 수달을 앉히오."

이리하여 동쪽 자리, 서쪽 자리, 특별 자리, 아랫자리를 격에 맞추어 정돈하였다. 자리가 정돈되자 두꺼비는 궁노루 여남은 마리에게 잔을 깨끗이 씻고 술을 붓게 하였다.

감국꽃을 넣고 빚은 국화술, 연꽃을 빚어 만든 연꽃술이 질그릇에 찰랑찰랑 넘치고 진달래꽃을 넣고 빚은 진달래술, 참대 잎을 삶아서 담근 댓잎술을 표주박 술잔에 가득 채웠다. 또 신선들이 마신다는 자하주, 어떻게 담그든지 썩 말쑥하게 된다는 백로주가 있으니, 잔이 비는 족족 다시 채워 왔다. 송기떡이며 쑥떡도 쟁반에 가득 내왔다. 권커니 잣거니 산가지를 서로 놓으며 술잔이 어울리니 향기롭고 감미로운 나물 안주가 연이어 들어왔다.

잔치가 한창 흥청거릴 때, 문득 주인 노루가 일어나 미안한 얼굴로 말하였다.

"저희 집은 본디 형편이 변변치 못하여 어머니 생신잔치를 위해 힘껏 준비한다고 했으나 술과 낟알로 만든 음식에 나물 안주밖에 준비하지 못하였소이다. 기름진 음식과 생고기가 있으면 좋을 텐데, 범을 못 만나 꿔 오지 못하였소이다. 그렇다고 제 다리 살을 베어 내기도 어렵소이다. 잔치라고 손님들이 많이 오셨는데 맛 좋은 고기는 한 점도 없고 모두 나물 안주뿐이니 정말 부끄럽소이다."

그제야 생각난 듯 두꺼비는 주인 노루에게 말했다.

"내 깜빡 잊었댔소. 아까 죽은 구렁이가 있지 않소? 구렁이 고기가 별맛이라고 하오. 내가 옛일을 들어 말해 드리리다.

옛날 명나라 태조가 왕위에 오르기 전 일이오. 나라를 세우고 황제가 되고 싶은 생각이 절실하나 뜻을 같이할 자를 얻지 못하여 걱정하였소. 어느 날 우연히 초야에 묻혀 사는 유기劉基라는 사람을 만났소. 그는 유기를 보자 매우 반가워하면서,

'당신은 초야에 묻혀 있으나, 진실로 정승감이구려. 당신은 정승으로 될 풍채를 지니고 있소. 허나 나라를 세우는 데 한 몸 바칠 사람은 혈기와 원기가 차 넘치고 기상이 늠름해야 한다오. 당신이 소 백 마리를 먹는다면 개국 공신이 되고 정승의 풍채를 가질 수 있으련만.'

하고 말하였소. 허나 유기는 도리머리를 치며 말하였소.

'소 백 마리는커녕 송아지 한 마리도 먹을 성싶지 않소이다.'

그러고 유기는 집으로 돌아왔소. 그런데 어느 날 집 뒤로 이어진 산기슭을 따라 걷고 있는데 풀이 우거진 숲 속에서 파아란 연기가 솟는 것이었소. 웬일인가 싶어 연기 나는 곳을 따라 몇 발자국 가니 향기롭고 맛 좋은 고기 냄새가 풍겨 왔소.

유기는 비위를 자극하는 냄새를 따라 한 발자국 한 발자국 앞으로 나아갔소. 가까이 가니 그곳에는 아까 우리 앞에서 죽은 것 같은 큰 구렁이가 불에 타서 껍데기가 벗겨져 살이 허옇게 드러나 있었소. 껍질 속 구렁이 살은 두부처럼 희다오. 갑자기 비위가 동하자 유기는 긴 작대기를 쥐고 불에 탄 껍질을 깨끗이 벗겨 손질하고 살코기를 한 점 한 점 뜯어 입 안에 넣었소. 고기가 혀에

닿자 향기롭고 고소한 맛이 나는 것이 입이며 목구멍이 시원하고 상쾌해지더라는구려. 유기는 자리를 골라 펄썩 주저앉아 팔소매를 걷어 올리고 구렁이 고기를 배가 터지도록 먹었소.

이윽고 자리에서 일어난 유기는 배가 불러 천천히 걷느라고 걸었지만 힘이 저절로 뻗쳐 잠깐 사이에 집으로 돌아왔소. 그는 먼저 먹은 것이 다 소화되자 또 가서 먹었다오. 그때는 아직 이른 봄철이어서 날이 쌀쌀하고 찬기가 있어 구렁이 고기가 조금도 상하지 않았소. 유기는 며칠 동안 다니면서 구렁이 고기를 보는 대로 다 먹었소. 그 뒤 열흘이 지나 유기는 태조를 찾아갔소. 태조는 몸이 난 유기를 보고 놀랍기도 하고 기쁘기도 하였소. 유기의 두 손을 잡고,

'당신이 어디 가서 소 천 마리를 먹었소? 볼이 처지고 혈색이 좋아졌으며 몸이 난 것을 보니 천 마리는 먹은 것 같구려.'
하고 말하였소. 유기가 구렁이 고기를 먹었다고 말하자 그는 몹시 놀라면서 말하였소.

'구렁이 고기가 사람의 원기를 돋운다는 것을 몰랐는데 당신 말을 듣고서야 비로소 알게 되었구려.'

이 사실로 봐도 알 수 있듯이 저 구렁이 고기 맛이 어찌 진미가 아니겠소. 얻기 어려운 구렁이 고기를 뜻밖에 얻었으니, 이는 하늘이 주인의 효심에 감동해 내려준 것인가 보오."
이어 두꺼비는 모두를 둘러보더니 산돼지에게 고기를 손질하여 시냇가에 있는 넓적한 돌에 쌓으라 하였다. 산돼지가 구렁이 껍질을 벗기고 큼직큼직하게 베어 넓적하고 반반한 돌에 쌓아 놓으니,

빛깔이 눈 같은 것이 소를 잡아 쌓아 놓은 듯 수북하였다.

이어 잔치 자리에서 구렁이 고기로 회를 치기도 하고 굽기도 하고 볶기도 하니, 그 냄새가 손님들 창자를 자극하였다. 맛 좋은 안주가 마련되자 다시 깨끗이 씻은 잔에 술을 부어 두어 순배 돌렸다. 잔치에 온 짐승들은 노루 어머니의 생일을 축하하였다. 안주에 술에 배불리 먹은 짐승들은 모두 뿌듯하였다.

잔치 끝에 짐승들은 풍악을 크게 잡히고 놀았다. 솔잎을 스치는 바람 소리는 거문고를 울리는 듯, 서리 맞은 오동나무는 비파를 울리는 듯, 층암절벽에서 흘러내리는 폭포 소리는 쇠북 울리는 소리 같고, 울울창창 숲 속으로 흘러내리는 시냇물은 돌돌돌 옥피리 소리를 냈다. 철쭉꽃, 두봉화가 너울너울 춤추니 미인들이 웃는 듯하고, 정향나무, 계수나무가 하늘하늘 나부끼니 선녀의 날개옷 같았다.

주인과 손님이 모두 흥에 겨워 제가끔 재주를 뽐내니 천 송이 만 송이 온갖 꽃이 어울린 가운데 흰나비가 나풀나풀 바람 따라 향기를 희롱하였다. 버들 장막 십 리에 황금 꾀꼬리가 태평세월을 노래하고, 너울너울 나는 학과 백로는 태곳적 춤을 추는 듯하고, 뻐꾸기는 뻐꾹뻐꾹 흥겹게 노래 불렀다.

풍악 놀이를 구경하던 원숭이가 자리에서 뛰쳐나와 웃는 낯으로 길짐승들을 둘러보았다.

"지금까지의 풍악은 모두 서쪽 자리에 앉은 날짐승들 속에서 나왔소. 우리 동쪽 자리에 앉은 길짐승들 속에서는 풍류를 보일 만한 분이 없소?"

말을 마친 원숭이는 토끼를 불러 다섯 길이나 되는 긴 나무를 땅

위에 곧추 세우게 하였다. 원숭이는 휘파람을 휘익 불고 가벼이 몸을 날려 한번 뒤치었다. 몸을 다시 날려 눈 깜빡할 순간에 나무 위에 올라갔다. 이어 뒷다리로 서서 앞다리를 재치 있게 놀려 춤을 추면서 "봉다리봉다리" 하고 입타령을 불렀다. 그런 다음 원숭이는 가볍게 몸을 날려 살짝 땅에 내려와 앉았다. 바라보던 짐승들은 모두 놀랐다.

이어서 원숭이는 긴 나무를 한가운데 가로 세워 놓았다. 이번에는 토끼가 평지에서 몸을 가볍게 껑충 날려 서너 번 재주놀이를 하다가 문득 몸을 뒤치면서 세워 놓은 나무를 날아 넘었다. 높이뛰기 놀이라는 것이었다. 토끼의 가볍고 재빠른 동작에 모두들 감탄을 아끼지 않았다.

짐승들의 풍류 놀이와 재주놀이를 구경하던 두꺼비는 눈을 깜빡거리며 즐거워하였다.

"오늘 생일잔치에 날짐승 중 오지 않은 이는 독수리, 소리개, 새매뿐이요, 길짐승 중 오지 않은 이는 범, 표범, 승냥이, 이리뿐이구려. 사납고 거친 짐승들에게는 예부터 벗이 없는 것이오. 오늘 이 자리를 봐도 잘 알 수 있소."

두꺼비 말이 끝나기 바쁘게 누런 바탕에 검은 점이 박힌 짐승이 불쑥 나타났다.

산중 제왕을 두고 벌인 두 짐승의 죄

그 짐승은 꼬리를 뻗친 채 코를 쭝긋거렸다. 아가리를 벌리는데 날카로운 이가 삐죽삐죽한 것이 보기만 해도 오금 저리게 무섭다. 수염은 올올이 다 곧추서서 위엄이 온몸에 차고 넘쳤다. 지나가면 회오리바람이 일어나고 눈에서는 확확 불이 인다.

그자가 소리를 크게 지르고는 성이 난 듯 뭇짐승들을 쏘아보며 꾸짖었다.

"나는 금계동金溪洞 사는 범 장군, 산중의 제왕이노라! 네놈들이 내 허락도 없이 모여 제멋대로 생일 놀이를 해? 감히 이런 판을 벌여?"

짐승들은 그자의 위엄에 기가 질려 부들부들 떨면서 도망칠 기회만 노렸다. 이때 원숭이가 그자를 쏘아보더니 손바닥을 탁탁 치면서 말하였다.

"범의 종자는 한 종류가 아니다. 발가락이 넷 달린 것은 '자연의 범'이요, 발가락이 다섯 달린 것은 '인간 세상의 범'이다. 또한 세상에는 큰 범도 있고 표범도 있다. 네가 진짜 범의 아들이냐? 아니면 표범의 손자냐? 아비도 다르고 할아비도 다른 놈이 세상에서 가장 천하고 더러운 자식이다. 네가 범의 아들이고 표범의 손자가 분명하거든 호적과 호패를 내놓아 우리가 확인할 수 있도록 하여라.

생김새가 범과 비슷하기는 하구나. 너를 인간 세상에 사는 사람들에 비기면 안해를 둔 지아비가 남의 여자와 간통하여 낳은 자식과 같으니라. 네 눈을 보면 정기가 없고 제아무리 눈을 부릅뜨고 으르렁거려도 위엄이 없구나. 네 눈동자를 보니 삵이 분명한데, 이래도 고집을 부릴 테냐? 이제껏 한 말은 모두 농담으로 스쳐 보낼 테니 빨리 본색을 드러내는 것이 좋을 것이다."
정체가 드러나자 그자는 픽 웃었다.
"너는 왜 모르는 척하지 않고 짐승들 다 모인 데서 부끄럽게 까밝히느냐? 그래, 나는 삵이다. 허나 내 온갖 재주를 가지고 있으니 진짜 범만 못하지 않다. 네가 감히 나를 희롱하느냐? 내가 너와 온갖 재주를 겨루어 비록 한 가지라도 네게 지면 내가 너한테 큰절을 올리고 형으로 섬기마."
"그래, 네가 나를 형으로 섬긴들, 그까짓 게 무슨 영광이겠느냐? 아까 너는 범의 아들이라 하지 않았느냐? 아버지와 어머니를 빌리는 데 이골이 난 놈 같으니! 이왕이면 나를 아버지로 섬겨라."
"아버지로 섬기거나 형으로 모시는 것을 어찌 미리 정할 수 있느냐? 재주를 겨루어 승패에 따라 형으로 모실 만하면 형으로, 동생으로 될 만하면 동생으로, 아버지로 섬길 만하면 아버지로, 아들로 될 만하면 아들로 대할 것이다. 어떤 내기를 할지 먼저 골라라. 네가 잘하는 재주로 겨루어 보리라."

그러자 원숭이가 말하였다.

"아니, 네가 제일 잘한다는 재주로 겨루겠으니 먼저 골라라."

"내가 지닌 재주 가운데서 제일 보잘것없는 것이 나무에 오르는 것이다. 이 보잘것없는 재주로 네가 잘한다는 재주와 겨루어도 나는 반드시 이길 수 있다. 저기 벼랑 위에 있는 쉰 길 되는 큰 나무를 보아라. 나는 한 번 껑충 뛰어 단숨에 오를 수 있는데 너도 그렇게 할 수 있느냐?"

나무에 오르는 내기를 하자는 말에 원숭이가 말하였다.

"못한다, 못해. 《시경》에 '원숭이에게 나무 오르는 법을 가르친다.'고 하였다. 나는 오를 수 없으니 가르쳐 다오. 너한테 배워서 혹 나무에 오르더라도 인차 미끄러질 게다."

"나무에 오르기도 전에 먼저 떨어질까 봐 걱정하는 것을 보니 네가 아직 나무에 오르는 법을 배우지 못한 게로구나. 네가 만 길이나 되는 나무에 오르더라도 절로 떨어져 나를 이기지 못할 게다. 그러니 너는 내 아들이 될 것이 틀림없다."

말을 마친 삵은 가볍게 몸을 날려 나무를 잡고 위로 오르는데, 발끝에서 화살이 나는 듯 휙휙 소리가 났다. 나무 위에 오른 삵은 나뭇가지에 앉아 원숭이를 내려다보며 비웃었다.

"빨리빨리 올라오너라. 내 오늘 너한테 나무 오르는 법을 가르쳐 주리라."

땅에서 삵을 올려다보던 원숭이는 휘파람을 획 불더니 몸을 날렸다. 겨드랑이에서 바람 부는 소리가 윙윙 났다. 잔치에 와 앉은 짐 승들이 나무 위를 올려다보니, 어느새 올라갔는지 원숭이가 삵이 앉은 자리보다 몇 길이나 더 되는 저 위에 앉아 삵을 내려다보고 있었다.

"네 재주가 기껏 고런 나뭇가지에 올라앉는 것이냐? 나한테 배우고 마저 올라오너라. 네 올라오지 못하면 오줌을 갈기겠다."

삵은 오를 생각도 못 하고 덤덤히 앉아 있었다. 삵을 내려다보던 원숭이는 다리를 벌리고 오줌을 쌌다. 아래로 떨어지는 오줌은 마치 폭포 줄기가 흐르는 듯하였다. 오줌은 곧바로 삵의 대가리에 떨어졌다.

삵은 오줌 벼락을 맞으면서도 피하지도 못하고 감히 위를 올려다보지도 못하였다. 지린내 나는 오줌이 코끝에 이슬처럼 맺혀 떨어지니, 두 눈을 딱 감고 두 귀를 쫑긋거리며 원숭이를 꾸짖었다.

"내 머리가 지백智伯▪의 머리인 줄 아느냐? 내 몸이 범저范雎▪의 몸뚱아리인 줄 아느냐? 내가 한나라 유생의 갓▪을 썼더냐? 아니면 내가 이규李逵의 포대기를 깔고 앉기라도 했더냐? 이것이 도

▪ 진晉나라 때 지백이 조양자를 공격하다가 실패하여 죽임을 당했는데, 조양자가 지백의 해골을 요강으로 삼았다고 한다.
▪ 위나라 사람으로, 제나라로 가는 사신을 따라갔다가 위나라의 비밀을 제나라 왕에게 알려주었다는 혐의로 멍석말이 당해 뒷간에 버려졌고, 술 취한 사람들이 그에게 오줌을 누었다고 한다.
▪ 한고조 유방이 선비를 싫어하여 갓 쓴 선비만 보면 갓을 벗겨 거기다 오줌을 누었다고 한다.

대체 무슨 짓이냐. 내기를 정할 때 이런 벌을 준다는 말이 있었느냐? 이런 일이 있을 줄 알았으면 내가 왜 삿갓을 쓰지 않았겠느냐?"

뭇짐승들은 통쾌하게 웃었다. 원숭이는 이어 몸을 날려 삵이 앉은 곳보다 아랫자리에 앉아 그를 올려다보며 말했다.

"내가 지금 네 아랫자리에 앉아 있는데 나한테 오줌을 갈길 테냐?"

삵은 아무 말도 못 하고 앉아 있었다. 원숭이는 나무를 잡고 흔들기 시작하였다. 한 번 두 번 너덧 번 흔드니 나무가 동쪽으로 기울었다 서쪽으로 기울었다 하면서 뿌리까지 움씰움씰하였다.

삵은 떨어질까 봐 앞발로 나뭇가지를 굳게 잡았으나 뒷발이 미끄러져 나무가 흔들리는 대로 몸뚱이가 왔다 갔다 하였다. 그 모양은 마치 개를 목매단 것 같았다. 정신이 아찔해져 삵은 저도 모르게 나무를 잡고 있던 앞발을 놓쳤다. 그러자 공중에서 쳇바퀴 돌듯 두어 바퀴 돌면서 밑으로 떨어졌다. 삵이 거의 땅바닥에 닿으려는 순간이었다. 원숭이는 나무를 타고 미끄러져 내려오다가 몸을 날려 삵이 땅에 떨어지기 전에 재빨리 두 귀를 잡아 가볍게 땅에다 내쳤다.

삵은 땅바닥에 쓰러져 한참 만에야 정신을 차리고 일어났다. 그 꼴을 지켜보던 원숭이가 히쭉 웃으면서 삵의 이마를 툭툭 쳤다.

"밤마다 닭들의 홰대나 오르내리는 네 그 보잘것없는 재주로, 만수산을 구름 타고 왔다 갔다 하던 나를 당할쏘냐? 그러고도 장부랍시고! 내가 붙잡아 주지 않았다면 너는 분명 목이 부러져 죽었을 게다. 재주 내기에서 졌으니 아까 한 약속은 어찌하겠느냐?"

삵은 굽석굽석 절하였다.

"오직 형님의 처분을 따르겠소이다. 형님이 저더러 아들 하라 하시면 저는 형님 아들로 되는 것이고, 형님이 '넌 내 손자 해라.' 하시면 형님 손자로 되는 것이오이다. 나를 살리고 죽이는 것은 형님이시니, 아들이라 할지 손자라 할지는 형님 마음대로 정하소서."

삵은 제정신을 잃은 듯 사리도 분간하지 못하고 마구 지껄여 댔다. 그것을 본 토끼가 삵을 놀렸다.

"네가 원숭이의 아들이다 손자다 하면서, 왜 '아버지', '할아버지' 하고 부르지 않고, 형님이라고 부르느냐? 아까는 범의 아들이요, 손자요 하고 큰소리를 쳐 놓고는 지금은 원숭이의 아들이요, 손자요 하는데, 네 아비나 할아비는 어찌 그리도 많으냐? 똑 삼천여섯 명의 아비를 둔 아들이구나. 그래, 나무에 올라갔다가 공중제비로 떨어지는 것이 범 장군의 신비스러운 용맹이냐? 산중왕인 범의 재주냐? 평생 좋은 재간과 특이한 재주를 배운 양하더니 오늘 다행히 명철한 할아버지인지 아버지인지를 만났구나. 축하할 일이로다."

삵은 대가리를 숙이고 아무 말도 못 하였다. 그저,

"죽을죄를 지었소이다."

할 뿐이었다.

원숭이는 다시 삵의 어깨를 잡아당기며 물었다.

"아까 너는 나무에 오르는 것이 보잘것없는 재주라고 하였는데, 혹시 네가 뽐내는 재주를 놔두고 하찮은 것으로 내기를 하여 진

것이 아니냐? 다른 재주가 있으면 한 번 더 겨루는 것이 어떻겠느냐?"

삵은 고개를 가로저으며 말하였다.

"사실 나무에 오르는 것이 제가 가장 좋아하고 잘하는 재간이오이다. 이번 내기에서 형님한테 졌으니 다른 것을 더 해 무엇 하겠나이까? 저는 이제야 비로소 뛰는 놈 위에 나는 놈이 있고 날개 위에 깃이 있다는 것을 잘 알게 되었소이다."

이윽고 점잖게 앉아서 원숭이와 삵의 나무 오르기 내기를 구경하던 두꺼비가 일렀다.

"저 삵을 가까이 불러오너라."

원숭이는 삵의 귀를 잡아 두꺼비 앞에 끌어다 놓았다. 두꺼비는 삵을 쏘아보며 소리 높여 꾸짖었다.

"요즘 나라의 기강이 문란해지고 명분이 뒤집혀 보잘것없는 자들이 귀인인 양 행세하는가 하면, 변변치 못한 자들이 당치도 않게 웃어른이란 이름을 도적질하니, 풍속이 날마다 어지러워지고 있느니라. 참으로 너 같은 놈들 때문이구나.

너는 무엇 때문에 범이라고 거짓말을 늘어놓으면서 멋대로 생일잔치에 기어들었느냐? 네 더럽고 천한 행실은 아비를 꿔 오고 할아비를 바꾸는 것이다. 네 죄를 따지면 가짜 어사출또 같은 것이니라. 엄한 벌로 다스려야겠지만 이 기쁜 잔칫날에 그리할 수 없으니 벌주로 대신하리라."

두꺼비는 궁노루에게 벌주를 갖다 주라 일렀다. 궁노루가 잔에 술을 가득 부어 삵에게 주려는데, 여우가 일어나 벌이 가볍다고 야

단을 부렸다.

"삶이 도리에 어그러지는 일을 거리낌 없이 저지른 것은 비단 이번만이 아니오이다. 범이 없는 곳에서는 번번이 범인 양 행세하곤 하니 벌주만 주어서는 아니 되오이다."

삵도 여우를 쏘아보고 여우의 죄상을 까밝혔다.

"여기 이 자리에 계시는 여러분들이 그 어떤 벌을 주든, 앉은 순서대로 태형을 치든 저를 변명할 길이 없소이다. 그러나 여우의 죄는 저보다 훨씬 더하오이다. 여우는 범을 만나,

  '제 위풍으로 온갖 짐승들을 다스릴 수 있소이다. 짐승들이 공을 보면 무서워 벌벌 떨듯이 저를 봐도 무서워하오. 믿지 못하겠으면 저를 따라와 보옵소서.'

하였소이다. 범이 정말인가 하여 여우의 뒤를 따라갔소이다. 짐승들은 여우를 만날 때마다 그 뒤로 범이 따라오는 것을 보고는 모두 겁에 질려 달아나곤 하였소이다. 그런데 어리석기 짝이 없는 범은, 짐승들이 여우를 보고 무서워 도망치나 보다 생각하였소이다. 이처럼 여우는 산중의 왕인 범을 업고 허세를 부리곤 하는데 범은 그것을 모르고 있었소이다. 간사하고 교활한 여우는 범을 뒤에 달고 다니면서 짐승들의 자취를 보는 대로 범에게 대주었소이다. 그러고 나서 범이 먹이를 잡아 오면 함께 나누어 먹었소이다.

  큰 놈을 업고 나쁜 짓을 저지른 여우의 죄에 견주면 제 죄는 아무것도 아니라고 할 수 있소이다. 저야 다만 범이 없는 틈을 타서 약한 짐승을 만나면 저에게 굽신거리게 하고 강적을 만나면 비굴

하게 아첨하였을 뿐이오이다. 옛날 남월왕 위타尉佗라는 자가 스스로 천자라고 하다가 한나라 조정에서 온 육가陸賈를 한 번 보고 설득당해 조서를 받들어 한고조 밑으로 들어가 복종한 것과 같소이다.

그렇지만 저 여우는 위로는 산중왕인 범을 속이고 아래로는 약한 짐승들을 속였소이다. 뿐만 아니라 저 여우는 범을 도와 제 배를 불렸소이다. 옛적에 조조가 천자를 끼고 제후들을 호령하여 천하를 손에 넣은 것과 같소이다. 이것은 천하의 간악한 적이고 만고의 죄인이오이다. 여러분들은 저와 여우의 죄를 놓고 잘 헤아려 보옵소서.

여우는 두껍 공과 더불어 윗자리를 놓고 말다툼을 하다가 져서 동쪽 자리에 앉기는 하였으나 속으로는 몹시 불안하였을 게요. 마침 두껍 공이 제 죄를 꾸짖는 틈을 타서 은근히 죄를 보태어 두껍 공의 비위를 맞추어 보려고 하였던 것이오. 지금 여우를 보시오. 여우는 저한테 논박을 받자 두껍 공이 어떤 판결을 내릴지 알 수 없어 꼬리를 흔들면서 잠자코 기색만 살피고 있소이다."

두꺼비는 삵과 여우를 모두 꾸짖었다.

"여우의 죄는 위를 속이고 아래를 속였으니 그 죄목이 두 가지다. 삵의 죄는 단지 아래를 속인 것뿐이니 그 죄목이 하나다. 한 가지 죄를 범한 자가 두 가지 죄를 범한 자를 꾸짖는 것은 싸움터에서 오십 보를 물러선 자가 백 보를 도망친 자를 비웃는 것이나 마찬가지로다. 죄를 저지른 자에게는 벌을 줌이 마땅하지만, 이 기쁜 잔칫날을 살벌하게 보낼 수 없으니 누구 죄가 더 무거운지

따지지 말고 둘 다 큰 잔으로 벌주를 한 잔씩 주어라."

두꺼비의 영을 받고 궁노루가 벌주를 내왔다.

여우는 두꺼비의 관대한 처벌에 몹시 고마워 두 손으로 술잔을 쥐고 정중히 말하였다.

"고맙소이다, 고맙소이다."

여우는 진심으로 고마워하며 벌주를 마셨다.

삵은 술잔을 받아 들고 투덜거렸다.

"제 죄는 여우의 절반밖에 안 되는데 똑같이 처벌하니 원통하오이다."

두꺼비는 낯빛을 고치고 타일렀다.

"똑같은 것이 아니다. 여우의 죄는 두 가지지만 이미 지나간 것이고 네 죄는 하나지만 방금 막 드러난 것이다. 만약 죄의 가볍고 무거움을 똑바로 밝히려 한다면 여우의 죄는 앞으로 조사하여 그에 마땅한 벌을 내려야 할 것이나 너는 이 자리에서 바로 법대로 판결을 받아야 한다. 너에게나 여우에게나 똑같이 너그러움을 베풀었는데 무슨 말이 그리 많으냐?"

그제야 삵은 아무 말도 못 하고 뿔잔 가득 벌주를 마셨다. 짐승들이 잔치판이 떠나가라 웃었다.

다시 자리가 정돈되자 족제비는 궁노루를 시켜 차례로 술을 두어 순배 돌리고 맛 좋은 음식들을 계속 날라 오게 했다.

짐승이란 먹을 것을 놓고 으르렁거리며 싸우는 것이 본성이다. 그러나 이날 생일잔치에 온 짐승들은 제자리에 차분히 앉아 차례를 지키면서 아무런 음식을 가져다주어도 타발하거나 서로 더 먹

겠다고 싸우는 일이 없었다. 짐승들이 오직 자기 앞에 차례진 음식
만 먹으니, 쩝쩍쩝쩍 음식 씹는 소리가 한동안 요란하였다.

두껍 공이 지난 역사를 가사로 읊는구나

음식을 배불리 먹은 두꺼비는 만족스러운 듯 모두를 둘러보았다.

"여러분, 날이 저물려면 아직 멀었으니, 여러 가지 재주놀이를 하여 주인네 어머니를 기쁘게 해 드려 남은 즐거움을 마저 누리는 것이 어떻겠소?"

족제비는 기다렸다는 듯 껑충 일어나 말하였다.

"놀음놀이도 즐겁지 않은 것은 아니오나, 두껍 공을 생일잔치에 모신 것은 우리 짐승들에게 천만다행한 일이오이다. 공께서는 오래 살면서 고금의 지난 일들을 잘 알 것이오니 이 자리에서 한마디 이야기해 주시어, 무지한 우리들의 눈을 틔워 주시면 고맙겠소이다. 어찌 풍악이나 잡히고 재주놀이만 하다 말겠소이까? 바라옵건대 공은 우리를 위하여 한마디 해 주옵소서. 그러면 우리 가슴이 탁 트일 것이오이다."

집사의 말에 짐승들이 한목소리로 좋아하였다.

"간절히 청하옵니다. 귀한 말씀을 아끼지 마옵시고 저희를 가르쳐 주옵소서."

짐승들의 청을 거절할 수 없어 두꺼비가 말하였다.

"지나간 사실을 모두 말하면 자못 허망하고 실속이 없을 것 같아 아직 그 누구에게도 이야기한 적이 없소. 하지만 여러분들이 나를 노망하는 늙은이로 여기지 않고 지난 일을 들으려 하니 어찌 입을 다물고 거절하겠소? 지금부터 여러분들을 위해 고금 역대의 지난 사실을 가사 한 편에 담아 읊겠소. 이 가사를 들으면 지나간 역사를 잘 알 수 있을 게요."

이어 알맞춤한 막대기를 쥐고 돌을 북 삼아 뚝딱뚝딱 장단을 치면서 감정을 잡아 맑은 목소리로 가사를 읊었다.

이 자리에 참석하신 귀한 손님 여러분네
변변치는 못하나마 이 가사를 들어 보소.

태곳적 어진 임금 즉위하던 바로 그해
춘삼월 경칩날에 이내 몸이 태어나니
태평 시대 즐거움과 난리 때 어지러움
만고 역대 지난 일을 모두 다 보았다네.
천지개벽하였을 때 백성들 화목하여
임금이 교화할 일 특별히 없었다네.
나뭇가지 얼기설기 보금자리 꾸려 놓고

나무 열매 먹으면서 살아가기 시작했네.
나무 비벼 불붙임은 인류의 사건이요
끓인 음식 먹게 함은 불의 신 공덕이라.
거룩한 덕을 갖춘 문명의 신 탄생하사
인류의 문화가 처음으로 시작됐네.

천문도를 그리고 글자를 만들고
장가들고 시집가는 혼인 예법 정했다네.
공예의 신 잘못 다뤄 하늘 기둥 무너지자
솜씨 있는 여신 하나 꿰진 하늘 기웠도다.
왕업이 계승되어 십여 대를 지나다가
농사 신이 임금 되어 세상일을 주관했네.
천하의 근본 되는 농사법을 가르쳤고
풀 속에서 약초 찾아 인간 생명 구제했네.
북두칠성 비친 밤에 큰 번개가 번쩍하니
천하를 다스릴 수레의 신 낳으셨네.
높고 낮은 귀천은 의복으로 나타냈고
배와 수레 만들어 온 나라에 퍼졌도다.
세월이 오래되어 세도가 문란하자
하릴없이 군사로 살육전을 벌였도다.
간 데마다 비린내만 풍기는 가운데
어디 가서 이 한 몸을 편안하게 의탁할꼬.

지조 지켜 은거한 선비들의 뜻을 안고
맑은 아침의 나라 조선을 돌아보니
동쪽에서 솟아오른 아침 햇빛 찬란하고
복사꽃 봄바람에 한들한들 춤을 쳤네.
지리 금강 묘향산은 조선의 명산이라
수려한 그 자태가 허공중에 솟아 있고
한강 임진 대동강은 이 땅을 굽이도니
예의 도덕 높은 이 땅 맑게도 감돌았네.
조선을 일떠세운 단군 유적 역력하고
선대의 어진 풍습 또렷이 남아 있네.
의관문물 그 어디에 비길 데 있을쏘냐.
예부터 예의지국이라 이름 높았더라.

나라의 도읍이 한양성에 일떠서고
대대로 왕업이 전하여 내려오니
오랜 세월 나라는 태평세월 누렸고
세세로 문화를 자랑하지 않았더냐.
거룩한 임금의 옛일을 스승 삼고
문무 방책으로 정사를 삼았도다.
성인들의 뜻을 이어 성균관을 설립하고
오백 년을 어진 인재 수많이 키워 가니
옛 성현의 도학은 후세까지 전해지고
옛 문인의 문장은 문인들의 모범 됐네.

조정에선 인재 선발 공평하게 추천하며
어진 이를 가림 없이 내세우고 벼슬 줬네.
충신으로 조정의 중임을 맡겼으며
문신으로 지방 관리 벼슬을 주었도다.
예와 덕으로 세상을 다스리며
군대를 잘 갖추어 인재를 선발하니
방숙 소호 옛적의 뛰어난 장수요
염파 이목 옛날의 훌륭한 장군이로다.
자연의 초목까지 그 덕을 입었으니
산천에도 아름다운 광채가 빛났도다.
산짐승과 물고기도 그 혜택을 입었으니
우리 나라 도읍지가 편안도 하였더라.

산 좋고 물 맑은 이 땅 이 강산은
이 세상에서 오로지 깨끗한 곳.
다른 곳에 옮겨 가 살 생각이 없으니
동방의 이 강산에 한평생 살아가리.
이 땅에서 살면서 태평세월 노래하니
이 세상의 즐거움은 여기가 으뜸이라.
근심 걱정 하지 않고 이 강산에 집을 잡아
복된 삶을 누리며 영원히 살리로다.

두꺼비가 가사를 다 읊자 조용히 앉아 듣던 짐승들 모두가 감탄을 터뜨리며 거듭 절하고 고마워하였다.

"오늘 다행히 생일잔치에 공을 모시고 가사라는 것을 들으니 귀가 다 열리고 마음이 상쾌해지는 것이, 그저 잠시 잠깐의 즐거움이 아니오이다. 가사를 통해 역사를 잘 알게 되었으니 역사책을 읽은 것과 어찌 다르겠소이까? 배운 것이 많아 고맙기 그지없소이다. 이제 가사를 들어 보니 어르신이 조선에서 사신 지 오래되었구려."

두꺼비가 길게 탄식하였다.

"중국에서는 전란으로 흥망성쇠가 잦았는데 오직 조선만이 예의지국으로 남아 있었소. 산 좋고 물 맑은 조선을 두고 내가 어디가 살겠소? 나는 조선 땅에 이 몸을 의탁하였소. 내가 친척들과 헤어지고 자식들과 떨어져 산다 해도 어찌 저 오랑캐 가까이 살곳을 정하겠소?"

족제비 집사가 두껍 공에게 물었다.

"세상 사람들이 말하기를, '지나간 옛일을 알려거든 《사기》를 읽으라.' 하였소이다. 《사기》란 역사를 적는 벼슬아치들이 그때그때 기록한 것을 뒷날에 와서 책으로 편찬한 것이오이다. 사람의 수명은 얼마 길지 못하여 지나간 일을 다 보고 듣지 못하니, 《사기》가 어찌 공이 몸소 보고 들은 것을 읊은 가사만이야 하겠소이까?"

"그런 것이 아니오. 나라마다 다 《사기》가 있었소. 우虞나라에 우나라 역사가, 하夏나라에 하나라 역사가 있고, 은과 주에도 역사를 기록하는 벼슬아치가 있었소이다. 이렇게 당대에 보고 들은 것을 참대나 비단에 기록하여 금궤에 잘 보관하여 후세에 전하였다오. 당시의 역사 사실과 문헌에 기록된 것이 같으므로 진실하고 거짓이 없소. 그러나 진나라의 폭군이 책을 모조리 불사르고 문사들 수백 명을 구덩이에 파묻은 일이 있은 뒤로는 역사책에 잘못 기록된 것이 많소.

사람들이 말하는 한나라 태사는 사마천이라는 사람이오. 그는 직책상 응당 천하의 역사를 되짚어 밝힌 뒤 《사기》를 편찬하려고 하였으나 근거 될 만한 자료를 뽑을 책이 없었다오. 그래 자료를 얻기 위해 천하 명산대천을 두루 돌아다니었소.

그때 나는 벼슬을 그만두고 궁벽한 시골에 들어박혀 한가로이 살아가고 있었소. 한 태사는 자주 나를 찾아와 '노인장' 하고 부르면서 지나간 옛일을 이야기해 달라고 조르곤 하였다오. 그래서 나는 아주 먼 옛날부터 보고 들은 것을 빠짐없이 이야기해 주었소. 내 이야기에 바탕을 두고 태사가 《사기》를 편찬하였소. 그 책에는 아득한 옛날 일부터 쓰여 있는데 그것은 다 내가 보고 들은 대로 전하는 말을 귀담아듣고 썼기 때문이오."

족제비는 다시 두꺼비에게 물었다.

"공께 버릇없이 자꾸 물어 안됐소이다. 어르신이 팔다리가 안으로 굽어든 것은 활에서 손을 뗄 새가 없고 말에서 내릴 새가 없어서 그렇게 된 것이며, 또 생김새가 변한 것은 성을 쌓을 때 큰 돌을 져 날라서 그렇게 된 것이고, 두 눈이 불그스름한 것은 신선들이 마신다는 자하주를 마셨기 때문에 그리됐다는 것은, 이미 말씀하셔서 잘 알고 있소이다. 그런데 온몸이 울퉁불퉁한 것은 무슨 병이 있어서 그런 것이옵니까?"

두꺼비는 족제비의 물음에 웃으며 대답하였다.

"이 병은 내 자신이 옮아온 것이기 때문에 이야기하기가 좀 부끄럽네. 나는 일찍부터 주색을 좋아하였지. 내가 섬이 고을 자사로 있을 때 소주와 항주가 내 관할 아래 있었네.

소주의 계섬桂蟾과 항주의 운섬雲蟾은 당시 세상에서 이름난 기생이자 천하의 미인들이었지. 어느 해인가 내가 항주 고을을 돌아보러 나갔다가 운섬을 보고 그 미모에 홀딱 반해 그를 불러서 가까이하였지. 운섬에게는 본디 못된 병이 있었는데, 내 몸이 이처럼 울퉁불퉁하고 험상스러운 것은 그때 운섬과 가까이 지내다가 옮은 것이라네. 이 병을 고쳐 보려고 좋다는 약은 다 얻어다 썼으나 효과가 없고 끝내 낫지 않았네. 그러니 누구를 원망하고 누구를 탓하겠나?"

이와 같이 이야기를 주고받을 때 동쪽 끄트머리에서 먼지가 풀썩풀썩 일고 "쩍쩍 찍찍" 하면서 싸움질하는 소리가 들려왔다.

소란을 피운 쥐들을 잡아들이라

족제비 집사가 서둘러 달려갔다가 돌아와 두꺼비에게 아뢰었다.

"들쥐, 곳간쥐, 두더지 세 놈이 치고받고 하면서 한창 싸우고 있소이다. 살풍경이 벌어졌소이다. 이렇게 무례한 일이 벌어졌는데, 집사인 저도 말릴 수가 없소이다."

두꺼비는 곧 형리를 불렀다.

"관련된 쥐들을 모두 잡아들여라."

형리들은 들쥐, 곳간쥐, 두더지를 두껍 공 앞으로 끌어다 놓았다. 두꺼비는 쥐들을 꾸짖었다.

"네놈들은 멀쩡한 사지에 가죽도 온전히 붙어 있거늘 예의범절도 모르느냐? 짐승이라면 모두가 생일잔치에 와 이 댁 어머니의 생일을 축하해 주는데 네놈들은 도리어 싸움질로 살풍경을 이루었으니 몹시 괘씸하구나. 네놈들, 무슨 일로 싸웠는지 자세히 말해 보거라!"

들쥐가 먼저 머리를 조아리며 땅에 엎드려 말하였다.

"소인의 집에는 외아들이 있소이다. 이제는 다 자라 장가들일 때
가 되었으므로 며느리를 맞으려고 하였소이다. 그런데 듣자니 곳
간쥐에게 나이 찬 딸이 있다 하기에 두더지를 찾아가 중매 서 줄
것을 부탁하였소이다.

두더지는 곳간쥐를 찾아갔다가 돌아와서,

'곳간쥐가 흔쾌히 승낙은 하지 않았으나 예물을 넉넉히 보내
면 혼사를 맺을 수 있겠소.'

하고 말하더이다.

두더지의 말을 듣고 곰곰이 생각해 보니 그럴 성도 싶었소이
다. 그래서 저는 은 두 쪼각과 금 두 쪼각을 두더지에게 주어 예
물로 보냈소이다. 하지만 욕심이 굴뚝같은 곳간쥐는 예물이 적다
고 돌려보내면서 갖은 악담을 다 퍼부었다고 하였소. 그 때문에
속으로 좋지 않게 생각하였소이다.

혼삿말이 있은 뒤 오늘 마침 생일잔치에서 곳간쥐를 만났소이
다. 저는 반갑게 그를 맞으며 지난달에 오간 혼삿말을 다시 꺼냈
더니 곳간쥐는 대번에 성을 벌컥 내면서 제 뺨을 쳤소이다. 그 때
문에 서로 치고받고 하다 나니 자연히 살풍경을 이루게 되었소이
다."

이어 곳간쥐가 머리를 숙이고 말하였다.

"저희 집에는 애지중지하는 외딸이 있소이다. 지난달에 두더지
가 찾아와 들쥐가 사돈을 맺자고 한다기에, 저는 생김새도 다르

고 또 사는 처지도 같지 않으므로 굳이 물리쳐 돌려보냈소이다.

그 뒤 며칠이 지나 두더지가 또 찾아와서,

'들쥐가 혼인 예물을 많이 보냈구려.'

하기에, 이는 예의 풍속에 어긋나는 짓이라고 꾸짖고 바로 되돌려 보냈소이다. 그런데 오늘 저 들쥐가 제가 예물이 적어서 물리쳤다고 말하니, 이는 전혀 사실이 아니오며 허망하기 짝이 없는 말이오이다.

처음 혼삿말이 나서 그것을 물리칠 적에 제가 어찌 예물을 입에 올렸겠으며, 또 들쥐가 보내온 예물 꾸러미를 풀어 보지도 않았는데 많고 적음을 어찌 알고서 적다고 하였겠소이까?

이런 일이 있은 뒤 오늘 처음으로 생일잔치에 와서 들쥐를 만났소이다. 그런데 들쥐는 나를 보자마자,

'한번 말이 난 것이니, 그만두려 해도 그리는 아니 될 것이오이다. 내 아들이 이미 당신 딸과 몰래 간통하였다 하오. 차라리 이제라도 정혼을 하는 게 낫지, 당신 딸이 어디 다른 집에 시집갈 수 있겠소?'

하면서 먼저 시비를 걸었소이다.

과연 들쥐의 말처럼 제 딸이 들쥐의 아들과 간통하였다면, 반드시 그것을 밝힐 만한 근거를 내놓아야 할 것이오이다. 하지만 들쥐는 낯이 간지러워 감히 간통한 근거를 내놓지 못하고 다만 혼삿말만 되풀이하고 있소이다.

들쥐가 도리에 어긋나는 말을 제멋대로 꾸며 지껄이니, 저는 너무 분한 나머지 참으려야 참을 수 없어 들쥐 주둥이를 후려갈

겼소이다. 도적이 매를 드는 격으로, 잘못을 저지른 놈이 오히려
숙어들지 않는데 제가 어찌 가만있겠소이까? 이 때문에 잔칫집
에 와서까지 소란을 피웠소이다."

중매꾼으로 나섰던 두더지가 두 손을 모아 쥐고 말하였다.

"저는 들쥐와는 이웃에 살고 곳간쥐와도 사이좋게 지냈소이다.
어느 날 들쥐가 찾아와 중매 서 달라고 간청하였소이다.

저도 마음속으로 들쥐와 곳간쥐는 생김새가 다르므로 배필이
될 수 없다는 것을 알고 있었소이다. 하지만 가만히 생각해 보니
들쥐와 곳간쥐는 비록 생기기는 다르게 생겼더라도 둘 다 쥐이고
집안 형편도 서로 비슷비슷하였소이다. 곳간쥐는 곡식을 많이 가
지고 있는 부자이며 들쥐는 재물을 물 쓰듯 하는 부자이니 둘 다
짝지지 않았소이다.

수나귀와 암말이 쌍붙어 힘세고 날랜 노새를 낳으며, 뱀과 뱀
장어가 교미하여 고운 무늬가 있는 물고기를 낳으니, 이런 이치
를 보아도 곳간쥐의 딸과 들쥐의 아들이 서로 배필이 된다 하여
나쁠 것 같지 않았소이다. 그래서 저는 들쥐 아들과 곳간쥐 딸이
결혼하여 어떠한 새끼를 낳는가 보리라 마음먹었소이다. 그래서
곳간쥐를 찾아가 혼삿말을 했더니 굳이 거절하길래 돌아와 들쥐
한테 사실대로 말해 주었소이다.

그 뒤 며칠 지나 들쥐가 또 찾아와서,

'지금 세상의 풍속은 위아래 할 것 없이 혼인하기 전에 재산이
많은지 적은지를 먼저 보오. 더군다나 곳간쥐는 재물 욕심이 많
은 자 아니오? 내게 금이며 은이며 많다는 것을 알면 반드시 마

음을 달리 가질 것이니 예물을 가지고 한 번 더 가 보시오.'
하였소이다. 저는 들쥐가 보내는 예물을 가지고 곳간쥐가 어떻게
하나 보러 다시 찾아갔소. 그런데 또다시 곳간쥐는 거절하더이
다. 저는 잔뜩 꾸지람만 듣고 돌아와 들쥐에게 예물을 돌려주었
소이다.

   그런 일이 있고 오늘 이곳에 와서야 만났는데, 어리석고 간특
한 들쥐와 경망스러운 곳간쥐가 혼사 문제를 놓고 티격태격하다
나니 살풍경을 이루는 지경에 이르렀소이다. 제가 중간에서 말리
노라고 말렸으나 먹물 가까이 있으면 검은 물이 든다고 나중에는
셋이 어울려 싸우게 되었소이다."
두꺼비는 들쥐, 곳간쥐, 두더지의 말을 다 듣고 모두를 휘둘러보
았다.
"《시경》에 이런 시가 있느니라.

   누가 쥐에게 어금니가 없다고 하였는고?
   어째서 내 집 담을 뚫느냐?
   누가 내게 집이 없다고 하였는고?
   어째서 나를 걸어 송사한단 말인가.

   이 시는 세상에서 포악하고 사나운 자를 가리켜 지은 것이다.
지금 들쥐의 행실이 바로 이와 같은 것이다. 또 그 아래에,

   비록 나를 송사에 끌어내더라도

너와는 맞서지 않으련다.

하는 시구가 있다. 이 시는 세상에서 절개를 굳게 지키는 자를 보며 지은 것이로다. 오늘 곳간쥐는 응당 이 시와 같이 처신하였어야 했건만, 경솔하게 들쥐의 주둥이를 쳐서 싸움을 일으켰다. 또 두더지는 중매를 서려다가 도리어 싸움만 일으켜, 처녀가 시집을 못 가게 돼 버렸구나.

죄의 가볍고 무거움은 다 다르지만 들쥐, 곳간쥐, 두더지 모두에게 죄가 있는 것은 틀림없느니라. 내가 만약 법을 집행하는 관리라면 응당 그 죄의 가볍고 무거움을 헤아려 엄벌을 내리겠지만, 나는 재판관이 아니다. 또 이 자리는 노루 어머니의 생일을 축하하는 잔치 마당이므로, 벌주 말고는 다른 벌을 줄 수가 없구나. 이미 여우와 삵에게 벌을 대신하여 벌주를 먹였으니 들쥐, 곳간쥐, 두더지가 지은 죄의 덜하고 더함을 가려 좋은 술과 나쁜 술을 한 잔씩 먹일 것이다.

들쥐에게는 현주(맹물)를, 두더지에게는 탁주를, 곳간쥐에게는 청주를 주어라.

벌주를 먹은 뒤에 너희들은 아까 트집 잡아 따지던 혼삿말을 다시는 입밖에 꺼내지 말고, 밝은 낮으로 오손도손 이야기를 나누면서 이 생일잔치를 즐겁게 보내거라."

곳간쥐, 두더지, 들쥐는 두꺼비의 처분에 따라 제가끔 청주, 탁주, 현주를 마시고 절하고 물러갔다.

이번엔 뇌물 공여죄요!

들쥐는 제 잘못을 뉘우치는 대신 몰래 조용한 곳으로 가서 두꺼비와 친척뻘 되는 청개구리를 불렀다. 들쥐는 금 네 쪼각과 은 세 쪼각을 청개구리에게 주었다.

"두껍 어르신과 가깝기는 자네만 한 이가 없네. 이 금 한 쪼각은 변변치 못하나마 수고한 값으로 자네가 쓰고, 금 세 쪼각과 은 세 쪼각은 두껍 어르신께 전해 주게. 송사를 뒤집어 곳간쥐와 사돈을 맺게 하여 주면 뒷날에는 더욱 값진 구슬로 보답하겠네."

"두껍 어르신은 청렴결백하고 사리사욕을 모르는 분이오. 어르신을 찾아가 사사로이 청을 여쭙기 어렵소."

"속담에 '돈만 있으면 귀신도 부린다.' 하였고, 또 '공무에 통하는 문이 따로 있고 사삿일에 통하는 문이 따로 있다.' 는 말이 있네. 두꺼비라고 돌 간에 무쇠 뼬을 타고났겠나? 청렴결백하다 세상에 소문난 노련魯連이나 양진楊震이도 아니지 않나? 이 금과 은을 주면 어찌 마음을 돌리지 않겠나. 지금 세상은 비록 국록을 넉넉히 받는 관리들도 송사 때에는 모두 뇌물을 받아먹고 판결을 내리네. 사람도 이같이 하는데 하물며 우리 같은 짐승들이야 더 말해 무엇 하겠나? 자네는 그저 가서 이 금과 은을 전달만 해 주게."

물욕에 눈이 어두운 청개구리는 금 한 쪼각에 홀딱 반하여 들쥐가 쥐어 준 금과 은을 가지고 몰래 두꺼비가 앉아 있는 등 뒤로 갔다. 그러고는 들쥐가 보낸 것이라고 하면서 금과 은을 내놓았다.

두껍 공은 속으로 웃음이 났으나, 아무렇지도 않은 듯 금과 은을 보다가 짧게 말하였다.

"저기 놓아두고 가거라."

들쥐는 금과 은을 두고 가라는 두꺼비의 말을 듣고 속으로 자기 뜻대로 되어 간다고 좋아하였다.

두꺼비는 한동안 가만있다가 형리들에게 지시하였다.

"저 금은을 이 앞에 가져다 놓아라."

이어 자리를 채운 모든 손님들에게 물었다.

"여러분들은 보물을 아오?"

짐승들은 번쩍번쩍 빛나는 금과 은을 보고 "야!" 하고 감탄하며 대답하였다.

"금과 은은 이 세상에서 가장 귀한 보물이오이다."

"여러분들은 금과 은이 보배라는 것 하나만 알고, 이것이 얼마나 나쁜지는 모르고 있소. 사람들이 금과 은으로 노리개나 장식품을 만들어 아끼기 때문에 보물로 되는 것이오. 허나 이것은 하찮은 것이라오. 어두운 밤에 소매 속에 넣어 갖고 다니면서, 제 욕심을 채우려고 누군가의 주머니에 찔러주거나 혹은 기회를 봐 가며 권세 있는 집에 들여보내면, 그 해로움이 독주나 독이 든 음식과 같소. 먹거나 마시면 반드시 죽는 것이오.

여러분을 위하여 말하겠소.

성인들은 송사 처리를 잘할 줄 모르는 것이 아니었으나, 송사가 없는 것을 좋이 여겼소. 사람에게는 물욕이 있다오. 물욕이 있으면 반드시 재물을 모으기 위해 싸움을 벌이게 마련이며, 싸움질이 일어나면 반드시 송사할 일이 생겨나오.

나라를 다스리는 임금은 모든 정사를 틀어쥐고 있다 해도 오만 문제를 혼자서는 다 처리하지 못하오. 그러므로 나라를 여러 고을로 나누어 만 호가 넘는 고을에는 영슈을, 만 호가 되지 못하는 고을에는 장툱을 임명하여, 맡은 고장을 다스리게 하였소. 그러고는 오직 정사를 돌보는 데만 힘쓰라고 녹봉을 넉넉히 주고, 또한 아랫사람들이며 백성들이 원님을 존경하고 받들도록 인장과 병부를 주었소. 또한 고을 원들이 위엄과 권력을 쥐고 죄를 범한 자에게는 벌을, 공을 세운 자에게는 상을 주도록 하였으며 아랫사람들이 일으키는 송사를 공정하게 처리하도록 하였소. 이것이야말로 임금을 도와 백성들을 다스리는 중대한 일이므로 고을 원들은 자기가 맡은 책임이 얼마나 무거우며 임금의 신임이 얼마나 큰가를 돌이켜 보아야 하오.

이 무거운 책임을 지고 고을을 다스리는 고을 원들은 임금께 보답할 마음이 있을 것이므로 마땅히 성심을 다하여야 할 것이오. 정사를 볼 때에 말과 행동을 조심하며 백성들을 사랑하라는 것이 임금님의 뜻이고, 백성들을 욕되게 하지 말라는 것이 나라의 법임을 깊이 명심하여야 할 것이오. 그러므로 고을 원들은 송사가 일어나면 자기가 맡은 책임이 얼마나 중한지 돌이켜 보고 눈처럼 희고 깨끗한 마음을 가져야 할 것이오.

송사를 할 때에는 저울의 눈금을 살피듯 어느 한쪽도 기울지 않게 진술을 받고 법대로 공정하게 판결을 내려야 할 것이오. 고을 원들이 다스리는 동안 백성들 속에서 원망하거나 탄식하는 소리가 없으면, 나라와 백성들 앞에서 제 책임을 다하고 있는 것이오. 그것이 위아래로 죄를 면하는 것이라오.

그런데 요즘 탐욕스러운 고을 원들은 나라에서 녹을 넉넉히 주는데도 오히려 모자라다고 불평을 부리고들 있소. 버슬자리를 타고난 자리인 양 여기며 나라가 정한 법을 사사로이 농락하고들 있소. 상 줄 사람, 벌 줄 사람을 사사로이 제 마음대로 처리하고 있다는 말이오. 이들은 송사가 일어나면, 먼저 뇌물이 들어오도록 문을 활짝 열어 놓고, 뇌물 들어온 것이 있나 없나를 보고 나서 판결을 내렸소. 만약 소송자 양켠이 다 뇌물을 바쳤다면 많고 적음을 보고 옳고 그름을 판결한다오. 또한 송사를 일으킬 건덕지가 없는데도 송사를 일으키게 하는가 하면, 이미 판결을 내렸는데도 다시 거꾸로 뒤집어 놓소.

그러는 한편 백성들의 피땀을 짜내서 재물을 모으기도 하고 위협과 공갈로 재물을 빼앗아 내기도 하는데, 간사한 자들을 내세워 거간꾼 노릇을 시켜 가며 모략을 세우게도 하오.

저 청개구리와 같은 탐욕한 자들이 물욕에 눈이 어두워 거간꾼 노릇을 하면서 뇌물을 받은 것이 얼마나 되는지 모르오만, 이것은 다 백성들의 피땀을 짜내는 짓이오.

내가 지금 특히 뇌물을 가지고 말하는 것은 송사를 뒤엎기 위해 들쥐가 뇌물을 보내왔기 때문이라오. 이것이 아니라도, 사리사욕을 채우려고 미친 듯이 날뛰는 자들이 백성들 등을 쳐 피땀을 짜내는 것을 어찌 다 말할 수 있겠소. 이자들은 저희들이 하는 짓을 누가 알랴 하겠지만, 하늘이 세상을 밝히 비추고 있으니 아무리 자취 없이 한다 해도 하늘을 속이지는 못하오. 하늘은 공을 세운 자에게는 복을, 죄를 지은 자에게는 화를 내려 주오.

이 때문에 가깝게는 그 화가 자기 몸에 미치고 멀리는 자손들에게까지 끼치는 것이오. 외딴섬에 귀양 가서 가시울타리 안에 갇히는 형벌과, 처자와 일가친척이 노비로 되고 재산을 몰수당하는 일은, 모두 제가 한 짓 때문에 식구들과 집안사람들까지 화를 입는 것이라오.

이런 것을 생각지 않고 눈앞의 이익만 좇느라 뇌물을 좋은 것이라고 여기고 뜻밖에 횡재한 것이라 하며 기꺼이 받는다면, 그것은 독주를 마시어 갈증을 푸는 꼴이며 독 든 음식을 먹고 주림을 면하자는 것이나 다름없소.

요즈음 뇌물로 송사를 처리하는 풍조가 어찌나 심한지 그 악습이 쥐들한테까지 미쳐, 판결이 난 송사를 금과 은으로 뒤집어엎으려고 꾀하고 있소. 나는 지나가던 손님으로 생일잔치에 와 앉아 있다가 저절로 들어오는 금은을 받았는데, 고을 원들이야 임기 동안 얼마나 많은 금전을 뇌물로 받았겠소?

아, 세상이 돼 가는 꼴이란 이루 다 말하기 어렵구려. 나를 탐관오리로 여겨 거리낌 없이 뇌물을 가져온 들쥐 놈에게 생전 처음으로 큰 모욕을 당했구려. 저놈에게 어떤 벌을 내려야 이 치욕을 씻을는지 모르겠소."

말을 마친 두꺼비는 판결을 내리지 않고 들쥐에게 금은을 돌려주었다.

"이 금은을 도로 가지고 돌아가서 혼인할 때에 보태 쓰도록 해라."

짐승들은 두꺼비가 쥐들에게 가벼운 벌을 내리자 그렇게 처리해서는 안 된다고 웅성웅성하였다.

"들쥐, 곳간쥐, 두더지의 진술을 듣사오니 죄를 실토한 것이나 다름없소이다. 그놈들의 죄가 명백한데도 어르신은 그저 지나다 들른 손님이라면서 점잔을 빼고, 장난인 양 아무 탈 없도록 벌주로 대신하게 하였소이다.

저 미시리같이 아무 부끄럼도 모르는 들쥐 놈은 엄벌을 받아도 시원치 않겠는데 도리어 벌주 한잔 마시는 것을 아무렇지도 않게 여기더니만, 이번엔 아무 두려움 없이 일삼아 더 큰 죄를 지었소이다. 도저히 용서할 수 없소이다. 그러니 법대로 벌을 내려야 하오이다."

두꺼비는 술렁거리는 짐승들을 바라보며 타일렀다.

"이 자리는 사사로운 잔치 자리이니 법대로 처리하기는 어렵소.

또한 벌을 이미 주었는데 어찌 다시 주겠소."

"이 세상 만물 가운데서 사람이 가장 신령스럽소이다. 인간 세상에서는 벼슬의 차례를 바로 정하고 예법을 만들었으므로 서로 빼앗고 물고 뜯는 싸움질은 하지 않소이다. 그러나 우리 같은 무지한 짐승들은 강한 놈이 약한 놈을 잡아먹고 큰 무리가 작은 무리를 업신여겨서 들쥐같이 함부로 날뛰는 것이오이다. 이것은 우리들 속에 관리가 없고 기강과 법이 없기 때문이오이다.

우리가 관리를 두고 법으로 다스리려 해도 조정에서는 만년이 가도 짐승들의 벼슬아치를 임명해 주지 않소이다. 두껍 공은 강직하고 명민하며 정직하고 덕과 위엄을 두루 갖추었으니 우리를 잘 다스릴 훌륭한 어른이시며 정사를 잘 돌보실 분이오이다.

이제 잔치도 끝났는데 공이 잠시라도 법을 맡은 관리로 되어 송사 심리를 법대로 처결함으로써 저 무지한 쥐새끼들에게도 세상에 법이 있다는 것을 알게 하면 참으로 다행이겠소이다. 그러니 사양하지 마옵소서."

짐승들은 이구동성으로 찬성하며 청하였다. 이어 짐승들은 생일잔치에 들여왔던 음식 그릇들을 거두어 내갔다. 그리고 단에 활달한 필치로 '행정대行政臺'라는 현판을 걸었다. 또한 짐승들 속에서 직책을 감당할 만한 적임자를 골라 벼슬을 맡기고, 감사와 고을 원의 엄숙한 차림새를 갖추게 했다.

두꺼비는 뭇짐승들과 막 뽑힌 관리들을 바라보고 말하였다.

"여러분들은 나보고 아무 권위도 없는 왕 노릇을 하라는 것이오?"

"어찌 그렇겠소이까? 여럿의 마음은 곧 하늘의 마음이오이다. 우리들 속에서 추대되었사오나 이것은 하늘이 내려 준 벼슬이오이다. 더군다나 공은 지난날 높은 벼슬을 많이 지냈으니 누가 이를 온당치 못하다 하겠소이까?"

두꺼비는 굳이 거절하다가 할 수 없다는 듯 받아들였다. 그리고 송사를 시작하였다.

"송사를 하는 데서는 먼저 불집을 일으킨 자부터 징계해야 하오."

먼저 곳간쥐를 불러들였다.

"혼인을 물리치고 중매쟁이를 꾸짖어 쫓아 보낸 것은 잘못된 일이 아니다. 우리 나라의 훌륭한 예의 도덕은 예나 지금이나 다름없다. 비록 들쥐가 네 집 담을 뚫으면서 송사에 끌어내더라도 너는 마땅히, '너와는 맞서지 않으련다.'고 한 옛사람을 본받았어야 한다. 그런데 본받아 마땅한 일은 하지 않고 어째서 먼저 들쥐 주둥이를 때려 살풍경을 만들었느냐? 네 죄 태형에 처해 마땅하다."

형리들이 달려들어 곳간쥐를 형틀 위에 올려놓고 볼기 열 대를 친 다음 내려놓았다. 곳간쥐는 볼기를 맞고 땅바닥에 쓰러졌다. 두꺼비는 그를 타일렀다.

"네 죄는 태형 스무 대가 마땅할 것이로되, 열 대는 이미 벌주 마신 것으로 용서하였다. 그러니 너는 네 죄를 가벼이 생각지 마라. 이제 스스로를 꾸짖어 다시는 해괴하고 경망스러운 짓을 삼가거라."

땅바닥에 쓰러진 곳간쥐를 세워 놓고 다시 타일렀다.

"곳간에 쌓인 곡식은 농민들 먹일 양식이고 군량미이니라. 또 조상님 제사에 쓰일 중요한 것이니라. 비록 곳간을 지키는 자라도 명목 없이 먹으면 반드시 재앙을 받게 된다.

너는 무슨 까닭에 곳간 곡식을 도적질해 내다가 네 집 자손들을 키워 사람들의 미움을 받느냐? 그렇게 나라의 곡식을 도적질하기 때문에, 너희 족속들은 고양이에게 사지를 찢겨 먹히는 벌을 받고 있는 게다. 고양이라면 사족을 못 쓰고 벌벌 떠는 것이 그 때문이고, 너희 족속들이 번성하지 못하는 것도 바로 그 때문이다. 이미 저지른 죄는 다 지울 터이니 지금부터는 잘못을 고치고 새로이 시작하라.

너는 곳간에 있는 세간살이를 모두 꾸려 가지고 본디 살던 들로 돌아가 풀과 열매를 먹으면서 살아가거라. 내 말을 심장에 새기고 다시는 이와 같은 죄를 범하지 말고 새 출발하여라."

곳간쥐는,

"예예, 알았소이다."

하면서 거듭 절하고 물러났다.

이어 두더지를 불러들여 죄상을 꾸짖었다.

"'혼례는 중매꾼 없이는 할 수 없다.' 하였으니 중매쟁이가 없어서는 아니 되는 법. 중매꾼으로 나선 자는 반드시 두 집의 지체와 문벌, 부모가 어진가 어질지 못한가를 저울질해 보고 눈처럼 희고 깨끗한 마음으로 상대방과 거리낌 없이 의논해야 하느니라.

혼사 일에는 다 순서가 있다. 혼사를 하겠노라고 양가 모두 승낙을 한 뒤에 신랑 집에서는 글을 지어 중매꾼을 시켜 신부 집에 보내 신부의 이름을 묻는다. 그러면 신부 집에서 새색시의 출생지와 생년월일을 적어 신랑 집에 보낸다. 그다음, 신랑 집에서 신부 집에 붉은 비단과 푸른 비단을 예물로 보낸다. 그러고 나서 신랑이 신부 집에 기러기를 안고 가서 상에 놓고 절한다. 돌아올 때에는 말을 타고 온다.

이처럼 혼례에는 예부터 내려오는 절차가 있는 법이다. 그런데 너는 들쥐와 곳간쥐가 같은 종족이 아니고 생긴 모습도 다르다는 것을 번히 알면서도 중매 서려고 하였구나. 뿐만 아니라 곳간쥐의 거절을 듣고도 또다시 들쥐의 예물을 가지고 갔으니, 예의를 아는 자가 할 짓이란 말이냐? 너처럼 중매를 서는 것은 오히려 풍습을 어지럽히는 것이 아니냐?

또 네가, '곳간쥐는 곡식을 많이 가지고 있는 부자이며 들쥐는 진귀한 보물을 많이 가지고 있는 부자다.' 하고 말한 것은 허망한 말이 아니냐? 곳간에 쌓여 있는 곡식은 나라에서 요긴할 때에 쓰는 것인데, 곳간쥐가 훔쳐 낸다면 이것은 나라의 곡식이 줄어드는 것이고 나라의 재물을 잃어버리는 것이다. 옛사람들이 말하기를, '나라 곳간에서 묵은 곡식 축낸다.' 하였는데, 나라에서 모아 둔 곡식이 과연 곳간쥐의 것이라면 시인들이 무엇 때문에 낟알을 축낸다고 하였겠느냐?

금과 은은 땅의 정기가 모인 것으로, 사람들이 사금을 채취하여 불에 놓으면 금이 되는데 이것을 보물이라고들 하는 것이다. 그런데 들쥐에게야 이것이 어찌 보물로 되겠느냐? 옛글에, '쥐는 금과 은을 아무리 많이 가지고 있어도 먹을 수도 없고 요긴하게 쓸 수도 없다.'고 쓰여 있느니라. 먹을 수도 없고 요긴하게 쓸 수도 없는데 어떻게 진귀한 보물을 가지고 있다고 하겠느냐?

네 언행은 참으로 해괴하고도 허황하니, 볼기 맞는 것을 어찌 면하겠느냐?"

형리들이 달려들어 두더지를 형틀 위에 올려놓고 곤장으로 스무 대 친 다음 내려놓았다.

두껍 공이 두더지를 꾸짖었다.

"네 죄는 장형 서른 대에 해당하는데 열 대는 이미 벌주 마신 것으로 에끼겠다. 앞으로 다시는 이 같은 일이 일어나지 않도록 조심하여라."

두더지는 알았다고 굽석굽석 절하였다.

이어서 들쥐를 불러들였다.

"네 죄상을 다시 밝힐 필요가 없다. 네가 지은 죄는 스스로 잘 알 것이니 곤장 스무 대를 치고야 그만둘 것이니라. 네 죄는 곤장 서른 대에 해당되지만 열 대는 이미 마신 벌주로 에낀다. 다음부터는 죄를 고치고 마음을 바로 가져 다시는 뇌물질을 하지 마라."

들쥐는 형리들에게 곤장 스무 대를 맞고 물러갔다.

끝으로 두꺼비는 청개구리를 불러들이고 목소리를 높여 따졌다.

"아까 뇌물을 가져온 것은 관리로서 한 짓이냐? 아니면 사리사욕을 채우기 위해 한 짓이냐? 바른대로 말하거라."

청개구리는 땅에 엎드려 말하였다.

"제가 재물을 맡아보는 관리로서 한 쪼각 금에 홀딱 반하여 사사로운 부탁을 받고 한 짓이오니 기꺼이 마땅한 벌을 받겠소이다."
두꺼비는 계속하여 청개구리를 꾸짖었다.
"나는 너와 이웃하여 살면서 늘 불쌍히 여겨 많이 돌봐 주었다.
그러니 내게 허물이 있으면 네가 내게 간하고 도와주는 것이 옳
은 처사였을 게다. 그것이 또한 내가 돌봐 준 은혜에 보답하는 것
이다. 그런데 배은망덕하게 감히 중간에서 제 욕심을 채우려고
내 얼굴에 흙칠하려 든단 말이냐? 네 소행이 간특하기 그지없구
나."
두꺼비는 모두를 돌아보고 말을 계속하였다.
"요사이 탐관오리를 보건대 본심이 어찌 처음부터 다 그렇겠소.
고을의 간사한 무리들은 신관 사또가 부임하면 그 거동을 살핀
다음 틈을 봐 가며 교활한 계책을 꾸미고 옳지 못한 인연을 맺으
려고 꾀를 꾸미오. 거짓말을 하면서 옆에 붙어 아첨하고 돌아가
면서 사리사욕을 채우도록 부추기오.

　사리에 어긋나는 일을 전해 내려오는 일이라고 둘러대는가 하
면, 의리에 어긋나는 것을 전례라고 하면서 간사한 말로 꼬드기
오. 그러는 한편 문서를 마음대로 고치거나 법을 농락하도록 살
살 꾀어 부추기는데, 고을 원들이 처음에는 혐오스럽게 여기다가
차츰 물들어 시험 삼아 해 보고는 단맛을 느껴 나중엔 스스로 즐
겨 욕심을 내는 것이오.

　간사한 무리들의 꼬임에 차츰 깊이 끌려들어 나중에는 험한 구
렁텅이에 빠지고도 제가 저지른 잘못을 깨닫지 못하며 끝내는 본
심마저 잃고 마오. 그리하여 염치도 잃고, 사리사욕을 채우라는

말을 자기를 위해 꾀를 대 주는 말로 받아들이고, 정사를 문란하게 하면서 재물 모으는 것을 자랑으로 여기기까지 하오. 심지어 부정한 방법으로 탐욕을 채우려고 잔인무도한 짓도 거리낌 없이 저지르며, 죽어 마땅한 죄를 범하고도 제 잘못을 모르고 있소.

비유해 말하면 술주정하는 사람과 같소. 술을 마시기 전에는 취하는 것이 나쁘다는 것을 아니까 첫 잔부터 사양하오. 그러나 자꾸 한잔 마셔 보라고 권하면 강권에 못 이겨 마시게 되는데 이렇게 되면 술이 술을 마시게 되오. 한 잔 한 잔 또 한 잔 마시면 처음에는 사람이 술을 마시지만 나중에는 술이 사람을 먹게 되오. 그러다 끝내 술에 취하여 정신을 다 잃고 세상이 어떻게 돌아가는지도 모르고 마구 지껄이게 되오. 이 지경에 이르면 술을 마시라고 권한 자가 다정하게 손을 잡고 잘한다고 추어주면서 함께 노래까지 부른다오. 이것은 비록 다정하고 친근한 것 같지만 사실은 술로 망하게 만드는 것이오.

이와 같이 고을 원을 이롭게 한다는 자는 참으로 그를 해치는 자이고, 아첨하는 자는 그를 구렁텅이로 끌어가는 자이므로 그 죄 이루 말할 수 없이 큰 것이오. 간사한 무리들이 사람들을 그르치는 것이 어찌 고을 원들에게만 있는 일이겠소. 예부터 나라를 다스린 임금치고 마지막까지 정사를 잘한 왕이 드물며, 결국에 나라를 망친 것은 모두 간사한 자들의 아첨을 받아들였기 때문이오. 그러니 더욱 스스로 삼가고 조심해야 하지 않겠소?

청개구리 너는 오늘 다행히 나를 만나서 일을 크게 그르치지는 않았으나 네가 한 짓을 보면 고을 원을 그릇된 길로 이끄는 간사한 자들과 무엇이 다르냐?"

형리들이 한차례 벌을 주었다. 두꺼비는 청개구리를 내쫓으면서 경고하였다.

"다시는 내 곁에 얼씬거리지 마라."

들쥐, 곳간쥐, 두더지, 청개구리의 죄상을 하나하나 까밝혀 그에 맞는 벌을 내리자 짐승들은 모두 두꺼비를 우러러보았다.

네 첩을 저 담비에게 주어라

그때, 담비 한 마리가 잰걸음으로 들어와 모두에게 절하고 두껍 어른에게 아뢰었다.

"저는 본디 고향이 금강산 자하동이오이다. 삼 년 전에 안해를 맞았는데 제 안해는 생김도 곱고 춤이며 소리도 잘하오이다. 저 는 안해와 함께 금강산 밖으로 나와 구월산의 아름다운 경치와 묘향산의 기묘한 절경을 구경하고 고향으로 돌아가다가 옥포동 에 들렀소이다. 그저께 날이 저물 무렵 옥포동에서 여러 짐승들 과 담비들이 모여 즐겁게 놀았소이다. 춤을 추고 권주가를 부르 면서 즐겁게 놀다가 날이 어두워서야 마쳤소이다.

짐승들이 뿔뿔이 흩어져 가는데, 나비가 나풀나풀 춤을 추면서 안개 속의 꽃을 엿보고, 꾀꼬리는 해 질 녘의 풀을 희롱하건만 꽃 다운 자리가 비고 안해의 자취는 없었소이다. 새장 안에 있던 앵

무새와 원앙새도 어디 갔는지 보이지 않았소이다. 옥포동에서 벌어진 놀이에 앉아 있다가 그만 사랑하는 안해를 잃고 이리저리 찾아다녔소이다. 하지만 어디를 가도 도움 받을 벗 하나 없으니, 누가 있다면 제 그림자 하나뿐이었소이다. 저는 속이 바짝바짝 타서 하늘만 쳐다보며 통곡을 했소이다.

안해를 찾아 온 산속을 헤매다가 마침 이곳에 이르렀는데 어르신께서 송사를 처결하고 계셨소이다. 판결이 사리에 맞고 공평하므로 감히 한 말씀 여쭈옵니다. 부부 다정하게 같이 왔다가 홀로 돌아가게 된 저를 불쌍히 여겨 제 안해를 찾아 주시옵소서.”

그러자 두꺼비는 소리를 높여 꾸짖었다.

“누구라 할 것 없이 집안을 다스리는 도는 남자가 바깥일을 주관하고 여자가 집안일을 주관하는 것이다. 네가 내외의 구분을 엄격히 하고 안해를 잘 단속하였더라면 짐승들이 어찌 너를 업수이 보았겠느냐?

너는 고운 안해와 함께 한가하게 강산을 유람하는 것을 자랑으로 여겼다. 이르는 곳마다 안해의 어여쁜 자태를 팔아 값을 받았으며 짐승들의 정욕을 돋워 주었다. 길가 버들과 담 밑의 꽃은 누구나 꺾을 수 있나니, 길녘의 우물물을 어느 누가 마시지 않으며 거리에 흘린 질그릇을 어느 누가 가져가지 않겠느냐?

네가 안해를 잃은 것은 남편으로서 제 할 도리를 못 하고 뭇짐승들에게 정욕을 불러일으켰기 때문에 빚어진 것이다. 그러니 누구를 원망하고 누구를 탓하겠느냐? 물러가거라.”

두꺼비는 곧 산중의 담비들 중 우두머리 되는 자를 불러들였다.

"저 젊은 담비가 짝을 잃고 슬퍼하고 있다. 비록 제 탓이라고 할 수도 있으나 그 모습이 불쌍하고 가엾구나. 놀이에 온 나그네를 업수이 보고 그 짝을 빼앗은 것은 풍속을 어지럽히는 나쁜 짓이로다. 그래, 너는 이 골안의 우두머리 담비로서 부끄럽지도 않으냐?

네게 처와 첩이 하나씩 있다는 것을 알고 있다. 그러니 새로 데려온 첩을 아까워하지 말고 저 담비에게 주어라. 그리하여 저 나그네에게 원망이 없도록 하고 옥포동에 더러운 풍속이 들어오지 않도록 하여라."

"저 나그네가 안해를 잃어버린 것이 저와 무슨 상관이오이까? 그리고 두껍 공께서는 제 첩을 대신 주라고 하는데 그게 무슨 말씀이오이까? 공께서 하신 말씀은 근거가 없는 것이고 정리를 보아도 아니 될 일이오이다. 이 같은 처분은 죽어도 따르지 못하겠소이다."

"여러분들이 추대하여 내가 관장 자리에 앉았으니 관장의 영은 그 누구도 어길 수 없느니라. 너는 산속에 사는 미물로 안해가 있으면 그만이지 첩까지 데리고 산다니 네 분수에 지나친 일이다. 네게 당치 않은 첩을 나그네에게 주어 짝을 무어 주는 것이 이치로 보아 온당한 것 아니냐? 영이 이미 떨어졌는데 네 어찌 감히 거역하려 든단 말이냐?"

우두머리 담비는 겁이 나서 땅에 엎드려 간청하였다.

"저 나그네의 안해가 제 스스로 남편을 저버리고 달아나긴 하였으나 반드시 이 산중에 있을 것이오이다. 바라옵건대 하루만 주시면 그 안해를 찾아오겠소이다. 만약 찾아오지 못하면 그때 가서는 어떠한 처분도 마다하지 않겠소이다."

"나그네를 오래도록 묵게 하는 것은 미안한 노릇이다. 또 하루면 지내 늦어진다. 반나절을 줄 테니 빨리 가서 찾아오너라."

두꺼비의 명령을 받고 물러난 우두머리 담비는 여러 담비들과 쥐들을 거느리고 여기저기 다니며 알아본 끝에, 해 넘어가기 전에 서쪽 바위 옆 잡목 우거진 데서 나그네의 안해를 찾아 데려왔다.

두꺼비는 웃으면서 우두머리 담비에게 말했다.

"내가 왜 네 첩을 빼앗아 나그네에게 주겠느냐? 네가 찾겠다고 마음만 먹으면 틀림없이 찾겠지만 제게 절실한 일이 아니면 어찌 온 힘을 다해 찾으려 하겠느냐? 하여 내가 꾀를 내서 너더러 찾아오도록 한 것이니라."

두꺼비는 나그네 담비를 불러들여 안해를 넘겨주면서 타일렀다.

"너는 안해와 함께 빨리 고향으로 돌아가거라. 앞으로는 집안을 잘 다스려 금실 좋게 살며 오늘 일을 절대로 잊지 마라."

나그네 담비는 거듭 고맙다고 하고서는 여쭈었다.

"저는 수많은 곳을 다니면서 온갖 일을 당했소이다. 지금 권세 있는 자들이 권력을 쥐고 사리사욕을 채우는 것이 흔한 일이오이다. 윗물이 맑아야 아랫물이 맑다고, 위에서 하는 나쁜 행실이 아래까지 미쳐 제가끔 강제로 남의 것을 빼앗아 제 주머니를 채우고 백성들의 피와 땀을 짜내는 짓거리는 어디라 할 것 없이 같소이다.

바라옵건대 공께서 이 산의 어른으로 계신다면 이곳은 가장 밝은 세상으로 되어 누구나 다 기쁘고 즐거운 고장으로 될 것이오이다. 이 못난 저도 여기서 함께 지내게 해 주시기 바라오이다."

"오늘 일은 우리가 장난 삼아 한 놀이로다. 어릿광대를 본받아 어린아이들처럼 고을 원 놀이를 한 것과 같느니라. 나는 인간 세상의 관리들처럼 벼슬에 얽매인 몸도 아니다. 어찌 답답하게 이 자리에 오랫동안 앉아 있겠느냐? 네가 있을 곳 또한 부모님 계신 곳이요 친척들이 모여 사는 곳이다. 네가 고향을 버리고 어디 가 살겠느냐? 딴생각 말고 어서 고향으로 돌아가거라."

사람과 범이 송사하러 왔구려

까마귀 한 마리가 날아와 나무 위를 빙빙 돌며 부르짖었다.

"가악, 가악, 무섭구나, 무섭구나. 가악, 가악 두렵다, 두려워라."

짐승들이 놀라 벌떡 일어나 눈이 휘둥그레서 사방을 둘러보았다. 숲 속 사잇길을 따라 사람과 범이 오고 있었다. 짐승들은 사람과 범을 보고 무서워 도망쳐 숨었다. 잔치 터에는 오직 직책을 맡은 짐승들만이 규율에 매여 우뚝 서 있었다. 여우는 범이야 전날에 그 위엄을 빌린 면목이 있으니 그것을 믿고 안심하였으나 사람을 보고는 어쩔 줄 몰라 머리를 굽석굽석하였다.

사람과 범은 들어와 송사를 걸었다.

"우리는 바로잡을 문제가 있어 시비를 가리고 공평하게 판결받으려고 왔소."

두꺼비는 앉아 있던 단에서 한 계단 내려와 사람과 범에게 인사를 하였다.

"사람은 이 세상에서 가장 귀하고 범은 뭇짐승 중 웃어른이오이다. 저 같은 것이 어찌 감히 두 분 송사에 끼어들겠소이까? 그러나 제가 이미 이 단에 앉은 이상 죽음을 무릅쓰고라도 송사를 맡아 처결하지 않을 수 없소이다. 무엇 때문에 왔으며 무슨 일로 송사하려 하오이까?"

사람이 한 발자국 앞으로 나오며 먼저 말하였다.

"어느 곳을 지나가는데 함정이 있기에 안을 들여다보았더니, 그 안에 범이 빠져 있었소. 범이 나를 보고 말하더이다.

'저는 먹을 것을 탐내는 포악한 성질 때문에 함정을 조심해야 함을 잊고 죽을 곳에 뛰어들었소이다. 부디 인자하신 공은 저를 불쌍히 여겨 수고롭다 여기지 마시고 살려 주옵소서. 다 죽게 된 이 몸을 구해 주시면 살아서 은혜를 갚고 죽은 뒤에라도 은혜를 갚겠소이다. 살려 준 은혜를 대대손손 어찌 잊겠소이까?'

범이 머리를 드리우고 눈물을 흘리는데 그 모습이 참으로 안쓰러웠소. 나는 애처로운 생각이 들어 범이 얼마나 사나운 짐승인지 알면서도 차마 그대로 지나치지 못하고 구해 주었다오.

그런데 범이 함정에서 나오더니 온몸을 툭툭 털고 꼬리를 흔들면서 내 앞에 꿇어앉아,

'내가 함정에서 나와 살아난 것은 공의 은혜가 아니라고 할 수는 없지만 은혜는 마지막까지 베풀어야 하오. 나는 함정 안에서 사흘을 굶어 몹시도 주려 죽을 것만 같소. 함정에선 나왔다지만 이대로 죽는다면, 굶어 죽으나 함정 안에서 죽으나 무엇이 다르

리오? 공이 저를 살려 준 은인으로 되려거든 그 몸을 아끼지 말고 고기와 피를 내게 빌려 주어 끝까지 은혜를 베푸시오.'

하는 것이 아니겠소. 말을 마치더니 나를 잡아먹으려고 날뛰더이다.

　나는 놀라 물었소.

　'자기를 살려 준 은인을 배반하는 것은 할 짓이 아니다. 내가 네게 은혜 갚을 것을 바라는 것은 아니지만 살려 준 은혜를 원수로 갚는단 말이냐?'

　범은 불이 펄펄 이는 눈으로 나를 노려보며,

　'처음에 함정을 파고 나를 여기에 빠지게 한 것도 너 같은 사람들의 간악한 술책이 아니냐? 나를 함정 속에 빠뜨린 것도 사람이고 나를 구해 준 것도 사람이다. 그런데 손 한 번 놀려 잠깐 새에 문 열어 준 것을 가지고 무슨 수고를 했다고 할 수 있으며 또 무슨 은혜를 베풀었다고 할 수 있느냐?'

하고 말하였소. 그래서 나는,

　'이 세상의 무슨 일이든지 의리에서 벗어나서야 되겠느냐? 지금 너와 나에게는 반드시 옳고 그른 것이 있은즉 제가끔 옳다고만 하면 누가 그릇된지 어찌 알겠느냐? 잠깐 시간을 내서 송사를 잘 처리하는 관리를 찾아가서 판결을 받은 뒤에야 너에게 이 몸을 맡길 수 있을 것이다. 그때에 내가 송사에서 진다면 죽어도 한스럽지 않을 것이다.'

하고 말하였소. 이리하여 나는 범과 함께 이곳을 찾아와 송사를 하는 것이오. 그러니 공정한 판결을 내려 주시오."

다음으로 범이 대가리를 쳐들고 말하였다.

"이 일은 이미 결정된 송사요. 저 사람이 이미 다른 곳에서 두 번씩이나 송사하여 두 번 다 졌소. 재판관이 명철하게 판결하려면 앞서 한 송사에서 판결 난 것을 따라야 하오."

두꺼비가 사람에게 물었다.

"저 범의 말처럼 다른 곳에서 송사한 일이 있는지요?"

사람이 대답하였다.

"먼저 두 곳에서 한 송사에 관하여 자세히 말하겠으니 잘 들어주시기 바라오. 나는 함정에 빠진 범에게 은혜를 베풀고도 도리어 원수진 채 죽게 되었으므로 정말 아뜩하였소. 그래서 범더러 송사를 해 보고 판결을 따르자고 하였다오. 그때 마침 길가에 장승이 사모를 쓰고 서 있기에 우리는 그를 찾아갔소. 내가 사연을 절반도 말하기 전에 장승이 말하였소.

'나는 깊은 산에 절로 나서 땅속 깊이 뿌리박고 가지를 사방으로 뻗으면서 사시장철 연년이 푸르러 있었다. 어느 날 웬 사람이 와서 도끼로 나를 찍어 넘어뜨리고 톱으로 켜 이 몸을 여러 토막냈다. 그리고 도끼로 마구 찍어 사람 모양을 만들더니만 길가에 세워 놓아 사시장철 비바람과 눈바람을 맞혀 저절로 죽도록 하였다. 인정이 박하고 잔인하기로야 사람보다 더한 자가 없다. 그러니 범은 마음대로 하소.'

이렇게 마구 지껄였소. 장승의 말이 끝나자 범은,

'송사에서 내가 이겼다.'

하며 좋아 날뛰었소. 그래서 나는 장승에게,

'앙심을 품고 판결을 내리는 것은 송사를 공평하게 처리하는 것이 아니다.'

하면서 장승의 판결을 받아들이지 않았소. 그리고 범에게 다른 곳에 가서 송사를 한 번 더 하자고 말하였소. 그때 마침 여위고 늙은 황소가 언덕에 누워 있었소. 그래서 두근거리는 마음을 가라앉히면서 범과 함께 가서 송사를 일으켰소.

황소는 내 말을 제대로 듣지도 않고 숨을 헐떡거리며 말하였소.

'내가 이 세상에 태어났을 때에는 잘생기고 몸집도 아주 좋았소. 내가 어머니 품에서 자라다가 겨우 젖을 떼자 그 못돼 먹은 사람이 찾아왔소. 그자는 나를 강제로 끌고 가 내 코에 구멍을 뚫고 코뚜레를 꿰 놓았소. 그다음부터 사람들은 나를 끌어내어 밭도 갈게 하고 김도 매게 하였소. 언제나 쉼 없이 농사일이며 짐 싣는 일을 시켰으나 가을한 다음에 맛 좋고 기름기 있는 곡식은 자기들이 다 가져다 먹고 나에게는 짚만 먹였소. 무거운 짐수레를 끄느라 목에는 굳은살이 박이고, 멍에를 메운 데다 괜히 채찍질을 해 대는 통에 잔등에는 회초리 자리가 가득하오. 그러다 내가 늙어서 더는 젊을 때만큼 힘을 쓰지 못하자 풀밭에 내놓았소. 고된 일을 하지 않아 몸에 살이 조금 오르자 이번엔 잡아먹으려고 날뛰었소. 내 경우를 봐도 사람에게는 은혜란 꼬물만치도 없소. 바라건대 범의 힘을 빌려 원을 풀까 하오.'

그래서 나는 범에게 말하였소.

'송사한다는 송訟 자는 말씀 언에 공변될 공 자를 쓰는 것이라,

송사할 때는 소송 당사자들의 진술을 듣고 공평하게 처리해야 한다는 뜻이다. 삿된 감정을 품고 판결을 내리는 것은 옳은 처사가 아니지. 사사로운 원망을 품고 판결을 내린다면야 무엇 때문에 송사를 하겠느냐?

저 황소가 지껄인 말은 장승이 원한 품고 한 판결과 같은 것이다. 네가 이미 나를 잡아먹었다면 그만이겠지만 시간을 내서 판결을 받기로 한 이상 한 번으로는 아니 되고 세 번은 해야 할 것이니, 한 번만 더 송사를 해 보면 좋겠다. 어떻게 원한을 품고 판결한 것을 따르겠느냐? 내가 듣건대 반야산 반야사에 늙은 중이 있다더라. 그이는 총명하고 슬기로워 일을 참으로 공평하게 처리하니 여느 중들과는 다르다고 하는구나. 거기 가서 한 번 더 송사를 해 보는 것이 좋겠다. 그때에도 지면 내 스스로 네 입으로 들어가겠다. 한시가 새롭겠지만 한 번 더 해 보자.'

하고 간청하였소. 범은 마지못해 허락하였소.

그래서 반야산을 찾아가니 어린 제자가 나왔소. 그에게 찾아온 사연을 이야기하였더니 스님은 옥포동에 가고 없다고 하더이다. 그래서 우리는 늙은 중을 찾아 두루 다녔소. 숲이 울창하여 어디에 있는지 찾을 길이 없었소. 그런데 마침 이곳에서 하는 송사 심리를 보니 여기 두껍 공이이야말로 진짜 훌륭한 재판관이오. 사사로운 감정을 가지고 판결하는 것은 공정치 못하니 옳고 그름을 헤아려 단마디로 판결을 내려 주시오."

"한켠의 진술만 듣고 단마디로 판결하기는 어렵소."

두꺼비는 으르렁거리는 범에게 물었다.

"할 말이 있소?"

"나는 세상에 태어날 때부터 고기만 먹게 되어 있소. 짐승들을 잡아먹고 살아가는 것은 내가 포악해서가 아니라 타고난 운명이라오. 사람들이 나를 잡아다 키우면서도 근심만 키웠다고 하오. 저 사람이 손을 한번 놀려 나를 함정에서 건져 준 것을 가지고 감히 자기 공이라 할 수 있겠소?

또 나는 무관 집안의 자손으로 장수의 지략을 다 가지고 있소. 작게도 하고 크게도 하고 부드럽게도 하고 강하게도 하며, 추었다 내렸다 굽혔다 폈다 자유로이 하오. 정공법은 물론 역공법도 쓰고, 남을 속이거나 힘을 써서 일을 내 뜻대로 처리할 줄도 안다오. 내가 죽을 곳에 빠졌다가 마침 저 고깃덩이를 보고 그를 꾀어 위험에서 벗어났는데, 이것은 다 내 임기응변의 지략에서 나온 것이오. 그런데 저자가 손 한번 놀린 것이 무슨 대단한 은혜라고, 맛 좋은 고깃덩이를 앞에 놓고 먹지 않겠소?

옛날에 송양宋襄이란 사람이 살았소. 그는 의로운 일을 하는 것을 좋아하였소. 그때 다른 나라와 패권을 다투는 중이었는데, 그의 아들이 적진을 치자고 하였소. 그러나 그는 '군자는 남을 곤란에 빠뜨리지 않는다.'고 하면서 가만있다가 도리어 적에게 죽었소.

또 정공丁公이라는 장수가 있었는데 이웃 나라의 임금을 쫓다가 혼자 대적하게 된 일이 있었소. 위급하게 된 그 나라 임금은 그를 돌아보며 '어진 사람들끼리 어찌 서로 싸우겠는가?' 하고 말하였다오. 그러자 그는 싸움을 그만두고 돌아왔소. 그 뒤 그 임금이 천하를 차지하자 정공은 임금을 찾아갔소. 그를 본 임금은, '정공은 신하로서 충성스럽지 못하며 천하를 잃게 하였다.' 고 꾸짖으면서 그의 목을 쳤소. 뒷날 누가 그것을 보고 은혜를 저버렸다고 비난하였소?

저 사람은 송양이나 정공과 같소. 그러니 내가 왜 옛일을 본받지 않겠소? 오늘 이 송사는 중대한 것이므로 작은 일에 얽매이지 말고 어서 판결을 내려 주시오."

사람과 범의 진술을 들은 두꺼비는 속으로야 범이 은혜도 모르는 놈이라는 것을 뻔히 알면서도, 그의 성질이 사납고 흉악하기 때문에 옳은 것을 옳다고, 그른 것을 그르다고 탁 찍어서 판결하지 못하였다.

두꺼비는 범과 사람에게 말하였다.

"오늘의 이 중대한 송사는 사건이 일어난 곳에서 조사해 보지 않고는 판결을 내리기 어렵소. 특별히 믿을 만한 자를 당신 둘에게 딸려 보내 조사한 다음 판결을 내리겠소."

두꺼비는 여우를 불러 지시하였다.

"너는 이제 곧 사람과 범을 모시고 함정이 있다는 곳으로 가라. 그곳에 가서 함정이 어떠한지 알아보고, 함정 문을 열고 닫기 쉬운가 힘든가를 잘 살피어라. 만약 열기가 쉽다면 은혜가 없는 것이다. 그러나 열기가 어렵다면 어찌 사람이 범을 구해 준 은혜가 없다고 하겠느냐?"

그 말에 범은 좋아하였다.

"재판관은 과연 사리에 밝으시구려. 저 사람이 문을 연 시간은 눈 깜빡할 사이였는데 그것을 가지고 무슨 살려 준 은혜가 있다고 하겠소. 저 사람은 이미 두 번의 송사에서 졌소이다. 주림이 심하여 일 초가 바쁜데 언제 함정에 가서 보고 올 때까지 기다리겠소?"

두꺼비는 범에게 말하였다.

"그렇지 않소. 이것은 목숨이 달려 있는 중대한 일이오. 천 번 듣는 것이 한 번 보는 것만 못하니, 당사자들의 말을 들었다 해서 함정을 살펴보지 않을 수는 없소. 나도 송사를 원망이 없도록 하고 싶소. 함정을 자세히 조사한 다음 치우침 없이 판결하고, 송사에서 지는 쪽에게 진 까닭을 밝혀 준다면 죽어도 원망이 없을 것이 아니오?"

다시 여우에게 지시하였다.

"함정에 가서 함정 문을 여닫기가 어떠한지 자세히 조사하여라. 범이 진술한 바와 같이 함정 문을 열기가 쉬우면 왔다 갔다 할 것도 없이 바로 그 자리에서 범이 주림을 면하도록 해 주어라."

범은 그 말에 좋아서 껑충껑충 뛰었다.

"두껍 공은 아래의 실정을 잘 아는 명판관이오이다."

이어 범은 사람을 돌아보며 득의양양하여 떠벌렸다.

"재판관이 이처럼 명확한 판결을 내렸으니 그대는 죽어도 한이 없을 것이다. 송사에서 패하여 나한테 죽더라도 한일랑 품지 말아라."

두꺼비는 다시 여우를 따로 불러 큰 소리로 말하였다.

"너는 내 지시를 잊지 말고 언행을 삼가서 맡은 소임을 어김없이 수행하여라."

이어 두꺼비는 여우를 단 뒤편으로 따로 불러 가만가만 지시하였
다.

"이리이리하고 이리이리해라."

일행은 함정이 있는 곳으로 떠났다. 범은 벌써부터 송사에서 이
겼다고 득의양양하여 앞서 걷고, 여우가 가운데 서고, 사람은 거의
반죽음이 되어 그 뒤를 따라갔다. 일행이 함정에 도착하자 여우는
둘레를 한 바퀴 돌아보고 범에게 일렀다.

"공은 처음에 어떻게 하고 있었소? 처음에 하고 있던 대로 하여
이곳에서 벌어진 일을 자세히 알려 주시오."

성미 급한 범은 송사에서 이겼다고 자신만만해서 함정 속으로 뛰
어들었다. 함정 안에 꿇어앉은 범은 여우를 쳐다보며 말하였다.

"나는 함정 안에 이렇게 앉아 있었소. 사람이 이 안을 들여다보
길래 살려 달라고 하였소. 저 사람이 그저 손 한번 놀려 문을 열
었을 뿐인데 문 열기가 무엇이 힘들며 또 무슨 수고를 했다고 하
겠소이까?"

이어서 여우는 사람에게 말하였다.

"공은 시험 삼아 문을 닫았다가 다시 여시오. 문을 여닫기가 어
떠한지 조사하려고 하는 것이오."

사람이 곧 함정 문을 닫으니, 범은 함정 안에 남게 되었다. 여우
는 문틈으로 안을 들여다보고 손뼉을 치면서 범의 죄를 꾸짖었다.

"네 성질이 정말 포악하구나. 너는 세상에 나자부터 사람과 짐승
들을 잔인하게 잡아먹었으며 배를 채우려 어디인들 가지 않은 곳

이 있느냐? 사람에 견주면, 재물을 탐내어 잔인하게 굴고 권세를 믿고 재물을 뜯어내는 무리와 같다. 이미 저지른 죄가 네 몸에 차고 넘치니 결코 천벌을 면할 수 없느니라. 죽을 곳에 빠졌다가 사람의 도움으로 살아났으면 그 은혜를 가슴에 새기고 보답할 마음을 먹어야 옳거늘, 도리어 살려 준 은인을 잡아먹으려고 하니, 네가 무슨 짓인들 차마 못하겠느냐?

나는 두껍 어른의 영을 받들어, 은혜를 헌신짝처럼 집어던지는 너를 도로 함정에 가두었느니라. 법대로 죄상을 짚고 따져서 포악한 자는 죽을 것이고 은혜를 원수로 갚는 자는 망하게 할 것이다. 이것은 하늘이 살피시고 하늘이 내리는 천벌이니, 마땅한 일이로다. 자기가 지은 죄는 면할 수 없나니, 너는 나를 원망하지 말고 두껍 어른도 원망치 말거라.

너를 살리고 죽이는 것은 오직 이 사람에게 달려 있다. 네가 본디 장수로서 지략과 임기응변 술법에 뛰어나다면 다시 계책을 써 보아라. 저 사람을 꾀어 함정에서 나오면 다시는 송사질 따위는 하지 말아라."

범은 여우에게 살려 달라고 애걸복걸하였다.

"당신은 내가 은혜를 배반하였다고 꾸짖는데 내가 당신에게 은혜를 베푼 것이 없소이까? 내가 당신과 함께 움직이면서 위엄을 빌려 주었고 사냥을 하면 언제나 나누어 먹지 않았소이까? 그런데 지금 나를 함정에 밀어 넣으니, 이것이야말로 은혜를 배반하는 것이 아니고 무엇이오이까?"

그 말에 여우는 비웃으며 말하였다.

"내가 평소 너와 친분이 있었을지 모르지. 허나 사람이나 짐승이나 말할 것도 없이 저마다 제 주인을 위할 따름이다. 나는 이미 두껍 공에게서 영을 받고 왔다. 지금 너를 함정에서 놓아주고 돌아가면 이 또한 정공丁公이라는 장수의 두 마음과 같은 것일 터이니, 비록 다른 날 당신한테 죽음을 당하더라도 지금은 달리 할 말이 없다. 본받을 만한 지난날의 교훈은 멀리 있지 않나니, 나는 앞으로도 정공을 본받지 않을 것이다."

여우가 거절하자 범은 길게 한숨을 내쉬고 이번에는 사람에게 살려 달라고 하였다.

"제가 지금까지 한 말은 모두 농으로 한 것이오이다. 진짜 한입에 삼켜 버릴 마음이 있었다면 무엇 때문에 세 번씩이나 송사를 하였겠소이까? 당신의 은혜와 덕이 끝없음을 알면서도 갑자기 보답할 길이 없기 때문에 농담을 한 것뿐이오이다. 공께서 인자하고 너그러운 도량으로 헤아려야지 어찌 이 일 하나 갖고 꽁하게 생각하겠소이까? 제발 마음을 돌이켜 끝까지 은혜를 베풀어 주옵소서. 나를 좀 꺼내 주시구려."

사람은 "하하하." 통쾌하게 웃고 나서 범을 꾸짖었다.

"송양宋襄은 이웃 나라와 패권을 다투다가 패하여 만고에 웃음거리가 되었다. 내게도 물론 송양과 같은 어진 마음이 있다만, 무엇 때문에 다시 패하겠느냐? 내가 함정을 판 주인을 찾아가서 알려 주면 그 사람이 곧바로 올 것이다. 그 사람이 오면 그 사람을 달래기도 하고 위협도 하면서 임기응변으로 잘 꾀어 보아라. 그이를 한번 제대로 속여 보거라."

여우가 범더러 말하였다.

"나는 두껍 공의 영을 받고 왔다. 돌아가 보고할 일이 급하므로 한시도 지체할 수 없느니, 이제 헤어지면 저잣거리 범 가죽을 파는 데서나 보게 되겠구나."

이어서 여우는 사람에게 말하였다.

"사람들은 범 고기를 먹지 않는다고 들었소이다. 가죽과 뼈는 당신이 가지고 고기는 숲에 버리시구려. 두껍 공에게 보고한 다음에 내가 먹겠소이다."

함정에 갇힌 범은 여우의 말을 듣고 으르렁거리면서 고래고래 소리 질렀다. 하지만 여우는 꼬리를 살살 흔들면서 그곳을 떠났다.

나아감이 날랜 자가 물러감도 빠른 법

여우는 돌아와 범을 도로 함정에 빠뜨린 일을 자세히 보고하였다. 두껍 공은 여우에게 일 처리를 잘했다고 거듭 칭찬하였다. 짐승들은 범을 함정에 빠뜨렸다는 말을 듣고 좋아서 껑충껑충 뛰면서 고마워하였다.

"두껍 공은 움직이지 않고 앉아서도 이러저러한 꾀를 써서 잔인한 자를 없애고 포악한 자를 물리치오니 과연 신출귀몰하다 할 수 있소이다. 어찌 통쾌하지 않으며 다행한 일이 아니겠소이까?

오늘 송사 들어온 문제가 한두 가지가 아니었지만 명철하게 판단하고 공평한 처분을 내리지 않은 것이 없소이다. 우리같이 사리에 어둡고 미련한 무리도 공을 마음 깊이 흠모하지 않을 수 없소이다. 공이 너그러운 덕으로 사나운 짐승들을 감화하였으니 그 위엄이 참으로 두렵소이다. 또한 공은 한 번 꾸짖어 모든 것을 밝

게 하고 두루 사방을 편안케 만드니 마치 세상의 어진 백성들을
다스리는 것 같소이다."

아! 하루 동안에 금수들을 모두 착하게 만들었구나.

쇠잔한 고을 원들이야 난동을 일으키는 자들을 다스리기 어려워
어쩔 수 없다 하면서 도리어 살기 어려워 도망친 양민을 찾아내어
더 큰 화를 들씌우니, 그들이 또다시 난동을 부리게 만들고 있다.
이것이 어찌 고을을 다스린다는 사또들의 죄가 아닌가? 이렇게 짐
승을 잘 다스리는 두꺼비한테 부끄러운 노릇 아닌가?

해가 서산으로 기울어 가니 어둠이 깃든다.

두꺼비가 둘러보며 말하였다.

"오늘 우리들이 여기에 모여 생일잔치를 하다가 나중에 정사를
베푼 것은 한때의 놀이였지만 그 즐거움을 말하자면, 시작은 작
았으나 열매는 크게 맺었다 할 수 있소. 그러나 즐거운 놀이도 지
나치지 말아야 하며, 그 뜻이 넘쳐서는 아니 되는 법이오. 즐겁다
고 해서 낮을 이어 밤까지 노는 것은 옳지 않은 일이오. 이젠 날
도 저물었으니 여러분들 모두 돌아가오. 나도 곧 떠나겠소."

그 말에 짐승들은 놀라 일어나 두꺼비를 붙잡았다.

"우리들은 아무 법도도 없이 한데 뒤섞이어 산 지가 오래됐소이
다. 오늘 반날 동안이나마 정사를 베풀어 주신 은혜를 입사와 어
리석고 무지한 우리들도 갈 길을 알게 되었소이다. 공께서 이 산
의 주인으로 계시면서 은혜와 위엄으로 우리들을 이끌어 주신다
면, 어찌 짐승을 다스리는 관리가 인간 세상의 관리보다 못하다
고 하겠소이까? 원컨대 공은 수고라 여기지 마시고 우리와 함께

여러 해 사셨으면 좋겠소이다."

두꺼비는 소리 내어 웃었다.

"무릇 벼슬하는 도리는 나아갈 때를 알고 물러갈 때를 아는 것이오. 내가 살아오면서 많이 보았는데 고을 원이 새로 부임해 오면 백성들은 기뻐하고 고을 원도 정사를 잘하려고 하오. 그러나 시간이 좀 흘러가면 정사는 처음만 못하고 민심이 흉흉해지오. 삼복더위도 한철이라고 여름 지나면 물러가는데, 내가 무엇 때문에 돌아가지 않고 있다가 괜히 오래 머물러 있는다는 비웃음을 받겠소."

"그런 것이 아니오이다. 벼슬은 같다 해도 사람은 제 나름으로 다 다르오이다. 벼슬길에 나서지 못하여 권모술수를 쓰면서 안달하던 자들도 일단 벼슬에 오르면 처음에는 정사를 잘하리라 마음을 굳게 먹고 명예를 낚지만 얼마 안 가 본색을 드러내어 사리사욕만 채우려고 꾀하오이다. 이렇게 벼슬아치가 사리사욕만 좇으면, 백성들은 크나큰 고통을 당하오이다. 이자들은 자기를 반성하고 잘못을 고치는 대신 오히려 벼슬자리 떼일까 봐 걱정스러워 별짓을 다 하오이다. 그자들은 높은 벼슬아치에게 잘 보여 벼슬자리를 계속 붙잡고 있으려고 수단과 방법을 가리지 않소이다.

백성들의 피땀을 악착스럽게 짜내 높은 벼슬아치에게 뇌물로 바치니 여기서 약탈한 것을 저기로 보내는 것이오. 그러면서 그자들은 간사한 자들을 부추겨 어느 고을 원이 정사를 잘한다고 감사에게 알려지게 하며, 누구누구를 표창해 줄 것을 요청하오이다.

간사한 무리들은 고을 원을 끼고 사리사욕을 채우기 위해 눈이 벌게져서 날뛰오이다. 그자들이 고을 원을 오랫동안 눌러앉히려고 갖은 꾀를 다 쓰기 때문에 백성들의 원성은 더욱더 높아 가오이다. 백성들은 고을 원이 갈려 가기를 하루같이 고대하고 손가락을 꼽아 가며 임기가 차기만 기다리오이다. 사람으로 태어나서 악독한 행실만 일삼으면서 나라의 근본인 백성들의 피땀을 짜내니, 이 같은 무리야말로 아까 공이 말씀하신 것처럼 철 지나면 물러가는 삼복더위에 견준 것이 옳소이다.

어진 벼슬아치는 고을을 맡아 돌보는 일을 제 힘껏 하고 백성들을 다스리는 도리를 다하오이다. 고을 원이 시종일관 정사를 잘하면 칭찬 소리가 널리 퍼지는데, 이는 백성들의 바람을 잘 알고 다스린 것이오이다. 때문에 한 고을에서 십 년이나 벼슬을 해도 외려 모자라니 더 오래 해 주기를 바라는 것이오이다. 그러나 그렇지 못한 자들은 임기가 차기 바쁘게 벼슬을 옮기려고 다투오이다.

비록 옛날에 어진 정사를 베풀었다는 벼슬아치라도 지금 공이 베푼 선정에는 댈 게 아니오이다. 돌아가지 마옵시고 우리를 보살펴 주옵소서."

"옛글에, '천하의 이치에 그 나아감이 날랜 자가 물러감이 빠르다.'고 하였소. 나는 이곳을 지나던 나그네로 여러분들이 추대하여 윗자리에 앉긴 했지만 왕명을 받은 것은 아니오. 이는 나아감이 날랬다 할 것이니 이제 이 자리를 내놓고 빨리 물러나야 하지 않겠소? 나아감과 물러감, 삶과 죽음의 위급한 때를 잘 알며, 바른 것을 잃지 않고 잘 지켜야 사리에 밝아 통달했다 할 수 있소."

말을 마치고 천천히 단에서 내려온 두꺼비는 짐승들에게 절하고 물러났다. 조금 가다 다시 돌아서서 짐승들에게 예를 표한 두꺼비는 늪으로 껑충 뛰어들었다. 풀이 우거져 보이지 않았다.

짐승들은 따라 뛰어들지도 못하고 멍하니 바라보다가 머리 숙여 큰절을 하였다. 이윽고 짐승들은 서로 작별하고 헤어져 갔다.

두껍공, 영허 대사와 논쟁하다

영허 대사는 숲 한쪽에 몸을 감추고 아침부터 짐승들의 생일 놀이와 풍악 놀이, 재주놀이와 송사 놀이를 구경하고 있었다. 구경하노라니 점점 정신이 팔려 날 저무는 것도 몰랐다. 영허 대사는 짐승들이 모두 흩어져 간 뒤 지팡이에 의지하여 천천히 생일잔치하던 데로 갔다. 거친 언덕 평퍼짐한 곳에 잔치 마당이 있고 단을 만들어 놓은 게 보였다. 발자취는 어지러이 나 있는데 짐승들은 한 마리도 보이지 않았다.

영허 대사는 한참 여기저기 둘러보았다. 이때 맑은 노랫가락이 들려왔다. 노랫소리가 바람결 따라 들려왔다. 영허 대사는 소리 나는 곳을 찾아 가만히 다가가서 살폈다. 커다란 바위 밑에 두꺼비가 누워서 손가락을 튕겨 장단을 잡으면서 노래를 부르고 있었다.

푸른 산은 절로절로
맑은 물도 절로절로
절로 있는 이 산천에
나도 또한 절로 있네.
절로 난 이내 몸도
절로 살다 절로 죽으련다.

영허 대사는 마음속으로 더욱더 이상하게 생각하면서 천천히 두
꺼비 가까이 가 낮은 소리로 불렀다.

"두껍님, 두껍님, 당신과 이야기를 나누고 싶은데 괜찮으시오?"

두꺼비는 자기를 부르는 사람 목소리에 깜짝 놀라 일어나서 대사
를 보며 기쁘게 맞았다.

"깊은 산속 해 저문 날에 웬 사람 말소리요? 사람 말소리를 들으
니 기쁘고 그대를 만나니 반갑기 그지없구려."

이어 두꺼비는 눈을 크게 뜨고 영허 대사를 살펴보면서 말하였
다.

"생긴 모양은 사람 같은데 어째서 머리카락이 없소? 소리는 분명
사람의 목소린데 옷은 왜 여느 사람이 입는 것과 다른 것을 입었
소? 깊은 산속 깊은 골짜기에서 사람 소리를 들으니 기쁘지만 모
습이 낯설어 놀랍구려."

영허 대사는 두 손바닥을 마주 대고 두꺼비에게 예를 표하였다.

"당신의 총명한 식견으로 왜 진짜배기 사람을 알아보지 못하고
이런 말을 하오? 나는 중이오. 사람 가운데서도 뛰어난 사람이라

오. 머리카락을 깎았으니 머리는 빤빤하고, 중들이 입는 옷은 가사라 하는데 세상 사람들이 입는 옷과는 다르다오."

"중의 생김이나 차림이 여느 사람과는 다르고 또 중의 종자도 인간 세상 사람들과 다르다면, 당신은 중의 아들이며 손자도 중이오? 대대손손 중으로 되오?"

"어찌 그렇겠소? 우리 불교에서는 신도들이 지켜야 할 다섯 가지 계율이 있는데 그 가운데는 색을 금하는 율법이 있다오. 그러니 중이 어찌 여자와 사통하여 자식낳이를 하겠소?

사람의 자식들 가운데서 총명하고 지혜로운 자를 절로 불러 부처의 말씀을 가르치는데 이렇게 뽑힌 자를 중이라고 하오."

"그러면 인간 세상의 사람들이 없으면 중의 무리도 멸족된 지 이미 오래되었겠구려. 대체 중을 글자로는 어떻게 쓰오?"

"사람 인人 변에 일찍 증曾 자를 붙이면 중이라는 승僧 자라오."

"정말 알맞춤하게 붙여 만들었소."

"어째서 글자를 잘 지었다고 하오?"

"중은 본디 인간 세상의 사람으로서 길을 잘못 들어 중이 되었소. 그러니 사람이라고는 하지만 이상스러운 사람이고 인간 세상 여느 사람과는 다르오. 본디 인간 세상의 사람이던 것이 지금은 인간 세상을 등지고 사는 사람이므로 '일찍이 사람이었다'는 뜻에서 '사람 인' 변에 '일찍 증' 자를 붙여 '중 승' 자를 만들었으니, 이것은 근본을 떠났다는 뜻을 은근히 내비친 것 아니오?"

"당신은 왜 그리 사리에 어둡소? 이 세상에는 대체로 세 가지 도가 있소. 첫째는 부처의 도요, 둘째는 신선의 도요, 셋째는 유교

의 도요. 유교의 도는 평범하고 신선의 도는 아득하오. 부처의 도
는 평범하지도 아득하지도 않아 넓고 크며 밝게 비치니, 높기는
하늘과 같고 낮기는 땅과 같소. 그러니 이 세 가지 도 가운데서
부처의 도만 한 것이 없소.

　유교를 숭상하는 자를 세속 사람이라는 뜻에서 속인이라 부르
고, 신선의 도를 배우는 자를 진리를 깨닫는 사람이라는 뜻에서
진인이라 부르지만, 부처의 도를 숭상하는 사람은 중이라고 부른
다오.

　내 나이는 올해 백열한 살이오. 나는 어려서부터 총명하고 슬
기로워 다른 아이들보다 뛰어났소. 그래서 열한 살에 집을 떠나
머리를 깎고 가사를 걸치고 조용한 곳에서 부처의 도를 배웠소.
반야산 반야사에서 부처의 도를 닦은 지 백 년이나 되었구려. 깊
은 이치에 통달한 듯하여 장차 삼장 법사를 좇아 서천으로 가려
고 하오. 지금 내게 필요한 것은 오직 삼장 법사의 제자 손오공처
럼 재주 있는 제자라오. 오늘 내가 숲에서 당신이 말하는 것을 듣
고 지나온 세월을 잘 알게 되었으며 당신이 하는 일들을 보며 재
능이 얼마나 뛰어난지 잘 알았소.

　당신이 온갖 재주에 통달한 것을 보니 손오공보다 뛰어난 것
같구려. 지금 당신을 찾아와 반갑게 손을 잡고 이야기를 주고받
는 것은 나와 함께 부처의 제자로 되어 성실하게 도를 닦자고 권
하기 위해서요. 도를 닦은 뒤 우리 함께 서천으로 가서 영원히 죽
지 않는 불제자로 된다면 어찌 당신에게도 좋은 일이 아니겠으
며, 또 그리만 된다면 이 세상에서 뛰어난 존재로 되지 않겠소?"

"내가 만약 조금이라도 부처를 믿는 마음이 있었다면, 일찍이 삼장 법사도 만나고 손오공과 함께 놀면서도 왜 그들을 따라가지 않았겠소? 그때 삼장 법사도 나를 보고 함께 서천으로 가자고 하였소이다. 허나 나는 부처의 도를 조금도 믿지 않으므로 따라가지 않았소. 그런데 지금에 와서 무엇 때문에 깜깜밤중인 것도 깨닫지 못하는 중을 따라가겠소?"

"당신은 왜 나를 깜깜밤중도 깨닫지 못하는 중이라고 하오?"

"무릇 사람으로 되는 것은 부모에게서 생명을 받았기 때문이오. 제 몸의 터럭과 살은 모두 부모가 준 것이므로 무엇을 하든지, 발걸음을 걸을 때도 감히 그 은혜를 잊지 말아야 하며 터럭 끄트러기도 함부로 다치지 말아야 하오. 헌데 당신은 무엇 때문에 머리털을 빡빡 깎아 없애며 또 수염을 잘라 없애고 머리카락과 손가락을 고통스럽게 불로 지져 부모가 준 귀한 몸을 못 쓰게 만드오? 사람의 본바탕을 저버리고 스스로 사람의 도리를 끊어 버리고 싶은 게요?

옛날 어진 황제인 헌원씨는 옷 입음새로 귀천을 나타냈소. 지금 당신이 입은 옷은 특별히 귀한 것도 아니고 천한 것도 아니오. 괜스레 이상야릇하게 만들어 입었는데, 이것은 사람에게서 저절로 떨어져 나가는 것이오.

또 어진 황제 복희씨는 시집가고 장가드는 제도를 만들고 아이를 낳아 키우는 것을 가르쳤소. 그런데 당신이 숭상하는 부처는 그것을 금지하여 인류가 멸족되도록 가르치니, 이는 인간이 지녀야 할 도리를 스스로 버리는 것이오.

성인의 도는 어느 한쪽도 치우침 없이 평평하고, 높고 낮음 없이 다 들여놓아 천지를 덮는 것 같으며, 그 밝은 빛은 해와 달이 빛나는 것과 같소이다. 유교에는, 임금과 신하, 부모와 자식, 남편과 안해 사이에 지켜야 하는 도리인 삼강과, 부모와 자식 사이의 친애, 임금과 신하 사이의 신의, 남편과 안해 사이의 분별, 어른과 아이 사이의 순서, 벗들 사이의 믿음을 말하는 오륜이 있소. 그리고 옛적에 천하를 다스린 아홉 가지 원칙인 홍범구주의 이치, 곧 제사와 초상 치르는 예식, 군대 예식, 손님을 맞는 예식과 혼인 예식, 모든 법률과 예의 도덕, 교육과 같은 것이 다 사람이 살아가는 데 중요하니, 옛 현인들의 명철한 가르치심인 것이오. 이 도를 배우고 이 도가 밝히는 길을 따르는 것이, 환한 대낮에 평탄한 길을 가는 것과 같소.

그런데 당신은 바른길을 버리고 옳지 않은 곳으로 나아가며 밝은 것을 등지고 어둠을 보고 가니, 어찌 한밤중에 돌베개를 베고 굳잠이 든 채 깨어나지 못한 사람이 아니겠소?

산도 반야산半夜山이니 한밤중이라는 뜻이요, 절 이름도 반야사이니 역시 한밤중이라는 뜻이오.▪ 당신도 세상 이치를 모르는 한밤중의 중이니 산과 절, 사람이 다 꼭 맞아떨어지는구려. 과연 긴긴밤 깜깜한 세상이오."

"우리 부처의 도는 무한하여 끝이 보이지 않소. 당신이 오히려

▪ 반야般若는 산스크리어로 '망상을 버리고 참모습을 환히 보는 지혜'라는 뜻인데, 우연히 한밤중을 뜻하는 반야半夜라는 말과 우리말 소릿값이 같다. 두꺼비는 반야사의 반야를 한밤중으로 풀고 있다.

부처의 도를 깨닫지 못하여서 그리만 보니, 내 그대를 위하여 분명히 말하겠소.

우리 불가에서 우러러 받드는 스승은 석가모니요. 그분은 천축국 경반왕景般王의 아들로 도를 닦아 부처가 되었으며, 대령산 영추봉에 의연히 앉아 모든 나라의 화복을 틀어쥐고 있소. 나라의 번성과 쇠퇴, 관리의 등용과 탈락, 선비의 가난하고 곤궁함과 벼슬이 높아지고 귀해지는 것, 농사에서의 풍년과 흉년, 장인바치의 뛰어난 재간과 솜씨, 장사에서의 이익과 손해를 석가모니께서 맡아본다오. 그리고 사람들이 귀한 자식을 낳는 것은 모두 그분이 점지해 보내는 것이라오. 그러므로 부처의 도를 숭상하는 자는 복을 받게 되고 욕보이는 자는 재앙을 받게 되오. 그러니 사람들이 어찌 존경하지 않으며 두려워하지 않겠소? 당신은 무엇 때문에 우리 스승을 욕되게 하여 스스로 재앙을 불러오오?"

"속담에 '어리석기가 중 같다.'는 말이 있소. 그런데 당신 말을 들어 보면, 지혜로운 자가 중이 된다는 말이구려. 속담과 어쩌면 이리도 다르오. 지금 당신을 보아도 어리석은 자는 중이오.

《주역》에 '좋은 일을 많이 한 집에는 반드시 경사가 많은 법이다.' 하였고, 《서경》에는 '옳은 도를 따르면 길하고 그릇된 도를 따르면 흉하다.'고 하였소. 그러니 거만하게 놀면 손해를 보고 겸손하게 움직이면 이익을 보는 법 아니겠소? 이것으로 보더라도 착한 자에게는 복을 주고 악한 자에게 재앙을 내리는 것은 하늘의 공평한 이치요. 어찌 오로지 부처가 좌지우지하는 것이겠소?

한나라 명제明帝 전에는 불교가 없었소. 허나 그 전에도 어질고 정사를 잘한 임금이 참으로 많소이다. 그리하여 요, 순, 우, 탕, 문, 무와 같은 임금들은 복을 길이 누렸지만, 걸주와 주나라 난왕赧王과 같은 폭군들은 망국의 임금으로 되었소. 옛날 재능 있는 팔원八元˙ 같은 인재들이 조정에 천거되고 사흉四凶˙과 같은 흉악한 자들이 처단된 것은 모두 선과 악에 따른 갚음인 것이오.

한나라 시대에 유림들이 영화를 누렸고, 태평한 주나라 시절에는 해마다 풍년이 들었으며, 공수公輸와 같은 장인들이 뛰어난 재능을 보이고, 양적陽翟과 같은 장사치들의 능란한 솜씨가 널리 이름을 떨쳤소. 이것은 모두 옛사람들이 자기 생업에 뿌리내려 그 뜻을 이룬 것이지, 어찌 부처가 도와서 이룬 것이겠소?

또한 귀한 자식을 낳는 것이 과연 다 석가모니가 점지해 주는 일이라면 당연히 가장 가까운 중한테 점지해 줄 것이오. 허나 나는 중의 집에서 귀동자를 낳았다는 말을 들어 보지 못했소.

재앙과 복을 준다는 말은, 중들이 순진한 백성들을 위협하고 꾀는 허망한 말이오. 백성들이 밭을 팔아 시주하면, 백성들이 부처를 위해 시주하였다고 요망한 말로 떠들면서, 부처의 공덕이 사람들의 마음을 감동시켰다고 하오.

중들은 사람들의 피땀을 짜내 긁어모은 재물로 절간을 사치스

˙ 중국 전설에 나오는 고신씨高辛氏의 여덟 제자.
˙ 요순시절 갖가지 악행을 저지른 네 사람.

레 짓고 온갖 살림살이를 갖추 들여놓았소. 심지어 중들은 인가까지 찾아 내려와 징을 울리면서 사람들에게서 돈을 빼앗아 내고 목탁을 두드리면서 쌀을 긁어 가오. 중들은 힘들여 농사를 짓지 않고도 배불리 먹고 길쌈을 하지 않고도 화려한 옷을 입으며 세월을 보내고 있소. 어떠한 힘도 들이지 않고 좋은 집에서 훌륭한 물건들을 다 갖추고 사니, 천지간의 큰 좀벌레이며 인간 세상의 탐관오리와 같소.

불교에서 말하는 극락이니 지옥이니 하는 것도 다 터무니없는 소리요. 만약 있다면 극락은 유교에 정통한 사람들이 오르는 곳이고, 지옥은 중들을 잡아다 가두는 곳일 게요.

당신은 늙었다고만 하지 말고 이제라도 올바른 도를 깨닫고 바른길을 가시오. 사람이 백 년을 산들 옳은 도를 모르고서야 무슨 산 보람이 있겠소. 도를 깨달으면 한평생이 짧다 한스러울 것이 없으니, 아침에 도를 깨닫고 저녁에 죽은들 무슨 한이 있겠소? 돌아가 바른 도, 곧 유교를 닦아 어떡해서든 지옥을 면하도록 하시오.

당신은 또한 사람들이 받는 재앙과 복은 부처를 숭배하고 믿는가 아니면 믿지 않고 업신여기는가에 달려 있다고 했는데, 이것은 더욱더 허망한 말이오. 저 석가모니가 진실로 현인이라면, 어찌 자기와 멀고 가까운 데 따라 사사로이 화와 복을 주겠소?

지나간 역사에서 예를 들어 볼 터이니 잘 들소. 옛날 양梁나라 무제武帝는 나라를 창업한 뒤 정사를 잘 돌보아 강성하였댔소. 그 뒤 무제는 부처를 독실히 믿어 종묘에 제사를 지낼 때에도 살생을 금하고 제물로 쓰는 소, 양, 돼지 따위의 짐승도 다 가짜를 만들어 썼소. 도를 닦는다고 하면서 제 몸을 상하였을 뿐 아니라 심지어 나랏일도 제대로 돌보지 않았소. 이렇게 되자 많은 사람들이 들고일어났소. 얼마 뒤 무제는 나랏일을 걱정하던 후경侯景이라는 신하의 배척을 받아 굶어 죽었소. 그래, 굶어 죽은 것이 과연 부처를 숭배하고 믿어서 받은 복이오?

그 뒤 당나라 적공狄公은 강남 지방을 둘러보다가 화려한 절들을 보고 헐어 불살라 버렸으며 동과 철로 만든 불상들을 걷어다 녹여 농기구를 만들어 썼지만, 부처의 재앙을 받기는커녕 정승 자리까지 올라 평생 부귀를 누렸소. 그래, 그 사람이 부귀를 누린 것이 부처를 업신여기고 욕보인 값으로 받은 재앙이란 말이오?

이 밖에도 부처를 배척하고 세상에 명성을 떨친 한공韓公도 있고 독실하게 부처를 믿다가 나라를 망친 여영麗永이란 사람도 있소. 고금의 밝은 교훈이 역사에 뚜렷이 기록되어 있으니 잘 헤아려 보오."

영허 대사는 벌컥 성을 내었다.

"당신은 무엇 때문에 부처가 옳지 않다고 극렬하게 주장하오? 또 불교가 생겨난 것이 오래지 않다는 것을 어떻게 아오? 내가 들건 대, 공자가 우리 부처님의 제자였다고 하오. 당신네 스승은 유교의 시조라고 하지만 부처를 받드는 한낱 제자일 뿐이오. 그래서 우리 중들을 비구比丘라고 부른 지 오래라오.* 이로 미루어 보면

---

* 공자의 이름이 '구丘' 인 데서 실마리를 잡아 두꺼비 말에 대응한 것이다.

불도는 태초에 사람이 생겨나던 때 나온 것인데 어찌 유교보다 존경스럽지 않겠소?"

두꺼비가 묵묵히 듣더니만 탄식하였다.

"심하구나. 나쁜 물이 들어 착한 사람을 외려 못된 사람으로 알고 마구 덤비는 격이로다. 사람은 이 세상 만물 가운데서 가장 귀하여 하늘과 땅과 함께 거룩한 자리에 놓여 있는데, 이것은 사람이 어질고 의롭고 예의 바르고 지혜로우며 도덕이 바로 서 있기 때문이오. 이런 덕목들은 다 하늘에 근원을 두고 사람에게 뿌리내린 것인데, 요임금이 우임금에게 전하고 다시 탕임금에게 전했으며 탕임금은 문왕에게, 그 뒤 무왕에게, 또 주공에게 대를 이어 전하였소.

주나라에서 덕이 쇠해지자 지방관들이 들고일어나 거리낌 없이 제멋대로 날뛰었소. 이때부터 이단이 생겨나서 도가 거의 없어지고 인류가 멸망하게 되었소. 영왕의 시대가 되자, 하늘이 보살펴 우리 스승인 공자께서 나시었소. 이리하여 우리 스승의 도가 인류의 더할 나위 없는 도덕으로 되었소. 또한 모든 나라에 실마리를 남겨 길이길이 유학자들을 가르쳤고 속되지 않은 음악이 자리 잡게 하였으며, 《시경》과 《서경》으로 도를 일으켜 세워 인류가 다시 바로 잡히게 되었소. 그리고 나라의 제도와 질서가 다시 짜여 온 누리에 떨치게 되었으니 그 공로를 말하면 하늘과 땅으로도 담기 어려운 것이요, 그 덕에 관해 말한다면 하늘땅과 꼭 맞는 것이오. 보잘것없는 미천한 사내나 사리에 어둡고 아둔한 아낙네라도 반드시 그 도를 받들고 있으며 오랑캐나 금수라도 모두 그 혜택을 받고 있소.

우리 스승의 도는 사람들에게 해와 달처럼 밝게 비추고 단비처럼 생명을 틔우고 이끌어 주므로 목숨 타고난 만물이 모두 다 높이 우러러 따르고 있소. 당신이 숭상하는 부처도 이 세상의 한 생명이고 중도 역시 사람의 종자요. 당신이 우리 스승을 자기 스승의 제자라고 어찌 감히 입 밖에 내어 말할 수 있소?

이 말의 근원을 나도 대강은 알고 있소. 불가에서 천한 자는 보통 중이고, 인간 세상에서 천한 자는 졸병이요, 중을 졸병에 비겨 비병比兵이라고 한 것은 참으로 이 때문이오. 그런데 중들이 어리석고 허망한 것을 좋아하여 '비구比丘'라는 말에서 '구丘' 자가 '병兵' 자에서 두 점이 떨어진 글자인 줄도 모르고 그대로 쓰고 있소. 그래서 그만 우리 스승의 존귀한 이름자를 더럽혔으니 그 엄중한 죄는 피할 수 없소. 중들이 죽으면 불에 태우는데 그것이 다 공자님을 욕보였기 때문에 받는 벌이라오.

우리 스승이 부처의 속제자라고 하는 것은 더욱더 허망한 말이오. 그분은 나서부터 배우지 않고도 모든 것을 아는 총명한 자질을 지녔건만 배우는 것을 무척 좋아하였소. 어진 이가 있다는 말을 들으면, 그이가 누구든 몸소 찾아가 배우셨소.

옛적에 노자老子나 사양師襄이나 담자郯子 같은 사람들도 어질다고들 하지만 우리 스승에게 비할 바가 아니고 그들이 숭상하는 도도 달랐소. 허나 우리 스승은 어느 누구한테든 한 가지쯤 배울 바가 있다 하며 그들을 찾아가, 노자에게 예를 배우고 사양에게 거문고를 배우고 담자에게 관직 제도를 배워 후세에 전하였다오.

우리 스승이 만약 부처를 따른 일이 있으면 어찌 기록된 것이 없겠소? 당신이 말하는 것은 모두 그릇된 것을 듣고 전하는 것이라오.

나는 태곳적부터 오늘에 이르기까지 모든 일을 직접 보아 잘 알고 있소. 부처의 도는 본디 서쪽에 있는 오랑캐의 도라오. 부처의 도가 처음으로 들어온 것도 한나라 명제 때니 퍽 후대의 일이고 부처의 사리가 들어온 것은 칠백 년 뒤인 당나라 헌종 때 일이오. 이것은 우리 스승이 산 때로부터 참으로 오랜 시간이 흐른 뒤의 일이오. 그때 일을 내가 직접 보아 잘 아는데 요즘 태어난 사람들이야 어떻게 알겠소?"

"당신 말과 같이 우리 불교의 시작이 그리 오래지 않다면, '부처 불佛' 자는 글자라는 것이 처음 만들어질 때 생긴 것인데, 부처가 태어나지도 않았다면 어떻게 이 글자가 있었겠소? 불교가 글자가 만들어진 때보다 훨씬 뒤에 들어왔다면 '부처 불' 자를 그제서야 만들었단 말이오?"

"이 또한 코 막히고 답답한 말이오. 먼 옛날 글자를 만든 성인들은 물건의 모양을 본떠서 만들었소. 그런데 그 뒤에 글자를 쓰는 사람들이 글자를 많이 섞어 썼소. 물건 이름 같은 것도 음을 변화시켜 쓴 것이 적지 않으니 '부처 불' 자가 옛적에 없던 글자가 아니오.

《시경》의 '주송周頌'에, '내가 총명하지도 공경스럽지도 못하지만 날로 달로 나아가 학문이 광명을 이룰지니, 이것을 도와 나에게 나타난 덕행을 보일지라.〔維予小子不聰敬止 日就月將學有緝

熙于光明 佛時仔肩示我顯德行'는 문장이 있는데 여기에 돕는다는 뜻으로 쓴 '불佛' 자는 부처라는 뜻이 아니라 '도울 필弼' 자의 뜻으로 쓴 것이오. 또한 《논어》에, '필힐佛肹이 공자님을 부르거늘, 공자께서 가시려고 하니.'라는 문장이 있소. 여기 나오는 '불' 자는 부처라는 뜻이 아니라 필힐이라는 사람의 이름을 적은 것이고 음도 '필'이라오.

불교가 들어오기 전, 그러니까 후한 이전에 많은 학자들이 책을 저술하였는데 거기에는 부처의 이름이 나오는 것이 없소. 한나라 명제 때 이단이 서쪽에서 들어왔는데 모양은 사람을 위하는 것 같아도 좇는 도는 인륜을 어기는 것이었소. 그래서 이름을 지을 수 없다 보니, 사람이 아니라는 뜻으로 '사람 인' 변에 '아니불弗' 자를 붙여 '부처 불佛' 자를 만들어 썼으며 그 음도 '아니불弗' 자의 음을 따랐소. 중들은 사람이 아니라고 한 것이지요. 한데 이 글자의 뜻도 모르고 음을 빌려 부처의 이름으로 삼았구려. 쯧쯧.

지금은 불도가 성하고 그 무리들이 많이 퍼져 '부처 불' 자를 오로지 호 짓는 데 쓰고들 있소. 창힐倉頡이 글자를 만들기 전에 '부처 불' 자가 있었겠소?"

"당신이 비록 갖은 악담으로 우리 스승을 비방하고 헐뜯어도 나는 사실대로 들은 대로 말하는 것이오. 우리 불가에는 술잔을 타고 바다를 건넌 사람이 있고, 지팡이를 던져 무지개 사다리를 만든 사람도, 물을 검게 하여 용의 위엄을 빌린 사람도, 지팡이를 휘둘러 범을 쫓아 보낸 사람도 있소. 우리 중들이 번뇌를 벗어나

부처가 된 행적들이 또렷이 후대에 전해지는 것이라오. 그런데도 당신은 무엇 때문에 허무하다고 하오?"

"당신이 말한 것처럼 부처의 도가 허무한 것이 아니라면 어찌해서 당신은 아직도 도를 익히고 있소? 그대가 도를 익히고 경을 외운 지 백 년이고, 그대와 같은 총명과 슬기라면 이제 완전히 통달하였을 것 아니오? 그토록 도를 닦은 지 오래면 당신은 부처가 되었어야 하는 것 아니오? 술잔을 타고 바다를 건너는 일, 지팡이를 던져 무지개 사다리를 만드는 일은 잘하오? 아니면, 물을 검게 하여 용의 위엄을 빌리는 일이나, 지팡이를 휘둘러 범을 쫓는 일은 잘할 수 있소?"

"아니오, 아니오. 나는 아직 못 하오."

"동쪽에 금강산, 서쪽에 구월산, 남쪽에 지리산, 북쪽에 묘향산이 있소. 이 산들에는 모두 이름난 절이 있고 그 밖에도 여러 산에 흩어져 있는 절이 얼마나 되는지 알 수 없소. 부처의 도를 깨우치기 위해 절에 들어박혀 있는 중들이 만 명도 넘을 것이오. 예부터 오늘에 이르기까지 술잔을 타고 바다를 건넌 사람, 지팡이를 던져 무지개 사다리를 놓은 사람이 얼마나 되며, 지팡이를 휘둘러 범을 쫓아 보낸 사람, 물을 검게 하여 용의 위엄을 빌린 사람이 얼마나 되오? 이 네 가지 일을 당신이 보고 들었소?

당신이 백 년의 세상일을 안다고 하지만 과연 보고 들은 것이 아니라면 이제 말한 네 가지 일은 어디에 근거를 둔 것이오? 어떻게 믿게 된 것이오? 지나간 일은 성인과 현인이 지은 여러 가지 책을 보아야 알 수 있고 진실한 것은 역사책을 보아야 믿을 수

있소. 그 밖에 여기저기 기록된 것들은 모두 허망한 것을 좋아하
는 자들이 꾸며 낸 말이고 사물에 괜히 뜻 붙이기 좋아하는 자들
이 지어낸 말이오. 열자列子가 바람을 휘어잡았다는 것과 굴자屈
子가 하늘로 올랐다는 것 따위는 모두 꾸며 낸 말이오. 부처의 허
무한 도도 거짓으로 전하는 것이오. 그러니 나는 그것을 믿지 않
소."

"우리 부처의 도를 당신이 믿지 않아도 나는 믿소. 부처 되기가
그리 쉬운 줄 아오? 가령 우리 중들이 부처가 되기 쉽다면 유도
를 따르는 자들도 성인으로 되기 쉬울 게요. 우리들이 도를 닦은
뒤에 영생불멸하고 천 개의 손과 천 개의 눈으로 자비심을 베풀
면서 오랜 세월 맑고 깨끗한 경지에 있으면 어찌 좋지 않겠소?"

"당신은 무슨 소릴 하오? 그래, 부처가 되기는 어렵고 성인이 되
기는 쉽단 말이오?"

"성인은 요순堯舜만 한 사람이 없소. 유도에 정통한 사람의 책에
'사람은 누구나 다 요순이 될 수 있다.' 하였으며, 또 다른 책에
는 '경전에 통달하면 성인이 된다.', '걱정거리가 없으면 성인의
자리에 이르지 못한다.' 하였소. 그러니 무에 그리 성인이 되기
가 힘들겠소?

우리 불도는 쇠약한 것 같지만 뛰어나며, 보잘것없는 것 같으
나 참으로 광대하여 우러러봐도 형체가 없고 따르려 해도 자취가
없소. 그러므로 내 총명한 지혜로 백 년이나 불경을 외우고 부처
를 따르려고 하였건만 아직 나아갈 길을 찾지 못하였으며, 도를
행하려고 하였건만 아직 방향도 잡지 못하였소. 부처를 따르는

것은 훌륭하나 이처럼 대단히 어려운 것이라오."

"당신 생각에는 도를 깨우치는 것이 길을 가는 것처럼, 높고 낮아 가기 어려운 길이 있고, 평평해서 가기 쉬운 길이 있다는 말이오?"

"그렇소. 어찌 그렇지 않겠소? 길에 견주자면, 오르막길을 따라 먼 길을 가는 것이 왜 힘들지 않겠소? 또 내리막길을 따라 가까운 길을 가는 것이 왜 쉽지 않겠소?"

"이 또한 한밤중 꿈속의 말이오. 사람은 태어날 때부터 성인의 본성을 지니고 있지만 물욕에 가려 착한 본성을 잃는 경우가 적지 않소. 나라를 다스리매 선정을 베풀었는가 아니면 폭정으로 원성이 높았는가에 따라 어진 요임금과 포악한 걸임금이 서로 나뉘오. 또 착한 것을 좋아하는가 잇속을 좋아하는가에 따라 착한 순임금과 욕심 사나운 도척으로 갈라지는 것이오.

어리석음을 깨뜨리고 바른 도를 닦는 것이 성인이 되기 위한 공부요, 배워서 도를 깨닫는 것도 성인이 되는 방법의 하나일 뿐이오. 누구나 성인으로 될 수 있다고 한 것은 후세 사람들이 도를 깨닫기 어렵다고 걱정할까 봐 한 말이오. 사람은 누구나 다 어진 사람이 될 만한 착한 본성을 가지고 있소. 착한 본성을 살리느냐 못 살리느냐에 따라 성인과 보통 사람이 나뉘오. 그러므로 사람은 누구나 다 어진 사람으로 될 수 있다고 하지만 그 착한 본성을 키워 성인으로 되는 것이 어찌 쉬운 일이겠소? 자기를 수양하고 도를 닦아야만 성인으로 될 수 있소.

불도는 없는 것을 가리켜 있다고 하며 속이 텅 빈 것을 가리켜 가득 찼다고 하는데, 그 말을 종잡을 수 없으며 하는 짓이 허탄하기 짝이 없소. 또한 끝없이 까마득하고 멀어서 본보기를 잡을 수 없소.

부처로 되는 일이 어찌 어렵기만 하겠소마는, 천만 번이라도 될 수 없다오. 우리 스승의 도와 부처의 도를 비교하여 논하면, 성인의 도는 평평한 땅에 길을 닦아 탄탄하기가 숫돌과 같으며 누구나 힘들이지 않고 갈 수 있는 길이요, 부처의 도는 하늘에 비낀 무지개를 가리켜 길이라고 하면서 사람들에게 오르라고 하는 것과 같소. 무한한 공간에 사다리도 없는데 누가 오르겠소? 우리들이 숭상하는 도가 쉽다느니 어렵다느니 하는 것은 대개 이와 같소."

"당신이 아무리 부처로 되는 것이 될 수 없는 일이라고 하더라도 나는 이미 불도를 배워 불경에 통달하고 염불을 외며 공을 쌓은 지 백 년이 되오. 내가 하늘의 혜택을 받아 몇 년만 더 살면 반드시 도를 깨닫고 부처가 될 것이오. 그때 당신은 내가 부처가 된 것을 꼭 보고 가시오."

"부처가 된다 하면 형체 있는 부처를 말하오?"

"부처가 왜 형체가 없겠소?"

"형체 있는 부처가 되려고 무엇 때문에 백 년이나 '나무아미타불' 하면서 기다리오? 도를 닦지 않고 또 불경을 외지 않고도 부처가 되는 것은 매우 쉽다오."

"처음에 당신은 부처 되기가 어렵다고 하다가 왜 이제 와서는 쉽다고 하오?"

"여기저기 있는 절을 보아서 내가 잘 아는데 흙이나 나무에 금칠을 하면 부처가 되오. 금이니 구리니 쇠니 돌이니 흙이니 나무니 하는 것들이 언제 한번 염불을 외고 불경을 외었겠소? 그것들이 대뜸 부처가 되어 커다란 상에 점잖이 앉아 오만 중들과 사람들한테 어버이를 버리고 오라, 조상을 배반하고 따르라 하며, 옷가지며 세간이며 팔아 그 돈으로 지성껏 불공을 드리게 하오. 이것만 봐도 부처 되는 것이 쉬운 것 아니오?"

"당신은 무슨 어거지가 그리도 모지오? 부처의 공덕이 하많고 끝없이 자비를 베푸니 절마다 중들이 우러르고 그리는 것이오. 하지만 변화가 무궁한 산부처를 볼 수 없기 때문에 부처의 모양을 만들어 놓고 불공을 드리는 것이오. 유교에서 나무를 깎아 위패를 모신 다음 죽은 스승이라고 하는 것과 같으며, 나무로 만든 신주를 조상이라고 부르는 것과 같다오. 그러니 어찌 쇠나 돌 따위로 진짜 부처를 만들 수 있겠소?"

"당신은 어째서 정대한 일과 사사로운 일을 가려 보지 못하오? 제사 지내는 예법은 옛날 어진 임금이 만든 것이오. 자기를 가르친 분이 스승이니, 스승이 돌아간 뒤 그분을 잊지 못해 제사로 보답하는 것은 제자 된 자의 마땅한 도리요, 자기를 낳아 키워 준 부모가 돌아간 다음 그 은혜를 잊지 못해 제사로 보답하는 것은 자식 된 자의 도리인 게요. 나라에는 학교가 있으며 여기에서 해마다 이월과 팔월에 성현들 사당에 큰 제사를 지내는 예가 있소. 사삿집에도 사당이 있어 부모와 선조들을 잊지 않고 제사를 지내는 예가 있소이다.

이렇게 하여도 신령이 오는 것을 알 수 없으므로 그분들을 그려 낸 물건을 만들어 신령이 오게 하오. 나무로 위패를 만들어 선대 어진 이들의 무덤 앞에 세우고 신주를 만들어 그들의 차례를 나타내오. 국학에서 받들어 모시는 것은 옛 성현들의 위패이며 사삿집 사당에서 모시는 것은 할아버지, 아버지를 비롯한 선조의 신주인 게요.

그런데 불교는 물건으로 귀, 눈, 입, 코, 배, 등, 손, 발을 사람과 똑같이 만들어 탁자 위에 앉혀 놓고 그것을 가리켜 존경하면서 아무 부처라고 부르오. 그러니 물건이 부처로 될 수 있는 것이면 참 쉬운 일 아니오? 그러니 불교와 유교를 나란히 놓고 이야기할 수는 없는 것이오."

"당신은 산과 못 사이 곧 세속 밖에서 사는데 무엇 때문에 유도와는 가깝게 지내면서 우리 불도는 원수처럼 여기오? 그리고 사랑과 미움이 왜 한쪽으로만 치우치는 게요?"

"사람의 천성을 보면, 옳고 그른 것을 가르는 것이 의로움의 시작이오. 옳은 것을 보고 옳다 하며 그른 것을 보고 그르다 하는 것이 공평한 마음이니 이는 타고난 것이오. 유도와 불도는 낮과 밤이 뚜렷이 다른 것처럼 서로 상반되오. 낮을 가리켜 밝다 하고 밤을 가리켜 어둡다 하는 것이, 어찌 낮만 좋아하고 밤을 미워해서 그런 것이겠소? 당신 생각은 우물 안에 앉아 하늘을 올려다본 것이나 다름없소. 때문에 우물 안이 넓다고 하며 고개를 들어 올려다보며 하늘은 좁다고 하는 격이오."

"우리 불도를 어찌 감히 헐뜯는 게요? 예부터 부처의 도를 배운 중들은 혹 부처가 되지 못하더라도 내세에 다시 태어나 반드시 부귀를 누리게 되오. 옛적 당나라 양소유楊少遊란 사람과 명나라 왕수인王守仁이란 사람을 보면 전생에 공덕을 닦은 보람을 잘 알 수 있소.* 높은 산이 못 되면 낮은 언덕이라도 되는 것이오. 어찌 그들이 공들인 보람이 없겠소.”

“양소유와 왕수인에 관한 일은 거짓말을 좋아하는 자들이 꾸며 낸 것으로 항간에 떠돌아다니던 말이니 사실로 믿을 것은 못 되오. 혹 그와 같은 일이 있었다 해도 그것은 억만분의 하나일 것이며 그것마저도 괴이한 것이오. 그것을 가지고 어떻게 지당한 이치라 하겠소?

사람이 이 세상에 태어날 때에 천지간의 기운과 산천 정기를 몸에 지니고 나오. 천지간의 조화가 있어 군자도 있고 소인도 있어 그 등급이 천만 가지로 다 다르지만, 근본은 다 하늘이 준 것이오. 그 기질에서 착한 것과 착하지 못한 것, 너그러운 것과 야박한 것이 있으니 모두 같지는 않다오. 슬기롭거나 어리석거나 영달하거나 곤궁하거나 사람이 타고나는 것이 한결같지 않음은, 사실 그 집이 선을 쌓았거나 악을 쌓았기 때문이오. 돌이켜 보면 하늘의 바른 도리로 복을 갚는 것이오.

당신 말과 같이 지금 세상에 부귀를 누리는 사람들이 과연 전생에 중이었다면, 원래 중국에 부처가 없었을 때에는 부귀한 사

---

* 양소유는 김만중이 쓴 《구운몽》의 주인공으로, 성진이라는 중이 환생한 인물이다. 왕수인은 양명학을 연 사람으로, 금신사의 중 황 선사가 환생했다고 한다.

람도 없었겠구려.

황제黃帝는 태곳적의 어진 성인이오. 그분은 귀히 되어 천자의 자리에 올랐고 재물은 온 세상에 차고 넘쳤으며 아들 열넷이 모두 부귀를 누렸고 이백 살 넘게 살았소. 황제와 아들들이 부귀를 누린 것은 부처를 믿었기 때문이 아니오. 황제의 어머니가, 큰 번개가 북두칠성을 둘러싼 것을 보고 아들을 낳았을 뿐이라오.

이 밖에도 부처가 태어나기 전에 온갖 부귀와 영화며 오복을 누린 사람들이 참으로 많소. 어찌 중이 되었다가 후세에 태어난 사람들이겠소? 허망한 말을 따라 당신은 스스로를 속이더니만 이제 다른 사람들까지 속이려고 하오?"

"옛적에 당신네 스승 공자는 이백여 년에 걸친 방대한 역사를 《춘추》에 담아, 불효 불충한 자들을 징계하였소. 맹자라는 당신네 스승 하나는 언변이 좋아 양주나 묵적 같은 이들과 많이 다투었소. 당신네 스승들은 이단에 대해서는 온 힘으로 배척하였으나 우리 불도는 배척하지 못하였소. 불도가 이단이었다면 어째서 그냥 놔두었겠소? 이미 옛 성현들도 배척하지 못하였는데 어째서 당신은 오늘 이다지도 무자비하게 나를 배척하는 것이오?"

"이 사실을 놓고 봐도 불도가 생긴 지 오래지 않다는 것을 알 수 있소. 부처가 만약 우리 스승들이 살던 때 생긴 것이라면 어찌 그분들의 배척을 면할 수 있었겠소? 부처는 다행히도 우리 스승보다 뒤에 생겼으므로 그분들의 배척을 면할 수 있었던 것이오. 그리고 불교가 그분들이 살던 때 있지 못하여 바른 도리를 보지 못한 것이오. 나는 바른 도를 보지 못하고 부처를 숭배하는 자들을 보면 몹시 안타깝소. 나는 유도의 제자로서 평소 불도가 옳지 않다고 생각하고 있었는데, 지금 부처를 따른다는 사람을 만났으므로 이렇게 말하는 것이라오."

"유교의 도가 좋다는 것을 나도 모르는 것은 아니오. 세속 사람의 삶이란 아침 이슬과 같은 것이오. 도에 통달하여 성인이 된다고 해도 그것은 죽은 뒤의 것이오. 제 뜻을 이루고 높은 벼슬자리에 올라 귀해지는 것이란 눈앞의 즐거움일 뿐이오. 우리 스승처럼 영원히 살지 못하므로 나는 굳이 유도를 버리고 불도를 배웠소."

"부처가 영원토록 산다고 하는데 누가 그것을 보았소? 당신 말대로 부처가 과연 영원토록 살아 있다면 당나라 때 부처의 유골을 언급한 것이 있는데 그것은 무엇이란 말이오? 부처가 살다 죽었으니 유골이 남은 것 아니오? 허무한 말 다시는 입 밖에 내지 말고 유교가 좋은 까닭을 들어 보오.

유도를 따르면 부귀영화를 누리게 되고, 성인으로 된 사람이 말을 하면 곧 경서로 되며, 움직이기만 하면 후세의 모범으로 천만대에 길이길이 전해지며 뒷사람들의 스승으로 되오. 설사 죽은 뒤에라도 뒷사람들의 끝없는 존경을 받게 되니, 몸은 죽었어도 영원히 살아 있는 것과 같은 것이라오.

살아서는 부귀영화를 누리고 세상에 은혜를 베풀면 후세에 공덕이 전해져 그 화상은 높은 누각에 오르게 되고 이름이 사당에 길이길이 남게 되오. 이처럼 몸은 죽어도 공덕은 길이길이 살아 있는 것이나 다름없소. 위로는 천자에서 아래로는 백성들에게 이르기까지, 시집가고 장가들어 자식 낳아 자자손손 대를 이어 가며 영원토록 핏줄을 남기는 것은 마치도 시냇물이 끊임없이 흘러 만 리 먼 길을 가는 것과 같고, 소나무에서 묵은 잎이 떨어지고 새잎이 돋아나 사시장철 푸르러 있는 것과 같소.

이것을 보면 성현의 가르치심이야말로 장생불사하는 신선의 도 아니겠소? 그런데 중들은 죽으면 불에 태워 형체조차 없애 버리니, 이것이야말로 아침 이슬이 해를 기다려 사라지는 것과 같지 않소?"

두꺼비는 늙은 중을 눈여겨보다가 한숨을 내쉬고 말을 이었다.

"불쌍토다, 늙은 중이여! 가엾구나, 늙은 중이여! 바른길을 버리고 허튼 길을 따라 아까운 세월을 보내는구나. 아, 늙었구나 하고 뉘우쳐도 때는 늦고 한탄해도 소용없으니 이것은 누구의 잘못이겠는가."

"무슨 소리를 하오? 내게는 세 가지 즐거움이 있소. 이 세상 만물 가운데서 가장 귀한 것은 사람인데 내가 사람으로 태어난 것이 첫째 즐거움이요, 사람 중에서도 남자는 귀하고 여자는 천한데 내가 남자로 태어난 것이 둘째 즐거움이요, 오복 중에서 첫째가 장수하는 것인데 나는 백 년 넘도록 살고 있으니 이것이 셋째 즐거움이오. 이 세 가지를 다 갖추었으니 복 있는 자 아니오? 내가 이렇게 세 가지 즐거움을 고루 갖추었거늘 어째서 당신은 거듭 한숨만 쉬면서 나더러 불쌍하다고 하오?"

"하늘은 당신이 사람으로, 또 남자로 태어나도록 하고 총명한 자질을 지니도록 하며 또한 장수하는 복을 누리도록 하였다 했는데, 이렇게 타고난 것은 결코 우연한 것이 아니라오. 당신의 총명한 재주로 하늘의 뜻을 공손히 받들고 바른길로 들어서서 성인의 학문을 닦는 데 힘썼다면 성인의 도를 체득하였을 것이고, 공명에 뜻을 두었다면 공명을 세웠을 것이오. 또한 집안을 돌보았더라면 범 상국范相國처럼 천만금의 재물을 가지고 영화를 누렸을 것이며, 안해를 맞았더라면 순숙荀淑의 여덟 아들과 같은 끌끌한 자식들을 낳아 키웠을 것이오. 거기에 장수의 복을 누리니 조정에서는 공로 있는 늙은 신하에게 특별히 내리는 지팡이를 당신한테 주며 원로로 대접하였을 것이며, 벼슬을 그만두고 고향에 내려갔더라면 덕 있고 경륜 있는 노인으로 떠받들렸을 것이오. 그리고 자손들은 녹봉을 받아 만석꾼이라 불리었을 것이며 논과 밭에서는 일천 호를 먹여 살릴 만한 곡식을 거두어들여 제후와 비길 만하였을 것이오.

끌끌한 아들과 효성스러운 며느리는 부모 봉양을 극진히 하고 안팎의 남녀종은 고분고분 시중들 것이요, 끼니마다 맛 좋은 음식을 입에 맞게 해 올리고 가볍고 포근한 비단옷은 살진 몸에 감겨들 것이요, 또한 집에 들어가서는 자손들을 보는 즐거움이 있을 것이고 문밖에 나서면 친한 벗들이 반겨 따랐을 것이오. 옛 현인군자들이 누린 즐거움을 골고루 맛보며 세상의 온갖 부귀를 누리고 살았다면, 살아서도 태평이요 늙어서도 태평이니 마음에는 근심 걱정이 없었을 것이고 몸도 아무 병 없이 건강하였을 것이오. 이처럼 살면서 편안히 여생을 마친다면 당신이 말한 세 가지 즐거움보다 더한 온갖 복을 누렸을 것이 아니겠소? 평생 뜻을 이

룬다 해도 이보다 더한 것이 어디 있겠소?

　그런데 당신은 무엇 때문에 이 좋은 것을 버리고 절간에 들어 앉아 허망한 것을 받들며 정성 되길 바라고 쓸데없이 허무한 것을 지키면서 보답을 바라오? 날마다 하는 짓이란 바람을 휘어잡고 그림자를 부여잡는 허망한 짓뿐이며, 하고자 하는 것은 산을 허물어 바다를 메우자는 격이니 한밤중에 굳잠이 들어 꿈에서 깨어나지 못하고 있는 것이오.

　당신은 하루 종일 염불을 외어도 부처의 모습은커녕 그림자조차 보지 못하고 일생 동안 불경을 외어도 그 뜻을 모르고 있소.

　아! 백 년 동안 깜깜밤중을 헤매었건만 자기 한 몸 말고는 그림자뿐 가까운 피붙이 하나 없고 머리 위에 남은 것은 허옇게 센 머리털뿐, 적막강산 빈 절을 외로이 지키며 일생을 보냈구나. 아, 늙었도다. 여생이 얼마나 남았는가? 앞으로 넋은 불타 없어지고 몸은 재가 되어 날아 없어지고 나면 누가 영허 대사가 이 세상에 살았다는 것을 알까?

　하늘은 당신에게 재주를 주었으나 당신은 한사코 재능을 닦지 않았으며, 하늘은 당신에게 복을 누리도록 하였으나 당신이 기어코 그 복을 뿌리쳤소. 이것이야말로 하늘이 내린 복을 받지 않고 도리어 재앙만 부른다 함이니, 이는 당신을 가리켜 하는 말이오.

　지금도 당신이 깨닫지 못하고 자꾸 나를 헐뜯는 것은 꿈속의 잠꼬대요. 가로 흐르는 물도 도랑을 치고 굽을 째 주면 바로 흘러가게 되고, 막혀 흐르지 못하는 시냇물도 손질해 주면 다시 흐르는 법이오. 내 말을 깊이 생각해 보오. 이미 지나간 일은 어쩔 수 없지만 이제라도 고쳐 생각하고 바른길로 들어서시오.

　지금 반야사에 건장한 젊은 중들이 얼마나 되오? 생각건대 당신을 그르친 자는 당신 스승이지만 지금 보면 당신도 또 다른 백성을 그르치는 자이구려. 먼저 안 사람이 어른이라고, 당신이 뒷사람들을 위하여 바로 가르쳐야 하오."

영허 대사는 두꺼비 말을 듣고 낯을 들 수 없어 아무 말도 못 하고 속으로 생각하였다.

　'저 두꺼비는 산과 못에 사는 미물인데 어찌 이처럼 사리에 밝은가? 하늘이 내가 백 년이나 취해 있던 꿈을 깨우쳐 주심이로다!'

늙은 중은 더는 입을 벌려 말할 생각을 못 하고 머리를 숙인 채 뉘우쳤다.

두꺼비가 영허 대사를 바라보며 말하였다.

"날이 벌써 밝아 오는구려. 나는 해돋이를 보러 가겠으니 당신은 반야사로 돌아가오."

영허 대사에게 작별 인사를 하고는 바위 사이로 들어가더니만 어느새 사라졌다.

두꺼비가 가는 것을 이윽토록 바라본 영허 대사는 한숨만 내쉬었다.

인간 세상으로 돌아가거라

이윽고 영허 대사는 반야사로 성큼성큼 걸음을 옮겼다. 절에 도착하자 많은 제자들이 놀라기도 하고 반가워도 하면서 맞이하였다.

"대사님은 어디서 무슨 희한한 구경을 하셨기에 해가 지고 한밤중을 넘겨 이제 오시옵나이까? 어제 웬 사람과 범이 대사님을 뵙겠다고 찾아왔나이다. 약초 캐러 가셨다 하였더니, 범과 사람이 대사님을 찾아 숲으로 갔소이다. 저희는 이경, 삼경이 지나도록 대사님이 돌아오시지 않아 별의별 걱정을 다 하였소이다. 대사님, 범의 해를 입지 않고 돌아오셨사온데, 그놈을 물리칠 술책이 있었소이까?"

영허 대사는 이윽토록 제자들을 둘러보다가 말하였다.

"이 같은 말을 다시는 듣고 싶지 않으니 긴말할 것 없다."

말을 마친 영허 대사는 천천히 법당으로 들어가 제자들을 모아 놓고 그들을 깨우쳐 주었다.

"아, 나의 백 년 공부가 하루아침에 비꼈던 빈 땅의 그림자와 같음을 비로소 깨달았도다. 나는 이미 늙었구나. 뉘우치려 해도 때가 늦었다. 너희는 아직 젊고 앞길이 창창하니 바른길로 들어서 귀히 되어라. 무엇 때문에 바른길을 버리고 그릇된 길에서 헤매겠느냐? 모두들 집으로 돌아가 유교의 길을 따라 살도록 하여라."

"대사님, 그게 무슨 말씀이오이까? 대사님은 이제 부처나 다름없는 거룩한 어른이신데 어찌하여 이 같은 말씀을 하시오이까? 일생 동안 닦은 공덕을 어째서 버리려고 하시나이까?"

"나는 오늘에야 비로소 많은 것을 깨달았다. 이른바 불도라는 것은 아무것도 없고 허무할 뿐이다. 내 너희들에게 길게 말하지 않으련다. 그 까닭을 글로 지어 너희들에게 줄 터이니 종이와 붓을 가져오너라. 그 글을 보면 내가 뉘우치는 뜻을 알 수 있으리라."

제자들은 곧 종이와 붓, 먹 따위를 가져왔다. 영허 대사는 종이를 펴고 옥포동에서 구경한 것들을 써 나갔다. 궁노루가 노루 어머니의 생일잔치에 손님들을 부른 것부터 자기와 두꺼비가 이야기를 주고받던 것하며 헤어질 때의 모습까지 보고 들은 것을 차례대로 자세히 적었다.

글을 다 적자 영허 대사는 제목 자리에 큼직한 글씨로 '옥포동기완록玉浦洞奇玩錄'이라고 썼다.

이어 대사는 제자들에게 다들 베껴 읽도록 하였으며 인간 세상으로 돌아가 널리 전하도록 하였다.

신통한 늙은 중
짐승 소리 잘 알아듣네.
새들이 지저귀는 소리
짐승들 울부짖는 소리.

옥포동 골안에서
생일 놀이 벌어졌네.
날짐승도 털짐승도
곤충 미물도 수없이 모였네.

이상한 두꺼비
뛰어난 재주로
날짐승, 길짐승 모두 물리치고
윗자리에 앉았네.

땅벌은 독침만 믿고
달려드는 적들을
독침으로 물리치지만
끝내는 자기도 죽고 마네.

잔칫상 위엔 산해진미 올랐네.

구렁이 회며 나물 안주
송기떡, 달떡과
국화술, 연꽃술.

요망한 삵
범이라 자처하다가
원숭이에게 패하여
톡톡히 망신만 당했네.

옥포동 송사장에
사람과 범 찾아와
판결을 받으려고
송사를 벌였다네.

잔치 끝에 뭇짐승들
풍악놀이로 즐겼네.
목청 고운 꾀꼬리 노래
너울너울 학의 춤.

반야산 반야사의
총명한 늙은 중
뭇짐승들의 기이한 놀이 구경하고
종이에 자세히 기록했네.

생일잔치에 참가한
보잘것없는 두꺼비
뭇짐승들과 말싸움에서
장쾌히 승리하였도다.

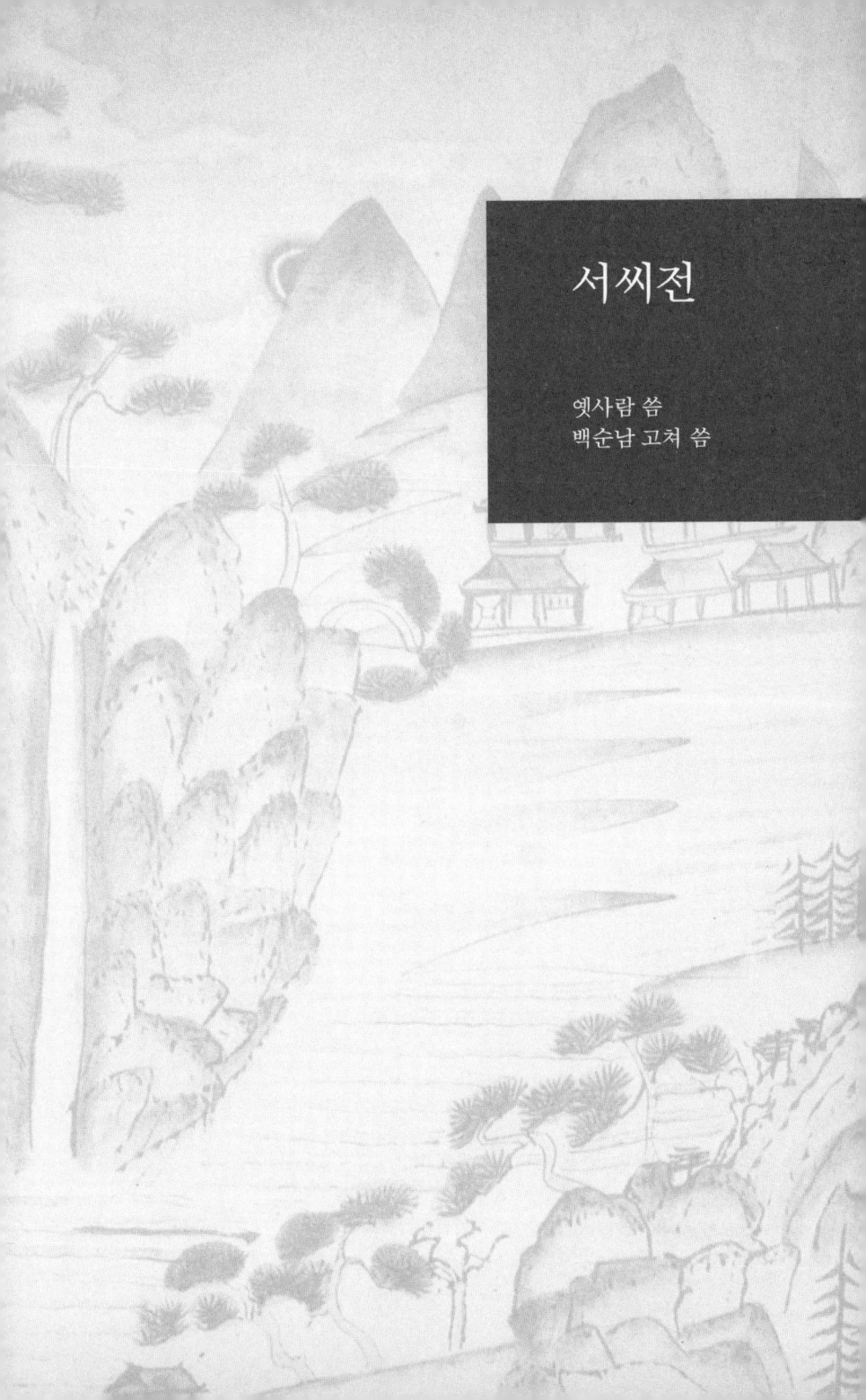

서씨전

옛사람 씀
백순남 고쳐 씀

구궁골 쥐 착한 쥐라 뭇짐승이 칭찬하네

옹주 땅에 산이 하나 있으니 이름은 구궁산이라. 그 산속에 깊은 토굴이 있고, 토굴 안에 성은 서요, 이름은 쥐요, 별호는 대쥐라 하는 쥐가 식솔들을 거느리고 살아가고 있었다.

본디 쥐는 남의 음식을 도적질하여 먹는 버릇이 있어 짐승들 가운데서도 버림받았을 뿐 아니라, 힘이 약하여 늘 언제 죽을지 모르고 있었다. 게다가 아득한 옛날 사람들이 혼인을 정할 때 귀한 비단 대신 짐승 가죽을 혼약의 증표로 삼는지라, 서 씨가 이 소문을 듣고 가죽을 잃을까 두려워 사람 사는 마을에서 멀리 떨어진 구궁산 깊은 굴속으로 숨은 것이다.

그 뒤 서씨네는 대대로 자손이 번성하여 큰 무리를 이루었다. 밤이면 굴속에서 나와 나무와 풀, 열매를 거두어들여 양식을 마련하고, 낮이면 굴속에서 자손들과 이야기를 나누며 조용히 살았다.

하루는 서대쥐가 가장답게 자손들을 모아 놓고 말하였다.

"지금껏 우리 서씨 족속들은 재간 있고 글 잘하는 것으로 이름이 끊이지 아니하니, 뭇짐승들이 세상의 희귀한 일들을 늘 우리한테 물었다. 또 태곳적 임금 복희씨가 비로소 팔괘를 베풀어 점술과 문필을 알게 하실 때 우리 십여 대 할아버님의 문장이 높음을 듣고 청하여 육십갑자의 이치를 들으시고는 우리 조상을 스승이라 하면서 크게 칭찬하였다고 한다.

그런데 너희들 대에 이르러서는 사는 게 바빠 젊은것들이 통 배우려 하지 않으니 정말 안타깝기 짝이 없도다. 너희가 어리석고 사리에 어두우니, 내 나이 육천 살이나 되지만 힘을 짜내어 가르칠 생각도 해 보았다. 허나 나이가 많아 그런지 가슴속에는 구름이 낀 듯 생각이 막막하고, 조금만 말을 해도 입 안이 소태처럼 쓰겁고, 글을 읽으면 눈이 침침하고, 짧은 머리카락은 달이 멀다 하고 허옇게 세니 어쩌질 못하겠구나. 너희 젊은 무리들은 예부터 전해 내려오는 책들에 쓰인 바, 우리 나라의 흥망성쇠라도 아느냐? 지금 어떤 임금이 나라를 다스리는지나 아는지 모르겠구나."

서대쥐의 말이 끝나자 자리에 모인 쥐들이 저저마다 억울한 듯 주둥이를 비쭉거렸다. 성미 급한 젊은 쥐가 큰소리로 대답하였다.

"할아버님 말씀을 듣고 보니 이 손주 놈들이 몹시 섭섭하옵니다. 저희들이라고 어찌 지나간 세상일을 그리도 모르오리까? 저희가 아는 것은 없사오나, 학자 동중서董仲舒가 일렀으되 '듣고 본 것이 넓으면 뜻이 그만큼 높다.' 했고, 광무제 말씀에 '아무리 지혜로운 사람이라도 천 번의 생각 속에는 한 번의 실수가 있고, 아무리 어리석은 사람이라도 천 번을 생각하면 한 번은 얻는 것이 있다.' 하였으니, 저희가 힘써 학문을 닦지 못했으나 할아버님, 아버님들께서 늘 하시는 말씀을 들어 아는 것이 조금 있사오이다."

젊은 쥐들은 저희들이 아는 것을 자랑삼아 하나씩 꺼내었다.

한 쥐가, 옛날 복희씨는 나라 안 모든 젊은이들이 저저마다 글을 쓸 줄 알아야 시집 장가 갈 수 있게 하였으며, 그물을 짜서 물고기 잡는 법을 가르치고, 집짐승을 길러 저자에 내다 팔게 하였다고 아는 체했다. 그러자 또 다른 쥐가 여와씨女媧氏는 저 하늘이 허물어졌을 때 하늘을 깁게 하고, 젓대를 만들어 음률을 내게 하였다고 이야기하였다. 이럴 때 또 다른 쥐가 제격 일어나, 신농씨가 이 땅에서 처음으로 따비와 보습을 만들어 사람들이 농사에 힘쓰도록 하였으며 온갖 풀로 의약을 만들게 하고 여러 물건이 나라 안에 가득 차도록 장사를 허락하였다는 이야기를 재미있게 들려주었다.

그러자 너도나도 앞 다투어, 황제씨黃帝氏가 방패와 창이며 배와 수레를 만들고, 금천씨金天氏가 갈대로 벼슬을 기록하였으며, 고양씨高陽氏가 제사 가르치고, 요임금 책력 짓고, 순임금 거문고 만들어 백성들이 탐욕과 모략을 모르고 재미나게 살도록 하고, 하우씨가 홍수 다스린 이야기를 풀어 놓았다.

밤늦도록 자손들 이야기를 다 듣고 난 서대쥐는 크게 기뻐하면서 굽은 허리를 길게 폈다. 뾰족한 주둥이를 곧추 쳐들고 두 귀를 발쪽 세우더니 앞발로 수염을 어루만지며 큰 소리로 즐겁게 웃었다.

"기특하구나. 내 나이 많아 가르치지 못하여, 너희가 굴 밖을 나가지 못하고 이 좁은 데서 우물 안 개구리처럼 자라므로 어리석고 무식함이 그지없으리라 여겼구나. 헌데 오늘 너희 말을 듣고 보니 꽉 막혔던 가슴이 뚫리고 어두운 눈이 밝아져, 삼황오제를 지금 뵈옵고 공자 맹자를 눈앞에 모신 듯하니, 이는 서씨 집안의 복이로다. 너희들 학문 재간은 참으로 타고난 듯한지라 내 몹시 기뻐서 몸 둘 바를 모르겠구나."

그러더니 앞에 앉은 어린 쥐들의 머리를 쓰다듬다가 다시금 말을 이었다.

"내 나이 많다 보니 내 죽은 뒤 서씨 집안을 이어 갈 너희를 보며 공연히 걱정이 많았구나. 학문에 힘쓰지 아니하여 예의 도덕을 알지 못하고 방탕한 자가 되어 부모와 자식, 남편과 안해 사이에 밑바탕이 되는 도리와 인륜을 지키지 않는 무지한 무리들로 될까 늘 근심하였노라. 헌데 오늘 밤 너희 말을 듣고 보니 우리 집안의 밝은 앞날이 불 보듯 뚜렷하구나. 정말 장하고 기쁘도다.

이제 너희는 집 짓는 솜씨며 거두어들인 양식을 아끼고 모아 두는 방법이며, 뱀이며 여우며 멧고양이를 만나면 어찌 몸을 숨겨야 하는지, 온갖 재간을 다 배우거라. 힘써 배우면 아는 것이 많아져 뭇짐승들의 존경을 받을 수 있고, 일도 쉽게 하고 살아가기가 헐할 게 아니냐."

서대쥐의 말이 끝나자 곁에 앉아 있던 큰아들 쥐가 아버지를 위로하였다.

"아버님은 근심 마옵소서. 문장 재사와 영웅 열사도 타고난 운이지 머리가 좋아서만은 아니옵니다. 옛날 항우의 삼촌 항량項梁의 이야기도 있지 않사오이까. 항량이 항우에게 글을 가르쳤는데 잘 따라 배우지 못하자 검술을 가르쳐 주었으나 그도 변변히 따르지 못하자 노하여 꾸짖었사옵니다. 그러자 항우가 '글은 이름자나 쓰면 그만이고, 검술은 한 사람을 대적할 만하면 그만이 아니옵니까? 더 배울 것 없으니, 만인을 대적할 전법을 배우고자 하나이다.' 하고 대답하였다고 하옵니다. 그래서 항량이 항우의 깊은 뜻을 알고 곧바로 병법을 가르쳐 그 이름을 후세에 길이 전하게 하였사오니, 배움에도 목적이 뚜렷해야 한다고 보오이다.

또 뛰어난 문장으로 온 나라를 울린 사마천은 동서고금의 이름난 글들을 다 보았고 수레 다섯 대에 실을 만큼 많은 책들에 쓰인 지식이 가슴속에 쌓여 입으로 못 외는 글이 없었으나, 큰 벌을 받아 상상하지 못할 고통을 당하였으니 그 인생이 얼마나 비참하였나이까. 옛글에 일렀으되 '곤궁함은 문장에서 나고, 재주가 있으면 덕이 없다.' 하였으니, 그저 서씨 집안 족보나 호적을 남의 손빌려 쓰나 않으면 족할까 하오이다.

예부터 제왕과 영웅이며 충신과 효자, 열녀와 효부며 부귀와 공명, 문장으로 역사에 남은 사람들을 놓고 보면, 군사를 일으켜 제나라 땅을 도로 찾은 임금 전횡田橫은 사방 육천여 리나 되는 땅과 백만 군사를 거느리고 있었으나 길에서 스스로 목을 찔러 떳떳이 죽었고, 초나라 오자서伍子胥는 제 아버지를 죽인 자에게 복수하려고 다른 나라로 망명하여 용맹을 떨쳐 이름을 온 세상에 드날렸으나 한 자루 촉루검으로 자결하지 않았나이까?

또 주 문왕의 맏아들 백읍고伯邑考는 아버지가 옥에 갇혀 일곱

해나 돌아오지 못하자 효를 다하여 아버지를 구하려다가 마침내 은나라의 포악한 주 임금의 왕비 달기에게 독을 받아 한스럽게 죽었나이다.

제나라의 신하 왕촉王蠋은 나라가 무너지고 임금이 떨어지자 자기 나라에 쳐들어온 연나라 장수 악의樂毅가 함께 가자고 청하는 말을 귓등으로도 듣지 아니하고 '충신은 두 임금을 섬기지 아니하고, 열녀는 두 지아비를 섬기지 아니한다.' 하면서 목을 매어 죽었으니, 몸을 티끌처럼 버리고 굳게 지킨 절개는 비록 세상에 널리 전하지만 임금을 구원치 못하고 죽는 길을 택하였나이다. 이 밖에도 재산을 많이 모아 그 영화로움이 비할 바 없던 큰 부자 석숭石崇은 명이 짧아 일찍 죽었고, 어린 임금을 받들어 벼슬이 나라에서 으뜸으로 높던 한나라 곽광霍光은 공명을 떨쳐 일생을 편안히 지냈으나 그가 죽자 온 집안이 망하였나이다.

이로 보면, 예부터 이름난 사람들도 제명을 다 살고 편안히 자리에 누워 죽기 어려웠으니, 무엇이 부러우며 무엇이 귀하다 하오리까.

그러니 우리 서씨 집안은 대대로 글공부에 힘써 이름자나 적고 자손들이 술과 계집으로 방탕하게 지내지 않도록 하면, 조상에게 욕이 미치지 아니할 것이요, 또 제힘으로 해마다 양식을 넉넉히 장만하면 식구들이 배고파 떨지 않게 할 수 있을 것이오이다. 이렇게 되면 철 따라 조상 제사를 잘 지낼 수 있을 것이요, 늙으신 부모님을 좋은 집에 모셔 아침저녁으로 맛난 음식을 대접하고, 아래로는 해마다 낳은 수많은 자식들을 잘 이끌 것이옵니다. 그렇게 부부끼리 화목하고 동기간 사랑을 두터이 하면 온 집안이 화기에 넘칠 것이요, 집안이 화목하고 온갖 일이 뜻대로 펴이면 비범한 인물들이 태어나리니, 부질없이 충효와 절개며 부귀와 공명, 문장을 어디에 쓰겠나이까. 부디 아버님은 지나치게 마음 쓰시어 건강 해치지 마시고 오래오래 즐거이 여생을 보내사이다."

큰아들 말을 듣고 난 서대쥐는 몹시 기꺼워, 연거푸 고개를 끄덕였다.

"네 말이 기특하구나. 네가 진실로 군자로다. 너 같은 아들이 있으니 남의 백 명 아들과 천 명 손자가 부럽지 않도다. 너는 남을 부러워하지 말고 제힘으로 부지런히 살아 나감이 우리 집안의 가풍임을 잘 알아야 한다. 누구든지 게으름에 빠지지 말고 성실히 살아가는 버릇을 붙여야 하느니라. 엉치에 뿔이 달린 듯이 허영에 들떠 사방으로 돌아치거나 인륜에 어긋나는 일을 하지 말아야 한다. 이것이 삶의 미덕이요, 근본이니라."

서대쥐는 술을 내오게 하여, 모두들 수십 잔씩 얼근하게 들었다. 술상에 마주 앉은 서씨 무리들은 취기가 돌아 흥타령이 절로 나왔다.

이때 서대쥐는 수염을 내리쓸고 치쓸고 하면서 기쁜 김에 증손자며 외손자 쥐들을 불러 글을 짓도록 하였다.

외손자 생쥐가 종종걸음으로 달려오더니 시 한 수를 지어 맑은 목소리로 읊기 시작하였다.

짹 째잭 짹 째잭

지화자 좋을시고.
알밤 한 알 주우면
할아버님 생각나고
도토리 한 알 주우면
아버님 생각나지.

잣씨 한 알 물어다가
구궁산 기슭에 심어 놓고
머루, 다래 무른 음식
변할세라 얼른 먹네.
어화 좋을시고.
제힘으로 살아가니
구궁골 쥐 착한 쥐라
뭇짐승이 칭찬하네.

　예서 제서 손뼉 소리가 터지자 서대쥐는 외손자의 손을 잡고 칭찬을 아끼지 아니하였다.

벼슬 얻고 재물 얻으니 서씨 집안 빛난다

시간도 퍽이나 흘러 삼경이 가까워졌다. 이때 굴 밖에서 쥐 한 마리가 급히 들어와 찰싹 엎드려 절을 하면서 문안하였다. 가만 살펴보니 몇 해 전에 세간 나간 청지기 쥐였다.

서대쥐가 영문을 몰라 두 눈알을 데굴거리면서 물었다.

"네 무슨 일로 이 밤중에 왔느냐?"

청지기 쥐는 서대쥐 앞으로 다가가 울먹이는 소리로 찾아온 사연을 이야기하였다.

"지난해에 제가 세간 난 마을에 흉년이 들어 살길이 막막하였나이다. 추운 겨울이 오니 굶고 앉은 안해와 아이들을 보다 못해, 지난달 보름날 밤 둥근달이 떠오르자 아랫마을 부자 장 주사 집으로 쌀을 훔치러 갔나이다. 그 집 아랫방 벽 밑에 구멍을 내고 살그머니 들어가 보니 커다란 독이 있삽기에 벽을 타고 올라 독

뚜껑 짬으로 굽어 살펴보니 반 독 차지 않게 흰쌀이 있더이다. 아무리 머리를 굴려도 그 쌀을 훔치기 어려운지라 한참이나 맥 놓고 뚜껑 위에 앉아 있었나이다. 사나흘이나 굶다 보니 배가 고파 밸이 끊어지는 것 같은 데다가 집에서 퍼렇게 굶고 앉아 저만 기다리는 처자식을 생각하니 빈손으로 되돌아갈 일이 한심하기 그지없었나이다.

'에라, 죽어도 한 번 죽지 두 번 죽겠느냐. 우선 뛰어내려 주린 배를 채우고 보자.'

아무 대책도 없이 아차 하는 순간 독 안으로 뛰어내렸나이다. 주린 배를 채우고 올라오려니 독 안이 미끄러워 바라오를 수가 없었나이다. 하루에도 몇십 몇백 번 바라오르려 하다가는 떨어지고 아무리 해도 오를 수가 없어서, 쌀 속에 몸을 숨기고 배 터지게 쌀을 먹었나이다. 이렇게 여남은 날을 지내니 근심은 컸지만 살이 피둥피둥 오르고 몸이 무거워 이제는 아예 독 속에서 온 겨울을 날 것만 같았나이다.

'에라, 걱정한다고 될 일이 안 되며 안 될 일이 되랴. 그저 먹고 자고 몸보신하다가 때를 보아 도망하자.'

그렁저렁 하루하루가 지나 마침 장 주사 생일이 다가와 온통 생일상 채비로 붐볐나이다. 이럴 때 그 집 계집종이 송편 빚을 쌀을 푸러 왔기에 쌀독에서 눈만 빠끔히 뜨고 바깥 동정을 살피다가, 일이 될세라 그 쌀바가지에 담겨 무사히 독 밖으로 나올 수 있었나이다. 계집종이 큰 함지에 쌀을 쏟는 순간 부리나케 도망쳐 독 옆으로 난 구멍으로 빠져 줄행랑을 놓았나이다.

집으로 돌아오니, 안해는 그동안 기다리다 못해 제가 죽었겠거니 하여 건넛산 백화 마을 들쥐한테 시집가 버리고, 어린 자식은 홀로 굴속에 엎디어 어미를 부르며 울고 있더이다. 얼마나 가여운지, 그날부터 바깥으로 부지런히 쏘다니며 꽁꽁 언 나무숲을 헤치고 먹을 것을 구하느라고 어르신께 문안도 드리지 못하였나이다. 그러다가 어르신께서 먼저 안부를 물으시며 떳떳지 못한 저를 보살펴 주시는 데야 몸 둘 바를 몰라 문을 차고 황황히 오게 되었나이다.

오는 도중 마을 가까이 이르니 사람들 자취가 있기에 몰래 풀숲에 몸을 숨기고 동정을 살펴보았나이다. 한 사람은 헌 옷에 검정 갓에 미투리 신고, 또 한 사람은 검은 갓 쓰고 관복 입고 검정 신 신고 동쪽 밤나무에 교지 한 장을 걸어 놓더니 큰 소리로 이렇게 말하더이다.

'옛날 우리 나라 임금이 금용성을 치려 하실 때, 팔괘동 사는 서씨 무리들이 그곳 곳간에 있는 백만 섬 쌀을 모두 없앴으므로 적의 군사들이 굶주림에 허덕이다 못해 먼저 손을 들고 나왔으니, 이는 지금 구궁골 사는 쥐들이 세운 공이라. 오늘 우리 임금님께서 옹주 고을 원에게 조서를 내리어 특별히 서 씨에게 벼슬을 내리고 사방 사십 리 땅을 내주시면서, 앞으로 사람이나 뭇짐승들이 서씨 집안에 내린 밤나무 잣나무 들을 빼앗는 일이 있거든 고을 원부터 엄한 벌을 받으리라 하시었노라. 나는 여기 관가의 아전인데, 임금의 교지를 나무에 걸고 가니 만일 서씨 무리 가운데 누구든지 이 일을 알게 되면 이 교지를 거두어 가라.'

하여, 저는 기쁨을 참지 못하와 바삐 달려와 어르신께 아뢰옵나이다."

청지기 쥐의 말이 끝나자 젊은 쥐들이 모두 손뼉을 치며 좋아서 춤추듯 콩콩 뛰었다.

"우리 할아버님께서 임금님의 지극한 은혜로 벼슬을 얻으시니 서씨 집안의 영광이 그지없나이다."

서대쥐도 몹시 기뻤으나 젊은 쥐들에게 조용하라 꾸짖었다. 그러고 소식을 전한 청지기 쥐를 위로하였다.

"요새 통 소식이 없어서 아마 날씨가 차고 눈이 많이 쌓여 오가기 힘들어 그런가 하였더니, 놀랍고 가엾구나. 그런 일이 있었단 말이냐? 네가 이처럼 어려이 지내는 줄 몰랐으니, 내 생각이 짧았구나. 왜 형편이 그런데도 나를 찾아와 말하지 못한단 말이냐. 나를 대하기 어렵다면 젊은것들한테라도 대강 말하면 우리가 모르쇠 하겠느냐?

정말 네게 위급한 순간을 모면할 궁량이 없었더라면 큰일 날 뻔하였구나. 옛사람이 이르기를 '배고픔과 추위가 몸에 닥치면 염치를 잃노라.' 하였으나, '위험한 나라에는 들어가지 않으며 어지러운 나라에는 살지 않는다.' 하였노라. 헌데 네 나이 천 살이 넘어 경박하지 않거늘 어찌 위태로움을 생각지 못하고 도적질에 나섰느냐? 내 오늘 당장 양식 한두 가마니를 주고 싶으나 그런들 너에게 안해가 없으니 뉘라서 때식을 차리겠느냐. 그러니 자식을 데리고 우리 집에 와 있다가, 차츰 앞일을 보아 가며 나가 살거라."

청지기 쥐는 기쁘고 고마워 어쩔 줄을 몰라 하였다.

서대쥐는 그제야 맏아들에게 청지기 쥐와 하인 쥐를 데리고 토굴 밖으로 나가 그 말대로 교지가 있거든 가져오라 하였다.

벌써 동쪽 하늘에 샛별이 반짝이고 있었다. 청지기 쥐의 뒤를 따라 큰아들 쥐와 하인 쥐가 쏜살같이 동구 밖에 이르렀다. 과연 동쪽 밤나무에 흰 종잇장이 걸려 있었다. 큰아들 쥐가 하인 쥐에게 종잇장을 뜯어오라고 일러, 집으로 돌아가 아버지에게 올렸다.

서대쥐가 교지를 펼쳐 보니 백옥 같은 종이에 까만 옻칠을 한 것처럼 참먹을 찍어 쓴 글이 적혀 있었다.

지금 구궁산 팔괘동에 사는 서대쥐는 옛날 제 무리를 데리고 금용성 곳간에서 숱한 양곡을 없애 주어 우리가 적을 무찌르는 데 큰 공을 세웠노라. 그러므로 구궁산 팔괘동 사방 사십 리 안의 밤나무, 잣나무 사만 육천 그루를 상으로 주노니, 이것을 가꾸어 서씨 무리는 대대로 곤궁함이 없이 살라. 그리고 서대쥐에게는 특별히 옹주 참사의 벼슬을 내리니 앞으로 이 큰 은혜에 보답하기 위하여 애쓸지어다.

모든 쥐들이 다 돌려 보고는, 곧 뜨락에 향탁을 놓고 그 위에 교지를 세웠다. 서대쥐는 의관을 갖추고 상 앞에 나아가 두 손을 모아 임금이 계신 북쪽을 보고 절을 하였다.

그리고 나서 자손들과 둘러앉으니, 큰아들 쥐가 서대쥐 앞에 꿇어앉아 말하였다.

"아버님 연세 육천 살에 이르시도록 벼슬을 얻지 못하시어 세상을 떠나신 뒤 명정에 써넣을 것이 적더니, 오늘 벼슬을 얻사와 입신양명하옵시니 서씨 문호가 찬란하옵니다. 그러니 큰 잔치를 차리고 마을 쥐들과 친척들, 이웃 마을 손님들까지 청하여 이 기쁨을 함께 나누시는 것이 어떠하옵니까?"

"허허허."

서대쥐는 웃더니 입을 열었다.

"네 말에도 일리가 있구나. 해가 서산으로 지는 말년에 넓고 크신 임금님 은혜로 이런 영화를 얻으니, 마치 썩은 나무가 다시 살아나고 죽은 목숨이 되살아난 것만 같구나. 내게 차례진 복이 넘치니 오늘 당장 죽는다 해도 한이 없다. 그래 이 기쁜 일을 맞아 잔치를 성대히 차리고 즐겨도 좋으리라. 허나 이런 흉년에 낟알도 귀하고 물건 시리도 바른데, 잔치를 하려면 별치 않게 차려도 수천 금을 써야 하리니 내 어찌 잠깐 즐거움만 생각하고 재물을 망탕 써서 후세 자손들이 살아갈 밑천을 없애겠느냐. 다시는 그런 말 마라."

큰아들과 모든 자손들이 다시금 간청했으나, 서대쥐는 듣지 않았다. 그러자 서대쥐의 안해 고산 서씨 쥐가 말했다.

"너무 그리 고집하지 마소서. 옛사람이 이르기를, '때가 되었으나 행하지 아니하면 도리어 재난을 받는다.' 하였으니, 이처럼 기쁜 날을 맞아 재물을 아껴 즐기지 아니하면 오히려 근심이 뒤따를 듯하오이다. 재물을 아껴 자손의 앞날을 걱정함은 부모로서 마땅하나, 옛 성인이 이르시되 '천 이랑의 논밭을 자손에게 물려

주는 것이 한 가지 재주를 가르치는 것만 못하고, 수만금 재물을 물려주는 것은 책 한 권 남겨 주는 것만 못하다.' 했나이다. 그래서 옛적의 소광疏廣이라는 높은 벼슬아치도 임금이 준 백만금을 고향 사람들과 벗들에게 나누어 주며 '임금이 주신 재물을 두고 어찌 자손들을 생각지 아니하리오마는, 이를 자손에게 주는 것은 다만 게으름을 가르침이라.' 하였나이다.

당장 임금께서 주신 밤나무가 사만 그루가 넘으니 그것만 하여도 자손들이 백대에 이르도록 넉넉히 살아갈 수 있으리니, 어찌 재물을 아껴 한집안이 한 번 즐기는 것을 막겠소이까. 모쪼록 기쁘게 허락하여 자손들이 바라는 대로 하소서."

서대쥐는 한참이나 생각하다가 안해의 말을 좇기로 하였다.

"부인 말이 옳소. 그 말을 듣고 보니 내 마음이 너무 각박했구려. 부인은 참으로 여중군자요, 치마 두른 장부라 아니 할 수 없소. 내가 부끄럽기 그지없구려."

서대쥐가 곧 큰아들에게 잔치 준비를 시키니, 큰아들은 몹시 기뻐하며 좋은 날을 골라 삼월 보름날로 정하였다. 그러고는 집안 쥐들에게 저마끔 잔치 채비를 나누어 맡기고, 서당 쥐를 불러서는 모두에게 전하는 글을 짓게 하였다.

서당 쥐가 쓴 글은 이러하였다.

"무릇 천지간에 바다가 가장 넓고, 만물 중에는 사람이 영웅이로되, 푸른 하늘과 흰 구름 사이를 좁다 하며 깃을 떨쳐 나는 새와 산속 바위쯤으로 기어 다니는 버러지며, 나무숲 높이 자리 잡고 살아가는 날짐승들이며, 크고 작은 시냇물에서 노니는 물고기들은 다 각각 하늘의 뜻으로 운명 지어져 있노라. 우리 서씨 자손들은 곳곳에 흩어져 살다 보니 촌수가 멀어지고 왕래가 끊겨, 가까운 친척도 남이 되고 세상 곳곳으로 떠나간 무리들은 원수처럼 되어 서로 죽기내기로 싸울 지경에 이르렀나니 어찌 한심치 않으리오.

허나 우리 서씨 집안에서 나라에 큰 공을 세워 마침내 임금께서 어여삐 여기사 벼슬을 내려 주셨으니 어찌 기쁘지 않으리오. 하여 잔치를 차려 임금의 은덕을 함께 즐기고자 이와 같이 글을 지어 곳곳의 서씨들에게 알리노라. 촌수가 멀고 가깝고를 논하지 말고, 하늘이 열리고 처음으로 생겨난 쥐 무리는 누구라도 서로 이 소식을 알려 삼월 보름 안으로 구궁산 팔패동으로 모여 오되, 이 소식을 듣고도 오지 아니하는 자 있으면 서씨 집안과 담을 쌓은 것으로 알겠노라."

큰아들 쥐는 서당 쥐가 지은 글을 훑어본 다음, 글을 아는 쥐들을 몇몇 불러 꼭 같은 문장을 수십 통 옮겨 베끼게 하고 나서, 이것을 하인 쥐 스무 마리에게 나누어 주어 곳곳의 쥐들에게 전하라고 내보냈다.

한편으로 잔치 음식 만들 곳을 꾸리고는 문객 중에 꼼꼼하고 찬찬한 쥐 둘을 골라 잔치를 맡아보게 하여, 크고 작은 범절을 일매지게 갖추었다.

세월이 살같이 흘러 어느덧 잔칫날이 눈앞에 닥쳤다. 세상 곳곳에 흩어진 쥐들이 서로 소식을 전하여 맑은 하늘에 구름 모이듯, 푸른 산에 안개 피어오르듯 모여들기 시작하였다.

늙은 쥐들은 파리한 얼굴로 백발을 날리며 막대 짚고 헐떡거리면서 찾아오고, 어린 쥐들은 옥 같은 모습에 짧은 머리칼 곤두세우고 짚신 끌고 찾아오니, 며칠 안에 팔패동 골안이 서씨 무리들로 꽉 찼다.

노랫소리 드높은 잔칫날

　드디어 잔칫날이 되었다. 모든 쥐들이 차례로 정해진 자리로 나오며 눈을 들어 살펴보니, 토굴 속이나마 산을 등지고 물녘에 자리 잡아 산도 들도 아닌 명당자리에 달 속 계수나무로 기둥 들보를 만들고 애써 자란 오동나무로 문틀을 박은 수십 칸 기와집을 세웠더라. 벽이 환히 빛나고 구슬 장식을 한 난간과 단청 곱게 칠한 누각이 공중에 솟았으며, 용과 봉황새를 그린 다락과 정자가 양옆으로 벌여 있고, 난간에 옥으로 장식하고 구슬발을 처마에 드리웠는데, 아침 해와 저녁달은 구름 속에서 마루 위로 그림자를 던지고, 바람에 부딪치는 풍경은 맑은 소리를 내며, 벽에 붙인 서화며 채색 입힌 벽이며 비단 창가림을 드리운 창문이 눈이 부셨다.

　동쪽 벽에는 요임금이 여러 차례 벼슬을 주었으나 받지 아니하고 오히려 더러운 말을 들었다 하여 영천수에 귀를 씻는 허유許由의 모습과, 산속에서 한생 살면서 벼슬길에 나서지 아니한 소부巢父가 자기 소에게 허유가 귀 씻은 물을 먹일 수 없다 하며 쇠고삐 잡고 내를 거슬러 올라가는 그림이 있다. 서쪽 벽에는 황석공黃石公■이 흙다리에 걸터앉아 있고 장자방張子房이 두 손으로 신을 들어 황석공의 발에 신 신겨 주는 모습을 그렸으며, 남쪽 벽에는 유비가 제갈 공명 만나려고 눈바람 맞으며 세 번이나 찾아간 초당을 그렸다. 북쪽 벽에는 풍채 좋기로 이름난 두목지가 외바퀴 수레에 높이 앉아 청루를 지날 적에 고운 계집들이 그 얼굴 보려고 누런 귤을 다투어 던지면서 추파를 보내는 모습을 그렸다.

때는 삼춘가절이다. 온갖 꽃이 활짝 피어 온 골안에 향기가 풍기고 구름 같은 차일과 번쩍번쩍하는 보배로운 물건들이 푸른 하늘을 가리며 높이 솟았다.

서대쥐는 만수재 넓은 집에 큰상을 차리고 늙은 쥐들과 함께 기쁨을 나누었다. 머리에는 꽃향기 풍기는 푸른 비단 관을 쓰고, 몸에는 구름과 안개가 서린 듯한 학창의■를 입고, 허리에는 질 좋은 허리띠를 띠었으며, 발에는 흰 옥양목으로 만든 버선을 신었다. 입을 벌릴 때마다 누렇게 번쩍이는 금니가 보였고 손에는 아름다운 부채를 들었으니, 몸은 비록 작으나 위풍이 늠름하고 풍채 찬란하다. 서대쥐는 자리를 정한 뒤 문방사우 양옆에 벌여 놓고 손수 어른 쥐들을 대접하였다.

■ 진나라 말의 병법가. 장량(장자방)에게 병서를 전하였다고 한다.
■ 소매가 넓고 뒤 솔기가 트인 웃옷으로, 흰색에 가장자리를 검은 천으로 넓게 댔다.

큰아들 쥐는 산수각 넓은 집에 큰 잔칫상을 차리고 가까운 친척 쥐들을 맞아들였고, 둘째 아들은 망월루에서 벗들을 대접하였으며, 셋째 아들은 장악원에서 찾아오는 손님을 맞아들였으며, 서대 쥐의 안해 고산 서씨는 만화당에서 가깝고 먼 친척이며 벗들의 부인들을 대접하였다.

잔칫상마다 갖은 음식이 넘쳐나 모여든 쥐들의 눈길을 끌었다. 보기만 해도 먹음직스러운 귤이며, 식초와 설탕에 재웠다가 참깨며 들깨며 고추며 후추며 파, 옥파, 마늘에 갖은 양념을 뿌려 만든 농어회며, 메추리알처럼 큼직한 청포도며, 희귀한 토산물과 남방 과일이며, 입에 넣기만 해도 단물이 흘러나오는 대추며, 천일주에 옥로주며 장취주에 갖가지 진귀하고 맛 좋은 음식과 안주들이 놓였는데, 진수성찬에 풍악을 갖추어 잔칫상에 모여온 쥐들마다 서로 잔을 권커니 잣거니 하며 노니 그 흥겨움 어디에도 비길 데 없구나.

이윽고 큰아들 쥐가 앵무배에 장생주를 부어 들고 아버지 앞으로 나아가 꿇어앉은 뒤 두 손으로 술잔을 올렸다.

"옛날 쉰 넘어 임금이 된 주나라 목왕께 서왕모가 술을 올리면서 천세를 빌어 오랫동안 만복을 누리십사 하였사온데, 이 아들은 오늘 이 기쁜 자리에서 장생주 한 잔을 아버님께 올리옵나이다. 번화한 강산도 백 년이오나 이 술 한잔 잡수시고 오래오래 복되게 사시옵소서."

서대쥐는 기쁘게 웃으며 큰아들이 주는 잔을 받아 마셨다.

큰아들 쥐가 절하고 물러가자, 이어 둘째 아들 쥐가 옥잔에 불로주를 부어 들고 두 손으로 아버지께 올리면서 조용히 말하였다.

"옛날 동방삭은 신선이 먹는다는 배와 대추를 얻어 임금님께 드렸는지라, 소자는 오늘 불로주를 아버님께 올리옵나니, 하늘의 네 계절 가운데서 봄이 가장 먼저이고, 오복 가운데서 장수하는 것이 첫 번째이듯이 이 술 한잔 잡수시고 늘 청춘으로 오래오래 사시옵소서."

"네 말이 기특하구나."

서대쥐는 기쁨에 겨워 입을 다물지 못하고 둘째 아들의 잔을 잡고 한참이나 머리를 끄덕이더니 단숨에 쭉 들이켰다.

둘째 아들 쥐가 일어나 절하고 나가자 큰아들 쥐가 다시 풍악을 갖추고 기생 쥐 스무 마리를 불러 잔칫상 앞자리에 나와 춤추고 노래 부르게 하였다.

기생 쥐들은 곱게 단장하고 푸른 치마 빨간 저고리를 화려하게 차려입고 가늘고 고운 손을 놀리며 너풀너풀 춤을 추고, 하얀 이를 드러내고 빨간 입술을 놀리면서 노래를 불렀다.

하늘이 열릴 제 서씨 족속 으뜸으로 세상에 났도다.

곡식 창고 흩음이여, 큰 무리가 처음으로 흥하도다.

서대쥐 공 나타남이여, 서씨 문호 빛남이로다.

인간이 알지 못함이여, 쥐를 잡으려 하나 그릇 깨질까 못 잡노라.

죽은 자는 살아날 수 없고, 살아서는 한잔 술이 제일이로다.

두어라, 사람과 짐승의 삶과 죽음이 다 한가지인가 하노라.

노래를 그치니 낭랑한 소리와 맑은 음률이 오히려 서글펐다. 서대쥐 그 노래를 듣고 나니 슬픈 생각이 밀려와 눈물을 머금었다. 그러더니 손님 쥐들에게 탄식조로 말하였다.

"내가 나이 육천 살이 될 때까지 조상님 덕분에 굶주림과 추위를 알지 못하고, 몸에 병이 없으니 세상 괴로움을 모르고 살았노라. 내 곁에 백 명 아들과 천 명 손자가 있어서 곁에서 나를 떠받들고 아침저녁으로 문안하며, 집을 떠나면 떠난다고 인사하고, 집에 오면 왔다고 인사를 하면서 조금이라도 걱정을 끼치는 자손이 없노라. 그리하여 내가 하루라도 괴로움을 모르더니, 안타깝구나! 수삼 년 전부터 집안에 변고가 일어나기 시작하여 걷잡을 수 없이 되었으니 뉘를 탓하랴.

둘째 증손은 본디 총명하기로 이름난 아이로, 《논어》며 《효경》이며 모르는 것이 없고 성품이 대발라 누구한테도 짝지지 않았노라. 그러던 아이가 술과 계집에 미쳐 돌아치면서 날마다 속을 태우다가 몇 해 전 밤중에 동무들과 놀러 나가더니 박 풍헌네 술독에 빠져 죽고, 셋째 현손은 경치를 구경코자 동구 밖을 거닐다가 고양이한테 물려 가고, 넷째 고손은 효성이 지극하여 제 아비 병에 쓸 환약을 지으려고 기름을 얻으러 산 너머 윤 자사 집에 갔다가 말떼에 치여 죽고, 다섯째 외손녀는 이팔청춘에 행실이 그릇되어 사내 따라 집 나간 지 두어 해 되지만 끝내 소식이 없어 근심스럽구나.

이 기쁜 날을 맞아 죽은 자손들을 생각하니, 기쁜 가운데 슬픔이 나고 슬픈 가운데 기쁨이 나는구나. 이는 한 가지가 기쁘면 한

가지가 슬픈 것이요, 절반이 살고 절반이 죽은 것과 같은지라 어찌 애달프지 아니하리오."

말을 마치고 서대쥐는 눈물을 줄줄 흘렸다. 부인 쥐들도 저저마다 뒤돌아 앉아 눈물을 훔치니, 잔치판이 울음판으로 되는구나. 아들 쥐들은 서대쥐를 위로하는 한편 안해에게는 울음을 그치라고 야단했다.

도둑질 끝에 동냥질하는 다람골 쥐

이때 하도산 낙서동 다람골에 살고 있는 쥐가 서대쥐 앞으로 바삐 들어와 넙죽 엎드려 절을 하였다.

본디 이 다람골 쥐는 성품이 간악하고 어질지 못할 뿐 아니라 게으르고 몸을 매우 아끼는지라, 옹주 고을 쥐들한테 따돌림을 받고 있었다. 따스한 봄철부터 여름, 가을 할 것 없이 굴속에 엎드려 판판이 놀거나 노름에 미쳐 돌아치다가, 추위가 닥쳐오고 먹을 것이 떨어지면 인가로 내려가 뒤주 밑에 구멍을 내고 쌀을 훔쳐 먹었다. 그뿐 아니라 다른 쥐들이 양식 얻으러 집을 나간 사이에 슬그머니 기어들어 맛있는 낟알들을 훔쳐 가기도 했다.

도둑질로 먹고사는 이놈도 흉년은 무서웠다. 다른 쥐들의 뒤주는 물론 인가에서도 훔칠 것이 변변치 않았다. 그러니 하루 세 끼 입에 풀칠하기도 어려운지라, 마침 서대쥐 집에 잔치가 있다는 말에 다람골 쥐는 귀가 번쩍 뜨여 곧 길 떠날 채비를 하였다. 풀로 만든 신에 다 해진 옷을 입고 집을 떠나려 하자 그의 안해가 의심스러운 낯빛으로 물었다.

"어디를 가려고 하시오이까? 벌써 사흘째나 굶어 기력이 떨어지니, 걷다가 소리개에게 잡혀갈까 걱정되오. 멀리 가지 마소서."

다람골 쥐가 애써 웃으며 대답하였다.

"내 본디 구궁골 사는 서대쥐와 좀 아는데, 들으니 오늘 벼슬자리에 오른 것을 자축하여 잔치를 차리고 손님을 대접한다는구려. 한번 찾아가서 곡식을 얻어 오려 하오. 그래야 우리 식구 주림을 메울 수 있지 않겠소."

"남의 것을 얻어다가 양식을 보태려고 하다니요."

다람골 쥐의 안해는 눈을 동실 뜨고 남편의 말을 밀막았다.

"그만두사이다. 서대쥐와 좀 안다고 하지만, 청하지도 않았는데 무슨 염치로 간단 말이오이까? 봉황새는 천 길을 날면서 제아무리 굶주려도 좁쌀 같은 하찮은 것은 먹지 않는다 합디다. 사내장부가 그런 뱃심도 없이 남의 것을 거저 얻어먹자고 길 떠나는 것은 도리가 아니오이다. 또 선비가 관을 벗지 않는 것은 군자의 예절이라 하였으니, 굶는다고 예절을 잃으면 뒷날 어떻게 낯을 들고 다니겠나이까."

"염치고 예의고 다 쓸데없다."

다람골 쥐는 제 고집을 굽히지 않았다.

"물론 그대 말에도 일리가 있으나 옛날 한나라 광무제는 주림을 참을 수 없어 낯모르는 사람에게서 콩죽을 얻어먹었고 보리밥도 허물치 않고 먹으면서 뒷날 나라를 세웠거늘, 나 같은 보통 짐승이 어찌 염치에 얽매여 배고픔을 억지로 참는단 말이오?"

다람골 쥐는 소매를 떨치고 집을 떠나 곧바로 구궁산 팔괘동을 찾아갔다.

마침 풍악이 요란히 울리고 노랫소리는 구름 밖에 울려 퍼지며, 울긋불긋한 진수성찬과 좋은 술 맛난 안주는 주린 창자를 놀렸다.

다람골 쥐는 잔칫상 앞으로 가 알은척했으나 모든 손님 쥐들이 서로 얼굴을 마주 볼 뿐 대꾸가 없었다. 그러자 다시 서대쥐 앞으로 찾아가 아뢰었다.

"소생, 영감님께 기쁜 일이 있다는 소문을 듣고 찾아왔나이다. 요사이 저희는 굶주림에 시달려 움직이기도 차마 어려워 문을 닫고 누워 있다 보니 문안도 드리지 못하였나이다. 마침 영감님이 하늘의 도움으로 영광에 넘치는 벼슬을 얻었다 하기에, 경사가 있거나 상사가 났을 때 서로 찾아보는 것이 예의라 이 잔칫날에 찾아와 감히 인사를 드리나이다."

다람골 쥐가 인사를 하자 서대쥐는 일어나서 답례를 한 뒤 음식을 한 상 잘 차려 주었다. 그러고는 다람골 쥐와 마주 앉아 이 얘기 저 얘기 하며 자세히 살펴보니, 몇 해 사이에 몸이 몹시 축난 데다 옷도 다 해진 걸 보니 주림에 시달리는 것이 분명하였다. 서대쥐는 마음이 쓰렸다. 다람골 쥐가 일하기 싫어하고 도적질만 한다는 나쁜 소문도 들었으나, 막상 눈앞에서 안된 모습을 보고 있자니, 오죽하면 그런 짓까지 하였으랴 하여 가슴이 알알하였다.

"내 늙고 병이 많아 몸은 비록 살아 있다고 하나 문밖에 나다닌지 오래일세. 그대를 한번 찾고자 하는 마음은 늘 간절하였으나 지척이 천 리처럼 멀어 보이고 등잔불 밑이 어둡다고, 서로 떨어져 있다 보니 비록 먼 곳은 아니나 우리 사이에 구름이 낀 것처럼 그대를 찾지 못하였네. 헌데 뜻밖에도 오늘 그대가 나 같은 늙은 이를 찾아 주니 이는 내가 미처 생각지 못한 일이요, 또 우리 집안의 영광스러움이 곱절은 더하네."

서대쥐는 진심으로 기뻐하더니 큰아들 쥐를 불러 술병을 가져다 정성껏 대접하게 하였다.

이윽고 서산으로 해가 넘어가고 달이 동쪽 산마루에 솟아오르니 손님 쥐들이 일어났다. 손님 쥐들은 크게 취하여 멀고 가까움을 헤아리려 서로 붙들고 이끌면서 제집으로 천천히 걸음을 옮겼다.

서대쥐는 큰아들 쥐와 하인 쥐에게 일러 햇빛 가리개며 그 많은 그릇들을 낱낱이 거두어 정리하게 하고, 대청에 올라 동자 쥐에게 방 안에 촛불 한 쌍을 밝히게 한 뒤 편안히 자리에 기대앉았다.

이때 다람골 쥐는 아직 가지 않고 혼자 머물러 있다가 손님들이 다 흩어지고 집 안이 고요한 틈을 타서 서대쥐가 있는 방으로 가만히 들어섰다.

서대쥐가 바라보니, 다람골 쥐는 눈물을 흘리면서 하소연하였다.
"제가 오늘 좋은 술과 맛있는 음식으로 후히 대접받았사오니 고마움을 말로 다할 수 없사옵니다. 그런데도 오늘 말씀드리지 못한 청이 있삽기로 부끄러움을 무릅쓰고 감히 아뢰옵거니, 제 청을 받아 주옵소서."
"청이 무엇인지 조금도 숨기지 말고 사실대로 말하게."

서대쥐가 청을 물리치지 않자, 다람골 쥐는 다시금 무릎을 꿇고
울먹이며 이야기를 꺼냈다.

"제가 어려서 부모님을 여의고 혈혈단신으로 굴속에서 힘들게
살다 보니, 귀로는 옛 어른의 말씀을 들음이 없고 손으로 붓을 쥘
새도 없이 무식하게 자랐나이다. 그러니 높은 산과 험한 봉우리
에서 솔씨를 줍기도 하고 층암절벽에서 개암을 얻어 왔으며, 가
까운 고을과 먼 마을에서 메밀과 보리를 구하기도 하고, 산비탈
밭과 들판 논에서 기장과 조를 주워 어렵사리 살아왔나이다.

그런데 지난해에 모진 흉년이 들어 주울 것도 거둘 것도 없사
와 쌀 주머니가 텅 비고 곡식을 모아 둔 것도 없으니, 약한 자식
과 여윈 안해는 추위와 굶주림을 견디기 힘들어하였나이다. 목석
간장이라도 차마 눈을 뜨고 바라볼 수 없는 형편이라 이리저리
생각해도 살아갈 길이 없사와 구구한 사정을 고하옵나니, 부디
영감님께서 자비심을 베푸시어 잣이든 밤이든 몇 말만 꾸어 주소
서. 이는 물 한 바가지로 가물에 어려운 물고기를 살리는 일이며,
한술 밥으로 길가에 주려 허덕이는 자를 구하심이니, 큰 은혜를
베푸시어 살려 주옵소서. 그러시면 죽더라도 이 은혜를 갚으리니
불쌍하고 가엾이 생각하시어 도와주심을 바라옵나이다."

서대쥐는 그 말을 듣고 가슴이 알알해 왔다.

"괴로움이 다하면 즐거운 일이 오고 좋은 일이 다하면 슬픈 일이
온다 하였고, 하늘에도 미처 생각지 못한 비바람이 있고 세상 모
든 것이 아침저녁으로 화와 복이 바뀐다 하니, 그대도 고생 끝에
낙이 오리라. 나라고 타고난 복을 받았다더냐. 옛날 한나라 세울

때 큰 공을 세운 한신韓信이도 어려서 빨래하는 여인에게 밥을 빌어먹으며 구차하게 살다가 마침내 높은 벼슬에 오르지 아니하였나. 또 옛날 뛰어난 언변으로 나라를 통일하는 데 이바지한 소진蘇秦도 젊었을 때 집을 떠났다가 몇 달 만에 다시 돌아오니, 쌀한 줌이 없어 안해는 베틀에서 내려오지 아니하고 형수는 부엌에 불을 지피려 하지 아니하여 어쩔 바를 몰라 하였다 하지 않던가 그래도 그 고생을 이겨 내고 마침내 정승 자리에 올랐으니, 옛적부터 영웅 군자도 한때 곤궁은 면하기 어렵다 하며, 죽을 곳에 빠진 다음 살아나고 망할 지경에 놓인 다음 살길이 열린다는 말과 같이, 그대 아직은 매우 가난하나 그 빈곤을 낙으로 생각하여 앞으로 좋은 날을 기다리게."

진정에서 나온 그 말에 다람골 쥐는 몹시 감동한 듯 눈물을 뚝뚝 떨어뜨렸다.

서대쥐는 곧 세간을 맡아보는 청지기 쥐를 불러 밤 한 섬과 잣 닷 말을 다람골 쥐에게 주도록 하고, 하인 쥐더러 남은 잔치 음식을 큰 바가지에 담아 다람골 쥐네 집에 보내도록 일렀다.

그러고 나서 서대쥐는 다람골 쥐의 등을 어루만지면서 위로하였다.

"이 밤과 잣이 많지는 않으나 크게 생각하고 받게. 이는 한 잔 물로 진시황 아방궁에 난 큰불을 끄자는 심정이요, 한 그릇 밥으로 맹상군의 삼천 명 식객을 먹이려는 것과 같네. 그러니 뒷날 갚을 생각일랑 아예 말고 한때 끼니나 보태게."

다람골 쥐는 숱한 양식을 얻어 가게 되자 벌어진 입을 다물지 못하였다. 자리에서 일어나 두 손을 모아 잡고 서대쥐에게 감사의 절을 하였다.

"어르신의 큰 은혜를 입어 박복한 목숨을 부지하고 천한 이 몸을 구하게 되니, 제 마음은 물이 찐 못에서 죽기만 기다리던 물고기가 문득 구원을 입어 큰 강에 이른 듯하오이다. 어찌 감격하지 않사오리까."

말을 마치자 다람골 쥐는 곧 서대쥐가 준 양식을 가지고 집으로 돌아왔다.

한편, 다람골 쥐의 안해는 남편이 밤이 늦도록 돌아오지 않자 몹시 걱정되어 문밖에서 기척이 나지 않나 귀를 강구고 있었다.

달도 기울고 닭이 새벽을 알리며 홰를 치는 소리가 들려왔다. 벌써 동이 터 오고 있었다. 안해 쥐는 문을 열고 바깥 동정을 살폈다. 그때 멀리서 남편이 커다란 양식 보따리를 끌고 뒤에 바가지를 든 다른 쥐를 달고 오는 모습이 희미하게 얼른거렸다. 안해 쥐는 기뻐하며 얼른 나가 양식 보따리를 함께 끌어서 뒤주에 넣었다.

하인 쥐가 돌아간 다음 다람골 쥐는 바가지에 담긴 진수성찬을 안해와 자식들과 함께 나누어 먹었다. 그러고 나서 서대쥐 집에서 열린 큰 잔치며 서대쥐에게 입은 은혜를 한참이나 이야기하였다. 가지고 온 양식은 겨우내 먹고도 남을 만큼 많았다.

은혜를 원수로 갚는구나

세월은 물 흐르듯 지나갔다. 꽃피는 봄이며 무더운 여름도 아무 걱정 없이 지나갔다. 가을이 되자 다람골 쥐의 안해는 남편에게 올해만은 부지런히 양식을 장만하자고 재촉하였다.

다람골 쥐는 무엇을 생각하는지 안해 말은 들은 척도 않고 서늘한 가을바람만 쐬면서 한가로이 지냈다. 또 사람 사는 마을로 내려가 흰쌀을 훔쳐 낼 생각인 것이 분명하였다.

보다 못해 안해 쥐는 저 혼자라도 양식을 장만하려고 숲으로 들어갔다. 허나 제아무리 바지런히 잣이며 밤이며 도토리들을 모아 들여도 고작 두세 말뿐이었다.

어느 날 다람골 쥐는 간다 온다 소리도 없이 집을 나가더니 밤중에 겨우 다리를 끌고 돌아와 죽는 시늉을 하였다. 어느 집 광에 구멍을 내고 기어들어 갔다가 하마터면 고양이 밥이 될 뻔했다는 것이다. 게을러 빠져서 요행수만 바라더니 이제는 제 아픈 수발이나 들라고 안해를 옴짝달싹 못하게 하는 것이었다.

으슬으슬 찬 바람이 불더니 곧 겨울이 닥쳐왔다. 이제는 양식을 모으려야 모을 수도 없었다. 안해 쥐가 모은 양식으로는 겨울을 나기는커녕 하루 한 끼 죽도 못 쑤어 먹을 형편이었다. 그러자 안해 쥐는 남편 쥐를 크게 나무랐다.

"간해에는 서대쥐 어른 덕분으로 목숨을 보존하였지만 이젠 무엇으로 살아가리오?"

"암탉이 울면 집안이 망한다더니 무슨 잔소린가, 잔소리가!"

그래도 남편이라고 안해한테 큰소리를 쳤다.

"내 본디 글만 읽어 세상일에 어두운 선비로되, 위로는 조상 덕이 없어 물려받은 재산이 없고 아래로는 가까이 지내는 일가붙이 하나 없으니 한심하구려. 그래 이 약한 몸으로 여기저기 구걸하며 구차한 목숨을 보존하였지만, 그래도 마음은 늘 빈궁한 생활을 편안히 여기며 도를 즐겼다오. 허나 섣달도 멀지 않았는데 조상님께 올릴 국 한 그릇 구할 길이 없으니 무슨 수를 내야지 아니 되겠구려."

다람골 쥐는 제법 무슨 수가 있는 듯이 주절거렸다. 남편의 달콤한 말에 속아 넘어간 게 한두 번이 아니어서, 안해 쥐는 밸이 불끈해졌다.

"당신 말에도 일리가 있으나 대장부 세상에 나서 예의와 염치를 알지 못하면 쓸모없는 못난 사내라 하였소이다. 당신이 지금 하는 말은 분명 구궁골 서대쥐 어른 댁을 염두에 둔 듯한데, 어찌 낯을 들고 그 집으로 가 또다시 구걸하겠소? 봄내, 여름내 놀다가 가을 한철도 낮잠으로 보내고 이제 와서 조상 덕이 없네, 밭은 친척이 없네 하며 남이 동정해 줄 것만 바라니 이를 어찌 남자의 도리라 하겠소이까? 살고 죽음도 명이 있거늘 구차하게 살다 못해 남에게 턱 대고 염치를 잃노라면 누군들 달게 맞으리까. 내 비록 여자이나 당신을 위하여 권하니 백번 생각하소서."

안해가 나무라자, 남편 쥐는 할 말을 찾지 못하더니 낯을 붉히면서 변명하였다.

"내 어찌 염치를 모를까마는 궁하면 하지 못할 일이 없다는 말도 있지 않소? 염치 생각하다가 처자를 다 굶겨 죽일 판이니 그 집을 찾아가 동정을 보고자 함이오. 형편 따라 일을 벌일 생각이니 그대는 그저 내가 돌아오기를 기다리오."

다람골 쥐는 안해가 말리는 것을 귓등으로도 듣지 않고 그길로 옷을 차려입고 구궁골 팔괘동으로 찾아갔다.

서대쥐는 한 해 만에 또다시 찾아온 다람골 쥐를 반가이 맞았다.

"그때 숱한 손님들로 붐비는 가운데 바삐 만나 서로 다정한 이야기도 못 나누고 홀홀히 헤어진 것이 마음에 맺혀 안타깝더니, 오늘 다시 만나니 반갑기 그지없구먼. 그래, 그동안 별일 없이 지냈나?"

서대쥐가 살뜰히 대해 주자, 다람골 쥐는 한시름 놓이는 것 같았다. 다람골 쥐는 머리 숙여 인사하고 나서 다 기어들어 가는 듯한 소리로 말하였다.

"지난번 어르신의 은혜를 입어 목숨을 부지하고 숱한 자식들까지 지금껏 별 탈 없이 지낼 수 있었나이다. 자식들에게, 낳은 자는 부모이지만 다 죽은 너희를 살려 준 은인은 구궁골 서대쥐 어른이라고 일렀사오니, 저희는 죽어서라도 그 은혜를 잊지 못하겠사오이다.

허나 올해도 나무 열매가 별로 달리지 않아 초가을에 조금 거두어 온 양식이 두서 말도 아니 되어 지금껏 겨우 입에 풀칠이나 하였나이다. 산열매라도 줍자 하니 흰 눈이 다 덮여 산마다 새가 날아다니는 것을 볼 수 없고, 길에는 사람의 자취가 끊어졌으며 곳곳에 쌓인 눈을 헤치며 다니기도 어렵나이다. 그래도 새해가 다가오니 앞집에서는 술을 빚고 뒷집에서는 떡을 쳐서 조상님께 제사를 지내고자 하는데, 저희는 가난한 데다 몸도 약하여 설날 아침과 그믐날 저녁에 조상님 제사조차 받들 길이 없나이다.

엎드려 바라옵나이다. 이전에 살려 주신 은혜는 마음에 새겨 잊지 않을 것이오니, 다시 큰 덕을 베푸시어 제가 조상님께 술이라도 한잔 올려서 차례를 받들어 불효를 면케 도와주시오면, 온몸을 다 바쳐서라도 은혜에 보답하겠나이다. 다시금 저희들을 도와주시기를 바라옵나이다."

서대쥐는 한참이나 생각하다가 입을 열었다.

"서씨 집안도 수천 년을 내려오다 보니 멀고 가까운 친척들이 서울과 시골 곳곳에 헤어져, 그중 넉넉한 집도 있고 가난한 집도 있네. 우리 집은 장손이다 보니 설이며 추석 같은 명절과 관혼상제며 가난한 친구와 친척을 도와주는 데 나가는 돈만 해도 다달이 꽤 될뿐더러, 집안에 거느린 식구들과 하인들을 먹여 살리고 조

상님 사시절 제사만 해도 숱한 양식이 든다네. 하여 다시금 도와
달라는 그대 청을 받아들이지 못하니, 차라리 오늘 일은 묻지 아
니하고 듣지 아니한 것만 못하구먼. 내 말 언짢이 생각지 말고 뒷
날 다시 만나기를 바라네."

서대쥐 말에 다람골 쥐가 머리를 번쩍 쳐들더니 서대쥐를 노려보
며 씩씩거렸다. 워낙 다람골 쥐는 성질이 포악하고 마음이 불순한
놈이라, 서대쥐가 청을 들어주지 않자 독기를 품고 덜덜 떨면서 소
리를 냅다 질렀다.

"정말 분하고 또 분하외다! 가난한 자는 소인인 양 대하니 이름
자도 없다는 말은 나를 두고 이름이라. 가난하면 어진 사람도 욕
을 먹고, 손에 쥔 재산이 없으면 나이 들어도 천대를 받으며, 부
귀하면 집안의 개까지 공경을 받는다지만, 그것이 늘 그러하오리
까? 부귀란 있다가 없을 수 있고, 한번 잘못하면 그런 시절이 다
시 돌아오지 않을지니 명심하사이다. 아, 옛날 어느 집안에는 제
후가 일곱이요, 황후가 셋이요, 황후 다음가는 귀인이 여섯이요,
대장이 둘이요, 공주가 셋이요, 삼정승 육판서만 해도 쉰일곱이
었다지만, 비길 데 없는 그 부귀와 영화가 하루아침에 무너진 것
은 물론이요, 그 집 노비와 짐승까지 한번에 죽었다 하오이다. 이
처럼 부귀란 끈이 있어 평생 차고 있을 수 없고 빈천은 씨가 있어
계속 생겨나는 것이 아니니, 내 비록 지금은 가난하나 지금만을
보고 귀하고 귀하지 못함을 어찌 논하리오. 아무리 세상인심이
가난한 자를 멀리하고 부자를 가까이한다지만, 이처럼 나를 업신
여기시니 정말 분하고 억이 막히오이다!"

다람골 쥐는 골이 나서 제 손으로 가슴을 탕탕 치다 말고 인사도 없이 가 버렸다.

그 꼴을 보던 서대쥐는 억이 막혀 웃으며 말하였다.

"참으로 옛말이 그르지 않구나. 배은망덕이요, 은혜를 도리어 원수로 갚는다는 말은 바로 이런 것을 두고 이름이구나. 허나 그는 나를 저버릴지언정 나는 그를 저버리지 않을지니 뒷날 다시 그의 원을 풀어 주리라."

다람골 쥐는 집으로 돌아오면서 분을 참지 못해 저 혼자 입에 담지 못할 말로 서대쥐를 욕하였다.

안해 쥐가 남편을 맞이하면서 물었다.

"무슨 일로 그리 낯에 노기를 띠었나이까? 길가에서 망나니들에게 욕이라도 당했소이까?"

"그대 말을 듣지 아니하고 새해 정초부터 때식을 끓이지 못할까 걱정되어 서대쥐에게 좀 생각해 줍시사 사정했더니, 가난한 친척들을 돌보느라 우리까지 도와줄 수는 없다고 빈말에다 우는 소리만 하는 게 아니겠소? 그런 중에도 은근히 재물 좀 있다고 거들먹거리며 나를 가벼이 대하니, 내가 아무리 가난하기로 어찌 그리 대할 수 있난 말이오. 제 본디 대대로 전해 오는 재산과 세간도 많을뿐더러 임금께서 상으로 준 밤나무가 사만여 그루나 되는데, 너그러이 도와준다고 해도 나한테 수백 섬을 줄 것도 아니잖소? 많아야 한두 섬이요 적으면 한두 되 줄 것이면서 내 이같이 빈털터리로 돌아오니 정말 분한 일이외다. 살아도 죽은 것만 못하고 죽어도 묻힐 땅이 없는 신세이니, 내 마땅히 송사를 하여 이

놈을 잡아다가 재물을 허비토록 하고 엄한 형벌을 받게 하여 분을 풀고야 말리라."

다람골 쥐는 펄펄 뛰며 서대쥐 욕을 퍼부었다. 여름이며 가을이며 낮잠만 늘어지게 자던 때와는 판판 달랐다. 언제는 숱한 밤과 잣을 받아 가지고 와서 입이 미어지게 좋아하더니, 이제 와서는 또 주지 않는다고 더러운 말로 줄곧 욕설이다. 안해 쥐가 듣다 못해 남편 쥐를 꾸짖기 시작하였다.

"욕 다 하셨소? 그래 당신 말이 옳소, 그르오? 천하 만물이 세상에 나서 다 신의를 으뜸으로 삼는데 당신은 신의가 있느냐 말이오. 서대쥐 어른은 본디 우리와 항렬은 같으나 촌수가 멀어 남이나 마찬가지고 또 내외가 다 서로 오가지도 않았소. 그런데도 지난날 조금 본 낯을 생각하여 우리를 도와 숱한 양식을 주었는데도 고마워하지 않다가, 오늘에는 또 도와주지 않는다고 두덜대니 이는 참으로 신의가 없고 도리를 어기는 일이 아니고 무엇이겠소? 거기다가 은혜를 갚기는커녕 오히려 포악한 마음을 품고 관청에 송사하고자 하니, 이는 도적이 도리어 제 편에서 매를 드는 격이요, 은혜를 원수로 갚는 격이오. 당신이 만일 송사를 한다면 서대쥐 어른한테 어떤 죄를 들씌우려오?

옛말에 '은혜를 알면 갚을 것이요, 그만두어야 함을 알면 위태롭지 않다.' 하였거늘, 옛 책을 읽었다면 이 말을 익히 알리라. 아홉 번 곱씹어 생각하면 성내기 어렵다고 어찌 제 행동이 그릇된 것을 알지 못하오? 다시 생각하고 깊이 헤아려 은혜 갚기에 힘쓰고, 남을 헐뜯는 말은 부디 삼가오.

서대쥐 어른은 본디 너그러운 분이라 뒷날 다시 낭군에게 은혜를 끼칠 날이 있을지니, 여자 말이지만 깊이 새겨듣고 후회가 없도록 하오."

남편 쥐는 사리 정연한 안해 말에 찔리는 데가 없지 않으나, 부러 더욱 노한 빛을 띠고 안해 쥐를 꾸짖었다.

"천한 계집이 무얼 안다고 남을 가르치려 드느냐! 계집이 되어 제 남편이 욕본 것을 함께 분히 여김이 옳거늘, 도리어 서대쥐더러 너그럽고 후하다 일컫고 나더러 포악하다 꾸짖으니, 이는 도리에 맞는단 말이냐? 가난한 나를 저버리고 서대쥐를 얻고자 함이라.

옛날부터 안해는 남편을 따르는 것이 남녀의 정이요, 안해가 남편에게 복종하는 것이 부부간에 마땅하거늘 부귀를 따라 두 마음 두는 것을 어찌 용납하랴. 머뭇거리지 말고 썩 나가라!"

"어쩌면 낭군이 제 안해더러 그런 말을 거리낌 없이 할 수 있소?"

안해 쥐도 성이 독같이 올라 눈을 부릅뜨고 귀를 발쪽 세우고 제 남편을 무섭게 나무랐다.

"내 그대와 더불어 부부가 되어 아들딸 낳아 길러 시집 장가 보낸 뒤에도 고생을 달게 여기며 그대를 좇은 것은 부귀를 뜬구름처럼 알고 빈천을 즐거이 여겨서이거늘, 나를 더러운 말로 꾸짖으니, 이는 순간의 감정을 이기지 못하여 처자를 내치고자 함이라.

옛사람이 이르기를 '고생을 같이 겪은 안해는 내쫓을 수 없고,

가난한 때 사귄 친구는 잊으면 아니 된다.' 하였거늘, 오늘 낭군
은 지난날 함께 겪은 고락은 생각지 아니하고 어찌 나를 이같이
욕보이오? 내 두 귀를 씻고자 하나 영천수가 멀어 한이오. 버선
목이라고 뒤집어 보이리까? 내 깨끗한 마음에 낭군의 더러운 욕
설을 그대로 받아들일 수 없어, 백이숙제가 수양산 찾아가서 나
물 캐 먹다가 굶어 죽은 일을 좇으리니, 이제부터 나를 찾지 말고
홀로 지내시오."

안해 쥐는 맵짜게 말하고 나서 길 떠날 채비를 하더니 곧 집을 나
섰다.

다람골 쥐는 더욱 성이 나서 이를 갈았다.

"안에서 일어나는 일은 내 탓이지만, 이 또한 서대쥐 때문에 생
긴 일이니, 내 당당히 서대쥐에게 분을 풀고 말리라."

죄 없는 자 송사를 두려워하랴

　　다람골 쥐는 기어이 송사할 결심을 굳히고는, 며칠 낮과 밤을 새우며 소지所志*를 지어 가지고 곤륜산 동굴 속에 있는 산중 임금 백호궁白虎宮의 형방소를 찾아갔다.

　　다람골 쥐가 원통한 사정을 고하러 왔다고 하니, 형부 아전인 백학이 곧장 형방소로 들어가 형부 벼슬아치 산양에게 고하였다.

　　"하도산 낙서동에 사는 다람골 쥐가 원통한 사정을 호소하겠다며 궁문 밖에 와서 기다리고 있나이다."

　　이때는 마침 흰 범이 짐승 세계를 다스리니 그를 백호 산군이라 하였다. 백호 산군이 세상의 높은 산들을 다 돌아보고 곤륜산으로 돌아와 뭇짐승들의 선악을 알아보려 하던 참이었다.

＊사정을 호소하기 위해 관아에 내는 글.

산양이 산군에게 다람골 쥐가 왔다고 아뢰자, 산군이 곧 다람골 쥐를 불러들이라고 하였다.

다람골 쥐는 백학을 따라 허리를 구부리고 머리를 숙이며 들어와 살짝 눈을 들어 앞을 보니 어찌나 궁궐이 웅장하고 화려한지 몸 둘 바를 몰랐다. 다람골 쥐는 기가 죽어 감히 우러러 쳐다보지 못하고 숨도 크게 못 쉬고 납작 엎드려서 명령을 기다렸다.

이윽고 산양이 나와 소지를 올리라고 하자, 다람골 쥐는 품속에서 소지를 꺼내어 두 손으로 받들어 산양에게 올렸다.

산양을 통하여 소지를 받은 백호 산군은 곧 글을 훑어 내려갔다.

하도산 낙서동에 사는 다람골 쥐가 관가에 억울한 사정을 고하나이다. 저는 본디 낙서동에서 나서 자랐사와 천성이 어질고 마음이 모질지 못하여 굴 밖에 나가는 일이 없고, 밖으로는 가까운 친척이 없어 돌봐 줄 이도 없나이다. 몸은 한 자도 되지 아니하고 보잘것없사오나 가녀린 계집과 어린 자식들 거느리고 낮이면 산골짜기 풀숲에 올라 나뭇가지를 베거나 산과 들에 밭 갈고, 밤이면 자식들에게 글을 가르치고 신을 삼고, 봄여름에 사냥하고 가을과 겨울에는 책을 읽는 고로 동서도 분간치 못하옵니다. 그런고로 저희는 앞산에 핀 꽃을 보면 봄철인가 짐작하고, 나뭇잎을 보면서 여름을 깨닫고, 잎이 지면 가을철로 짐작하고, 서리와 눈으로 겨울철을 알아맞히며 지내었나이다.

또한 부귀공명을 바라지 아니하고 제 몸 하나 간수하오며 온갖 나무의 열매를 거두며 제힘으로 양식을 모아들여 하루하루를 근근이 살아가옵더니, 뜻밖에도 어느 날 밤 삼경에 구궁산 팔괘동에 사는 서대쥐란 놈이 하인 쥐 수십 명을 데리고 느닷없이 저희 집에 뛰어 들어 애써 주워 모은 누런 밤과 탐스러운 잣이며 추운 겨울날 먹을 쌀 수십여 섬을 빼앗아 가고도 모자라 저를 동네 개 패듯 때렸사옵 나이다. 이 억울함을 무엇에 비기며 그 원통함을 어디에 호소하겠나 이까.

제 억울한 사정을 백호 산군님께 아뢰옵나니, 산군께옵서 밝은 정 사로 굽어 살피사 서대쥐 놈을 바삐 잡아들여 무거운 형벌로 다스리 시고, 힘없는 저희가 잃은 양식을 찾게 하여 주옵소서.

외롭고 의지가지없는 저희가 원한을 품고 억울하게 죽지 않도록 보살펴 주시기를 천만번 바라오며 처분만 기다리옵나이다.

백호 산군이 소지를 다 읽고는 제사題辭*를 불러 아래와 같이 적 게 하였다.

대체로 만물의 가볍고 무거움을 알고자 할 때 저울처럼 정확한 것 이 없고, 송사의 옳고 그름을 알고자 할진대 양쪽 말을 다 듣는 것보 다 나은 것이 없나니, 한쪽 말만 듣고 시비곡절을 가벼이 판결치 못 할지라. 그런고로 다람골 쥐를 지금 당장 옥에 가두고 서대쥐를 지 체 없이 잡아 오도록 하여, 직접 만나 일이 어찌 된 것인지 캐 본 다 음 명백히 판결하겠노라.

---

* 관청에서 백성이 올린 소장이나 원정서에 쓰던 판결이나 지시. 또는 그 일을 맡은 사람.

백호 산군은 이어 형졸 오소리와 너구리를 보내어 구궁골 서대쥐를 빨리 잡아들이라고 영을 내렸다.

　너구리와 오소리는 속으로 은근히 기뻐하였다. 서대쥐가 얼마 전에 횡재를 하여 꽤 잘살고 있다는 소문을 들었기 때문이다. 이 기회에 떡고물이라도 얻자 싶어 너구리가 오소리에게 말했다.

　"내 들으니 서대쥐가 재물이 많은 데다 몹시 교만하다더구먼. 내 괘씸하게 여겨 '언제 한번 걸려만 봐라, 비지땀을 흘리게 할 터이다.' 하고 별러 왔네. 오늘 이런 기회가 생겼으니 이놈을 잡아다가 교만하게 군 죄를 깨깨 따지고, 또 돈 수백 냥을 내놓지 아니하면 절대로 용서치 말자고."

　둘은 서로 약속하고 좋아서 한바탕 배를 그러안고 웃어 댔다. 그날로 당장 구궁산 팔패동으로 가 서대쥐 집에 도착하자마자 문밖에서 큰소리로 꾸짖었다.

　"서대쥐는 듣거라! 송사가 들어와 백호 산군의 명으로 붙잡으러 왔으니 꾸물거리지 말고 당장 나오라!"

　성화가 어찌나 불같은지 하인 쥐들이 펄쩍 놀라 바삐 서대쥐에게 알렸다. 하인 쥐들은 넋이 나간 듯 쩔쩔매고 땀으로 등을 적시며 숨을 헐떡거렸다. 자손 쥐들도 눈을 데굴거리고 두 귀를 발록이며 어쩔 줄 몰라 하였다.

　그런 가운데서도 서대쥐는 오히려 침착하게 그들을 위로하였다.

　"놀라지 마라. 옛말에 '칼이 비록 비수이기는 하나 죄 없는 사람을 함부로 해치지 못한다.' 하였느니라. 내 지금까지 살면서 죄 지은 일이 없는데, 무엇을 두려워하겠느냐. 마음들 놓거라."

서대쥐는 말을 마치고 바로 자손들과 하인들을 거느리고 토굴 문 밖으로 떳떳이 나왔다.

오소리와 너구리는 서대쥐가 나오는 것을 보고 더욱 승벽이 나서 거들먹거렸다.

서대쥐는 오소리를 보고 웃으면서 인사를 건넸다.

"오 별감, 그새 별고 없는가? 나는 층암절벽 한끝에 뚫은 토굴에 의지하여 제 살림 꾸리기에 급급했지만 그대는 천봉만학 경치 좋은 곳에서 산군을 가까이 모시며 얼마나 애쓰는가? 우리가 서로 맡은 일이며 사는 게 달라, 마음은 그렇지 않지만, 웃어른으로 한번 그대들을 청하여 마주 앉지도 못했구먼.

뜻밖에도 오늘 관가 일로 그대들이 이렇듯 누추한 집에 왔으니, 예의는 뒷날 천천히 표하더라도 온 김에 술이나 한잔 나누기를 바라노니 거절치 말게."

오소리는 너구리보다 마음이 좀 순한지라 서대쥐의 말이 진심임을 느껴, 잠깐 모질게 마음먹은 것들이 봄철에 눈 녹듯 다 풀려 저도 모르게 부드러운 목소리로 사양하였다.

"우리 산중 임금인 백호님께서 어서 불러오라 엄한 분부를 내리셨으니 조금도 꾸물거릴 형편이 못 되오이다. 어서 빨리 채비나 하시오."

그러자 맏아들 쥐가 나서서 간청하였다.

"오 별감 말씀이 물론 옳소이다. 허나 엄한 훈장도 제자를 달래 가면서 가르칠 때가 있나니, 큰 바윗돌에도 짬이 있고 그 짬에서 샘이 솟아난다고, 옳고 그름은 뒷날 가른다 하더라도 벌써부터 죄인 취급 마시고, 오신 김에 집이라도 구경하고 가시오소서."

말을 마치자 곁에 서 있던 쥐들도 모두 간청하고, 서대쥐는 오소리 손을 잡고, 맏아들 쥐는 너구리를 붙들고 들어가기를 청하였다.

너구리는 본디 음흉한 놈이라, 마음속으로 생각하되,

'일단 들어가면, 산군의 명이 이러이러하다는 것을 넌지시 내비치고 그다음 기회를 보아 소문 없이 알속을 채우리라.'

하면서, 속마음과는 달리 팔을 뿌리치고 나서 노한 목소리로 쥐들의 청을 밀막았다.

"관가의 영이 지엄하고 해가 지려 하는데 어찌 한가하게 술을 마시며 놀고 가리오. 그까짓 한잔 술에 팔려 법을 다스리는 자의 본분을 잊을 줄 아느냐? 빨리 채비하라!"

너구리가 턱을 쳐들고 서산만 바라보면서 엄포를 놓자, 큰아들 쥐는 오소리에게 다가가 다시금 간절히 말하였다.

"그래도 오셨던 바에야 끼니를 굶고 가시겠나이까? 날이 저물면 처음 보는 길손이라도 집에 청해 들여 저녁밥 대접하는 것이 이 고장의 넉넉한 풍속이니, 청을 물리치지 마시오소서."

오소리는 그 말에 대답지 아니하고 너구리에게 다가가 팔을 잡아 이끌면서 잠깐 들어가 보자고 하였다.

"그러면 산군의 명을 어떻게 지키겠소?"

너구리가 더욱 코를 세우자 오소리는 너구리 등을 두드리며,

"누가 산군의 명을 거역한다고 그러나. 저리 간청하니 그저 잠깐 들어가 저녁이나 때우고 곧 떠나세."

하고는, 너구리 귀에 대고 두어 마디 더 수군거렸다.

너구리가 못 이기는 척 오소리 손에 이끌려 서대쥐 집으로 들어
가니, 기물들을 눈이 부실 정도로 그쯘히 차려 놓았다.

오소리와 너구리가 방 안에 들어가 앉자 곧 술상이 나왔다. 술은
도토리와 머루와 다래로 만든 술로 꽤 향기로웠고, 안주도 가짓수
는 많지 않으나 어찌나 입맛에 맞게 만들었는지 보자마자 군침이
슬슬 돌았다.

큰아들 쥐가 마주 앉아 살뜰히 술을 권하였다. 수십 번 술잔이 오
간 뒤 큰아들 쥐는 정성껏 싼 자그마한 보퉁이 두 개를 오소리와 너
구리 앞에 내놓았다. 황금이었다.

"이러면 되오?"

오소리가 짐짓 뒤로 물러앉자, 이때까지 술잔을 사양하며 낯을
찌푸리고 있던 너구리가 얼굴 가득 기쁜 빛을 담고,

"사양하는 것도 예의가 아니니 받읍시다."

하며 슬그머니 손을 뻗어 보퉁이를 집어 오소리 옆구리에 찔러 넣
고, 자기 몫도 소리 없이 안주머니에 치웠다.

시간이 소리 없이 흘렀다. 바깥은 먹물을 뿌린 듯 한 치 앞도 분
간하기 어렵다. 취기가 오른 너구리는 이에는 아랑곳하지 않고 흥
타령을 불렀다.

이 술 받으시오 도토리술, 머루술
보기엔 귀하다 하지 못해도
진귀한 옥백미 찹쌀술에 비하랴.
소문 없이 담근 술 취흥도 도도하다.

이 고장 넉넉한 풍속 가슴을 태우네.

너구리가 한바탕 타령을 늘어놓자, 오소리는 간이 콩알만 해져서 어쩔 줄 몰랐다. 오소리는 너구리의 옆구리를 찌르며 재촉하였다.

"그만 일어나세. 이런 대접을 받는 것이 온당치 못하나 감히 물리치지 못하여 잠깐 앉았다가 떠나려 했더니, 아닌 보살하던 자네가 이게 웬일인가?"

"이 졸장부야, 뒷일은 걱정 말라고. 이런 일이 날마다 있나?"

너구리는 두 팔을 휘두르면서 오소리를 나무라더니 또다시 눈을 게슴츠레 쪼프리고, "노세, 노세 젊어서 노세." 하고 새된 소리로 불러 젖혔다.

서대쥐가 길 떠날 채비를 끝내자, 너구리는 오히려 취흥에 둥둥 떠 가지고 말하였다.

"조금도 걱정 마시오. 내일 송사를 판결할 때 우리 둘이 매를 드니 다람골 쥐를 반죽음 되도록 때려 이 댁의 분을 풀어 드리리다."

이리하여 깊은 밤중에 서대쥐는 오소리, 너구리와 함께 길을 떠났다. 큰아들 쥐는 하인 쥐를 불러서 오가는 데 쓸 돈이며 길양식이며 자질구레한 물건들을 갖추게 하고는 이내 아버지 뒤를 따랐다.

백성의 다툼은 임금의 덕이 모자란 까닭이온즉

백호궁 앞에 이르자, 오소리는 너구리에게 서대쥐와 더불어 밖에서 기다리라 하고 저 혼자 궁 안으로 들어갔다.

조금 있다가 안에서 아전이 나오더니 서대쥐를 불러 안으로 들어오라고 호령하였다. 서대쥐는 아전을 따라 백호가 있는 곳으로 들어갔다.

산군 백호는 엽전같이 둥근 무늬가 있는 누런 전포*를 입고 갈색두 눈을 크게 뜨고 늠름한 위풍과 서슬 푸른 기상으로 앉아 있었다. 양옆에는 판관들인 사슴과 멧돼지가 서 있고, 형리들인 토끼와 너구리, 오소리들이 섬돌 아래 줄지어 엎드려 있었다.

서대쥐는 조금도 두려운 빛 없이 가까이 나아가 조용히 허리 굽

---

* 장수가 입는 긴 웃옷.

혀 인사하였다.

　서대쥐를 노려보던 산군 백호는 온 골짜기가 울리도록 "따웅!" 하고 큰소리를 지르면서 위엄을 보였다.

　"이런 무식하고 무례한 놈을 내 처음 보도다! 옛글에 '물속 청룡은 모든 물고기들의 왕이요, 산속 범은 뭇짐승들의 으뜸가는 장수라.' 일렀거늘, 네가 어찌 내 앞에서 인사도 하는 둥 마는 둥 하고 엎드려 절도 하지 않느뇨?"

　서대쥐는 두 눈을 깜짝이면서 침착하게 대답하였다.

　"산군님 말씀을 깨닫지 못하겠나이다. 산군님은 이 땅의 험준한 산발과 골짜기를 돌아다니면서 뭇짐승들의 선악을 살피시니 세상 짐승들이 다 우러러보는 분이옵나이다. 그런데 저희는 깊은 산골짜기에서 소리 없이 살다 보니 다만 산군님 명을 따를 뿐 다른 것은 모르옵니다.

　사실 이 땅의 만 리 강산과 모든 만물들이 인간 세상의 임금님께 속하여 그 은덕을 입고 있사옵니다. 저는 제가 살고 있는 나라의 임금님께서 베풀어 주신 은덕을 입은 고로 산군께 인사만 올렸을 뿐이옵니다. 땅에 엎드려 절하지 않음은 임금님을 욕되지 않게 함이요, 산군의 위엄을 깎으려 한 것이 아니오니 굽어 살피소서."

　산군 백호는 그 말에 대꾸할 말을 찾지 못하였다. 제가 뭇짐승들의 임금이라고 하지만 인간 세상에 비기면 골목대장쯤이라 해도 오히려 분에 넘치는 것이었다.

　산군은 서대쥐의 사리 정연한 말에 머리를 숙이고 슬쩍 말머리를 바꾸었다.

"네 방금 한 말은 충의에서 나온 것이니 너야말로 어진 신하로구나. 헌데 네 다람골 쥐에게 무슨 원한이 있어 그가 모아 놓은 양식을 도적질해 갔느냐?"

"죽어도 그런 일은 없사오니 널리 굽어 살피소서."

"그렇다면 다람골 쥐가 왜 너를 도적놈이라 하겠느냐?"

"제가 다람골 쥐의 거듭되는 부탁을 들어주지 않았기 때문이옵니다."

"부탁을 들어주지 않았다? 그러면 다람골 쥐가 없는 사실을 꾸며 냈다는 말이냐?"

산군은 다람골 쥐의 소지를 서대쥐에게 읽어 주고는 물었다.

"다람골 쥐의 말이 이러하니, 이것이 사실이냐? 조금도 숨기지 말고 사실대로 고하라."

억이 막힌 서대쥐는 한동안 아무 말도 못 하였다. 이윽토록 분을 삭이다가 이렇게 되뇌였다.

"산군께 제 소견을 감히 아뢰기 어려우니, 부디 잠깐 시간을 주시면 글월을 한 장 써서 사실을 밝히겠나이다."

"좋을 대로 하라."

산군이 가볍게 허락하자, 서대쥐는 그 자리에서 붓을 들어 잠깐 사이에 긴 소지를 적었다.

구궁산 팔괘동에 사는 서대쥐가 아뢰옵나이다. 옛날부터 나라에 법도가 없으면 임금님의 덕이 아래에 미칠 수 없고, 임금님의 덕이 없으면 송사를 놓고 옳거니 그르거니 다투기 일쑤이옵니다.

　포악무도하기로 이름 높은 옛날 걸 임금과 주 임금이 어찌나 악한 짓을 많이 하였던지, 백성들이 도탄에 빠져 그 원망이 그칠 새 없었다 하옵나이다. 그때 양민이 변하여 도적이 되고 서로 송사하여 싸움이 그치지 아니하여, 형벌을 받는 사람들이 수없이 많고 주검이 저잣거리에 쌓이니, 이는 나라에 법도가 없고 임금이 덕이 없음을 말하여 주는 것이옵니다.

　이와는 달리 어지신 무왕은 인륜에 따르는 법도를 세우고 의리로 정사를 하니 모든 사람이 칭송하였다 하옵나이다. 무왕은 백성을 위하고 죄를 엄히 다스려 사람들에게 덕을 베풀고 어진 것을 숭상하게 하니, 온 누리에 서로 돕는 아름다운 풍속이 차고 넘치게 하였다 하옵니다. 그때엔 어디를 가도 도적이 없고, 사람들이 남이 떨어뜨린 물건을 줍지 아니하니, 도적이 양민으로 변하고, 남녀가 길을 사양하였으며, 농부는 이랑을 사양하고, 백성들은 송사라는 말을 알지 못하여 죄를 범하지 않으니 옥이 텅 비었다 하옵니다. 백성들이 편안히 살아갔다 하옵니다.

　지금 나라에 임금님이 새로 즉위하여 천하의 온갖 그릇된 일들을 너그러이 용서하시니 백성들이 서로 송사를 하면서 다투는 일이 없고, 임금님의 덕이 온 세상에 미치고 있나이다.

　산군은 온갖 짐승의 장수이시고 왕이 되시어 어질고 착한 것을 따르게 하고 모두가 의리를 갖고 덕을 함께 나누도록 하셨나이다. 이 세상 모든 짐승들이 산군의 가르침을 잘 받았더라면 어찌 송사질을 하고 서로 싸우며 거리에 도적이 욱실거리겠나이까. 또 예부터 '덕은 멀리 베풀 수 있고, 위엄은 멀리 미칠 수 있다.' 하였거늘 모두가 덕을 깊이 새기지 아니하니 이곳 수백 리 밖에서는 산군의 엄한 영도 행해지지 아니하옵니다. 어찌 통탄할 일이 아니옵니까.

엎드려 생각건대, 산군은 용맹스럽게 험산 준령을 넘나드는 뭇짐승의 으뜸이오나 위엄은 천 리 밖을 벗어나지 못하고 덕은 백 리 밖에 가 닿지 못하옵니다. 그리하여 수하에 있는 작은 짐승들이 산군의 가르침을 받지 못하고, 같은 일가붙이끼리도 서로 옳거니 그르거니 하다가 나중에 죽기내기로 싸우는 지경에 이르렀사옵니다. 저와 다람골 쥐 사이에 생겨난 송사도 결국 다람골 쥐의 무도함에서만이 아니라 산군의 가르침이 미치지 못한 데 있사온즉, 그 책임이 크게는 산군께 있사옵니다. 이는 산군께서 이런 일이 없게끔 미리 뭇짐승들을 가르치어 감화하지 못하고, 어진 임금으로서 덕을 베풀지 못하였기 때문이옵니다.

저희는 구궁산에서 살아온 지 수천 년이 되옵고 조상 때부터 전하여 온 재물이 수천 금이나 되옵니다. 아울러 요사이 나라 임금님께서 숱한 밤나무를 상으로 주시었사오니, 항상 마음속으로 분수에 넘치게 복이 차례졌다고 걱정하였나이다. 모든 식솔이 굴문 밖으로 나들 때면 늘 나가면 나간다 하고 들어오면 들어온다고 이르고, 노복들까지도 모자라는 것이 없으니, 무엇이 아쉬워 다른 집 양식을 엿보아 훔쳐 오리까.

다람골 쥐 족속들이 수십 대를 내려오면서도 가난하게 산다는 것은 저 산봉우리와 골짜기까지 다 아는 사실이요, 성품이 본디 앞일을 내다보지 않고 눈앞 일이나 땜 때는 식으로 게으르게 살아가므로, 남에게서 어제 꾸어 오늘 하루 살고 오늘 얻어 내일 지내며, 또한 집안이 몹시 가난하여 서발막대 휘둘러도 네 벽에 거칠 것이 없다 하옵니다. 그런 주제에 무엇이 넉넉하여 도적맞을 수십 섬 양식을 모아 두었겠나이까?

다람골 쥐가 지난해에 어려운 사정을 말하기에, 저는 생밤 한두 섬을 주어 도와주었나이다. 올해에 또다시 사정하였으나 가지고 있는 것이 넉넉지 못하여 도와주지 못하였나이다. 그랬더니 다람골 쥐는 은혜 갚을 생각은커녕 원한을 품고 송사를 일으켰으니, 죄 없는 제가 어찌 억울하지 않겠나이까?

옛글에 '그가 도적임을 밝혀야 그 도적을 복종시킬 수 있다.' 하였사오니 도적이 되는 증거를 밝혀야 도적을 항복시킬 수 있지 않사오리까. 옛날 한고조는 '살인자는 죽이고, 사람을 상하게 한 자와 도적은 죄를 준다.'고 국법에 밝혔사오니, 부디 산군께옵서는 제가 도적으로 나타난 증거가 있으면 저를 불러 그 죄를 밝히시고, 앞으로 다른 짐승들에게 거울이 되게 하심을 바라나이다.

산군께옵서 가르침을 널리 베풀지 못하옵고 덕화가 오르지 못하므로 이런 송사가 생겼사오니 스스로 탄식 마옵시고 저희 송사 싸움을 그르다 마옵소서.

백호 산군은 서대쥐의 글을 본 뒤 잠자코 있다가 이윽고 형리들을 불러 받아쓰라고 하였다.

예부터 남의 아래에 있는 자는 입이 있어도 할 말이 없다고 하였거늘, 서대쥐는 당돌히 위를 욕하고 내가 덕행을 베풀어 여러 짐승들을 감화하지 못했다고 꾸짖으니 그 죄 참으로 크도다. 허나 임금이 어지러이 신하더러 그르다 하면 폭군이 되듯이, 누가 나를 보고 이같이 바른말을 해 주리오.

서대쥐같이 곧은 자가 어찌 다람골 쥐의 양식을 도적하였으랴. 다람골 쥐의 말은 사리에 맞지 않으므로 그를 즉시 엄형에 처하여 귀양 보내고, 서대쥐는 놓아 보내라.

산군으로부터 영이 내리자 서대쥐는 자리에서 일어나 다시 꿇어앉으며 아뢰었다.

"산군의 밝으신 정사로 놓여나오게 되니 감격스럽기 그지없나이다. 다시 무엇을 바라리까마는 저의 미천한 생각을 감히 산군께 아뢰옵나이다.

다람골 쥐의 죄상을 논할진대 간교한 말로 임금을 속인 일은 죄가 중하여 용서할 여지가 없고 죽어도 죄를 씻을 수 없사옵니다. 허나 헤아리건대 다람골 쥐는 한낱 작은 짐승으로 몹시 가난하여 처자까지 굶주리니 살기도 죽기도 힘든 형편에 처하여 그런 죄를 지었나이다. 이러한 처지에 이르러 죽기를 달게 여기고 살기를 원치 않는 고로 방자하게 산군의 위엄을 떨어뜨렸다고 보오니, 매우 불쌍한 일이옵니다. 다람골 쥐를 엄히 다스리면 이는 죽은 자를 다시 치는 것이요, 파리를 잡으려고 검을 뽑아드는 격이오니, 산군은 위엄을 거두사 큰 덕을 베푸시어 다람골 쥐의 쇠잔한 목숨을 용서하고 놓아주시면 그 크나큰 은덕을 지하에 돌아간들 어찌 감히 저버리겠나이까. 살피고 또 살피심을 바라옵고 바라나이다."

산군이 들어 보니 참으로 옳은 말이었다. 감탄하여 무릎을 탁 치더니,

"기특하도다, 서대쥐여. 다람골 쥐가 서대쥐의 착함을 누르고자 하나 이는 작은 불빛으로 만물을 비추는 달을 가리고자 함이라. 서대쥐의 착한 말을 좇아 다람골 쥐를 놓아주노니 돌아가 서대쥐의 어진 마음을 본받으라."

하고는, 다람골 쥐를 놓아주었다.

다람골 쥐는 백번 절하여 은혜에 고마워하고 조용히 물러갔다. 백호 산군과 판관인 사슴과 멧돼지며 형리들이 서대쥐의 너그러움을 못내 칭찬하였다.

문밖으로 나온 서대쥐는 기다리던 큰아들 쥐를 불렀다.

"네 가지고 온 재물이 좀 있느냐?"

"백호궁 형리들에게 줄 재물이 좀 있나이다."

"형리들은 제 할 일을 하였거늘 너는 무엇이 두려워 그들에게 재물을 주려 하느냐?"

"아버님, 오소리와 너구리가 갑자기 아버님께 너그러워진 것이 그저 쉽사리 된 줄 아시나이까? 다 황금 몇백 냥씩 주었기에 그렇지, 거저 그리된 것이겠나이까?"

"네 참으로 그런 비루한 행동을 했다면 내 낯을 들 수 없구나. 아무 죄도 없는데 무엇 때문에 뇌물을 먹여 형리들의 호의를 사려 하느냐? 에이, 못난 놈. 말하기도 싫다."

서대쥐는 그 이상 큰아들 쥐와 말하고 싶지 않았다. 그가 재물을 가지고 왔느냐고 물은 것은 다만 불쌍한 다람골 쥐에게 보태 주고 싶어서였다.

다람골 쥐 뉘우치고 거듭났다네

서대쥐와 다람골 쥐, 큰아들 쥐와 하인 쥐들이 함께 곤륜산을 하직하고 옹주 땅으로 돌아갔다.

다람골 쥐는 부끄러움을 참고 서대쥐 뒤를 따라갔다. 비록 흉악한 마음을 가진 자이나, 서대쥐의 너그러움 앞에서 어찌 제 잘못을 뉘우치지 않으랴.

옹주 땅에 닿아 서로 헤어질 때가 되었다.

서대쥐가 다람골 쥐를 돌아보며 말하였다.

"그대는 오늘 일을 조금도 부끄러이 생각 말고 전날과 다름없이 대하게."

그러고는 다시 큰아들 쥐에게 나직이 물었다.

"가지고 온 돈이 얼마나 되느냐?"

큰아들 쥐가 부루퉁히 대답하였다.

"수십 냥밖에 아니 되옵니다."

"아까는 적잖이 가지고 온 것처럼 말하더니 그것밖에 안 된단 말이냐?"

서대쥐는 눈을 홉뜨며 큰아들을 노려보았다.

"제 수중에 단돈 한 냥 없으면 누가 수십 냥을 거저 주려 하리까?"

"그런 말 마라. 어려울 때 남을 성근히 도와주면 못쓴다더냐? 제 것만 챙기려 들면 무슨 친척간의 우애가 있으며 친구간의 의리가 있다 하겠느냐. 나는 지금껏 네가 그런 마음을 가지고 있는 줄 몰랐구나. 정정당당한 일도 뇌물로 해결하려 들고, 남을 돕는 것은 미덕으로 삼지 아니하니, 모두 너처럼 생각한다면 위로는 법도를 지킬 수 없게 되고 앞으로 남들에게 배척받을 수밖에 없나니, 너는 내 말을 명심하라."

서대쥐는 큰아들 쥐가 마지못해 내놓는 돈 수십 냥을 다람골 쥐에게 주었다. 다람골 쥐는 차마 받지 못하고 눈물만 줄줄 흘릴 뿐이었다.

"자네 형편을 잘 알고 있으니, 이 돈이나마 보태 쓰게."

서대쥐가 돈을 쥐여 주자, 다람골 쥐는 몇 번이나 절하며 고마워하였다.

"이 은혜 결코 잊지 않겠나이다."

서대쥐는 그 뒤에도 하인 쥐를 보내 그 집 형편을 알아보고, 어려울 때마다 도와주곤 하였다. 다람골 쥐도 그 뒤 게으름을 멀리하고 부지런히 일하여 넉넉지는 못해도 겨우 겨우 살아갈 수 있었다.

다람골 쥐는 그때 일을 부끄러이 생각하여 지금까지도 서대쥐를 만나면 쑥스러워 어쩔 줄 모른다고 한다.

원문

옥포동 명판관 두꺼비
〔玉浦洞奇玩錄〕

서씨전

두 소설에 관하여

玉浦洞奇玩錄

大凡天地之間 天産動蠢之物 羸蟲三千 羽蟲三千 毛蟲三千 鱗蟲三千 介蟲三千 五蟲之屬 其屬一萬五千 而有喉出聲 或啼或鳴 長叫短噪者 有萬不同 而似非有心而吐音者也 然而 第觀其類類相聚 號而相應而相隨 則豈不若斯人言語也哉 人亦不同形 而均是人也 國異譯異 則言語之不相通 無異於禽獸之聲難辨也 惟學譯者 能通異國之語也 以此推之 若有至人聰慧通敏 能解鳥獸之聲音云 豈曰全然誕妄也哉

肆昔半夜山半夜寺 有一僧 法名慧聰 堂號靈虛 自少聰敏 至老修道 獸鳴鳥啼之聲 無不通解矣

一日 錫杖芒鞋 登山遊覽 貪景深入 轉到一處 則此地乃玉浦洞也 峰雲籠蔥 巖樹茂密之中 春草自香 香氣襲人 徘徊看望之際 有赤麝十餘雙 或走或躍 四散叫呼曰 吾宗氏大獐公 以大夫人晬宴之故 明日早朝 廣請賓客 凡我山川諸君 無分某族某類 一齊來會之意 茲敢遍告焉 巖藪澤林之間 僉應曰 諾 老僧聞之嗟異曰 明日此山 必有異玩也 第且來觀乎

翌日早晨 蓐食齊飯 更尋其處 隱身於巖穴茂林之間 靜處俟之 則林端日出 峰頭烟消 候之未幾 山間奇形之物 飛者走者 從天降 從地出 從四方來者 其類不億 齊會雜處 或坐或立 無倫無次矣

有猿生者 超班出曰 諸類繁殖 而無紀無分 則人猶及亂 況吾禽獸乎 擇於吾儕中可堪者 先定執事 然後 位次可定 紀綱可正 以衆望所歸 擇差執事之任 如何

主獐進言曰 捷敏伶俐者 無踰於君 君請自當

猿生搖頭辭謝曰 今日之會 類多事煩 千聰不如一筆 擇其文筆俱備者 乃可也

言未已 一免踴躍出衆曰 苟取文筆 則我乃中書君毛穎之孫也 門閥來歷 素是文房大家 且吾中祖 春秋時 毛公遂也 承家風 茲以自薦 今日執事之任 捨我其誰

猿生噱噱大笑曰 不取才器 從選門閥 則無事之時 尸位素餐 亦無大謬 而若其

有事 觸事債誤也 汝雖中書之孫 果有中書之能乎 汝雖自薦之裔 倘期自薦之效耶
且古今不同 昔之文房 雖稱汝家 今忝家聲 寂然無聞 當今之世 上自宮府省署 下
至州閭鄉黨 翰墨之場 托有佳譽者 莫如黃生也 文人有言曰 時月之間 不見黃生
鄙吝之萌 復存於心 人之愛悅 至於如此 今日執事之任 惟黃生其可也

僉曰 諾

免生趨趄自退曰 以其自薦之孫 反爲自退之客 忝祖多矣

一座大笑 於是 黃生以特定執事 黃生受任不讓 揚揚出任曰 執事之職 卽不過
舉行庶務而已 至於立紀正分 莫如擇定首座 以抑群下也 此會之中 首座之可稱者
鹿兄之體重 猿生之捷敏 狐氏之慧詰 免生之應變 俱是可堪也 特以一介執事之名
惟難輕議於重任 而其於四位之中 兼以齒一 則有其一者 烏得慢其二哉 於此足以
定矣 僉議如何

議猶未決 有一大蟾 自川藪之間 躚珊而出入 緩步而入 喘然而揖曰 諸君好好
先來否 我以一時之過客 適當盛宴之僉會 不速而自來 易曰 不速之客 敬之終吉
待我以何禮 坐我於何座耶

黃執事唏而笑曰 汝是草澤間微物 何論於參座乎 退彼散班 以俟餘瀝可也

蟾乃仰天大笑曰 汝果執事耶 今此萬會之中 擢汝而特用者 以其有識鑑也 以其
有禮度也 反以肉眼 倨見長者乎 天下之達尊有三 爵一齒一德一也 三者吾能兼之
今日之座 雖坐我於第二 吾必不坐 況謂退我於散班乎

黃執事未及言 猿生超而進曰 汝是何物 何其體小而膽大耶 汝欲參座 猶涉妄尊
矧敢望上座耶 汝齒幾何 爾爵如何 乃德如何 請言其詳 開口能言 而言果有孚 則
吾當讓爾 放出一頭地也

蟾乃更進一步 舉眼熟視曰 觀汝之花眼金精 無乃猿耶 汝本通敏 堪可與語 汝
欲知吾年 則請度汝之始祖猻猲公之年也 猻猲公卽我羲時之少友也 彼本生長於東
勝神州傲來國花果山水簾洞 而修道一萬年 身通變化者 七十二藝也 是以 余愛其
能而不挾年長 結爲忘年之交 同遊天人之間 亦數千年矣 大瀛海之外 有長夜國
其國王 聞我二員之技能 卑賜厚幣 以禮招之 故偕往其處 則其王待以客禮 降席
懇請曰 鄙國偏在天外 長夜乾坤 願借二公之術 倘日移來 則此闢昏之功也 萬世
之澤也 勿慳一勞也 猻猲公素是敏悟者也 掉頭不可曰 王有此意 則何不早請於十
日 竝出之時 而九烏已落之後 天無二日 而移彼單日 則此雖闢昏 而彼爲長夜矣

中土乃上帝所臨眷顧之地也 雖能偸日 其於天譴何 因以拂袂而起 望望無去 其王
更挽余手曰 兩公今已到此 而寡人旣發持難之請 我雖見過於一員 而自己所欲 誠
難制抑也 且中土旣是上帝所眷 則移日之後 詎無他日之重明乎 設有天譴 責在寡
躬 不在貴公也 公之技能 夙素聞知 移日之事 一其足矣 幸勿若彼員之浼浼而以
孤余所望也 余以質厚之故 感其厚意 不忍辭却 快諾而歸 某年四月朔日辛卯 獨
往抱日 將欲移動之際 日中金烏 飛訴于上帝 上帝乃震怒 投我於下界 此是余之
慚德也 非自誇張之事 而卽陳終始 故無隱乎爾也 當其時 猻猵公則朶頤於瓊樓下
蟠桃之熟 而露跡於三班中守監之眼 亦以得罪 帝命世尊 拘囚於兩界山石壁之中
而經閱五百年之後 譴限已滿 適遇三藏法師 脫出石壁 偕行西域 而備經八十一難
之後 入于西域 借來八萬大藏經 歸獻于大唐太宗皇帝後 師事三藏 明達佛道 同
歸西天 我其時 饍於弱水之濱 而臨別涕執吾手曰 今與老兄 永爲決別矣 吾之子
孫 分爲二派 一派則居于楚山 一派則居于申陽 兄旣在世 或可訪詢耶 其後 余無
念爾祖乎 存問於兩處 則楚山之族固多 而其中有一靑者 化爲狂道士 竊飮第君之
酒 事覺被執 亦囚巖間矣 三年之內 化爲石 方在楊康公之家 申陽之族奪老鼠之
窟 而闗國稱侯 後爲隴西李德逢所滅 部種流落云 今汝則貫於申陽乎 貫於楚山乎
今偶遭汝 舊感更新也

  猿生聽畢 執其兩耳 踉蹡再拜曰 侍生只以傳家之口傳 得知猻猵公之爲始祖 而
無文籍之足徵也 家有中古之戶籍 只知中本之爲楚山 而來歷分派 實所未知矣 今
遇尊公 聞所不聞 的知來系 心有憾慨如 得見始祖於此世也 座今虛右 敢爲公讓

  方是時也 麋鹿在傍 怒視猿生曰 吾常惡夫汝之輕率者 良有以也 此宴非獨爲汝
也 此會非但汝族也 設令彼雖實若汝祖之故友 汝固不可擅許他客之上座 且汝徒
聞其齒 不詳爵位來歷 而輕遽許座 汝雖其然 孰爲其下乎

  蟾乃欠身更揖曰 觀其模之濯濯 聽其音之吻吻 爾無乃麋鹿耶 吾之年 則俄汝在
傍 必得聞 更欲聞吾之爵位乎 昔我降遊於下界時 適逢黃帝之時 時有蚩尤之亂
黃帝聞我智勇 招以爲出戰 大將力牧 在內主兵 余則出戰將兵 而汝之始祖 所謂
鹿角干者 吾之亞將也 夙力討賊 而蚩尤之爲人 銅鐵其額 能作大霧 鏖戰三年 未
能告捷 其時 余臂不離弓 臂自曲內 脚不離鞍 脚亦消內 觀我臂脚 可質其事 黃
帝悶告捷之遲 而乃作指南車 使彼銅鐵之額引牽自來 擒之于涿 野之外 遂平其亂
策功仍封爾祖於涿 野 名其地曰涿 鹿 或者傳汝之家來耶 其後 汝之中祖 以涿 鹿承

蔭 爲殷商度支 以司鹿臺之財 而余則其時鹿臺提調也 周武王革商之日 散鹿臺之
財 而汝祖則失其官 奔戎狄之間 我則左遷補外 爲蟾耳刺使也

猿生曰 蟾耳何地耶

曰 蟾耳者 江南瘴地也 今之所謂瓊崖儋耳者也 世降人巧 沒質尚文 以人易蟲
改蟾爲儋 儋耳者 古之蟾耳也 至于穆王時 我代伯囧爲太僕正 與造父者 御八駿
馬 周流天下 參瑤池之宴 飲紫霞酒 吾眼至今尙赤者良有此耳 穆王不聽蔡公之諫
北征犬戎 獻俘之日 有四白鹿 余問來歷 則自言鹿臺之裔云 故薦進而同朝矣 逮
于狂秦始皇築萬里長城 而我與蒙恬 同督城役 身操版鍤 石大人不能運動者 余皆
躬自擔負 手足胼胝 骨郞傷痿 到此幻形之境 而汝祖 則從趙高入望夷宮 指而謂
馬 而國事日非 天下大亂 草野群雄共憤汝祖之諂事趙高 甘心共逐 竝驅中原 未
知將死於誰手矣 至鉅鹿之城 爲高才疾足 漢太祖之俘獲 而至武帝時 有皮幣白金
之議矣 余以幻形退老 謝事人間 更無聞知 不須提說 而吾之年齒 則歷事百王 千
資萬級 不可勝數也 特以與爾祖同朝者言之 在黃帝時 爲大將軍 在殷爲鹿臺提調
在周爲太僕正 在秦爲監董將 顧不足爲此座之首乎

欒鹿乃踧踖而拜 若崩厥角 叩頭稱謝曰 雖於簡冊之中 得見先祖之行跡 猶有兀
上敬尊之意 況尊公目見於先世 口傳於今日 爲其子孫者 豈無敬尊之心乎 非徒侍
生之私心也 以公體言之 爵如彼其尊也 齒如彼其高也 凡我諸君 孰居其右乎 請
尊公居于上座焉

免生從傍大叫曰 今日之上座 是豈一二員之得擅定乎

因與蟾開言曰 君旣稱三達具備 而齒一爵一 則虛實之間 旣得聞之矣 君之所謂
德一者 可得聞歟

老蟾回顧諦視曰 視汝之缺口而長鬚 定是免生也 以汝之形體 以汝之模樣 口能
問德之說 可知秉彝好德 無物不有也 盖德之爲言甚大 爲體至重 固不可輕易可言
亦不可肆然而居 天賦之初 夫孰執本然之得 物欲交蔽之 客氣侵奪之 自暴自棄
喪其德性 昏昏莫察 滔滔皆是 而惟聖人君子 或因其性而全其德 此則其智而行之
事也 或率其性而修其德 此則又其次 利而行之事也 或學而知之而復其德 此則又
其次 勉而行之事也 雖然乃其成德則一也 故存諸身而有心曠體胖之效 施乎人而
爲補世長民之道 語其全體 則仁義禮智之包涵也 語其施用 則正直剛柔之乂克也
此皆賢聖人之德也 如吾之類 非所敢議 而若有好善惡惡 好生惡殺 此亦盛德之一

事也 我平生 見善則如好好色 見惡則如惡惡臭 生其可生而如恐不及 殺其可殺而
如不得已 故生來好善活命之事 不可枚擧論 初而旣詰我以德之與否 請特以施於
汝家者言之 吾季氏銀蟾也 嘗近侍於玉帝矣 昔我偸日投界之時 帝招銀蟾曰 汝兄
犯重過 其弟當連坐 汝兄旣犯偸日之罪 汝則遷爲守月之任 因命爲月宮守慰 掌月
中之事 自斷主張矣 汝之先祖玉兔 爲有窮后羿之舍人 密與羿妻姮娥有私 事覺而
將死 無處可考 我愛其賢明 恤其危急 卽因風便 寄書月宮矣 銀蟾以風駕霆鞭 竝
其姮娥 竊載而去 使之安身於月中 搗藥爲事 其支屬明視等 藏匿余家 亦使保全
此非余有求而然者也 盖出於活命之德也 後逮秦時 余與蒙恬 共築長城矣 蒙將軍
獵園中山 俘獲毛穎 全家被執 夫秦尙首功之國也 必殺降者 獻以首級者 乃其國
法也 不聞長平之坑卒乎 毛穎被擒之日 有免斯首 幾乎就戮 赤族之禍 垂在頃刻
而我素昧毛穎 風聞令名 故從傍勸諭於蒙將軍曰 吾聞穎之文藝 倡於翰墨 拔其毛
而可利天下 天下其同聲 而今幸獲穎 是天與人文之兆也 秦幷天下之驗也 且降不
可殺也 賢不可戮也 其由陳秦生戲俘獲 釋而用之 則我有活賢之德 國有得賢之利
而客何負於秦哉 蒙將軍大喜曰 盛教至矣 獻俘于章臺官 而告捷秦 請一如我言矣
以始皇之暴 猶可其秦而捨穎 爲中書 寵幸隆重 及老封於管城 以終餘年 使濱死
之命 吹毫上天 使享富貴者 亦非所有望報而然也 實出於惻隱之德也 後數百年
余嘗客遊於北海廣澤王矣 王有疾求藥 而使鱉主簿捉致免生 欲用其肝 則免生乞
懇哀告曰 臣卽神明之後也 不與物同 望月而孕 口吐而生 故臟腑亦異於他 以望
之前後 出納其肝矣 適今肝納之時 承命猝來中 實無肝 早知大王之欲用其肝 則
豈不持來乎 龍王叱怒曰 爾敢瞞我耶 天地之間 寧有出肝之物乎 卽令左右 剝而
出之 左右刀斧手 一時應聲 縛置俎上 幾乎下手 余憐其無罪而就死 越席進前曰
彼物後有三竅 能以其肝出納之說 余亦依俙得聞也 請檢察其竅 其實有三竅 則渠
言似不麥浪矣 王令檢察之 果有三竅也 王意猶豫 而魚頭參政鯶公等諸臣 合辭出
奏曰 必無其理 請剖而觀之 余更進前曰 今若剖觀肝 肝有之則幸矣 果若無肝 則
死者不可復生矣 終未得肝 而殺一不辜 豈非有損於大王好生之德乎 且其肝旣曰
出置云 使水族能於陸行者 眼同押送 肝果出置 則領來緊用 言若不實 則更爲捉
來 何難之有 王允諾稱善 使鱉鼇文魚之屬數十輩 押付領去矣 及其登岸 趦趄超
去 領去輩失來告由 王作色向余曰 先生無奈與彼有私耶 余對曰 吾亦固知其言之
無據 而勉使生還者 實爲王 非爲彼也 大抵王者之道 恕己及人 推人及物 痛癢乃

身 癈疾者得其養 無告者 得其所然後 德聞於天 上天陰騭 身其康剛 子孫逢吉也
今王則不然 聽何庸醫之言 以躬之故 欲殺生命而醫病 果是蕩蕩博施之德乎 王如
修德 病不勝德 所祟之病 不醫自瘳也 若於治民 而以殺免之心爲心 則雖用百部
免肝 病必不愈也 王若少有悔於免肝之未得 則吾之肝必愈於免肝也 請剖而獻之
引拔佩刀 而自擬之 王大驚執手曰 先生是何擧耶 寡人不敏不德 慾敗度縱敗禮
荒于酒色 自致病祟 而又信殘忍之言 幾行不忍之事矣 幸賴先生之敎 得免不仁之
科 又聞先生德修之喩 我心之釋然爽快 如盛暑之益元散 晨朝之淸心丸也 余乃改
謚曰 請王勿以余言爲髦 綽心養性 修德裕身 以待數日 則快有勿藥之效矣 王乃
下曠蕩之放 務寬厚之德 淸淨養心 靜處數日 厥疾乃瘳 余之臨歸 謝我以寶具 余
不受而歸 其後十餘年 余偶過終南山 有免營三窟而隱居者 相與對面 其面似慣依
俙矣 彼先拜伏在地曰 恩公恩公 今幸相遇也 我乃十餘年水宮幾死之物也 幸以恩
公周旋 生生還出陸 公實余再生之父母也 卽欲遍訪一拜 而餘怵未已 每是驚鷔之
夫也 未敢近於川澤之間 營窟隱身 于今十餘年也 相與喜握 留宿而還 水宮之事
此亦施於不報之意 君子樂言人之德我 而不言我之德人 凡此所爲 不必自張之
辭 而汝旣有德之故 說略擧有事於汝族者言之也

免生悲喜交集 一躍起拜曰 侍生卽終南山之十二代孫 中山之四十二代孫 月宮
之八十二代孫也 世能述以文 故略有世系 而槩知先代 實有其事 爲人所救 而實
未知尊公乃爲恩公也 今日之會 他皆爲公讓座 而我則請戴公於頭上也

黃執事進言曰 山日漸高 張宴稍緩 可定座次 而向者蟾公未來也 首座擬望者四
員 而今三員讓其座於蟾公 相議物望 四分有三 請以蟾公 特定上座 鱗次定座後
張樂行觴可也

免猿獐鹿三員 方欲應諾 未及吐音之際 狐生張目縮鼻 捲舌交牙曰 不可不可
蟾之不可於此座者三也 此會乃毛蟲之宴 蟾以無毛而主席 則是回賓作主也 其
不可一也 小固不可以敵大 而蟾以小物而居上座 則是以少凌長也 其不可二也 吾
等皆主人之請來者 而彼則不請自來 徒以口說 奄登上座 則後來者居上也 其不可
三也 彼若首座 此座可惜也

蟾四顧冷笑曰 觀其眸子 聽其言語 焉能廋哉 爾是必狐也 惡者當避 寧欲無言
而終若無 則汝徒以奸惡之心 莫知醜而不較 以爲畏我以然矣 惡習漸長 隨處縱恣
必將不得其死矣 汝今遇我 亦汝之幸也 今余所言 非爲爭座也 請以牖蒙也 汝之

第一箇所言 以毛論之 毛何太貴耶 萬物之中 惟人最貴 人果有毛乎 四海之內 龍
爲至靈 龍亦有毛乎 汝欲以毛言之 則何不推蝟而上座耶 自古神聖之君 必有異表
之拔萃也 神農氏以人身牛首 而居億兆之上 伏羲氏以蛇身人首 而處萬乘之位 苟
汝言 神農氏之在上 亦爲不可乎 且汝區別大小而爲言者 何其言之小小耶 夫以人
道言之 人之曰大曰小者 豈以形體云乎哉 均是人也 材器之大者爲大人也 材器之
小者爲小人也 魯論曰 小人者哉 非言其形體之小也 周易曰 利見大人 豈言其形
體之大乎 宋之布身長 而以其心之諂佞也 故皆稱憸小之人 齊之晏嬰身短 而以其
量之寬弘 故咸稱重大之相 淳于髡齊之辯士也 身不滿六尺矣 嘗使于楚 楚王眇
其短小 慢而待之 髡大談揚聲曰 臣之腰 雖不滿一尺 而腰下有八尺長釖 能斬無
禮王之頭 因說一場利害之由 王懼而謝過 延之上座 今我之腰 雖不滿一寸 而
腰間有萬丈青霜 能斷狡惡者之頭乎 苟主汝言 只以體大爲序 則龍王反在長鯨之
下 猰㺄反居象駝之後 中原天子 往朝于大人國乎 無論人物 齒高而年老 則膚肉
皆消 筋骨衰縮 膝反過耳 頂反在肩 則少時之壯大者 反不若小兒也 汝家亦有老
爺老祖 既衰之形體 必不若汝之壯盛也 居家序座 亦以大小而上下耶 於斯也 亦
有俄者所謂不可者乎 且汝不請自來爲嫌 亦以來之先後爲言者 亦惑之甚者也 大
丈夫處世行己之道 綽綽有裕 隨時制宜 便宜行事 見請而有不往之處 不請而有可
往之地 豈若小小輩之簞食不請而倖倖見色 盃酒以速而諾諾踽踽者哉 是以不待齊
梁之請 而鄒夫子往焉者 欲其行道 雖有陽貨之饋 而孔夫子不往者 爲其無禮也
今日之會 余適過此 雖無請狀而亦來者 一則爲主人爲親之孝道也 一則爲諸君不
常之盛會也 若主宴者汝也 賓客會者皆汝也 則雖供以五鼎 請以百乘 吾必不來也
吾之來此 實欲生光於此宴也 反以自來爲過乎 且客之見待於主人者 盖以客之賢
否也 豈以來之先後耶 昔者梁園之會 賓客滿座 長卿末至賦雪 而一座却筆 皆讓
其座 滕閣之會 文士滿堂 王勃追來作序 而閻公大驚 延爲上賓 毛遂後於十九選
而自薦至楚 一言定從 重趙於九鼎大呂 歸爲上客 苟如若言 三人後之來居上 亦
皆不可乎

狐生打尾拂耳曰 君可謂言足而飾非者也 於君三條之言 余固心雖不然 而口不
能明其不然 姑捨勿論 君既稱曰 爵齒德兼全者 其非誕妄耶 有曰 德輶如毛 比德
於毛 則有毛者宜有德 而德何關於不毛之汝乎 有曰 人以生齒爲齡 指齒爲齡 則
有牙者齒宜尊 而齒何論於無牙之汝乎 況又爵之稱名 乃人君朝廷之莫如也 豈是

異類之所稱者哉

老蟾仰天大笑曰 吾嘗知汝之狡黠也 何其迷劣之至此耶 其曰 德輶如毛者 以德
之無形無臭 輕輕如毛 而民鮮克擧之之謂也 豈若傳皮之毛乎 聖賢之德莫論 而以
我蟲類言之 經曰 龍德正中 傳曰 鳳兮鳳兮 何德之衰 龍鳳皆非毛蟲而稱德於經
傳 我之無毛而有德者 安敢曰必然也 亦安知其必不然乎 且以牙論齒 則天地之間
長生者有十 而龜鶴在其中 爾見有牙之龜乎 有牙之鶴乎 以此推之 我之無牙而享
齒者 亦何有疑耶 至於爵也 則吾今不佩符扡綬 而只以前職難明於肉眼之汝也 靑
門種瓜 孰知舊日東陵侯也 吳門市卒 誰知昔日南昌尉耶 追念往事 徒增悲愴 不
須多言也

狐生默默無言 已而更問曰 君可謂談囊也 其懸河之辯 無可抵敵也 而君旣曰
齒高心聰 昔還古之事 無不眼閱而心記云 我之先祖來歷 亦可詳言歟

老蟾撫掌笑曰 古書云 道不同 不相爲謀 又曰 毋友不如己者 又曰 從各其類
吾與爾祖 道旣不同 未嘗交矣 又非其類也 雖或躬閱其時 吾何知彼哉 吾何說彼
哉

猿生從傍勸解曰 追先之心 賢愚一體 其先事跡 彼旣願知 閱悉所知 望須勿秘

老蟾曰 不然 吾聞君子隱惡而揚善 又曰 待人之子 不言其父之過 彼先世行跡
所可道也 言之長也 言之醜也 言之辱也 苟欲阿好而藏贊 則殊非士人直之之道也
如欲直言而實陳 則亦非君子隱惡之道也 且好盡言於亂世者 甯武子所以見殺於齊
也 惟善人能受盡言 吾之未知狐生之善 能受盡言也 余寧欲口緘金而腹括弗也

狐生苟苟强笑曰 先世有善而後孫爲惡者 亡家者也 祖或不淑而孫能盖愆者 興
家者也 果若如君之言 而吾家先世 設有不善之事 吾之善能受盡言 則善可以盖愆
也 君請爲我 第盡言也

老蟾乃言曰 殷末余躬事紂 而見而知之者 乃妲己之事也 有蘇國以美女妲己 將
獻于紂 而中路有九尾老狐 戴人髑髏 拜於北斗 而化爲人 潛入妲己之寢室 旣食
妲己 幻爲其身 入于紂宮 狐媚龍絡 所言皆從 比干之剖心 朝涉之斫脛 九鄂侯之
幷脯 伯邑考之見害 罔非假妲己之所爲 而且喉作炮烙之刑 炮人肉而擲之 則夜潛
往食 百惡具備 一口難說 而時人無能知其狐者矣 姜太公漁釣至周 與文王 相遇
於渭陽之津頭 相語之時 桑陰不移 瑞雲繞座矣 有一狐來 言於太公曰 公今遇主
于巷 實是革商之初也 方今紂妃妲己 卽吾族中妖惡之尤物也 紂之虐 殷之亡 皆

由於此矣 以後戒商之日 莫知此而使新后一見 則殷鑑不遠也 其時無忘今日之言
也 言畢因忽不見 文王大異之曰 此狐中之賢令也 因名其津曰令狐津 其後武王十
三年 太公揚鷹伐紂 先獲妲己 眞是天下絶色也 初不忍加誅 將欲俘而歸之 回思
令狐之言 遂蒙面斬之 果九尾狐也 其魂結爲妖 而當其周德之盛時 妖敢不顯崇矣
至春秋之時 托物成形 幻爲美人 隱於曹衛間五鹿山中矣 晉狐偃之三從弟狐贏者
本是酒色之徒也 嘗被酒 暮過五鹿山下 爲美人所媚 樂而忘返者一歲 喪其眞氣
幾乎客斃矣 狐偃使人徧訪 幸救率來 而美人則生下三子 此皆妖惡之種也 其類從
此蕃盛 其後有莫赤匪狐之譏 而衛以之亡 又有雄狐綏綏之醜 而齊以之亡 孟嘗君
時 有白喪之奸 而離間齊秦之好 秦之末 有叢祠之妖 而假鳴陳涉之王 漢之末 又
從曹孟德司馬仲達 而欺孤見寡婦 媚取天下 俱是妖媚之行 未有令樂之譽 必也狐
贏 假妲己之遺種 惟趙簡子時曰 有千羊之皮 不如一狐之腋 此則意者 令狐津之
後也 然則汝之族有二派 汝之世系 貫於何處耶

狐生應口輒對曰 我則渭津也

猿生笑曰 果然則君果好來歷也 今以蟾公之恩 子能詳知先蹟 兼又發明於滿坐
之中 豈非恩遇耶 無辭讓座也

狐生悖然曰 吾之先蹟 不待彼言而吾所習知也 彼以耳所聞目所見者 從實說來
而已也 何恩之云乎哉 當初擬於首座者四員 而三旣自退 與彼抗敵者 惟我獨存
此日此座 非魏成則翟璜也 吾寧碎首而死 何可累然而屈首乎 且使周家八百年享
國之功 吾祖實有之 而我以乃祖之孫 何忍讓頭於事紂事秦者乎

方如是詰難之際 有一鵲往來于林木上 而叫叫噪噪曰 今日之事艱艱也 艱艱之
事出矣 艱艱又艱艱 艱艱事何也 大蟒自來林藪纏出矣

又語急聲促 不辨高低曰 自林纏出 纏纏出 纏纏出來矣

衆皆驚起視之 大蟒身丈五六十尺 頭如玉石缸 目光如炬 張口吐舌 雙舌如戟
黑質白章 體色淋漓 從林澤間 隱隱出來 腥風颼颼 獰氣凛凛 望見禽獸之雜聚 頭
有獲吞之意 蜿蜿蜒蜒 逶迤來 其悖毒之容 獰頑之狀 可驚可愕 無敢誰何 衆皆驚
怖 方欲竄散之際 老蟾大膽一躍曰 諸君勿驚勿怖也 我有處置之道也

因挺身超躍 直欲抵敵 猿生挽止曰 小固不可以敵大 弱固不可以敵強 何可以一
點孤肉 輕投餓虎之口乎 死在頃刻 死亦無聊 易爲人治疾之酒 豈不可憐哉 若
遇難敵之敵 則檀公三十六計 走爲上策 姑避銳鋒 徐徐圖之可也 尊公老矣 喘難

疾走 吾當背負之

老蟾曰 勿憂勿憂也

更踴一躍 直抵大蟒之前 大蟒見蟾之當前 大張其口 擧首向來 幾乎相及之時 老蟾開口作聲 恍如晨門擊柝之聲 而一丈靑霞自口出去 直射大蟒之喉門 大蟒驚縮之狀 頗若砲丸毒箭之中其舌 銳槍猛戟之貫其喉 回身便走 未及七八步 搖頭叩地 揮尾打木 徧體如寒戰之樣 而遂斃於前 衆皆愕然 的知大蟒之已斃 而視其凶頑之狀 猶不敢近前矣

老蟾仰笑 衆皆拜賀曰 矍鑠哉是翁也 益壯哉此翁也 尊公之初筵酬酢 雖聞曩時之事 而目前所見 意謂廉將軍老之矣 今見大敵勇戰 未一合 除殘去暴於斯須之間 戰擒蚩尤之勇 董役萬里長城之風 尙今不老也

因問曰 自古百勝之將 莫不以兵器 故養由基之象牙箭 楚伯王之火尖槍 關雲長之靑龍刀 趙子龍之靑杠劍 呂布之方天戟 張飛之丈八槍 此皆人得其物 物遇其主 以爲用籍 所向無敵矣 見今彼來之大蟒 乃凶獰莫對之强敵也 雖有漢高祖澤畔之劍 猝難一擧中斷 而今尊公不費一鏃 不血寸刀 殪此凶敵於頃刻轉移之間 是何道也術也

老蟾笑曰 夫撫劍揮槍 與敵而力敵者 乃匹夫之勇也 我則不然 能抱水雷經綸之大 亦通風雲造化之妙 胸藏萬甲 腹森武庫 故常時身不領尺寸之鐵 而猝然臨亂自有方略也 何必帶劍弓於太平時 怪其瞻視 煩其佩飾乎

僉賀而又問曰 雖對某敵 必以此術矣

蟾公笑曰 奚特如蜘蛛之徒知施網 蜂蠆之推有毒尾 而偏見偏技也哉 臨時制變 或吐火而燃燒敵寨焉 或作霧而眩惑敵壘焉 或呼風而掃陣 或喚雨而拚軍 寡可敵衆 弱能勝强 至若吐霧殪敵之術 乃敵之一也 何論於大敵之智勝乎

狐生眕視老蟾之體小 侮慢自大 語屈而心不屈 語多悖傷 期於力鬪而爭座矣 及見大蟒之卽斃 自顧所措 魂魄飛越 惶惶急急 罔知所措 顧謂黃生曰 俄者吾與蟾公酬酢之言 君必詳聞 倘無失言觸犯耶

黃執事曰 吾定座之時 君稱不可者三也

狐生曰 誤聽也 吾稱曰 可者三也

黃生又曰 君末來至 有碎頭之說也

狐生曰 君又誤聽也 吾欲稽首也

黃執事曰 旣往何論 雖有眞命剙業之主 名位未定之前 草野群雄 莫不猗角而後
臣之 此理勢之自然也 君輩與蟾 初筵爭座 亦猶是也 蟾公豈嫌其爭座乎 君尙復
欲爭之耶 可爭則爭之 不然則急定首座可也

狐生曰 君尙復言爭座之說於尊前者 欲我立死耶 蟾尊公之推以爲首 更無歧議
而其座不可與吾輩平地連座 特設一榻 高出別級可也

因自抱石 董役築壇 其高五層 設級具禮 肆筵設席 乃左扶右擁 前導後從 推而
尊號曰蟾老長 座定於上 上座五層之上 蟾頭乃與鹿角齊焉 狐生最近於前 除辟左
右 以佞容色諂 趦走蹌蹌 不敢仰視

蟾老長笑曰 狐生前何居而後何慕

狐生搖尾乞憐 稽首稱謝曰 侍生生長窮峽 無所閱觀 次驕縱自恣 俄者尊前 語
或肆濫 而旣聞明教 乃知所畏 得遇尊公 實爲萬幸矣 自今以後 改過自新 則莫非
尊賜

於是 以蟾老長所坐層壇 爲當中主座 其餘分設兩座 東座以鹿爲首 其次猿生免
生狐生貉生之類 于于末貙鼠之群也 西座以鶴爲首 其次鴻鵠鳧鳩之類 至于末鷦
鷯之屬焉

蟾老長曰 孝者百行之源也 慈烏反哺之孝 宜可尊尙也 鵲有報難之功 亦可襃揚
特設別座而待之

黃執事曰 非但此也 銀河作橋 偏有效勞 當以別論

乃特定烏鵲之座 其餘昆蟲微物 則又設下座 類類成座 是日景光 繞山爲屛 九
疊丹靑 鬱鬱斑斑 擁雲成帳 十里瑞色 靄靄雰雰 緜緜草筵 上下相連 童童樹盖
東西無邊 左右座次 旣畢 方欲行觴之際 有水獺一首 自外徐步 入揖於座中曰 我
乃江村漁夫也 周覽山川 偶然到此 乃値盛會 亦可參賞否

黃執事出班答禮曰 君居何處 年齒幾許 此日此座 以齒爲序也 如欲參座 則實
告其年

水獺抵掌答曰 我本寓居于渭水陽廣張村 與太公而爲隣 以江湖而爲樂 逮文王
之卜獵 載尙父而俱歸 山雲深鎖 渭月空藏 旣江山之無主 亦此身之無聊 今莫足
與爲友 獨遊賞乎山水 見於山而崑崙 見於水而黃河 五湖水浮出舟 范相國之明哲
滄海上遲去帆 張舍人之色擧 洞庭湖明月下 瀟湘江細雨中 一葉孤舟行裝 一竿釣
絲生涯 東海之魯連月 桐江之子陵風 氣味焉相似矣 意趣則相合也 苔階上得魚歸

柳橋過換酒來 取適而不取魚 得歡而當作樂 三公不換 此生如此 生世已久 年數還忘 定處本無 居住莫問

黃執事拍掌笑曰 君之賓筵初人事 學於何師 得於何處 其語態調法 若出於宇宙靈山之體 如此之會 不可無如此之客 退待散班 以俟作樂時 招用也

水獺笑曰 我昔時高士 今時世閒翁 雨後清江上 問白鷗而歸來 餘興未盡 賓之初筵酬酢間 行蹟寶陳 言語自然浩蕩者 出於淸爽之氣 謂之風流豪士則可也 反以俳優育之耶 瞻上視下 左顧右盻 無踰於老身者 量年度德 速定吾座也

黃執事笑曰 君欲得參於座次 則往坐于貂生之足下 貂足裘水皮縛 極上品具格也

一座大笑曰 黃生可謂百執事之可勘也

水獺曰 馬毛中巢 黃毛亦心 造筆之上格也 苟如汝言 汝當坐於馬腹中耶

一座亦大笑焉 蟾老長曰 言皆戲之耳 彼獺也爲淵驅魚 雖比於桀紂之驅民 而彼有祭魚 報本之誠 其亦可尙也 與西別座烏生 對爲東別座也

於是 東座西座別座下座 正齊各定後 使香麝十餘輩 洗爵行觴 菊花酒荷花酒盛土坏而洋洋 杜鵑酒竹葉酒 盈匏樽而瀜瀜 紫霞酒白露酒 先盃而相屬 松皮餠蔬葉餠 竝登盤而其進 花籌交錯 肴肴雜陳

主獐出立於座中曰 主家素乏 若干酒盃粒羞 今雖竭力僅具 而至於旨膏之物 生肉未借於虎 自肹亦難自割 全無膳炙之備 而只存素物 實爲可慚也

蟾老長曰 我忽忘之 俄者所斃大蟒之肉 甚爲旨美 請因而道舊也 明太祖潛龍之時 已有九五飛龍在天之意 而宰相未得其人矣 偶逢劉基於草野之中 與語大悅曰 此誠塵埃宰相也 然子有平時宰相之相 而至於開國之相 氣血充盈 氣像凜俊然後乃可也 能食百頭全牛 則足可爲刱業相之氣像也 劉基謝曰 百牛莫論 一犢猶乏耳一日 家近之大麓深藪 爲延火所燒 而基偶過其處 有薰美之臭 因風吹來 溯嗅其臭 轉步漸至 有一大蟒如彼者 爲火所燒 濃熟仆前 皮綻肉露 色如豆脯樣 暗動脾胃 乃以杖開黑皮 手取白肉 試嘗一片 其甘香之味 快爽喉吻 因捲袖而坐 飽喫充量 緩步乍歸 食下之後 又往食之 此時乃早春之候 而時猶寒凉 如是往食者 殆四五日 食幾頗盡矣 其後旬餘日 往見太祖 則太祖一見 驚喜握手 喜賀曰 君從何處得千牛而食之耶 血色體容 有食千牛之氣像也 基以實告 太祖曰 余不圖此物之爲人補氣 乃至於斯矣 推此觀之 彼物之肉 豈非珍味耶 難得之物 今幸得之 乃主

翁孝感所致也

卽使山猪 剝皮去骨 割截塊肉 積置於溪邊盤石之上 肉色如雪 多如數牛之肉焉 乃膾之炮之 腤之炙之 物其旨矣 佳肴備矣 洗盞更酌 歷過數巡 四座上下 醉飽酒肉 仍張大樂 風松爲琴 霜桐爲瑟 層巖上飛來瀑 撞撞然鍾磬之響 蒼林中激去水 洋洋如絲竹之聲 鐵竹花杜蜂花 列百隊之紅粧 丁香樹丹桂樹 飄十雙之香袖 四座興甘 各奏其能 花房千間 白粉蝶舞 弄磬香之乍風 柳幕十里 金衣鶯歌 咏太平之炯月 翩鶴飛鷺 完是霓裳羽衣之舞法 布穀脫袴 正得玉樹後庭之歌曲

猿生出班笑曰 今日風流 皆出於西座 而吾輩東座 無以爲樂也

乃使免生持一握五丈木 堅立於地 猿生劃然長嘯 飄然一翻 輕輕飛身 一睫之間 已登於五丈之木 着立後趾於長木之頭 張前股而起舞 以自口打令曰 鳳趾鳳趾 鳳趾鳳趾 舞之旣畢 更爲翻身於木末之上 輕輕飄飄 悠然下來 滿座驚動焉 又立數丈木於兩座之間 而免生輕身飛出 三四番倒翻於平地之上 而因以輕輕退翻 飛越于立木之端 此則所謂丈踰戲也 一座亦讚其捷利也

蟾老長瞥看甚樂曰 今日之會 羽族不參者 惟鷲鳶鷹鵰也 毛屬之未來者 惟虎豹豺狼也 鷙鳥之不群 自前世而固然 惡獸之無隊 只今視而知之也

言之未了 有一黃質斑文之獸 展尾縮鼻 張口交牙 鬚皆倒立 風生身邊 火生目眦 一躍而入 咆喝一聲 瞋目大叱曰 我是金溪洞虎將軍也 況乃山君也 汝輩不有稟命 乃敢擅自聚會 若是縱恣乎

中座以下 皆失色驚懼 盡欲竄散之際 猿生出班抵掌曰 虎之族 固非一種 四趾曰天虎 五趾曰人虎也 有大虎焉 有豹虎焉 君果虎之子耶 豹之孫耶 借父易祖 世所賤鄙也 爾之虎豹之子孫 則戶籍號牌 斯速出來 相考施行可也 且爾之模樣 較之虎則彷彿 若人之外婦奸得之子 而擧目而目無光 瞋目而目無威 觀其眸子 狸焉瘦哉 爾之也 請一笑而露其本色也

狸生乃笑曰 子何無隱惡之喜 而有發奸之甚耶 我實狸則狸也 然我百技具備 少不讓於眞虎之後也 爾敢戲慢耶 吾當與爾 比較百技 雖一技落於汝 則吾當納拜而兄事之

猿生曰 汝之兄事 吾何爲榮哉 俄稱虎子 旣慣借父 亦以我父事之也

狸笑曰 父事兄事 何可預定 第較技能 觀其勝負 當兄兄弟弟父父子子也 汝其自擇 汝之所長技而較之也

猿生曰 君其從長爲之

狸生曰 吾之百技中 所短者升木也 以余所短 較汝所長 猶可必勝也 瞻彼岸上
大樹 高可五十丈 吾一躍可登 君亦能之乎

猿生搖頭曰 未能未能 詩曰 敎猱升木 未能 故敎之也 學而或升 易爲跌墜也

狸笑曰 未升而先畏墜 可知不慣也 雖登萬丈 自墜者不勝也 汝爲吾子 斷可必
也

因踴身一躍 抱樹而上 趾端有作作之聲 上坐上枝頭枝節之間 而抱枝俯視曰 爾
速速上來 吾當敎爾升木也

言猶末了 猿生一嘯翻身 兩腋有風鳴之聲 而瞻之在地 忽焉在樹 已立於狸坐枝
數丈之上 俯視謔浪曰 爾之枝能 惟止於介坐枝節之間耶 學於我而更上一層 苟汝
未能 則吾當溲溺也

因舉脚而放溺 溺如飛來之瀑 直落於狸頭 狸不敢仰視 閉眼振耳 鼻懸團露 口
噴落霞曰 吾之頭 智伯之頭耶 吾之身 范雎之身耶 吾着漢儒之冠耶 吾坐李逵之
裩耶 是何罰徵耶 當初定賭之時 寧有如此之說耶 早知如此 豈不着笠而來也

一座仰笑 猿生更爲飛身 移坐于狸坐之下而仰笑曰 吾在爾下 爾亦溺我耶

因把其枝 一搖再搖 至于四五 其樹東偃西臥 根柢亦動 狸懼其墜 堅着前爪 脫
垂後體 逐樹遷搖者 猶若懸狗之狀 而精神眩迷 失手落空 回回下來之際 猿生一
翻飛身 緣木下來 及彼之未落地 而執其兩耳 輕輕投地 眩倒移時 收神起坐 猿生
丈笑搖頂曰 汝以一丈雞塒之上 乘夜升降之技 可敵我萬壽山被雲往來之能乎 然
而非余扶救 汝幾折項而死矣 汝旣不勝 俄者所賭 何以施行耶

狸生定神叩頭答曰 一從兄長之處分 兄曰子云 則我爲子之子也 兄曰孫云 則我
爲兄之孫也 殺我者兄也 活我者兄也 稱子稱孫 兄自任爲之

免生笑曰 爲子爲孫 而尙爲稱兄乎 俄爲虎子虎孫 而今爲猿子猿孫 爾父爾祖
何其多耶 可謂三千六父之子也 緣木而上 乘空而下 虎將軍之神勇乎 虎山君之技
能乎 平生幸學良技異能 而今日幸得明祖賢父 竊爲君可賀者也

狸生低頭無言 但稱曰 死死矣

猿生更爲挽臂曰 俄者子云 短於升木 棄其所長 取其所短 故有此一敗 倘有所
長 則更較一能乎

狸生搖頭曰 升木實余所長 而猶有此敗 其他何論 今後始知翼上之有羽也

蟾老長曰 招彼近前也

猿生提其耳 挈致于層楊之前 蟾老長厲聲曰 近來紀綱紊亂 名分倒錯 賤盜貴名 下竊上號 傷風敗俗者 良以此也 汝何非虎而稱虎 橫侵於宴會耶 語其賤行 則借父而易祖也 論其罪狀 則假御使之出道也 取當嚴處重繩 而宴喜之日 不可重辟 其令罰飲一觥也

香麕應命 滿酌將進之際 狐生從傍進言曰 彼之不義所行 非徒今番也 若於無虎之洞中 則每自作虎 罪不可罰飲而止也

狸生振頭回顧曰 座中諸員 雖各名罪余 座次答余 余無可辭 爾狐之罪 浮於我者遠矣 爾嘗媚諂於虎 飾辭自誇曰 吾之威風 能使百獸畏懼者 無異於公 公試從我窺覘也 虎信其言 後隨追行 百獸之逢着者 見其虎在狐後 輒皆避匿 虎乃信之 由是 乃爲虎之所重 而因作虎前之倀 虎所不知必也 發蹤指示 虎所獵得 必須分食 如論爾我罪之輕重 我則乘時於無虎之時 而幸得弱者 則能自尊大 如逢剛敵 則因以自屈 必若今日 我則譬如南粤王尉佗 稱王於七郡無主之地 而一見漢使 奉詔歸順 是誠無罪也 爾則上欺虎君 下欺百獸 助虎爲惡 而剝下利己 譬如曹孟德 挾天子令諸侯 媚取天下 此四海之奸賊也 萬古之罪人也 諸公若論彼我之罪 請度尉佗孟德之所爲焉 厥罪輕重何如耶 狐生纔與蟾 有爭座語乏之事 而雖强參座 內實不安矣 適乘責我時 竊欲搆忝我罪 迎合蟾意而自媚矣 反遭我之論迫 莫諒蟾老長之處決 搖尾惶惶 無言察色而已

蟾老長曰 狐生之罪 欺上欺下 厥目二也 狸生之罪 欺下而已 則厥目一也 有其一罪而責其二罪者 非近於五十步之笑百步也 宴喜之日 宜用廣蕩之典 輕重莫論 其各罰飲一觥也

狐生拜謝合掌 徒稱感德 受飲一觥 狸生則供手呼怨曰 罪半罰均 豈無怨乎

蟾老長曰 不然 彼罪雖二 而乃旣往之追想也 爾罪雖一 而乃目前之顯發也 苟欲明正 則彼當詳查而定罪 爾則卽刻照然 於此於彼 俱是寬典 焉敢多言

狸生乃謝受一觥 一座皆笑矣 於是 黃執事董率諸麕 序酌數巡 繼進珍羞 噫禽獸之當食必爭 乃其本性 而此日之會 坐次端肅 紀綱整齊 受其飲食 未有爭奪 而惟口啖餌喰喰之聲 山鳴谷應也

蟾老長顧左右曰 日猶未暮 更做雜戲 以慰主人 以終餘樂如何

黃執事進前曰 戲遊非樂也 而蟾尊公之今日得侍 乃千萬之一幸也 古今歷代 躬

所閱 而目所見之事 歷說一場 以牖群蒙 則其爽心快耳 奚特一部之皷吹哉

　僉曰 請尊公勿慳惠意 願安承敎

　蟾老長乃解頤曰 吾目所閱實之事 口可盡言 則頗若誕妄無實 故吾未嘗對人說
話矣 今諸君不以我爲老耄 旣欲信而甘聽 余何含嚜自外乎 予今以萬古往事 作一
篇之歌詞 欲爲諸君一唱 聽此一関 可說萬古之事也

　因執木擊石 淸雅唱出 其歌曰

東西座 諸君들은 이 歌詞를 들어보소.

木德元年 驚蟄日에 이내 一身 化生하니

萬古歷代 旣往事는 耳聞目見 잘 안다네.

天地人 三皇氏는 無爲而化 無事하고

構木爲巢 食木實은 有巢氏의 功德이요

鑽樹生火 敎火食은 燧人氏의 功德이라.

伏羲氏 降生하사 人文이 肇判하니

八卦文名 始作이요 六禮嫁娶 初制로다.

共工氏 觸柱하니 女媧氏 補天이라.

十五世 風姓後에 神農氏 主極하사

天下大本 敎畊이요 人間廣濟 醫藥이다.

北斗樞星 大電光의 軒轅黃帝 誕生하사

以表貴賤 文章이요 以濟不通 舟車로다.

世道가 稍降하니 始用干戈 不得已라.

涿鹿戰에 平亂하고 阪泉野에 叛業하니

文章도 壯하거니와 神武가 兼全하다.

以雲紀官이 朝廷에 聖代賢臣 뉘시던고.

羊弩風沙 協夢하여 力牧風后 將相이요

曆書 지은 容成이며 筭數지은 隷首로다.

金天高陽 지내가서 亨午日瑞 當하시니

欽明文思 陶唐氏요 濬哲文明 有虞氏라.

康衢謠 擊壤歌와 南風詩 慶雲歌로

老少上下 爲樂하니 都兪吁咈 至治로다.

明良이 際遇하니 於斯爲盛 人材로다.

百揆四岳 稱職하고 八元八凱 擧用하니

皐陶稷契 協輔하고 伯益夔龍 贊襄이다.

三盃酒 揖遜하여 夏后氏 傳傳하시니

地平天成 功德이요 東漸西被 聲敎로다.

어린아들 能□하여 甘誓一篇 家法이라.

天命玄鳥 生商하니 湯降하기 不遲로다.

一征自葛 비롯하니 大旱雲霓 기다린다.

伐虐以寬 革命하여 水火中에 救民하다.

六七賢辛 繼作하사 殷道復興 幾時인고.

其間必有 命世者라 商朝賢臣 세어 보니

降于卿士 伊尹이요 賚予良弼 傳說이라.

仲虺之誥 剏業後에 伊陟臣扈 格天이라.

微子微仲 比干이라. 箕子喬臺 皆賢하되

殷末에 降生하니 품은 經綸 無用處라.

后稷之孫 太王이라. 剪商基業 비롯하와

不顯哉라 文王謨은 待他黃果 自落이라.

武王登極 十三年에 孟津에서 誓師하니

人百諸侯 不期會요 三千臣僚 同心이라.

甲子朝 洗兵雨의 永淸四海 하겨구나.

蒼籙이 昌旺하니 禮樂文物 大備로다.

王國克生 濟濟多士 維周楨幹 몇 분인고.

太公望 散宜生은 佐命功臣 元勳이요

周公 某 召公 奭과 太顚宏夭 南宮括은

不顯亦世 輔翼하니 成康安寧 繼承이다.

周宣王 中興할새 輔弼良臣 더욱 많다.

尹吉甫 仲山甫와 方叔召虎 南仲이라.

內外가 輔政하니 文武遺業 恢復이라.

王風이 凌夷하여 七國風雨 撓亂할새

二百餘年 素王位로 孔子聖人 나옵시니

倫紀綱常 大明하고 亂臣賊子 懲創이라.

顔曾思孟 道通이요 冉閔遊夏 □藝로라.

皇天이 醉鴨하사 狂秦山河 잠깐 지나

六籍詩書 무슨 죄며 萬里長城 積怨이라.

鴻池君 遺壁後에 沛澤龍得雲하니

八年風塵 잠깐 지내 南宮宴의 술을 두고

徹侯諸將 다 모여서 山河帶礪 盟誓하니

人中三傑 能用이요 十八元功 次第로다.

馬上으로 얻었으나 文治로 守成하니

叔孫通의 禮樂이요 陸大夫의 新語로다.

剏業規模 宏大하여 傳子傳孫 하시니

文景基業 豊富하고 武召勳業 降盛하다.

挾書禁律 除한 後에 文萃人材 術術하여

賈長沙의 治安策과 董仲舒의 天人策과

太史公의 文章이며 馬長卿의 詞賦로다.

그나마 儒賢들은 儒林傳에 나들더니

文武를 幷用하니 將師勳臣 또 몇인고.

眞將軍 周亞夫와 飛將軍 李陵과

衛靑과 霍去病은 當世勳功 第一이라.

漢宣帝 登極後에 股肱功臣 생각하여

猇獚閣에 圖畵하니 博陸候가 爲首로다.

白水眞人 中興하여 洛陽東都 建國하고

二十八宿 雲臺畵에 伏策鄧禹 으뜸이라.

明帝 때 辟雍學은 億萬人이 觀仰하다.

佛法이 始入하니 中原貽弊 自此로다.

奸雄이 僭窃할새 昭烈皇帝 開國하니

孔明士元 龍鳳이요 關羽張飛 熊虎로다.

曹操와 仲達事는 忿痛하여 論之 마나

晉나라 平吳功은 王濬杜預 方略이요

南渡一馬 化爲龍은 王謝諸賢 經綸이라.

擊楫誓運 駑勞는 有志之士 或 있으니

淸談만 崇尙하니 遠慮는 專無로다.

天生人才 不乏하니 이때 文章 뉘시던고.

王右軍의 筆陣圖며 陶淵明의 歸來辭라.

六朝風雨 이내 가니 朝暮醯鷄 議論 없다.

太祖太宗 經營하여 大唐天子 立國하니

短處를 莫論하고 所長만 評論하사

武功으로 創業하여 文□으로 守成하니

蔚遲李靖 勳臣이요 魏徵玄齡 良臣이라.

七德歌 九功舞로 偃武修文 하옵시니

風化가 大行하여 文物이 菀盛이라.

文起八代 韓昌黎며 詩稱四傑 王楊筆과

詩聖人 詩中仙은 草堂靑蓮 擅名하고

昭容題品 宋之問과 老嫗解詩 白居易라.

九天銀河 杜牧之며 萬里風帆 王麻誥라.

陳子昻 蘇元明과 孟浩然 柳子厚라

李邕張籍 元結等이 國家盛時 善鳴하니

文士도 많거니와 명필로 꼽아 보니

心正筆正 柳公權과 草書第一 張旭이라.

文士名筆 많건만은 車載斗量 難數로다.

一治一亂 循環하여 五季日月 얼른 지나

夾馬營 赤光裡에 眞天子 나옵시니

陳橋黃袍 御極하니 天下太平 自此로다.

曹彬趙普 佐命하여 南唐西漢 統一後에

五星文彩 聚奎하니 人材菀盛 가장이라.

光風霽月 周濂溪요 空中樓閣 邵堯夫라

河南程氏 兩夫子와 橫渠先生 張氏로다.

聖人 나신 庚戌歲에 晦菴先生 또 나시니
綱目春秋 繼往이요 經傳註解 開來로다.
其他 群賢 輩出하니 千載以來 처음이라.
儒賢도 많거니와 文士를 議論하니
嵋山草木 많은 후에 三蘇文章 大方家라.
黃山谷에 夫婦까지 錦上添花 成章이라
不試知制 陳堯佐와 資治通鑑 司馬氏라
千升筆力 歐陽公과 八世儒家 陸放翁과
秦少游 王珪輩를 다 어찌 記錄하랴.
名臣으로 論之라도 張濟賢 呂蒙王과
李文正 王文正과 推車子 韓范富라
將帥에 岳武穆과 宰相에 文天祥은
恢復經綸 나건만은 奸賊秦檜 沮遏하나
無可奈何 天運이라 鐵木山川 되었구나.
大明日月 잠깐 지나 大淸乾坤 또 되었네.
이내 마음 慷慨하여 山川求景 하려고
云云亭亭 올라가니 軒轅黃帝 封禪處라.
虞帝巡狩 五岳이며 夏后瀿源 九州 돌아
箕山潁水 돌아보니 許由巢父 舊地로다.
殷宅土景 河山과 周基業 岐山下에
歷覽하여 돌아오니 感古之懷 더욱 있다.
首陽山 올라가니 採薇曲이 隱隱하다.
東泰山 孔登處에 汶陽洙泗 遺風이라.
蜀中山水 險峻地는 五丁壯士 通道로다.
霍去病의 斥吳功은 祈連山이 尙存이
東園公에 商山이며 陳處士에 葬山이라.
洞庭君山 岳陽樓에 古人詩板 달려 있고
鶴樓鳳臺 높은 곳에 先儒遺迹 더욱 많다.
中原山川 다 바라보니 陸沈神州 此何事오.

江山은 依舊한대 世道가 太變하여

先王舊迹 可惜이요 先賢遺居 可痛이라.

간데마다 腥穢中에 我安適歸 托身할꼬.

蹈東海 魯連志로 海東朝鮮 돌아보니

扶桑瑞日 鮮明하고 仙桃春風 皥熙한대

智異金剛 妙香山은 腥塵外에 높아 있고

漢水臨津 浿江水는 聖化中에 맑아 있네.

檀君古迹 猶存이요 箕子遺風 宛在로다.

衣冠之物 大明制요 禮風義俗 小中華라.

漢陽城에 立國하사 聖子神孫 傳하시니

代代로 成康이요 世世로 文景이라.

堯舜古典 스승 삼고 文武方策 政事로다.

東魯制로 洋宮지어 五百年을 培養하니

程朱道學 術術하고 班馬文章 濟濟로다.

朝廷取士 公道하여 野無遺賢 擧用하니

耳目喉舌 內職이요 股肱瓜牙 外任이라.

文化로 爲主하고 武備를 崇尙하니

方叔召虎 將臣이요 廉頗李牧 閫帥로다.

規模가 宏大하여 基業이 長遠하다.

草木까지 化被하여 山川에도 精彩로다.

鳥獸魚鼈 咸若하니 우리 수도 편안하다.

此世上 此江山에 濁穢中 淸潔處라.

不如專意 東方일세 化中物이 되었도다.

遊於斯 歌於斯하니 樂莫樂於此土로다.

考槃在澗 卜居하여 永矢不過 하그미라.

歌畢 左右聽之 一時拜謝曰 幸爾今日 得侍尊公 得聞貴音 其悅耳爽心 不啻爲
片時之歌樂也 歷知往事 何畢讀全部史記乎 受賜多矣 感謝無地 而今乃聞歌 則
始覺尊公東遷果在崇禎之後也

蟾老長嘆曰 中州陸沈 惟兹海東守禮義 捨此安適 故予東出托身 而雖我族流子

離 近彼之邊地 亦不令奠居也

黃執事問曰 世人皆云 欲知古往事讀史記 史記乃史官之追記也 人壽幾何 而往事旣非耳目所逮 則億料記註者 曷若尊公之親自聞見 親爲歌詞耶

蟾老長曰 不然 虞有虞史 夏有夏史 商周各有史臣 而皆躬閱當世 輒記竹帛 藏傳金櫃 事與文合 眞實無訛矣 秦火之後 史多闕文 漢太史卽司馬遷也 職當溯接史統 而方欲作史 無文獻之足徵 周覽天下名山大川 而余其時退在草野矣 太史往往遇余 稱余以長老 故自黃帝堯舜之時 備傳目見之事矣 太史之作史 始於黃帝而歷敍者 良以此也

黃執事又言曰 敢問尊公 臂脚之變 由於弓馬 形體之變 由於築城 兩眼之赤 由於仙酒者 旣得聞命矣 亦瘡之徧身 何以有疾耶

蟾老長笑曰 此則自取自愧也 余嘗好酒色矣 在蟾耳刺史時 蘇州抗州卽其屬邑也 蘇州之桂蟾 抗州之雲蟾 當世名妓而絶色也 余行縣之日 見容色 招而近之矣 雲蟾素有斯疾 傳染及余 遂爲本病 百藥無效 終身不瘳 誰怨孰尤

如是穩敍之際 東邊末座 風坌乍起 有織織嚼嚼鬪鬨之聲 黃執事入告曰 地鼠倉鼠鼺鼠輩三局 排判一場大戰 此誠宴會之殺風景 而以執事之力 不能禁止

蟾老長召五百曰 盡取鼠輩而來

左右應聲 挐致壇下 蟾老長發問曰 相鼠有體有皮 可以無禮無儀耶 會他爲親之晬宴 反致相鬪殺風 所爲何則 所爭何事耶

地鼠先爲伏直納供曰 矣身家有一子 年幾長成 方事求婚之際 側聞倉鼠有伋笄 故强要鼺鼠通媒 則鼺鼠回報曰 雖不快諾 厚幣則事可成云 故生銀二片 黃金二片 齎幣送之矣 以爲物少退送 而反爲惡談云 故心乎不快矣 今適相遇 語及前議 則彼輕發怒 擧手批頰 說往說來 以打報打 自致起鬧矣

倉鼠稽首納供曰 矣身果有一女矣 前月中 鼺鼠來 通地鼠之婚議 故答以體樣之非類 處地之不同 牢斥以送矣 後數日 鼺鼠又來爲言 婚幣來矣 而物其多云 故責以非禮 卽爲退送矣 至於物少退婚之說 尤爲誕妄也 初已斥婚 幣物豈論 幣不開封 多寡焉論乎 退幣之後 今始相遇 猝然侵語日 所議婚事 欲罷不能 吾之子已與君之女 有私於幸間 寧使定贖 不可嫁他云 果如渠言 實有幸間之事 則今日納供 彼必憑籍歸重之語 而有靦面目 不敢以是爲供 只以前議爲言 對訟而不敢言之說 敢向當者說出 故性憤所在 忍之不得 拳撞其口 則曲者不屈 直者奚遜 所以到

此紛撓也

鼺鼠合掌納供曰 矣身素與地鼠爲隣 亦與倉鼠相親矣 地鼠懇請通媒 故矣身心
亦知其非類非配也 而更思則彼此模樣雖不同 而同是鼠也 門閥焉相敵矣 一多積
穀 一多稱室 家勢亦相似矣 驪風牝馬 而生快走之驪 蛇交長魚 而生有文之魚 物
理有據 彼與此間 第欲觀生雛之如何 爲往言及 則倉鼠牢却 故歸報厥由矣 後數
日 地鼠更請曰 今世之俗 無論上下 婚姻之際 莫不論財 況倉鼠貪者 見我金銀
必也回心 復往納弊云 故持弊試往 又被叱却 歸還其物矣 今日之會 以地鼠之愚
忒 倉鼠之輕妄 雙掌同鳴 至於鬪鬨之地 而矣身居間欲解 近墨染黑 至三局之鬪
也

蟾老長一聽三供 顧謂左右曰 詩云 誰謂鼠無牙 何以穿我墉 誰謂汝無家 何以
速我訟 此則當時强暴者之所言也 卽今地鼠之所爲也 其下文曰 雖速我訟 亦不汝
從 此則當時守貞者之所言也 今倉鼠宜如是 而輕撞彼口 以致興戎 鼺鼠則欲爲媒
婚 而反媒鬪 欲他嫁女 而反嫁禍 雖有輕重 三皆有罪 我若執法之官 宜乎量罪徵
勵 而我非法官也 此是宴席 飮罰之外 無他更施之典 而旣有狸生之前例 以酒
之淸濁 區別罪之淺深 各罰一觴 而地鼠則以玄酒 鼺鼠則以濁酒 倉鼠則以淸酒
然後俄所詰難之事 更勿出口 以好顔淸談 以終此宴也

三者各飮玄濁淸 拜謝而退矣 地鼠口到靜處 更要靑蛙 授以黃金四片生銀三片
曰 切近於蟾公者 子莫如也 此一片之金 雖略少以爲子勞之資 六片則子爲紹介
獻于層榻之上 使之翻訟 得成倉鼠之婚 則追後酬恩 奚止於此乎 當含珠而更報也

靑蛙曰 蟾公淸介長者 難以私干也

地鼠曰 俚語云 有錢使鬼神 又曰 公私隨處可通門 蟾公本非石肝鐵腸 又非魯
連楊震也 以若金銀 豈無轉意之道乎 方今之時 雖食祿治人之官 訟理聽決 多從
行賂 況我蟲類乎 第往言及也

靑蛙甘於一片之金 持其六片金銀 暗從榻後 獻而陳辭 則蟾老長默笑曰 置彼而
去也

地鼠聞受置之語 獨喜自負 心謂如意 方欲更訟之際 蟾老長聳坐榻上 以彼金銀
出置于此 而顧謂左右曰 諸君知寶乎

衆視金銀 意謂因此發問 僉曰 金銀最寶也

曰 諸君徒知其一 應未知其二也 金銀之爲物也 其在玩好佩飾之用實則寶也 而

此是輕而實者也 或暮夜袖與 而爲無據之貨 或勢塗苞行 而爲不義之賂 則其爲惡
毒 無異鴆酒漏脯 飲之啖之必死也 請爲諸君言之 聖人非不知善於聽訟 不如無訟
惟天生民有慾 有慾必有爭 有爭必有訟 人君以一人之身 摠萬民之多 天下訟獄
無以獨斷 故分其震夏 置其令長 厚其祿而富之 尊其爵而貴之 賜印符 使之尊重
假以威權 擅其刑賞 俾坐高堂之上 俯聽下庭之訟 此誠君之體行 民之司命 責任
何如 恩遇何如耶 受此任 處此地者 苟有一分有君之心 宜爭殫 誠圖報 謹愼行政
必曰 民不可下也 吾君之民 不可屈也 吾王之法也 每當聽訟之時 必顧責任之重
持心如氷玉之淸 聽訟若衡鑑之公 政平理理 俾此王土王民 無嘆息愁恨之聲 則庶
乎盡職於君民 免罪於上下 而近何貪墨之徒 豐廩厚祿 猶恨不足 好官膽仕 若固
自有 王章國法 作爲私弄 賞人刑人 行以私心 纔臨訟庭 先開賂門 兩造有訟 則
以賂之有無 斷其勝負 兩皆有賂 則以數之多寡 決其曲直 或使起訟於無訟 或復
飜訟於決訟 或構虛而織賂 或威喝而釣貨 惟慾溷奸徒 是任是使 俾爲間媒 俾爲
主張 若彼靑蛙之受賂爲間者 亦不知幾許 而皆民膏民脂之藉潑者也 今余是言 特
因訟賂而發也 故惟言訟賂之事 而其他孜孜利己 事事剝民之說 何須盡言哉 若是
非義之事 縱云孰知 而天已降鑑 雖曰莫顯 鬼亦停質 府以辜功 報以庶尤 近以禍
于厥躬 遠以殃于子孫 㠀棘之患 㾁籍之變 皆其積來之所由也 不智慮此 而徒以
目前甘利 實其獄貨 樂其橫財 是何異於飮鴆酒而止渴 食漏脯而救饑也哉 近世賂
訟之風 何等浪籍 而其風猶及於地中之鼠 以此金銀 圖其飜訟 我以一時之宴賓
致此厚賂之自至 若彼五考之訟官 多得金錢幾許耶 可嘆世道之難狀也 今彼地鼠
待我以墨吏 受辱多矣 而於汝何誅哉

使之白退 投其銀曰 持此而歸 助彼婚需也

於是 東西座合辭進言曰 俄者三供 無異輪疑 罪旣斯得 而尊公自處宴賓 付之
恬嬉 首鼠兩端 酒以爲政 彼之迷不知恥者 反幸得飮 無所懲畏 而添又故犯 難以
參恕 施以當律可也

蟾老長曰 坐此私筵 難以公法 而且罰已行矣 何可再勘乎

僉曰 萬物之中 人惟最靈 定其名位 構以法禮 故無爭奪相食之患 而禽獸不然
弱肉强食 衆侮孤單 有如地鼠之無狀者 皆以無官無君無紀無法之致也 雖欲得官
長之按法 而吾輩之官長 雖萬年必無朝庭之除授也 今尊公剛明正直 廉公恩威 誠
字牧之良器也 明治之能手也 今則宴事已畢 請以尊公 暫推爲官 行政聽訟 使無

知之蠢物知有法律 則甚幸甚幸也 尊公勿讓焉

四座同聲 卽爲撤去宴器宴席 因於層榻 更爲楊額曰行政臺 擇於座中 抄出能堪 各定職任 宛是方伯守令之威儀也

蟾老長曰 諸君使我 得無自立爲西楚霸王者耶

僉曰 豈然哉 衆心卽天心也 爲衆所推 是乃天爵 而況旣多前銜 孰曰無階哉

蟾老長固辭不得 乃言曰 倘可行政 先懲已發可也

拏入倉鼠 先發問曰 斥婚責媒 非曰罪也 我東聖化 無異召南也 雖有鼠牙穿墉 之訟 宜效亦不汝從之語 而奈何拳撞力鬪 以致殺風 罪當苔也

決苔十度後 解縛而令曰 汝罪苔當二十 而十度則以罰飮恕除 勿謂輕勘 而以此 自懲 愼汝駭妄也

使之起坐 更爲令喩曰 倉穀乃國家農餉軍餉奠重之物也 雖監守之人 無名濫食 則必有餘殃 汝有何據 而世有倉氏 竊食爲利 以長子孫 爲人所憎 而有磔肉餧猫 之刑 有報功迎猫之禮 汝族之不能盛者 良以是也 旣往莫論 自今改革 撤移野穴 蓄積草實 足爲生涯也 明聽余言 捨舊就新也

倉鼠諾諾唯唯而退 繼以拏入鼺鼠而問目曰 大抵婚禮 非媒不得 不可無媒 而爲 媒之道 量其地閥 衡其賢否 以月索氷語 通議受諾後 問名納采 奠鴈返馬 禮盖有 序 而今汝則欲媒非類 言而被斥 幣以直往 汝亦禮義方化中之物也 若是媒孽於婚 禮者 豈非損傷於風化耶 且汝一多積穀 一多珍貨云者 亦非誕妄耶 倉穀卽國家緊 重也 爲鼠所竊 則乃耗縮也 鼠失也 故古人曰 太倉失陳紅 倉穀果是鼠之穀 則詩 人豈以失字稱之乎 金銀乃地脈土精 而人得而爲寶者也 豈爲地鼠之攸寶乎 山書 曰 鼠抱金銀 不能噛 不能用 不能噛 不能用 豈曰珍寶之多乎 汝之所行駭妄 所 言虛荒 烏得免杖笞乎

決杖二十而解縛曰 汝罪杖宜三十 而十度則以罰飮參恕 汝須自懲 更無若是也

鼺鼠伏伏而退 拏入地鼠而發問曰 汝之前後罪狀 何必更數耶 汝以自知也 決棍 二十度而止之 罪當三十之棍 而十度則以罰飮量恕 此後改過革心 勿爲邪忒之行 也

拏入靑蛙 厲聲發問曰 俄者汝所爲之事 爲官乎 爲私乎

靑蛙伏而納供曰 矣身在地官而爲私 請以服罪

蟾老長更叱曰 汝旣接隣 故吾常愛恤 吾所闕遺 汝或補捨可也 而乃敢從中舞弄

欲使況我 所爲奸忒 第觀近世墨吏貪鄙者 初心本性 豈皆若是乎 莅任以後 厥土奸惡之類 密計窺覘 曲逕納媚 始誘以巧言 潛挑以利心 非理之事 渭之流規 不義之行 稱以前例 浸潤諂侫 無弄慫慂 則聽之者始或慊恧 稍漸試用 薄嘗甘味 遂發嗜欲 浸浸然道入於玄室之中 而不覺沈昏 喪其本心 蔑其廉恥 圖利之言 聽以謀忠 亂政之事 視以多能 乃至於貪饕不法 殘忍無道 以陷於當律刑辟 而莫之知悔 譬若酗酒之人 其未醉止 以知惡醉 初讓初盃 强勸强飮 則酒遂引酒 一盃一盃復一盃 終至於沈湎喪性 嚥呶失儀 然則爲人勸酒者 握手情歡 唱歌媚嬉 雖若慇懃實令酒敗也 由是觀之 利官者實害官也 媚官者實誤官也 甚矣 奸人之誤人 豈徒邑宰而然乎 我自古 國君之鮮克有終 終至昏亂 莫不由小人之媚逢也 可不愼哉今汝青蛙 幸而遇我 雖不至於誤事 而其設心行事 則何異於利官之奸流乎

嚴刑一次 卽令放黜曰 無使接着於吾隣也

如是斟量四罪 一座咸服焉 俄有一貂 趨蹌入告曰 矣身本鄕 卽金剛山紫霞洞而三年前取得一妻 頗有姿色 以能歌舞 率而西遊 歷覽九月之勝妙香山之奇 而轉到此洞 再作日薄暮 此山中諸獸群貂 聚會設遊 或歌或舞 勸酒唱籌 以做一場之宴嬉矣 須臾日墜更深 罷宴各散之際 蝶窺霧花 鶯掠烟草 而藥床遂空 蓮步無迹鸜鵒脫籠 鳶鴦分尾 了了客中 逢此狼敗 四顧無親 一身有影 孤立白地 惟號蒼天矣 何幸尊公 今方聽理政公平 敢此仰陳 毋令雙來之身 終至單歸之客 千千伏望

蟾老長厲聲責之曰 無論貴賤 正家之道 男主于外 女主于內 嚴其帷□ 固其牖戶 今此下民 孰敢侮窺而奈何 爾率眷優遊 偏踏江山 納媚索價 挑情取直 路柳墻花 入皆可折 道井罇罇 孰不取飮乎 治容誨淫 慢藏誨盜 自侮自取 孰怨孰尤 退俟處分

因招入山中首貂 諄諄誘之曰 彼客貂之失侶呼怨 雖曰自過 以云可矜 且侮客奪妻 盖是惡俗 爾主此洞 得無愧怩乎 卽聞汝有一妻一妾 勿慳其妾 出而與彼 使之在彼無怨 在此陋無也

首貂愕然大驚曰 彼自失妻 □徵鄙妾 於理無據 於情可痛 如此處分 死不敢從唯也

蟾老長怒叱曰 汝輩以官事我 則旣曰官令 則宜無違越 而且汝以微物 有妻有妾已爲過分 以此有餘之物 與彼無侶客 理以穩當 令已發出 何敢辭彼耶

首貂慌惻 伏地懇請曰 客貂之妻 出而焉往 必也只在此山中也 伏願給暇一日

則求索本物 而不得則請從處分也

蟾老長曰 使客淹滯 實爲未安 一日則猶緩 借以半日也

首貂聽命而退 乃與其所屬 諸貂諸鼠 鈎闇索探 未及半日 搜出於西巖叢林之中 而捉納

蟾老長笑曰 余豈眞欲奪此與彼哉 已料汝之力求則必得 而苟無功己 豈肯誠力乎 故余設詭以必得之計也

招入客貂 出付其妻曰 率歸本土 正家居生 而無前轍也

客貂百拜致謝 更爲俯伏曰 歷觀州域 備嘗風俗 當今之世 貪饕成風 上行下效 剛奪兼幷 無處不然 殘賊剝割 隨處同是 伏惟尊公 若久主此土 則此地最是陽明世界 淸淨樂土 願爲氓而尊居于玆

蟾老長曰 今日之事 吾輩一時之戲 而效嚬人 暫爲小兒設官之遊也 若非人爵之縻有瓜限 安能鬱鬱久居此耶 且汝本土 卽父母故鄉 親戚攸居 捨此焉往 卽速還去也

時有一烏 叫于林端曰 可惡可惡 可畏可畏

衆皆驚起 顧眄察之 自後林迤 前後而來者 人一虎一也 東西座驚人畏虎 竝皆避匿 而惟其有職任者 縻於紀律 植立庭中 守死不去 而狐生則恃虎假威之面分 察人踢蹯之形狀 不畏不惶 立于臺傍矣

人與虎竝入立於庭曰 吾等有卞正之事 欲爲質成而來

蟾老長降榻一層 立揖而答曰 人爲萬物之最貴 虎是百獸之君長 余是何物 焉敢个言於貴公之兩造乎 然余旣坐政臺 聽政之事 死且難避 第問所拮何由 所訟何事

人乃先言曰 余適過某處 彼虎也陷于穽中 見我哀乞曰 吾以貪食之性 忘却亡身之機 誤入此陷之死地 伏願恩公憐之恤之 勿辭轉移之勞 以救濱死之命 則生當含珠 死當結草 世世生生 何敢忘恩哉 因拜稽首 淚如雨下 余以惻隱之端 不忍之心 開其門而出之 則彼也纔出穽門 奪身扦尾 向我蹲坐曰 由君出我 非曰無恩 而恩莫如克終也 余入于玆 已過三日矣 饑渴莫甚 出亦將死 死於饑渴 何異死於陷穽乎 君如欲終垂活命之恩 勿慳殞身 借其血肉 終其恩義也 言訖 因生獲噬之計 余反哀乞曰 恩功之人 背之不祥 非望報恩 恩反爲讐乎 虎乃耽視咆哮曰 當初設穽而陷我者 以汝人類之奸謀也 則開門人是閉門人也 況汝頃刻下手 斯須開門 何勞之有乎 何恩之爲哉 余又懇告曰 天下之事 烏在義理之外乎 今日君我必有是非

而各自爲是 則孰知其非乎 姑延時刻 質于訟官 然後 以肉餧君 死猶無憾云云 而敢此來質 願俟公決也

虎亦奮煩而言曰 此乃已決之訟也 彼人也向於他處 再訟再敗 公欲明決 卽則從二言也

蟾老長問于人曰 果有他處之已質歟

又進言曰 請陳先訟之由 亦參恕而聽焉 俄者心燥欲訟之際 卽見道傍有木堪人着帽而立者 故往而質之 敍事未半 彼木人經先發言曰 吾於深山 自生自長 根固枝達 歲歲長春矣 彼何人斯伐以斧斤 斲以刀鉅 作爲人形 置于路傍 兩立露宿 俾我自朽 薄情殘忍 莫甚於人 請公自行所欲也 虎則曰得訟 而余則曰挾憾而言 非其訟體 更欲訟他之時 有羸瘠困牛 放而臥阿 心慌所致 往而立訟 則不得聽 鼻喘息言虎曰 稟形天産 人物是同 而我纔免乳 人已穿鼻 我眸我耨 農作秋收 必米自食 藁惟我飼 引重載重 背無完處 駕之鞭之 身無點肉 難任驅使 放之草野 此已老憊 少膌將屠云 人眞少恩 方懷忿積 請假手於虎公也 余乃言於虎曰 訟之爲字從言從公 積憾出言 非其公言 苟非公言 豈曰訟哉 彼牛所言 木堪一類 君旣食我則已 旣延時刻 許以訟決 一初不得 三之可也 卽聞半夜寺老僧聰慧公正 異乎凡僧云 往而更訟 余又不勝 則必當以孤肉 自投汝口 請延一刻也 彼乃強許 偕來山寺 則童子言師往于玉浦洞 故來尋禪師 林深不知處 而適見政臺之聽訟 此眞訟官言以私憾者 非其公決 請量曲直 片言析之也

蟾老長曰 一便有言 單辭難決 虎亦有言乎

虎又進言曰 天賦余性 使之食肉 殺生自養 非我暴虐 亦是天命也 人之養吾者猶曰遺患 彼之放我 敢自爲功乎 且我是將種也 能小能大 能柔能剛 抑揚屈伸 合變奇正 詐力詭遇 皆是將畧也 方余濱危 適逢走肉 誘彼脫危 亦是虎韜權變中出來也 何必以是爲恩 當肉不食乎 宋襄稱君子之不困人 而反爲楚所敗 丁公欲兩賢之不相厄 而竟爲漢所誅 天下後世 曷嘗嘲楚漢之背恩負德哉 彼乃丁公之義 宋襄之仁也 我盍爲楚與漢耶 此乃大訟 勿拘小節 斷斷快快當當也

蟾老長聽其兩言 心知虎之無狀 而憚其剛惡 不能直言是是非非 更揖而言曰 此日此訟 不見難圖 別遣信任 偕往本處 審其本事然後 乃可決處也

顧謂狐生曰 汝與兩尊 馳往穽處 詳審在穽之如何 開門之如何 開門也若難 則不可無效勞也 開門也倘易 則何論有恩乎

虎喜大言曰 訟官果能達理也 彼所謂開門者 乃一舉手反掌之間也 是何爲恩哉 彼旣落訟 吾方甚饑 一刻猶忙 何待往視耶

蟾老長曰 不然 此乃尊貴之所訟 抑以生死之所關 聽不可不審 而千聞不如一見也 且聽訟吾猶人也 必也欲使無怨也 的見究覈 使落訟者 明其理屈 則雖落訟而死 必無落訟之怨也

曰 爾狐生往于窔門 第觀開闔之難易 果如虎公之言 則不須來復 卽地處斷 使彼饑渴者 易爲飮食也

虎又喜躍曰 可謂通下情之明官也

顧謂人曰 訟官如此明決 爾死何恨 雖使我落訟 而死以無恨也

蟾老長更招狐生於榻後 而稍高聲而言曰 毋忘吾言 審愼乃職

更爲低聲密語曰 如斯如斯也

於是 虎在前 狐在中 而人則半生半死 追爲而行 至于窔處 狐生巡窔一匝 正色爲言曰 試爲厥初之形狀 使此別遣詳知也

虎是性急者 揚揚自得於得訟 而躍入窔中 蹲坐回顧曰 吾之在窔若是 彼之開門如是 何難之有乎 何勞之論

狐生囑曰 公試閉門而更開也 我欲觀勞逸之如何也

人乃闔戶 而虎在窔中矣 狐生從隙窺覘 抵掌數罪曰 公之賦性暴惡 行事殘忍 殺如恐不及 貪食無所不至 譬諸人 則乃饕而且殘 强禦掊克之類也 已犯之罪 猶已貫盈 必不免天殃天誅 而況今陷于死地 爲人所救 則固當銘肺銘心 圖報不暇 而奈反以恩爲讐 欲食其肉 是可忍也 孰不可忍也 吾奉蟾公之令 還囚本處 論罪照律 剛彊者必死 背德者必亡 天鑑照然 報殃自然 自作之孽 不可逭也 勿以怨我 毋怨蟾公也 今則操縱殺活 惟在乎人也 公素多將畧之權變 則更出奇計 誘彼走肉 能復脫危 毋更速訟也

虎謂狐生曰 今子責我於背恩 吾無恩於子乎 吾與子行 子假吾威 子有獵得 子多食餘 而今子囚我 亦非背恩乎

狐生笑曰 吾與公 雖有平時之面分 無論人物 各爲其主耳 吾旣受命於蟾公 今若捨公而歸 是亦丁公之二心也 公於他日 雖行漢誅 吾無所辭也 前鑑不遠 欲無效丁公也

虎長嘆一聲 更爲向人哀乞曰 吾前言皆戲之耳 眞若有一吞之心 何必待三訟之

決乎 恩功之極 無以猝報 故設爲戲謔 欲以求好也 以恩公之弘量 豈有介念於斯
耶 伏乞回心 垂憐以終前惠也

其人呵呵大笑曰 宋襄爲楚一敗 貽笑萬古 吾雖若宋襄之仁 豈爲楚人之再敗乎
吾當往告于穽主 則其人必來 以汝之抑揚權變 善爲說辭 更欺新面 不曾見欺之人
也

狐謂虎曰 吾則受命而來 復命時急 不可虛徐 從此可別 第將相見於虎皮之肆矣

又謂人曰 彼物之肉 人所不食也 剝皮取骨後 投其肉於彼林 則復命後 吾欲來
食也

虎聞此語 咆喝大聲 而狐則揶揄掉尾而去 歸告厥由 蟾老長稱其善爲幹事矣 東
西座喜躍拜賀曰 尊公坐而運籌 除殘去暴 可謂神出鬼沒 豈不快哉 豈不幸哉 是
日行政 不止一再 而無非明斷善決 以若禽獸之冥頑無知 莫不觀感心服 化其德
畏其威 而一懲百勸 休洽安靜者 完若治世之良民焉

噫 一日之間 猶使鳥獸咸若者 若是則苟或弊邑亂民 謂之難治而付無奈 反以推
其亡 覆其危 使亂者尤亂 則豈非字牧之罪過 而老蟾之所羞歟

當此之時 山日已漸沈向昏黑 蟾老長顧謂左右曰 今日吾輩 會以晬宴 終以行政
都是一場戲遊 而可謂蛇頭龍尾之樂也 然樂不可極 志不可滿也 卜晝則可矣 卜夜
則不可 諸君皆去 吾亦從此逝矣

於是 東座西座諸衆 驚起挽止曰 吾輩之雜處無倫者久矣 今天幸惠尊公 半日行
政 蠢亦知方 公若久主此山 導以恩威 則豈不曰 禽獸之有官 不如人民之無乎 望
須勿以爲勞 加留數年也

蟾老長大笑曰 凡爲仕宦之道 宜乎知進知退 余觀人物之新除初莅也 民喜其來
官欲其治 及其稍久 官政民心 漸不如初 至有比於大暑之去者 余胡不歸 終貽濡
滯之嘲乎

僉曰 不然 官則同而人則異也 如有一種患得之徒 旣得其官 則初以作心而釣譽
俄以本性而圖利 官若好利 民必受害 自省其咎 猶患其失 遂以喜事之道 作爲固
位之術 剝下益上 奪此送彼 或喉奸民而訴惠 亦要按客而求褒 多施欲留之計 而
尤積曷喪之怨 民心嗢嗢 僉足而俟貶 屈指而待瓜 忍而彼兩親之遺體 遂爲此百姓
之苦肉 此等之流 卽俄者尊公所謂漸不如初 比於大暑是也 若夫良善之官 任命而
盡分憂之責 莅任而盡牧民之道 行踐其言 終若厥初 克盡其治 則賢聲升聞 仁政

孚合 准陽十年 猶爲不多 乾州三年 猶爭他遷 今尊公之政治 雖古之循吏 無以加矣 公母遽歸 以撫群生焉

蟾老長曰 天下之理 其進銳者 其退速也 吾以暫過之客 未有除授之命 而爲衆所推 遽登政臺 可謂其進之銳也 盍解其退之速乎 知進退存亡之機 而不失其正者 是乃達觀也

於是 言訖降榻 一揖而辭 一躍而入 水草深深 不見其處 諸禽諸獸 惘然莫追 望彼草澤 虛拜作別 各散而去之矣

是時 老僧隱身於茂林之中 從朝至暮 自初至終 彼類之所言所爲 耳聞目見 而貪於奇玩 不覺向暮矣 俄而蟾老長下榻 禽獸各散之後 徐拄錫杖 行至其處 則蕉原成場 蹄跡徧滿 未見一物 而惟有淸歌一曲 引風吹來 老僧尋聲暗進 徐而察之 則有一大蟾 隱石而臥 彈指而歌曰 靑山自然自然 綠水自然自然 自然之山水間 吾亦自然矣 自然之此吾身 亦欲自然令終也

老僧心乎尤異 不疾不忙 低聲叫號曰 蟾老長蟾老長 願欲接話 倘無遐心耶

老蟾驚起 欣然出迎曰 深山深夜 是何人語耶 可喜者人聲 可愛者人跡也

及見而目瞪曰 何其形似人而無人之髮 音似人而異人之服耶 初喜空谷之跫音 忽對疑山之眩惑也

老僧合掌而言曰 以子之通敏 豈眞不知而出此言耶 我乃僧也 人中之上人 而削髮故無髮 緇服故異服也

老蟾曰 僧之模色 旣異於人 僧之種類 必殊於人 僧之子僧之孫 世爲僧歟

老僧曰 豈然也 佛家五戒 戒之在色 僧何有生産耶 擇於人家之子 有聰明慧智者 托於佛門 學其佛道 是謂之僧也

老蟾曰 然則非俗人 僧之類滅已久矣 第問僧字何以書之耶

曰 從人取曾也

曰 可謂善形而作名也

曰 何爲其然也

曰 彼本人之子 幻形歧道 似人而別人 若人而殊人 曾是人也 今非人也 故取其曾人之意 而錫號以僧字者 微示反本之義也

老僧曰 子何未達耶 凡此天地之間 道有三焉 一曰佛道 二曰仙道 三曰儒道也 儒道平常 仙道杳遠 佛道則非平非遠 廣大光明 其尊如天 其卑如地 三道之中 莫

加之道也 從儒道者 謂之俗人 學仙道者 謂之眞人 爲佛道者 謂之僧人也 我則年
今一百一十一歲 粵自幼少 聰慧超人 故十一歲削髮爲僧 衣緇學佛 居于半夜山半
夜寺 修鍊道德 亦已百年矣 身通妙理 頗有自負 將追三藏法師 歸于西天 而今姑
所乏者 惟三藏之弟子孫獼公輩矣 今日我在後林 聽子所言 知其經歷 視子所爲
知其技能 身通百藝 猶在孫獼之右也 吾今訪子 喜握相接者 欲與吾子 同歸佛門
修誠學道 升堂入室後 與我偕行 往于西天 永爲生佛 則豈非君我間竝美 而天地
間卓異耶

老蟾曰 吾若有一分信佛之心 曩余親見三藏 與孫獼西遊 而豈不曾相隨耶 其時
三藏亦要同遊 余固不信故不從 而今何願從於半夜山半夜寺未覺之僧乎

老僧曰 子何謂我以半夜未覺耶

老蟾曰 凡人之所以爲人者 受形於父母 身體髮膚 皆其遺體 宜乎跬步之不敢忘
寸毛之不敢毀 而奈何削髮斷髻 焚頂燒指 毀其遺體 忘其所本 是自絶於人倫也
軒轅氏爲文章表貴賤 而子之服 則別爲非貴非賤之制 自尙奇怪 是自離於人類也
伏羲氏制嫁娶敎生養 而子之法 則禁其相生 自求寂滅 是自棄於人道也 惟聖人之
道 則蕩蕩無偏 坦坦無陂 包涵如天地之覆幬 光明若日月之照臨 三綱五常之倫
八卦九疇之理 五禮六典 六德六行六藝之物 何莫非人生之日月 先師之明敎也 學
此道由此路者 實若白晝之坦行 而惟君則捨正就邪 背明向暗 豈非半夜 瓦枕濃睡
未覺之人歟 山是半夜 寺是半夜 僧亦半夜 可謂三合具而長夜乾坤也

老僧曰 吾佛家之道莫大莫顯 而子猶未悟 請爲子明言之 佛家宗師 卽吾世尊釋
迦如來 而本以天竺國景般王之子 修道成佛 高坐於大靈山靈樞峰上 以司八萬周
羅國禍福之權 國祚之興替 朝爵之得喪 士之窮達 農之豐凶 工之巧拙 賈之利害
皆吾佛師之所掌 而人家之生貴兒者 以皆釋氏之抱送也 故崇信者有慶 押侮者有
殃 豈不可尊可畏 而子何語涉褻謾 自致禍祟耶

老蟾大笑曰 俚語云 愚者如僧 子之言則智者爲僧 此是兩端相左之語 而以今推
之 愚果與僧也 易曰 積善之家 必有餘慶 書曰 惠迪吉從逆凶 滿招損謙受益
由此觀之 福善禍惡 乃天道之常也 何可專由佛門耶 漢明帝以前 中國未有佛也
而明帝以前言之 堯舜禹湯文武之永享 桀紂周赧之覆宗 八元之擧 四凶之殛 此皆
善惡之報也 漢世儒林之榮 周時屢豐之慶 工有公輸之巧 賈有陽翟之大者 此皆古
之爲民者四 而安基業成其欲者也 豈皆佛之以前 爲佛所助而然歟 且貴兒之生 果

皆釋氏之抱送 則親近於釋氏者 莫如僧尼也 未知僧尼之家 抱送孀兒者幾許耶 且
其禍福之說 乃妖僧輩恐動蠢民之語也 以此藉賣 謂之勸善 功德而感人之心 取人
之財 侈其宮宇 鮮其器皿 至於鳴鐸索錢 擊析乞米 不耕而食 不織而衣 不費而處
萃屋 不勞而贍器用 此天地間大蠹 人世中孟賊 佛家所謂天堂地獄 無之則已 若
有之 則天堂必儒賢所躋 而地獄必僧徒所拘也 老禪莫曰已老 朝聞道而夕死可矣
歸修儒道 幸免地獄也 且言人之慶殃在於崇信押侮者 尤爲虛妄也 彼釋氏道 則雖
異而亦賢者也 寧以己之親疏 私其禍福哉 推往證之 梁之武帝 身爲天子 度身佛
門 宗廟之祭 麵爲犧牲 而爲侯景所逼 餓死臺城 是果崇信之慶乎 唐之狄公 巡行
江南 毀焚寺刹 銅鐵之佛 鑄爲農器 而爲唐相 終享富貴 焉有押侮之殃乎 其他韓
公斥佛而名益彰 麗永崇佛而國乃絶 前轍已在 後鑑亦昭 君亦量之也

老僧忿然曰 子何極言佛道之爲非 而又安知佛法之未久耶 我聞孔子吾師之弟子
也 夫孔子儒家之大宗師 而佛門之俗弟子也 是以吾黨凡僧 稱云比丘者 已久之說
也 以此推之 佛法盖出於生民之初 而盍尊於儒道之上乎

老蟾亦慨嘆曰 甚矣 跖狗之吠堯也 人之所以貴於萬物 參於三才者 以其有仁義
禮智道德之故也 斯道也 原於天 存乎人 而堯以是傳之舜 舜以是傳之禹 禹以是
傳之湯 湯以是傳之文武周公矣 及周德之衰 而諸侯橫恣 異端竝起 人之道幾乎盡
而人之類幾乎滅矣 至靈王之時 天下欲喪斯文 地不欲墜者道 而孔子生焉 乃天縱
之將聖 而人倫之至極也 於是 丞百王之遺緒 啓萬世之來學 修禮正樂 刪詩序書
倫常於是乎復正 綱紀於是乎復振 語其功則天地之難容也 語其德則天地之與合也
匹夫愚婦 與知其道 夷狄禽獸 咸被其澤 日月所照 霜露所墜 凡有血氣者 莫不尊
親 而彼佛亦天地間一物也 其徒亦人之一種也 俗僧比某之說 奈敢傳諸耳而發諸
口耶 此說本源 余盖知之也 佛家所賤者 凡僧 俗人所賤者 卒兵也 是以指名凡
僧 謂之比兵者 良有以也 而雖彼好誕之徒 不省點落字 變興訛倡 傳至有此 觸犯
聖諱 辱侮聖人 罪自難道 死用炮烙之刑者 必以是也 且吾師弟子之說 尤萬萬誕
妄矣 孔夫子雖以生知之資 而猶有好學之心 人若有能 不恥往問 故老耼師襄郯子
之徒 其賢不及孔子 其道異於孔子 而各有一能 故孔子徒而師之 自述其事 傳之
後世 當時夫子 若果有與佛相從之事 則何其無聞於後學耶 且君之所言 皆橫聞而
訛傳者也 我則天皇氏以後之事 皆躬閱目見 而佛本西夷之道也 漢明帝時 其法始
入於中國 唐憲宗時 其骨迎入於中原 此盖孔子後數百年之事 而皆余親見者也 後

生安知哉

老僧曰 子云 佛法之剏 若是未久 則佛之爲字 在於造書作字之時 無是物而烏
有是字耶 佛若始入於漢明帝時 則佛字亦造於漢明帝時耶

老蟾曰 是亦不通之言也 上古作字之聖人 盖多象物爲字者 而後之用字也 亦多
假字而名物者 亦有變音而叶用者 彼佛字未嘗無於上古也 周頌有佛時之佛 弼字
之通用也 魯論有佛肸之佛 當時之人名也 其音則皆必也 後漢以前 六經百家之書
未有以釋氏名稱者 而至漢明帝時 有異端者 出於西方 入于中國 形則同於人 而
道則咈於人矣 無以爲名 而取其弗人之義 假彼佛字而爲名 音亦從弗 此實假字而
名物者也 今則其道熾盛 其類殖蕃 因以佛字 專爲號也 何必今之佛法 生於史皇
氏造字初 而爲有是字耶

老僧曰 子雖極口盡言 以攻佛道 而以吾所聞論之 吾佛家 有乘盃渡海者 有投
杖橋虹者 有墨水借龍者 有錫杖解虎者 是皆僧人之成佛 而實跡之傳後者也 豈曰
虛無哉

老蟾曰 旣曰不虛 則以子之聰慧 講佛誦經 百年于茲 念佛如彼其全也 學佛如
彼其久也 必幾乎成佛也 乘盃等四件事 頗能爲之耶

曰 吾姑未能也

曰 然則東皆骨 西九月 南智異 北香山 皆大刹所營 而其餘諸山寺刹 亦不知幾
許也 誦佛之僧 必不止於萬數也 從古及今 抑未知乘盃橋虹者幾許 解虎借龍者幾
許耶 子或耳聞 子或目見耶 知人事百年之間 果無有聞見 則子之所言四條 何所
據而取信乎 往古之事 考之於經傳 質之於史記然後 乃可爲信也 其他外記所錄
則皆好誕者造作之說 寓意者設爲之語也 如烈子御風之說 屈子陟升之語是也 況
以佛家虛無之道 誕傳虛無之說者乎 吾斯之未信也

老僧曰 吾佛家之道 子雖不信 吾必信之 惟其成佛也難矣 假今吾徒成佛之易
若如儒者作聖之易 則成道之後 不死不滅 而千手千眼 守慈悲之心 歷萬世萬代
坐清淨之界 則豈不美哉

老蟾曰 何云成佛之難 作聖之易耶

老僧曰 聖莫如堯舜 而儒賢書曰 人皆可以爲堯舜 儒家書曰 克念作聖 又曰 不
患不到聖賢地位 此豈非作聖之易乎 吾佛道則似卑而彌高 若小而尤大 仰之無形
追之無跡 故以余之聰智 讀經百年 欲從而姑未得路 欲學而姑無方向 美則美矣

難又難也

老蟾曰 子之意 則以爲道有高不高 行有難易之謂歟

老僧曰 豈不然乎 譬諸行路 行高遠之地者 豈不難乎 行卑近之地者 豈不易耶

老蟾曰 此亦半夜夢中之語也 天生斯人 莫不有聖人之本性 而特蔽於物欲 特喪
者多矣 故異其言服 而堯桀分焉 殊其善利 而舜跖判焉 則蒙以養正 乃是聖工也
學而知道 亦是聖徒也 況以聖人開來之心 爲慮後人難階之嘆 故不啻爲可幾及 而
欲使孜孜也 語其本性之善 則亦同於是堯是舜也 語其聖凡之分 則惟在乎克念罔
念也 然則豈不曰 人皆可以爲堯舜 而克念作聖乎 以至於大而化之之聖 則豈曰易
然哉 惟佛道 則指無謂有 指虛曰實 所言者玄遠 所行者寂滅 杳杳邈邈 未有模捉
成佛之事 豈特難乎哉 千千萬萬 必未能之事也 聖佛之道 較而論之 則聖人之道
如平地修路 坦坦如砥 人所共由也 佛者之道 如指虹謂路 空空無梯 人誰能躋耶
曰易曰難者 盖如斯而已矣

老僧曰 子則雖云成佛之必不能 而余輩已學佛習經 念佛積工百年矣 天若假我
數年 卒以覺道 必也成佛 其時子試觀余成佛而去也

老蟾曰 成佛則能成有形之佛耶

老僧曰 成佛豈無形耶

老蟾曰 欲成有形之佛 何待乎百餘年念佛耶 不修成不誦經 而猶可成佛之易
也

老僧曰 言何先難而後易耶

老蟾曰 余觀各寺 有以土木而塗金成佛者 彼金銅鐵石土木之類 何曾念佛誦經
而遽成有形之佛 儼坐大卓之上 使僧人輩 離親而來 背祖而追 解衣散錢 至誠齋
供 以此觀之 成佛不亦易易乎

老僧曰 惡是何臆說耶 佛師之功德至大 大慈大悲 爲各寺衆生之所敬慕 而身通
變化之生佛 不可得見 故以物爲像 尊而供享者 譬若儒家之斲木爲牌而稱以先師
攻木作主 而稱以祖父也 豈曰 以彼假物 成此眞佛耶

老蟾曰 豈非正邪之分耶 祀典祭禮 乃先王之所制也 教我者師 而宜有報功之祀
也 生我者親 而宜報本之祭也 故國有學而有釋奠之禮焉 家有廟而有思成之享矣
然而神之格思 不可度思 故欲其體物格神 而以木爲牌 表先師正配之位 以木作主
表先祖昭穆之序 則奉于國學者 乃先聖先師之位牌也 妥于家廟者 乃顯祖顯考之

神主也 而彼佛則以物爲像 耳目口鼻 腹背手足 完若人形 俾坐卓上 指而名之曰
某佛 尊而呼之曰某佛 此非物能成佛者耶 以此較彼 不可同一而語也

老僧曰 子本山澤間方外之物也 有何親於儒道 有何讐於佛道 而何其愛憎之偏
僻耶

老蟾曰 天生彝性 是非之心 義之端也 見是曰是 見非曰非者 乃秉彝之公心也
儒佛之道 若晝夜之懸殊 指晝謂明 指夜謂暗者 亦親於晝 讐於夜而然歟 君之所
見 可謂坐井而觀天 以井謂廣 而指天曰小者也

老僧曰 佛道豈敢毁之哉 自古學佛之人 雖未成佛 後生往復 必爲富貴之人也
若以唐人楊少遊明人王守仁而證之 因果康莊 昭然在玆 此所謂爲山未就而猶爲丘
陵者也 何可有工夫而無功效耶

老蟾曰 彼楊王之事 或有好事者之傳語 而都是齊東之野言也 固不足以爲信 設
有是事 乃億分之一也 可謂怪異 豈曰常理哉 大抵人之生也 有稟氣天地者 有兆
朕山河者 有君子焉 有小人焉 其所等級 有萬不齊 而語其本 則皆天之命授也 其
稟也 有淸厚濁薄之不同 故其生也 有智愚達窮之不一者 實由其家善惡之積 而顧
是皇天慶殃之報也 苟如子言 而今世之富貴 果皆前生之僧尼 則中國元無僧佛之
時 亦無富貴之人乎 黃帝卽上世之聖也 貴爲天子 富有四海 有子十四人 享年二
百餘 而其生只見大電之繞北斗也 他華封三祝之聖 箕疇五福之人 此皆佛生之前
世也 豈爲僧死之後身歟 誕妄之語 君自見欺 而又欲欺他耶

老僧曰 昔孔子作春秋而誅亂賊 孟子爲好辯而拒楊墨 彼二聖者 必於道之異端
力必排斥 而惟我佛道 則未嘗被斥 佛若異端 彼豈容恕耶 旣免古人之所攘 而何
爲今子之甚排耶

老蟾曰 以此推之 足知佛生之未久也 其果出於孔孟之時 烏得免孔孟之誅乎 以
其幸而出於孔孟之後 不見黜於二聖也 亦不幸而不出於二聖之前 不見正於二聖焉
是以余竊爲佛者甚慨而甚惜也 我則猶存於孔孟之後 心非其道 而今遇佛門之人
故盡其所見而言之也

老僧曰 儒道之美 吾非不知 而噫彼俗人一生 若朝露然矣 雖達道作聖 而乃身
後之名也 得意榮達 惟目前之樂也 未若佛師之永世長存 故吾固捨儒而學佛也

老蟾曰 佛師之長存云者 孰見其所存之地耶 其果長存 則唐時佛骨云者 其能生
而蛻骨耶 虛無之說 不須更言 聽此儒道之美也 爲儒道則發其華而作聖者 吐辭爲

經 學足爲法 傳于千劫 師于萬世 使後之敬慕 儼若在座 此死而不死也 其需世榮達者 施澤於當時 垂功於後世 像留于麟閣雲臺 而名存乎太常彝鼎 此亦沒而不沒也 且自天子至庶人 嫁娶生産 有子有孫 子子孫孫 繼繼承承 其遺血脈 長存不絶者 若川源之先遊後來 而萬里長流 如松葉之舊凋新生 而四時長靑 由是觀之 名敎中自有長生不死之仙也 彼僧徒寂滅葬火 忽然無影者 豈非朝露之待日歟

因自孰視老僧 噫嘻長嘆曰 可矜哉 老僧也 可憐哉 老禪也 橫踐異歧之道路 虛送可惜之日月 嗚呼老矣 悔之莫追 嘆之無答 是誰之咎耶

老僧曰 余有三樂 萬物之中 最貴者人 而余得人竅門 一樂也 人之中男貴女賤 而余爲男子 二樂也 五福之中 一曰壽 而余爲享壽 三樂也 三者吾能兼之 不亦樂乎 余專三件之所樂 子何再嘆而爲喝耶

老蟾曰 天之於子 旣以生男子之身 又賦聰慧之資 又假以壽命之福 厥初稟賦 本非偶然也 以子之才 若順受天命 入得正道 從事聖學 聖學可就也 有志功名 功名可魁也 居家治産 致范相國之千金 取室生男 有荀氏之八龍 如是而又享一日之福 則在朝爲几杖之老 歸鄕爲耆英之老 而子孫月俸 萬石稱君 田畓秋收 千戶等侯 靑胤孝婦 順志榮養 廚婢廝奴 從心聽令 甘旨適口 輕暖便體 入室有見孫之慶 出門有朋類之從 味朱子之八當 處歐陽之五物 生太平老太平 心無憂身無恙 而逍遙優息 以終百年 則所謂三樂之外 兼得百祿之道也 平生遂志 孰過於此 而胡爲捨此 不爲誤入佛門 奉虛望誠 守無冀有 所爲者捕風捉影 所欲者移山塡海 沈醉半夜之睡 未醒半夜之夢 終日念佛 佛未得見 終身誦經 經未解意 嗟乎 百年送之半夜 身外更無血屬之煢煢 頭上徒餘髮根之皤皤 而獨守孤宇 寂寞江山 今過百年于嗟老矣 餘生幾許 卽將魄隨火滅 骨逐灰飛之後 世人孰知靈虛大師寅生此世耶 天生其才 而子故不修 天贈其福 而子故不取 此所謂天與不取 反受其殃者 指子而言也 今猶莫悟 與我詰難者 定是夢中之讝語也 然水或橫流 濬而導則通焉 溪雖閉塞 而修治則開矣 聞余一言 加爾三思 旣往勿論 來者可追 凡今本寺 少壯削髮者 亦幾許耶 追古思之 則誤子者子之師也 以今見之 則誤人者亦子也 幸以先病之醫理 以回後生之橫騖也

老僧聽畢 憮然有間 默然心語曰 蟾是草澤間微物也 豈能若是耶 此必自天命遣喚 醒我百年醉夢也 更無開口進言 惟自垂頭悔惱矣

老蟾曰 天已向晨矣 余望出日而歸 君向半夜而去也

一辭而退　遂從石間而去　老僧如有失焉　長吁一聲　徐飛錫杖　信步歸來　衆弟子
驚喜出迎曰　老師往于何處　貪于何玩　而窮日不來　經宵乃歸耶　昨日虎來訪師　故
言師採藥而去　則虎又追往　而師則未歸　二更三更　千思萬慮矣　師能免虎而歸　師
有解虎之術也

老僧曰　此等之說　更欲不聞　不須多言也

因步入法堂　招弟子　立床下誘之曰　嗟　吾百年工夫　始覺一朝虛地影子也　吾已
老矣　悔之莫及　而爾方壯矣　改之爲貴　何可捨正路而不由　導冥行而躔埴乎　各歸
俗家以從儒道也

諸弟子失色曰　老師卽幾乎成佛之道禪也　胡出此言　欲棄前功耶

老僧曰　今乃大覺　所謂道德者　都是空空虛無也　余不欲多言　須取紙筆而來也
吾將爲汝　著書示之　觀此則可知余悔悟之意也

遂展紙秉筆　乃記玉浦洞奇玩之事　而自香麞請賓　以至老蟾之告別　前後始末　所
見之事　所聞之語　歷歷書記　尤詳於問答之語　而名其書曰　玉浦洞奇玩錄　令弟子
各自膽誦　歸于傳世

神僧知音能辨禽獸之嗁唬　　麞園晬宴羽毛諸族幷趨其數
怪蟾懷術自作飛走之頭目　　玉洞聽訟人虎兩造俱得其情
黑蝶特毒肆惡終延其屠戮　　登盤珍需蟒膽月餅菊花酒
黃狸稱虎伐技自明乎誕妄　　奏筵衆樂鸎歌鶴舞松風月
半夜寺聰上人筆掀奇玩　　玉浦洞蟾老長舌戰群雄

서씨전 원문

오호라, 건곤乾坤이 혼합하고 천지개벽하는 법은 열두 회回가 있으니, 가로되 자子, 축丑, 인寅, 묘卯, 진辰, 사巳, 오午, 미未, 신申, 유酉, 술戌, 해亥 십이 회로되, 일 회 세歲는 일만 팔백 년이라. 대개 건곤이 혼합하고 천지 만물이 형용을 알지 못하다가 자회子回에 비로소 하늘이 생기고, 하늘이 생긴 지 일만 팔백 년 후에야 축회丑回에 비로소 땅이 생기고, 땅이 생긴 지 일만 팔백 년 후에야 인회寅回에 비로소 사람과 만물이 생기고, 묘, 진, 사, 오, 미, 신, 유 일곱 회를 무사히 지내다가 술회戌回에 이르러 만물이 도로 쓰러지고 해회亥回에 천지 무너져 형용을 알지 못하다가 자, 축, 인 삼 회가 돌아오며 천지 다시 개벽하고 만물이 생하나니, 이러하므로 옛적에 인황씨人皇氏 구 형제가 지방을 각기 아홉에 나눌 새 기주冀州, 연주兗州, 청주靑州, 서주徐州, 양주揚州, 형주荊州, 예주豫州, 익주益州, 옹주雍州를 구주九州로 나누어 각칭各稱 인군人君이라 하였더라.

옹주 땅에 한 산이 있으니 이름은 구궁산九宮山이라. 그 산속에 한 깊은 토굴이 있고 토굴 안에 한 짐승이 있으니 성은 서鼠요, 이름은 쥐요, 별호는 대쥐라. 금수禽獸 중의 으뜸으로 세상에 나매 생애 없는 고로 인간 사람 감추는 음식을 도적하여 먹기로 생업을 삼더니, 태호 복희씨太昊伏羲氏 시절에 인간에서 남자와 여자로 하여금 비로소 남취여가男娶女嫁[1]를 이루게 할 제 비단이 없는 고로 산짐승을 잡아 가죽을 벗겨 신물信物을 삼는 법을 마련한지라, 서씨가 이 소문을 듣고 가죽을 잃을까 염려하여 인간을 하직하고 구궁산 깊은 굴속에 은신하여 대대로 자손이 번성하므로 밤이면 산에 올라 열매를 거두어 양식을 자뢰資賴[2]하고 낮이면 자손으로 더불어 의사意思를 강론할새, 일일一日은 서대쥐 그 자손더러 일러 가로되,

"슬프다, 우리 서씨 문호 문장 이름이 항상 끊치지 아니하므로 세상에서 오행五行 전서全書와 기문 벽서奇文僻書[3]에 혹 알기 어려운 것이 있으면 우리 서씨 문중에 의론하는 고로 복희씨伏羲氏 비로소 팔괘八卦[4]를 베풀어 점술占術과 문필을 알게 하실 때 머리로 육갑六甲[5]을 이루고자 하나 무엇으로 으뜸을 삼으리오. 우리 십여 대 조부의 문장 이름

---

1) 남자는 장가들고 여자는 시집가는 일.
2) 밑천으로 삼아 살아감.
3) 기묘한 내용의 글과 세상에 흔하지 않은 내용의 책.

을 듣고 청하여 육갑지문리六甲之文理 의론議論을 하매 우리 조상이 말씀하시되 '만일 팔괘와 글을 이루고자 할진대 갑을병정은 이미 정하였으나 아래 자字를 날더러 문의하시니, 이는 쉬운 바라. 천지天地 생生하시매 우리 서씨를 위하여 자회子回로부터 생生하니 자子는 우리를 두고 이름이니 머리를 갑자라 하고, 땅은 축회丑回로부터 생生하니 을축乙 丑이라 하고, 만물은 인회寅回로부터 생生하니 병인丙寅이라 하여, 차차 그 이유를 좇아 육갑을 지을진대 무엇이 어렵다 하리오.' 하시니, 복희씨 대찬大讚[6]하사 우리 조상을 스승님이라 하신 고로 수백 대에 이르도록 문장을 지키어 오더니, 너희 등내等內[7]에 이르러는 생애에 골몰할 뿐 아니라 너희들로 하여금 학식이 없으니, 서씨의 문장 이름을 인계引繼하여 가고자 하나 내 나이 이천 세에 이르러 너희 무리 무식하고 몽둔蒙鈍[8]함을 이르며 가르치매 운무雲霧는 흉중에서 일어나고 글에 어둡고 뜻이 깊은 것을 탄식하니 형극荊棘[9] 구중口中에 있고 눈에는 점점 어둠이 나고 종종種種[10]한 머리는 백발을 재촉하는지라, 슬프다, 아지 못게라. 너희 연소 무리들은 고금 역대의 치란안위治亂安危와 흥폐존망興廢存亡이며 지금은 어느 나라 시절인 줄을 아느뇨?"

여러 자서제질子婿弟姪 모든 쥐들이 모두 대답하되,

"왕대인王大人의 말씀을 듣사오니 소손小孫 등이 심히 비감하온지라. 역대 세사世事를 어찌 자세히 알리이꼬마는 동중서董仲舒[11] 글에 일렀으되 문견박이지익명聞見博而志益明[12]이라 하니, 문견이 너르면 아는 게 밝을 것이요, 광무군光武君[13]의 말씀에 하였으되, '지자知者 천려千慮에 필유일실必有一失이요 우자愚者 천려千慮에 필유일득必有一得이라.'[14] 하오니, 비록 학업은 없사오나 선조로조차 항상 하옵시는 말씀을 듣사오니 문견은 약간 있사온지라. 대저 삼황三皇[15] 전에는 조서계전造書契前[16]이라 가히 상고치

---

4) 《주역》의 여덟 가지 괘로 세상의 현상을 여덟 가지 상으로 나타낸 건乾, 태兌, 이離, 진 震, 손巽, 감坎, 간艮, 곤坤.
5) 육십갑자. 곧 십간十干과 십이지十二支를 순차로 배합하여 예순 가지로 벌여 놓은 순서.
6) 크게 칭찬함.
7) 너희들의 대.
8) 어리석고 사리에 어두움.
9) 가시나무. 고초와 난관을 비유하여 이른 말.
10) 머리카락이 짧은 모양.
11) 전한 때의 유학자. 무제가 동중서의 의견을 받아들여 유교를 국교로 제정했다.
12) 듣고 본 것이 넓으면 뜻이 그만큼 높다는 뜻.
13) 광무제. 후한의 시조 유수劉秀를 가리킨다.
14) 슬기로운 사람이라도 천 번 생각하다 보면 한 번이라도 실수하기 마련이고, 아무리 어리석은 사람이라도 천 번을 생각하면 한 번은 얻는 것이 있다.
15) 중국 전설에 나오는 세 임금인 천황씨, 지황씨, 인황씨.

못하오려니와, 듣자오니 복희씨는 사신인수蛇身人首[17]로 진晉 땅의 왕이 되어 글을 지으며 가취嫁娶[18]를 이르고 그물을 맺어 고기 잡는 법을 가르치고 짐승을 길러 포주庖廚[19]를 내시고, 여와씨女媧氏[20]는 생황笙篁을 만들어 음률을 맞추고, 신농씨神農氏는 인신우수人身牛首로[21] 곡부曲阜에 도읍하여 나무를 깎아 보습을 만들고 백초百草를 맛보아 의약을 내시고 저자를 베풀어 장사를 가르치며, 황제씨黃帝氏는 간과干戈를 지으사 치우蚩尤를 탁록涿鹿 들에서 싸워 사로잡고 주舟와 거車를 지으며, 금천씨金天氏는 새[22]로써 벼슬을 기록하고, 고양씨高陽氏[23]는 신령을 위하여 제사를 가르치며, 고신씨高辛氏[24]는 세상에 나매 신령하여 스스로 이름을 부르고, 당요씨唐堯氏는 정중庭中의 명협蓂莢을 보시고 책력冊曆을 지으며[25] 평양에 도읍하사 토계土階 삼등三等에 모자茅茨를 부전不剪하며[26], 제순씨帝舜氏는 효로써 고수瞽瞍를 섬겨 불격간不格姦하시고[27] 아황여영娥皇女英[28]을 취娶하여 이비二妃를 삼으시며 오현금五絃琴 지어 내어 백성의 탐모貪謀를 푸시고, 하우씨夏禹氏는 제순帝舜의 명을 받아 홍수를 다스리고 세 번 집 문을

16) 태곳적 글자를 만들기 전.
17) 뱀의 몸에 사람의 머리를 가진 것.
18) 시집가고 장가드는 일.
19) 푸줏간.
20) 전설에 나오는 여신. 공공共工이 난리를 일으켜 하늘이 무너져 내렸는데 여와씨가 돌을 갈아 하늘을 기웠다고 한다.
21) 처음으로 따비와 보습을 만들고 사람들이 농사에 힘쓰도록 가르쳤다고 하는 신농씨는 사람의 몸에 소 머리를 하고서.
22) 갈대.
23) 전욱顓頊. 황제의 손자로 고양高陽에서 나라를 일으켰으므로 고양씨라고도 한다.
24) 열다섯 살 때 전욱을 도왔으며 나중에 그를 대신하여 임금이 되었다.
25) 요임금은 뜰 가운데 명협蓂莢을 보시고 달력을 만들었으며. 명협은 일명 달력풀이라고도 한다. 초하루부터 보름까지 하루에 한 잎씩 났다가 십육 일부터 한 잎씩 떨어져 그믐에는 다 떨어지며 작은 달엔 마지막 한 잎이 시들기만 하고 떨어지지 않으므로 이것을 가지고 달력을 만들었다고 한다.
26) 흙섬돌 세 계단에 띠 지붕도 끝을 가지런히 다듬지 않았으며. 요임금이 검소하게 생활한 것을 이르는 말.
27) 순임금이 임금이 되기 전에 아버지와 의붓어미가 순을 죽이려 했는데, 그래도 지성껏 잘 섬겨 아버지가 간악한 죄를 저지르지 않게 하였다고 한다. 고수는 순임금의 아버지로, 눈은 있으나 옳고 그른 것을 분별하지 못한다 하여, 그때 사람들이 청맹과니라는 뜻에서 '고수'라고 불렀다.
28) 요임금의 두 딸인 아황과 여영. 아황은 순임금의 후后로 되고 여영은 비妃로 되었다.

지나시되 팔 년 불입不入하고 육행승거陸行乗車하며 수행승선水行乗船하시고[29], 성탕
成湯[30]은 무도한 것을 내치사 이윤伊尹[31]으로 정승을 삼아 국정을 맡기시고 칠년대한七
年大旱에 육사肉祀[32]로 대우大雨를 얻으시며, 무왕武王은 상주商紂[33]를 멸하시고 여상
呂尙[34]으로 승상을 삼아 국사를 총임總任하여 주씨를 보익輔翊하고, 진시황秦始皇은 여
불위몸不韋[35] 자식으로 진나라 왕이 되어 열국列國을 진멸殄滅하고 스스로 황제 되어
만리장성을 쌓아 오랑캐를 막고 장자長子 부소扶蘇를 내치며 장생불사長生不死하라 하
고 방사方士 서시徐市로 불사약을 구하려다가 사구 평대沙丘平臺[36]에서 죽었으며, 한
천자漢天子 유방劉邦은 백사白蛇를 버히고[37] 포의布衣로 일어나 항우項羽로 더불어 호
해胡亥[38]를 파破하고 파촉巴蜀 한중漢中 도읍한 후 장량張良의 결승천리決勝千里[39]와
소하蕭何의 부절양도不絶糧道[40]와 한신韓信의 전필승 공필취戰必勝攻必取[41]와 진평陳
平의 육출기계六出奇計[42]로 항우를 멸하고 한나라를 통일하였더니, 그 후에 왕망王莽이

---

29) 우임금은 순임금의 명을 받들어 홍수를 다스리면서 팔 년 동안 세 번 집 앞을 지나가도
　　들어가지 않고 육로로 갈 때는 수레를 타고 물길로 갈 때는 배를 타시고.
30) 하나라의 포악한 임금인 걸桀을 치고 새로 은殷나라를 세운 임금.
31) 은나라의 어진 정승.
32) 탕임금이 칠 년 동안 가물자 기우제를 지내는데, 사람을 희생으로 쓰던 것을 금하고 자기
　　머리털과 손톱을 잘라 사람 대신 희생으로 써 제사를 지냈다고 한다.
33) 은나라의 마지막 임금 주紂. 아주 포악한 임금이었다.
34) 강태공姜太公. 나이 여든 살 때까지 낚시질을 하고 지내다가 주나라의 재상이 되어 은나
　　라를 정벌하는 데 큰 공을 세웠다. 성이 강이고 나중에는 태공으로 봉하였으므로 강태공
　　이라고 부르는데, 그의 선조가 여몸의 임금이었기 때문에 여상이라고도 한다.
35) 진시황의 아버지 장양왕이 조나라에 볼모로 있을 때 여불위의 도움으로 귀국하여 왕위
　　에 올랐다. 그때 승상이 된 여불위는 자기가 사랑하는 여자가 임신한 것을 알면서 장양
　　왕에게 바쳐, 뒤에 여불위의 아들을 낳았는데 그가 진시황이라고 한다.
36) 사구는 옛 지명. 은나라 주 임금이 사구에 대를 쌓았다고 한다.
37) 한고조 유방이 술에 취하여 밤에 늪지를 지나는데 큰 뱀이 길을 막고 있으므로 칼로 베었
　　다. 뒤에 사람들이 뱀이 있던 곳에 가 보니 한 노파가 통곡하면서 "내 아들은 백제白帝의
　　아들인데, 지금은 적제赤帝의 아들이 베어 버렸다." 하고 사라졌다고 한다.
38) 진시황의 둘째 아들.
39) 장량은 교묘한 꾀로 천리 밖 싸움의 승패를 결정하고. 장량은 한고조를 도와 항우를 치
　　는 데 공로를 세운 사람.
40) 군량을 떨어뜨리지 않은 방법. 소하는 한고조 때 명재상.
41) 싸우면 반드시 승리하고 공격하면 반드시 취함.
42) 한고조를 도와 천하를 평정한 진평이 여섯 번이나 기이한 꾀를 냄.

찬역篡逆[43]하여 한을 폐하고 자칭 천자라 하더니, 한 광무漢光武 유문숙劉文叔이 군사를 백수촌白水村에 일으켜 왕망을 멸하고 다시 한실漢室을 중흥하니, 한 영제漢靈帝 때에 이르러 십상시十常侍[44]의 난을 만나 황건적黃巾賊[45]이 창궐猖獗하고 동탁董卓[46]이 찬역하매 천하를 삼분하여 한漢 종실宗室 유현덕劉玄德[47]이 서천西川에 도읍하여 한실을 붙들더니, 그 후에 사마염司馬炎[48]이 삼국[49]을 통일하고 천하를 통합하여 국호를 진晉이라 하고, 그 후에 수양제隋煬帝가 사마씨를 진멸하고 자칭 천자러니, 수양제의 일총신一寵臣[50] 하동 평장군河東平將軍 이연李淵[51]의 셋째 아들 세민世民이 위징魏徵, 진숙보陳叔寶, 서무공徐武公 삼걸三傑의 도움으로 수양제를 내치고 금용성金墉城의 이밀李密[52]을 파하여 이연을 세워 고조高祖 황제를 삼고 국호를 대당大唐이라 하더니, 지금은 그 아들 세민이 그 뒤를 이어 황제 되었으니, 이 세상은 당 태종唐太宗 세민 황제 시절이 아니오니까?"

서대쥐 이 말을 듣고 크게 기뻐하여 굽은 허리를 길게 펴고 뾰족한 주둥이를 쳐들고 두 귀를 발록이며 앞발로 수염을 어루만지며 허허간간 대소大笑하여 가로되,

"기특하도다. 내 나이 늙으므로 교학敎學지 못하매 너희들이 굴 문을 나가는 바 없이 항상 토굴 안에서 생장하여 정저와井底蛙와 같이 준준 무식蠢蠢無識일까[53] 하였더니, 오늘날 네 말을 들으니 나의 모색茅塞한[54] 흉금이 열리고 어둔 눈이 밝아져 삼황오제三皇五帝[55]를 지금 뵈옵고 공자 맹자를 당장 뫼신 듯하니, 이는 서씨 문호의 홍복洪福[56]이요,

---

43) 왕망이 반역하여. 왕망은 전한 말기의 임금으로 꾀를 내어 평제를 죽이고 나라를 빼앗아 신新나라를 세웠으나 정사에 실패하여 십오 년 만에 멸망했다.

44) 후한 영제 때의 장양, 조충, 하위, 곽승, 손장, 필람, 율중, 단규, 고망, 장공, 한리, 송전 열두 명. 이들은 중상시가 되어 제멋대로 행동하였으므로 세상에서 '십상시'라고 불렀다.

45) 후한 말에 장각張角이 일으킨 농민군.

46) 동한 사람. 환제 때 우림랑 벼슬을 했고 여러 번 전공을 세워 평제 때에는 전장군으로 되었다.

47) 한나라의 종실인 유비劉備. 현덕은 자이다.

48) 서진의 무제. 오나라를 멸망시켜 천하를 통일했다.

49) 한나라 이후 세 나라로 분립된 위, 촉, 오.

50) 임금이 제일 사랑하는 신하.

51) 당나라를 개국한 임금. 처음 수나라에서 벼슬살이를 하였는데 군사를 일으켜 양제를 죽이고 임금이 되어 나라 이름을 당이라 하였다.

52) 수나라 양평 사람. 책략가였다.

53) 우물 안 개구리같이 아주 어리석고 무식할까.

54) 꽉 막힌.

55) 태곳적 천황, 지황, 인황과 다섯 황제 곧 태호, 염제, 황제, 소호, 전욱을 아울러 이르는 말.

너의 학문 재주는 생이지지生而知之[57]라.

　내 매양 염려하는 바는 내 나이 많은 고로 사후에 자손이 학업을 폐하여 예의염치를 알지 못하고 무식 탕자蕩子 되어 우리 서씨 문중에 삼강三綱이 무너지고 오륜五倫이 멸절滅絶할까 염려하였더니, 이제 너의 말을 들으니 지식이 명약관화明若觀火라 장하고 기쁘도다."

장자 쥐 곁에 뫼셨다가 가로되,

"부친은 근심치 마옵소서. 문장 재사와 영웅 열사는 신수身數의 좋은 바 아니라. 옛날 항량項梁도 그 조카 항우로 하여금 글을 가르치매 이루지 못하고 검술을 가르치매 또 불성不成커늘 항량이 노하여 꾸짖은대, 항우 가로되, '글은 기성명記姓名하면 그만이요, 검술은 일인적一人敵할 따름이라[58]. 족히 배울 바 없사오니 만인 대적萬人對敵을 배우고자 하나이다.' 하거늘, 항량이 그 말을 기특히 여겨 즉시 병법을 가르쳐 이름을 천추千秋에 유전遺傳하였고, 한나라 사마천司馬遷은 명만고문장明萬古文章[59]으로 고금을 통달하고 역대를 박람博覽하여 흉중에는 오거서五車書[60]를 품고 입에는 공맹孔孟을 송독誦讀하는 글로도 마침내 불알을 썩여 독한 형벌을 당하였으니, 글이 비록 이적선李謫仙, 두목지杜牧之를 압두壓頭한들 무엇이 유족하리오. 속담에 일렀으되, '곤궁은 문장에서 나고 재승박덕才勝薄德[61]이라.' 하니, 글은 우리 누대 서씨 호적이나 남의 손에 빌려 쓰지 아니하면 족할지라.

　자고로 제왕 영웅과 충신 효자와 열녀 효부며 부귀공명과 문장 등 역사 명인을 평론할진대 제나라 전횡田橫[62]은 일국 왕으로 지방이 육천여 리요 대갑帶甲[63]이 백만이로되 오히려 노중路中에서 자문이사自刎而死[64]하였고, 초국楚國 사람 오사伍奢[65]의 아들 오자서伍子胥[66]는 오왕吳王 부차夫差를 섬길새 월왕越王 구천句踐이 오자서의 이름만 들

---

56) 큰 복.

57) 배우지 않고도 나서부터 안다는 뜻.

58) 글은 자기 이름자를 쓸 수 있으면 되고, 검술은 한 사람을 대적할 만하면 될 따름이라.

59) 세상에 비길 데 없이 뛰어난 문장.

60) 다섯 수레에 실을 만큼 많은 지식.

61) 재주가 있으면 덕이 적다는 뜻.

62) 제나라 임금인 전영田榮의 동생. 전영이 죽자 그를 대신하여 항우를 물리치고 제나라 땅을 다시 찾았다.

63) 갑옷 입은 군사.

64) 스스로 자기 목을 찔러 죽음.

65) 춘추시대 초나라 사람. 태자태부로 있었는데 태자의 참소로 아들 오상伍尙과 함께 죽었다.

66) 아버지 오사가 죽자 오나라로 도망가서 오왕을 도와 초나라를 쳤다.

어도 혼비백산 전율증戰慄症이 나매 오자서는 영웅의 이름이 각국에 전파하되 마침내 한 자루 촉루검屬鏤劍 아래 자문이사 하였고, 지백智伯의 신하 예양豫讓은 충성을 다하여 칠신위라漆身爲癩하고 탄탄위아吞炭爲啞하여 행걸어시行乞於市하며[67] 인군人君을 위하여 원수를 갚고자 하다가 충성을 이루지 못하고 조양자趙襄子[68]에게 죽였으며, 주문왕周文王의 아들 백읍고伯邑考는 아버님께서 유리옥羑里獄에 갇히사 칠 년을 돌아오지 못하시니 출천지효出天之孝를 다하여 부친을 구하려 하다가 효를 이루지 못하고 마침내 달기妲己[69]에게 독을 받아 함분含憤코 죽였으며, 제齊나라 왕촉王蠋은 국파군망國破君亡한 연후에 연장燕將 악의樂毅[70]가 왕촉의 어진 이름을 듣고 부르되 왕촉이 불청 왈不聽曰 '충신忠臣은 불사이군不事二君이요 열녀烈女는 불경이부不更二夫라.' 하고 인하여 목을 매어 죽였으니 열절烈節은 비록 유전流傳하나 인군의 망함을 구치 못하고 제 몸이 죽였으며, 진晉나라 석포石苞의 아들 석숭石崇은 천하 거부巨富가 만승천자萬乘天子를 지나되 오히려 명을 보존치 못하고 마침내 머리를 버혔으며[71], 한 장군 박소薄昭는 황후의 아우요 천자의 외숙이로되 행의불치行義不治하므로 천자가 신하 등을 거상居喪 입혀 조상弔喪하매[72] 박소 마지못하여 스스로 목 찔러 죽였으며, 한나라 곽광霍光[73]은 주공周公의 일을 본받아 어린 인군을 받들어 정사를 도우매 벼슬이 박륙후博陸侯를 봉封하고 평서대장군平西大將軍 대사마大司馬를 겸하여 인군의 스승이 되어 금달禁闥[74]에 출입한 지 이십여 년에 공명이 지중하여 비록 제 몸은 무사보전無事保全하였으나 곽광이 죽은 후에 자손이 멸망하고 곽씨 제족諸族이 진멸殄滅하였사오니, 대저 예로

---

67) 예양은 자기를 알아주는 왕 지백을 충심으로 섬겼는데, 지백이 조양자에게 멸망하자 조양자를 죽여 지백의 원수를 갚으려고, 몸에 옻칠을 하여 문둥이로 되고 숯을 삼켜 벙어리가 되어 칼을 품고 저잣거리에서 거지 노릇을 하며 있었다고 한다.

68) 춘추시대 진나라의 대부. 양자는 그의 시호.

69) 은나라 주紂 임금의 비. 주 임금의 사랑을 받으면서 그의 포악한 정치를 부추겼다고 한다.

70) 연나라의 장수 악의. 연나라 소왕昭王 때 상장군으로 있으면서 조趙, 초楚, 한漢, 위魏, 연 다섯 나라의 군사를 거느려 제나라를 치고 승리를 거두었다. 뒤에 임금에게 버림받고 조나라에 도망갔다가 거기서 죽었다.

71) 석숭은 진晉나라의 큰 부자로, 애첩 녹주綠珠를 달라는 권신權臣 손수孫秀의 요구를 거절하여, 손수의 모함에 걸려 처형되었다.

72) 박소는 한나라 문제文帝의 외숙으로 교만 방자하였는데 한나라 사자使者까지 함부로 죽이자, 문제가 차마 직접 처벌하지 못하고 신하들에게 상복을 입고 박소에게 가서 조문하게 하여 박소가 마침내 스스로 자살하였다 한다.

73) 한나라 때 정치가. 무제가 죽고 소제가 즉위하자 대사마 대장군이 되었는데 임금이 나이 어리므로 정사를 맡아하였다.

74) 궁궐, 조정.

부터 제왕 영웅과 충효 열절과 부귀공명과 문장이라 이름난 자들이 와석종신臥席終身[75]
하기 어려운지라, 무엇이 선羨하며[76] 귀타 하리오.

우리 서씨는 대대 선비로 학업을 폐치 말고 성명이나 기록하고 자손은 오입誤入 잡기
雜技나 말고 난봉이나 없으면 욕급선조辱及先祖[77]는 면할 것이요, 매년 추수하여 삼백
육십 일에 권솔眷率이 기한飢寒을 알지 못하고 위로 조상 신령의 사시四時 향화香火[78]
를 받들며 백발 쌍친雙親을 고당高堂에 모셔 조석朝夕 감지甘旨를 봉향奉饗하며[79] 아래
로 충충 자녀를 영솔領率하여 부화부순夫和婦順[80]하며 우애우독友愛尤篤하여 상하화목
하고 계견鷄犬이 구순俱順하여 화기자생군자실和氣自生君子室이요 가화만사성家和萬
事成이면 성자신손聖子神孫이 계계승승하리니, 부질없이 제왕 영웅과 충효 열절과 부귀
공명 문장을 하처何處에 쓰리오. 원컨대 부친은 심려를 허비하사 쓸데없는 근심을 마시
고 만수무강으로 여년을 마칠까 하나이다."

대쥐 듣기를 다하매 희색喜色이 만면滿面하여 왈,

"선재善哉라, 네 말이여. 기재奇哉라, 네 말이여. 진실로 군자로다. 너 같은 아들을 두었
으니 문왕의 백자百子와 곽 분양郭汾陽[81]의 천손千孫을 어찌 귀타 하리오."

좌우 쥐로 하여금 술을 가져오라 하여 수십 배杯를 마시고 주흥酒興을 못 이기어 중손
외손 사향쥐를 명하여 글을 지으라 하더니, 홀연 토굴 밖으로서 쥐 하나 창황 급급히 들어
와 복지伏地 문안하거늘, 서대쥐 자세히 보니 이는 곧 선대로부터 부리던 청지기 쥐라, 급
문急問 왈曰,

"네 무슨 일이 있관데 이리 급히 오느뇨?"

그 쥐 앞으로 가까이 와 가로되,

"소인이 생애生涯[82] 없사와 동절冬節에 처자를 보존키 어려우매 거월去月 망야望夜에
달이 밝기로 하동下洞[83] 장 처사 집 용정舂精[84]하는 백미를 탈취코자 아랫방을 찾아 들

---

75) 제 명을 고스란히 다 살고 편안히 자리에 누워서 죽음.
76) 부러우며.
77) 선조에게 욕이 미치게 하는 것.
78) 계절에 따라 지내는 제사.
79) 늙은 부모님을 높다랗게 지은 집에 모셔 아침저녁으로 맛있는 음식을 받들어 올리며.
80) 남편과 안해가 다 온화함.
81) 당나라 장수 곽자의郭子儀. 안녹산의 반란을 진압하는 데 공로를 세우고 분양왕으로 봉
　　해졌다. 자손이 많고 다복하였다고 한다.
82) 세상을 살아갈 방도.
83) 아래 고을.
84) 방아에 벼를 찧어서 쌀을 만드는 것.

어가온즉 동편 구석으로 대독이 있삽거늘 좌우 벽을 인연하여 독 전에 올라 굽어 살펴보온즉 백미는 있사오나 반 독이 차지 못하오매 좌사우상左思右想[85]하오나 탈취할 길이 없사온지라, 처자의 여러 날 굶고 소인만 기다리는 일을 생각하온즉 빈 몸으로 돌아가올 일이 망연하옵고 소인도 또한 삼사일을 굶사오매 식욕이 대발大發하여 결단코 독으로 뛰어내려 위선 주린 배를 충복充腹은 하왔사오나 다시 몸을 벗어날 계책은 없는지라, 십여 일을 독 속에서 잘 먹고 지내더니, 마침 장 처사의 생일을 당하여 송편 쌀을 내느라고 비자婢子로 하여금 박을 들려 들어오거늘, 소인이 총망중에 한 계교를 생각하고 쌀을 헤치고 몸을 백미 중에 감추고 동정을 보온즉, 그 비자 박을 들고 독 중 쌀을 무수히 떠내 가지고 나갈새 소인이 바가지 쌀 속에 묻혀 나오다가 방문 밖에 나가거늘 쌀을 헤치고 뛰어 도망하여 온즉, 그지간 처자는 소인을 기다리다가 여러 날 소식이 없으매 필시 죽었다 하고 소인의 처는 건넌산 백화촌百花村에 서달쥐를 얻어 가옵고, 어린자식은 홀로 토굴에 엎디어 어미를 부르며 우는 형상이 심히 자닝한지라. 이러므로 오래 문안을 아뢰지 못하와 하정下情에 황공 불안하온 중 이러한 곡절을 모르시고 소인의 위인을 무상無常하다 통촉洞燭하실까 황송 만만이온 고로 오늘날 문안차로 나옵더니, 동구 문하에 가까이 이르러는 사람의 자취가 있삽기로 놀라 몸을 잠깐 풀 가운데 숨겨 동정을 살펴보온즉, 한 사람은 검은 갓 쓰고 홑단 창의氅衣[86] 입고 숭혜繩鞋[87]를 신고 한 사람은 검은 갓 쓰고 청직령靑直領[88] 입고 검정 신 신었으되 일장一張 교지敎旨를 동구 동편 율목栗木[89] 늘어진 가지에 걸고 이르되, '당唐 천자天子 금용성金墉城을 치려 하실 제 팔패동八卦洞 거하는 서씨 종족이 금용성 낙구창洛口倉[90] 백만 석 양미糧米를 모두 흩어 없애므로 금용성을 파하매, 이는 구궁산 서 씨의 공이라 하사, 태종太宗 세민世民 황제 특별히 서 씨에게 가자加資[91]를 내리시고 옹주雍州 본관本官[92]에 조서를 내리사, 구궁산 팔패동 사면 사십 리를 사패賜牌[93]하여 서 씨를 주노니, 만일 사람이나 금수라도 서씨 종족에 사패한 율목과 초목을 침구지폐侵寇之弊[94] 있거든 자본관自本官으로[95] 극별極別 엄금嚴禁

---

85) 이리저리 생각함.
86) 벼슬아치가 평상시에 입는 웃옷.
87) 미투리.
88) 무관武官이 입던 깃이 곧은 푸른색 웃옷.
89) 밤나무.
90) 금용성은 낙양 동북쪽에 있던 성이고 낙구창은 낙구에 있는 곡식 창고.
91) 벼슬아치의 임기가 다 찼거나 근무 성적이 좋으면 품계를 올리는 것. 또는 올린 품계.
92) 높은 관리가 자기를 이르는 말, 또는 고을 원.
93) 임금이 공신에게 산림, 토지, 노비 들을 내려 주는 것.
94) 빼앗아 내는 폐단.

하라 하시기로, 나는 본관 아전이러니 황제의 교지를 남게 걸고 가느니, 만일 서씨 종중에서 이 일을 알거든 교지를 거두어 가라.' 하고 인하여 사람이 산을 내려가오매 소인이 그 소리를 듣고 기쁨을 이기지 못하와 급급히 나와 고달告達하나이다."

여러 젊은 쥐들이 이 말을 듣고 모두 손뼉 치며 이르되,

"우리 왕대인께서 천은天恩이 망극하여 가자를 얻으시니 서씨 문중이 광채光彩 배승倍勝하도다."

무수히 지저귀되 서대쥐는 나이 많아 경력이 있으매 경솔한 자와 다른지라, 여럿을 꾸짖어 물리치고 말 전하던 청지기 쥐를 보고 일러 왈,

"요사이 반삭이 지나도록 오는 일이 없기로 일기日氣는 차고 백설白雪이 만적滿積[96]하매 왕래에 길이 불편하여 오지 않는가 하였더니 원래 이런 연고 있었구나. 들으매 놀랍고 가련하도다. 나는 너의 살림이 이같이 곤궁함은 생각지 못함이라. 오히려 내가 너를 요량料量하는 마음이 부족함이라. 사세事勢 여차어든 댁에 와서 내게 말하기 창피할 터이면 여러 서방님께 이런 사유의 말을 대강 말할 것 같으면 어찌 이 지경에 이르렀으리오. 너의 슬거운 계규計規[97] 아니더면 하마 위태할 뻔하였도다.

고인이 일렀으되, '기한飢寒이 지신至身이면 불고염치不顧廉恥라.'[98] 하였으나 '위방불입危邦不入 난방불거亂邦不居라.'[99] 하였거늘, 네 나이 천여 세라 연소年少 경박자輕薄者와 다른지라 어찌 위태함을 생각지 못하였느뇨. 지금 너를 일이 석石 양미糧米를 주고 싶으나 졸연히 가속家屬이 없으매 뉘라서 조석을 공궤供饋하리오. 그사이 네 자식이나 데리고 아직 댁에 와 있다가 내두來頭[100]를 보아 지내라."

청지기 쥐 덕택을 못내 감축感祝히 여기거늘, 서대쥐 그제야 장자 쥐를 불러 청지기 쥐와 노복 쥐를 데리고 함께 토굴 밖에 나아가 그 말대로 만일 교지가 있거든 가져오라 하니, 장자 쥐 명을 듣고 같이 토굴 밖으로 나아가 동구에 이르니 과연 동편 밤나무 늘어진 가지에 교지가 걸렸거늘 노복 쥐로 하여금 밤나무에 올라가 가져오라 하여, 가지고 토굴로 들어가서 서대쥐에게 올리니, 서대쥐 그 교지를 받아보니 백옥 같은 일폭一幅 화전花牋에 생칠生漆[101] 같은 참먹으로 머리에 '교지'라 쓰고 그 아래에 다시 썼으되,

"구궁산 팔괘동 거하는 서대쥐 종족을 데리고 금용성 낙구창에 허다 양미를 없이하여 대

95) 고을 원부터.
96) 가득히 쌓임.
97) 슬기로운 꾀.
98) 굶주림과 추위가 몸에 이르면 염치를 돌아보지 않는다.
99) 위험한 나라에는 들어가지 않으며 어지러운 나라에는 살지 않는다.
100) 이제부터 닥치게 될 앞일.
101) 불에 달이지 않은 까만 옻.

공大功을 이루어 그 공이 불소不少한지라. 이러므로 구궁산 팔패동 사면 사십 리 내에 백자柏子[102] 율목 사만 육천 주株를 사급賜給[103]하나니, 종족이 대대로 산업을 삼고 서대쥐로 특별히 작위爵位를 내리와 가선대부嘉善大夫 행行 동지同知 겸 옹주첨사자雍州僉使者라."

하고 "대당 태종 육년 병인 월일." 이라 쓰고, 서촉西蜀 단청 붉은 주홍으로 일월 두 자 아울러 어인御印을 분명히 주었는지라.

서대쥐와 모든 쥐들이 보기를 다하매 정중庭中에 향안香案[104]을 배설하고 교지를 향안 위에 세우고 서대쥐 머리에는 서피鼠皮 제물[105] 관冠이요 몸에는 서피 제물 관대冠帶를 입고 발에도 제물 목화木靴를 신고 허리에도 제물 요대腰帶를 띠고, 향안 앞에 나아가 북향 사배[106]하여 천은天恩을 사례한 후에 대소 남녀 쥐를 데리고 중당中堂에 좌座를 정하매 장자 쥐 나와 왈,

"부친이 연장年將 육백 순旬[107]에 이르시되 관작官爵을 얻지 못하사 만세萬歲 후 명정銘旌이 희소稀少할까[108] 하옵더니 오늘날 가자를 얻사와 입신양명立身揚名하옵시니, 서씨 문호가 찬란하온지라 원컨대 당상堂上 잔치[109]를 배설하사 향당鄕黨 종족宗族과 인리隣里 빈객賓客을 청래請來하여 말년의 행락으로 즐김을 바라옵나이다."

서대쥐 웃어 가로되,

"오호라, 나의 천사 모년天賜暮年이 일박서산日薄西山에 이르러[110] 천은이 호대浩大하사 영화 이름을 얻으니, 이른바 고목枯木이 생활生活하고 사골死骨이 부생復生이라. 바라는 데 지나고 복이 과하니 사무여한死無餘恨이요 금석今夕에 수사雖死나 무엇이 부족다 할까마는 헤아리건대 잔치를 배설하여 즐김은 실로 경사 아님은 아니로되 여차如此 흉년에 백종百種이 극귀極貴하고 물가物價 고등高登한대 만일 잔치코자 할진대 소용 물품이 불소不少하여도 수천 금에 지나리니, 이 나의 일시 즐거움만 생각하고 공연히 재물을 남용하여 후세 자손의 생산 가업을 허비하리오. 다시는 잔치 이 자二字 말을 말라."

---

102) 잣, 잣나무.
103) 나라에서 무엇을 아래에 내려 보내주는 것.
104) 향로나 향합을 올려놓는 상.
105) 진솔. 한 번도 빨지 않은 새것.
106) 임금이 있는 북쪽을 향해 네 번 절함.
107) 순旬은 열흘 또는 십년을 이름. 따라서 나이가 장차 육천 살이 된다는 뜻.
108) '만세萬歲'는 귀한 사람의 죽음을 뜻하는 말. 죽은 뒤에 관직과 이름 따위를 밝혀 적는 명정에 써넣을 내용이 적을까 걱정했다는 말이다.
109) 집안에서 차리는 큰 잔치.
110) 하늘이 내리신 노년이 뉘엿뉘엿 서쪽으로 넘어가려 함에 이르러.

장자 쥐와 모든 쥐들이 다시 나와 강청强請하거늘 서대쥐 종불청終不聽하고 허락지 않는지라. 서대쥐의 처 고산 서씨 쥐 나와 가로되,

"낭군은 고집지 마소서. 괴철蒯徹[111]의 말에 일렀으되 '시지불행時至不行이면 반수기앙反受其殃이라.'[112] 하였으니 때에 돌아오는 낙을 한갓 재물만 아껴 즐기지 않으면 오히려 돌아오는 근심이 있을 것이요, 수전노라. 재물을 아끼어 후세 자손을 염려하심은 부모 되는 마음에 떳떳한 일이나, 성인이 이르시되, 일천 이랑 전답을 자손에게 전함이 한 재주 가르침만 못하고 수만금 재물을 자손에게 전함이 책 한 권 전함만 못하다 하였고, 한나라 태부太傅 소광疏廣은 천자와 태자가 주신 재물 수백만금을 가지고 고향에 돌아가 종족 향당과 고구故舊 빈객賓客을 나누어 주어 가로되, '천자의 주신 금으로 어찌 자손을 생각 않으리오마는 이것을 자손에게 전하는 것은 다만 게으름을 가르침이라.' 하고 황백금黃白金을 다 흩었으니, 이제 낭군은 여년이 비조즉석非朝卽夕[113]이라. 천자께서 주신 율목이 사만금 주시니 그만하여도 자손의 산업이 백세에 능족能足하거든 어찌 소소 재물을 아껴 일문一門 친척의 한 번 즐김을 폐하리오. 원컨대 낭군은 쾌히 허락하여 자손의 청구請求하는 말을 좇으소서."

서대쥐 대희大喜하여 왈,

"부인의 통달로써 나의 모색茅塞한 흉금을 열고 어둔 마음을 깨닫게 하니 부인은 진실로 여중군자女中君子요 치마 두른 장부라. 어찌 나 같은 졸장부야 부끄럽지 않으리오."

인하여 장자 쥐를 분부하여 당상 잔치를 허락하니, 장자 쥐 크게 기꺼하여 즉시 길일을 택하니 삼월 십오 일이 상원上元 갑자甲子 생기복덕일生氣福德日이라. 모든 쥐를 불러 잔치를 준비하며 서사 쥐로 하여금 한 장 회문回文[114]을 지으니, 그 회문에 하였으되,

"무릇 천지간에 바다 가장 넓고 만물 중에는 사람이 오직 영웅이로되 청천 백운에 깃을 떨쳐 나는 새와 산중 암혈巖穴에 걸음을 달려 발섭跋涉[115]하는 버러지와 만수천목萬樹千木 높이 처하여 깃들이는 금조 오작禽鳥烏鵲[116]이며 강천 계간江川溪澗[117]에 비늘이 잠겨 부유浮游하는 어류魚類들이 다 각각 천정天情[118]에 이기理氣는 있는지라. 대저 우

---

111) 한나라 때 한신에게 유방에게서 떨어져나와 나라를 세우라고 권했던 사람으로, 한신이 그의 충고를 듣지 않고 죽게 되자, 미친 척하며 세상을 떠돌다가 자취를 감췄다고 한다.
112) 때가 되었으나 행하지 않으면 도리어 재앙을 받는다.
113) 아침이 아니면 저녁이라는 뜻으로, 살 날이 얼마 남지 않았다는 말이다.
114) 한 장의 회람 글.
115) 산과 들을 밟아 넘어서 길을 가는 것. 또는 여러 곳을 두루 돌아다님.
116) 날짐승을 아울러 이르는 말.
117) 크고 작은 강과 시냇물을 아울러 이르는 말.
118) 하늘의 이치.

리 서씨는 태극太極이 조판肇判함으로부터 으뜸으로 세상에 나매 여러 번 역대를 지내고 자주 고금이 바뀌어 서씨 자손이 각처各處에 유락流落하매 촌내寸內[119] 멀어지고 친척이 끊어져 동서 각처의 종친宗親은 변하여 남이 되고 남북 사방의 족당族黨은 헤어져 구수仇讐에 이르니, 옛날 문왕文王의 자손이 열국列國에 번성하여 동부모同父母, 동골육同骨肉이로되 세월이 차차 오래매 후속後屬이 소원疏遠하여 서로 치고 쳐서 시여구수視如仇讐하되 주 천자周天子 오히려 능히 금치 못하였는지라. 우리 서씨 자손이 또한 주나라 후속 같아 서로 세계世界를 알지 못하고 상쟁지경相爭之境[120]에 이르니 어찌 한심치 않으리오.

희噫라, 우리 서씨 문중에 문장門長 어른이 나라에 대공을 이루므로 당 천자 어여삐 여기사 자급資級을 내리사 가자加資를 주신 고로 오늘날 잔치를 배설排設하여 서씨 족당으로 더불어 천은天恩을 공락共樂코자 하여 이같이 회문을 써 각처 서씨에게 고시告示하노니, 원근遠近 무론無論하고 우리 조판肇叛 서씨鼠氏[121]는 일일이 전하여 삼월 십오 일 내로 구궁산 팔괘동으로 일제一齊 내회來會하시되 만일 불참하는 자 있으면 서씨 문호의 폐족廢族이라."

하고, 그 아래,

"정묘丁卯 삼월 초사일 출문出文에 서당쥐라."

쓰고, 노복쥐 이십 명을 주어 각처로 보내고 일변 숙설소熟設所[122]를 배설하여 문객 중에 세상佃詳한[123] 쥐로 이 자二者를 택하여 숙설 비장을 삼아 대소 범절을 여일如一히[124] 준비하오니, 정 없는 백구白駒는 틈지냄 같이[125] 잔치 일자가 이미 수일에 격하였는지라. 구주九州에 흩어진 서씨 등이 회문을 보고 차차 전하여 청천에 구름 모이듯 하고 청산에 안개 모이듯 하여 늙은 쥐는 창안백발蒼顔白髮[126]에 막대를 짚고 어린 쥐는 옥면단발玉面短髮[127]에 초리草履[128]를 끌어 구궁산을 찾아 나오니 수일 내에 팔괘동 중에 서씨 종족을 불가승수不可勝數[129]라.

---

119) 십촌 이내의 일가. 여기서는 촌수라는 뜻으로 썼다.

120) 서로 죽일 듯이 다투는 지경.

121) 하늘이 열려 처음으로 생긴 쥐 족속.

122) 잔치 때 음식을 만드는 곳.

123) 꼼꼼하고 찬찬한.

124) 한결같이 일매지게.

125) 세월이 빨리 흘러감을 비유한 말이다.

126) 파리한 얼굴에 흰 머리털이란 뜻으로 늙은이의 용모를 일컫는 말.

127) 옥 같은 얼굴에 짧은 머리털이란 뜻으로 연소한 사람의 용모를 일컫는 말.

128) 짚신.

잔칫날을 당하매 모든 쥐들이 연석에 참여할새 눈을 들어 살펴보니 비록 토혈土穴이나 배산임수背山臨水하고 비산비야非山非野한대 자좌오향子座午向[130]으로 수십 칸 와가瓦家를 이뤘으니, 월중月中 단계丹桂[131]로 기둥과 들보를 삼았으니 명명明明한 월광月光은 일실一室에 조요照耀하고, 삼산三山의 오동으로 창호를 이뤘으니 주란화각珠欄畵閣[132]은 반공에 솟았으며 용루봉정龍樓鳳亭[133]은 좌우에 벌여 있고 옥난玉欄[134]과 주렴은 처마에 드리웠으니, 아침 태양과 저녁달은 구름 속에 그림자 마루를 임하였고 맑은 바람에 부딪치는 풍경風磬은 쟁쟁한 소리 심히 요란하며, 왕희지王羲之의 필법과 조맹부趙孟頫의 체법이며 서화부벽書畵付壁[135]이 분명하고 분벽사창粉壁紗窓[136]에 가득한지라

허다 부벽을 살펴보니, 동벽東壁에는 당우唐虞 시절에 허유許由[137]는 요堯임금의 천하 전함을 마다하고 영천수穎川水에 귀를 씻고 소부巢父[138]는 나의 정한 소를 더러운 귀 씻은 물 아니 먹인다고 고삐를 잡고 상류로 올라가는 형상을 그렸고, 서벽에는 육신선陸神仙 황석공黃石公[139]이 이교圯橋[140]에 걸터앉아 한인漢人 장자방張子房[141]이 두 손으로 신을 들어 황석공 내민 발에 신 신기는 형상을 그렸으며, 남벽에는 한漢 종실宗室 유 황숙劉皇叔[142]이 제갈공명諸葛孔明 보려 하고 와룡강臥龍岡 남양초당南陽草堂 풍설風雪 중에 찾아가서 삼분천하三分天下 의논코자 삼고초당三顧草堂 그렸으며, 북벽에는 풍채 좋은 두목지杜牧之가 일륜거一輪車[143]에 높이 앉아 주사청루酒肆靑樓[144] 지날 적에 노류장화路柳墻花 창

129) 그 수를 셀 수 없을 정도로 많은 것.
130) 자방子方을 등지고 오방午方을 향한 정남방. 옛날에 명당자리로 일러 왔다.
131) 달 속 계수나무.
132) 구슬 장식을 한 난간과 단청을 곱게 하여 화려하게 꾸민 누각.
133) 용과 봉황새를 그린 다락과 정자.
134) 구슬 장식을 한 난간.
135) 벽에 붙인 글씨와 그림들.
136) 하얗게 꾸민 벽과 비단 창가림을 드리운 창문.
137) 옛날 고결한 선비로 알려진 사람. 요임금이 여러 차례 벼슬을 주었으나 받지 않고 오히려 더러운 말을 들었다 하여 강물에 귀를 씻었다고 한다.
138) 옛날 고결한 선비로 알려진 사람. 벼슬을 받지 않고 산에서 살면서 나무에 둥지를 만들고 그 위에서 잤기 때문에 '둥지 위의 아버지'라는 뜻으로 '소부'라고 불렸다 한다.
139) 진나라 때 사람으로 《삼략三略》을 썼다고 하며, 장량에게 병서를 전하였다고 한다.
140) 흙다리.
141) 한나라 사람 장량張良. 유방劉邦이 항우項羽와 싸울 때 신묘한 꾀를 내어 유방을 도왔다.
142) 한나라의 종실인 유비劉備.
143) 바퀴가 하나인 수레. 옛날 신선들이 탔다고 전한다.
144) 술집과 기생집.

녀들이 옥안玉顔을 보랴 하고 동정호洞庭湖 누른 귤을 다투어 던지면서 일컫는 형상을 그려 있고, 아로새긴 기둥에는 입춘서立春書를 붙였으되 원앙 지상鴛鴦池上에 양양비兩兩飛요 봉황 누하鳳凰樓下에 쌍쌍도雙雙度며[145] 화동畫棟은 조비남포운朝飛南浦雲이요 주렴朱簾은 모권서산우暮捲西山雨라[146]. 백년삼만육천일百年三萬六千日에 일일수경삼백배一日須傾三百杯를[147], 청천일장지靑天一張紙에 사아복중시寫我腹中詩라[148].

전자篆字 팔분八分[149]이며 해자楷字로 써 당호堂號를 붙였으되 만수재萬壽齋, 채련정採蓮亭, 망월루望月樓, 장락헌長樂軒, 양선각養善閣, 산수각山水閣, 만화당萬和堂, 지족재知足齋를 현판懸板 씌어 있으니 개개이 명필이요 용사비등龍蛇飛騰[150]이라. 창전窓前 푸른 취병翠屛은 사시로 봄빛을 띠어 있고 단하壇下의 삼층 화계花階는 기화이초奇花異草를 분분히 심었으니 화향花香이 촉비觸鼻하고 창계窓階 아래로는 난초, 국황菊黃이며 석죽화, 흰초萱草를 줄줄이 심었으며, 뒤에는 천봉만학과 층암절벽이 봉봉이 산을 지어 주산主山을 삼아 있고, 좌편에는 창창蒼蒼한 푸른 송백松柏 사시장청四時長靑으로 이루어 있고, 우편에는 마디마디 푸른 녹죽綠竹은 백세百世 청풍淸風으로 절개를 자랑하고 앞으로는 옥 같은 내와 맑은 시내에 흐르는 물결이 잔잔하여 은린옥척銀鱗玉尺[151]이 물을 따라 왕래하고, 때는 마침 삼춘가절이라 백화는 만발하여 분분히 날아 동중洞中[152] 나부끼며 백운白雲 차일遮日과 빛난 포진鋪陳[153]은 청천을 가려 운소雲霄[154]에 솟았는데, 만수재 너른 집은 서대쥐 대연大宴을 배설하고 늙은 쥐로 더불어 동락할새 머리에 화향청사건花香靑紗巾[155]을 쓰고 몸에 운무학창의雲霧鶴氅衣[156]를 입고 허리에는 서촉西蜀 오서대烏犀帶[157]를 띠고 발에는 무릉武陵 백화말白花襪[158]을 신었으며, 치아齒牙에 누른 금은 햇빛에 조요하고 손

---

145) 원앙은 못 위에 쌍쌍이 날고 봉황은 다락 아래를 쌍쌍이 지나간다는 뜻. 시의 한 구절.
146) 그림 그린 기둥에는 아침에 남포의 구름이 날고 붉은 발로는 저물녘 서산의 비가 걷힌다. 당나라 시인 왕발의 시구.
147) 백년 동안, 곧 삼만육천 일에 날마다 반드시 삼백 잔 술을 마시겠다는 뜻. 이백의 시구.
148) 푸른 하늘을 한 장 종이로 삼아 내 배 안에 있는 시를 쏟아놓겠다는 뜻. 이백의 시구.
149) 예서 2분과 전서 8분을 섞어 만든 한자의 서체. 예서와 전서도 한자 서체의 한 가지다.
150) 용이 하늘로 날아오르듯 힘있고 활달한 필체를 이르는 말.
151) 은빛 비늘이 달린 큰 물고기.
152) 골 안에.
153) 잔치할 때 깔아 놓은 방석이나 돗자리.
154) 높은 하늘.
155) 꽃향기 풍기는 푸른 비단 모자.
156) 구름과 안개가 서린 듯한 소매 넓은 웃옷.
157) 무소뿔로 꾸민 좋은 허리띠.
158) 희고 좋은 버선.

에는 오색 비렴선飛簾扇[159]을 들었으니, 몸은 비록 적으나 위풍 늠름하고 풍채 찬란하지라.

서 동지 주석主席에 좌정坐定한 후에 문방사우를 좌우에 벌여 놓고 어른 쥐를 대접하고, 산수각 너른 집에는 장자 쥐 대연을 배설하여 종친을 대객待客하고, 망월루에는 차자 쥐 잔치를 배설하여 고구故舊 쥐를 대객하고, 장락헌에는 삼자 쥐 잔치를 배설하여 빈객賓客 쥐를 대접하고, 서동쥐의 처 고산 서씨는 만화당에 잔치를 배설하여 종친 고구 친척의 부인 쥐를 접대하니 갖은 음식 풍족하다.

강남의 누른 귤과 송강松江의 농어회와 서역西域의 청포도와 북경의 용안龍眼, 여지荔枝(여주), 당대추며 천태산天台山의 천일주千日酒와 한 무제의 옥로주玉露酒며 유령劉伶의 장취주長醉酒에 옥진가효玉珍嘉肴[160]와 진수성찬으로 풍악을 갖추어 굉주교착觥籌交錯[161]하여 환성歡聲이 여류如流하더라.

장자 쥐 의관을 정제하고 앵무배鸚鵡盃에 장생주長生酒를 부어 들고 서대쥐 앞에 나아가 꿇어 양수兩手로 받들어 올려 왈,

"옛날 주 목왕周穆王[162]은 일쌍 청조靑鳥를 좇아 곤륜산崑崙山에 올라가 서왕모西王母로 더불어 반도연蟠桃宴[163] 잔치할 제 서왕모 빙도 설우氷桃雪藕[164]를 주 목왕께 드려 천세를 일컬은지라. 소자는 오늘날 잔치에 한 잔 장생주를 부친 좌하座下에 올리옵나니, 건곤乾坤이 불로불로 월장재月長在한데 번화강산繁華江山 금백년今百年이라[165]. 이 장생주 한 잔 잡수시고 만수무강하옵소서."

서 동지 혼연히 웃고 잔을 받아 마시니, 장자 쥐 일어나 절하고 물러가더니 차자 쥐 또한 노자작鸕鷀杓[166]에 불로주不老酒 부어 들고 또 양수로 올려 왈,

"옛날 동방삭東方朔[167]은 한 무제에게 교리화조交梨火棗[168]를 드려 헌수獻壽하온지라,

---

159) 화려하고 질 좋은 부채.

160) 진귀하고 맛 좋은 음식과 안주.

161) 술잔이 자주 오가면서 자리가 흥겨움을 나타내는 말.

162) 주나라 소왕昭王의 아들로 나이 쉰이 넘어 임금이 되었으나 오십오 년 동안이나 임금 노릇을 하다가 죽었다고 한다.

163) 반도가 열리면 서왕모가 차린 잔치. 반도는 전설에서 나오는 신선들이 먹는 복숭아로 삼천 년에 한 번씩 열리는데 서왕모가 심었다고 한다.

164) 신선들이 먹는다는 복숭아와 연뿌리. 빙도氷桃는 만 년에 한 번 열리는 복숭아이고, 설우雪藕는 만 길이 넘는 연의 어린 뿌리.

165) 하늘땅은 늙지 않고 달도 길이 있는데 번화한 강산이 이제 백년이라는 뜻.

166) 술잔 이름.

167) 한 무제 때 사람. 해학을 잘하고 신선술을 좋아했다고 하며, 서왕모의 복숭아를 훔쳐 먹

소자는 오늘날 한 잔 불로주를 부친 슬하에 올리옵나니 천상사시天上四時는 춘작수春作
首요 인간오복人間五福은 수위선壽爲先이라[169] 부친은 이 불로주 한 잔 마시사 연년익
수延年益壽하심을 축수하나이다."

서 동지 혼연히 웃고 잔을 받아 마시니 차자 쥐 일어 절하고 나가거늘, 장자 쥐 다시 풍악
을 갖추어 기생 쥐 이십 명으로 하여금 연석宴席에 나와 가무歌舞하라 하니, 기생 등이 공
교로운 단장과 아리따운 빛으로 청군홍상靑裙紅裳[170]을 나부끼며 섬섬옥수纖玉手와 단
순호치丹脣皓齒[171]로 노래를 부르니, 노래에 하였으되,

"하늘이 서씨를 응함이여, 자회子回에 열림이로다. 서씨 하늘을 좇음이여, 으뜸으로 세
상에 나도다. 낙구창을 흡음이여, 대당大唐이 창흥創興하도다. 공을 나타냄이여, 서씨
문호 빛남이로다. 인간이 알지 못함이여, 욕투서이기기欲投鼠而忌器[172]로다. 사자死者
는 불가부생不可復生이며 불여생전不如生前 일배주一盃酒로다.[173] 두어라, 인민 금수人
民禽獸에 사생고락死生苦樂은 한가진가 하노라."

노래를 파하매 낭랑한 소리와 쟁쟁한 음률은 오히려 초창怊悵[174]한지라. 서대쥐 듣기를
다하매 슬픈 마음이 자연 동하여 눈물을 머금고 모든 빈객 쥐를 대하여 깊이 탄식하여 가
로되,

"내가 나이 육천여 세에 조상祖上 선음先蔭[175]으로 기한飢寒을 알지 못하고 일신이 무병
하여 신상身上에 괴로움을 알지 못하고 슬하에 백자천손百子千孫이 좌우로 시립侍立하
며 혼정신성昏定晨省하며 출필고出必告 반필면返必面[176]하매 조금이라도 불효를 끼치
는 자손이 없어 경세경년經歲經年[177]과 송구영신送舊迎新에 다만 영화 경사의 즐거움만
알았고 천추만세에 괴로움을 모르더니 차호嗟乎라, 수삼 년 전으로부터 우연히 가변家
變이 일어나기 시작하는데, 둘째 증손 쥐 본디 총명총명聰明이 과인過人하여 《논어論語》

어 인간 세상으로 귀양 온 신선이라는 전설이 있다.

168) 신선이 먹는 배와 대추.

169) 하늘의 네 계절 가운데서는 봄이 제일 먼저이고 인간의 오복 가운데서는 장수하는 것이
첫 번째라는 뜻.

170) 파란 치마에 빨간 저고리.

171) 붉은 입술과 하얀 이.

172) 쥐를 때려잡으려 하나 그릇이 깨질까 봐 못 한다는 뜻.

173) 죽은 자는 다시 살아날 수 없으니 살아생전에 한잔 술을 마시는 것이 낫다는 뜻.

174) 슬프고 근심스러운 것.

175) 조상의 음덕.

176) 나갈 때는 반드시 부모님께 나간다고 하고, 돌아오면 부모에게 왔다고 인사하는 것.

177) 매 해를 보내는 것.

《효경孝經》을 모를 것이 없고 성품이 인후단정仁厚端正하여 버릴 데 없으나 주색에 침
혹沈惑[178]하므로 매양 염려하더니, 수년 전 벗으로 더불어 야화夜話[179]하러 밤에 나갔다
가 박 풍헌朴風憲 집 술독에 빠져 죽었고, 셋째 현손 쥐는 녹음을 구경코자 하여 동구 밖
에서 한유閑遊하다가 괴[180] 서방에게 물려 가고, 넷째 고손 쥐는 효심이 지극하여 제 아
비의 병으로 기름을 얻어 환약을 지으랴 하고 산 너머 윤 석사尹碩士 집에 갔다가 말덫
에 치여 죽고, 다섯째 외손녀 쥐는 이팔청춘에 행실이 부정하여 서방에 반하여 나간 지
두어 해로되 종시 소식을 알지 못하매 주야 근심하는 바러니, 오늘날을 당하여 죽은 자
녀를 생각하니 기쁜 가운데 슬픔이 나고 슬픈 가운데 기쁨이 나는도다. 이는 일희일비一
喜一悲요 반생반사半生半死라 어찌 가석可惜지 않으리오."

인하여 눈물이 나는지라. 모든 아들 쥐들이 위로하여 취흥이 도도하더니, 이때 구궁산봉으
로 하도산河圖山 낙서동洛書洞에 한 짐승이 있으되 이름은 다람쥐라. 본디 성품이 간악하
고 위인이 불인不仁할 뿐 외라[181] 마음이 게으르고 몸을 심히 아끼는지라. 고로 가세 빈
한하여 일일一日 재식再食은 이르도 말고 삼순구식三旬九食이 어려운지라[182]. 이때 마침
서대쥐 집 잔치 연단 말 듣고 갈건포의葛巾布衣로 초리草履를 신고 문에 나거늘, 계집 다
람쥐 물어 가로되,

"낭군은 어디로 가고자 하느뇨? 이제 굶은 지가 삼일이라, 기력이 쇠진하여 겨우 행보行
步를 옮겼다가 오래 돌아오지 아니하면 행여 수리[183]에 해를 볼까 염려 무궁하리니, 낭
군은 멀리 가지 마소서."

다람쥐 가로되,

"내 본시 서대쥐와 일면 교분이 있더니, 들으니 이번에 당상堂上[184]한 후 오늘날 잔치를
배설하여 빈객을 대접한다 하는 고로 한번 찾아가서 주식酒食을 얻어다가 우리 부처 한
번 기갈을 면할까 하노라."

계집 다람쥐 가로되,

"불가하다. 비록 일면 교분 있으나 불청객이 자래自來로 청치 않은 잔치에 감이라. 봉비
천인鳳飛千仞에 기불탁속飢不啄粟[185]은 장부의 염치요 사불관면士不冠免[186]은 군자의

---

178) 나쁜 데 깊이 빠지는 것.

179) 밤에 모여 이야기하며 노는 것.

180) 고양이.

181) 사람됨이 어질지 못할 뿐 아니라.

182) 하루 두 끼는 말할 것도 없이 삼순, 곧 한 달에 아홉 끼니도 어려운지라.

183) 솔개.

184) 정삼품 이상의 벼슬. 또는 그 벼슬에 오르는 것.

185) 봉황새가 천 길을 날면서 아무리 굶주려도 좁쌀 같은 하찮은 것은 먹지 않는다는 뜻.

예절이라 하였나니, 영사寧死언정[187] 어찌 기갈로써 염치를 불고不顧하리오."

다람쥐 가로되,

"그대의 말이 비록 옳으나 옛날 한 광무漢光武는 무루정蕪蔞亭의 두죽豆粥[188]을 구하며
호타하滹沱河의 맥반麥飯[189]을 취하였으되, 필경은 만승천자를 이뤘거늘 나 같은 필부
야 어찌 소소한 염치를 구애하리오."

하고 인하여 소매를 떨치고 바로 구궁산 팔패동을 찾아가니, 분분紛紛한 풍악風樂과 요요
嬝嬝한 가성歌聲이 구름 밖에 들리고 번화 진찬繁華珍饌과 미주 가효美酒嘉肴는 분분 왕
래하는지라. 다람쥐 바로 연석으로 나아가니 모든 빈객 쥐들이 서로 보며 면면상고面面相
顧하며 말이 없거늘 바로 만수재를 향하여 청상廳上으로 올라 서대쥐를 보고 예하여 가로
되,

"소생 다람쥐는 오래 엎디어 영감 대인 현성賢聲을 듣사오니 고루한 일신이 문을 닫고
목을 움쳐 출두키 어려운 고로 한 번도 배알拜謁치 못하였더니, 요사이 듣사오니 영감이
천은天恩을 입어 가자를 성창盛暢히 하셨다 하오매 경조상문慶吊相問은 예불가폐禮不
可廢[190]라 당돌히 연석에 나와 감히 하례를 드리나이다."

서 동지 몸을 일어 답례한 후 별설 일탑別設一榻[191]하여 다람쥐를 맞아 좌정하매, 다람
쥐를 자세히 살펴보니 형용이 초췌하고 의표儀表가 남루하여 빈곤이 용모에 나타나거늘
마음에 측연惻然하여[192] 가로되,

"나는 연로 다병多病하여 몸은 비록 살았으나 세상에 두문불출杜門不出이 오랜지라. 매
양 그대를 한번 찾고자 한 마음은 그윽하나 지척이 천 리요 등하불명燈下不明이라 상거
相距는 비록 멀지 아니하나 구름이 사이를 격隔하매 뜻과 같지 못하더니, 뜻밖에 오늘날
이같이 누지陋地에 왕굴枉屈[193]하여 나 같은 폐인을 찾으니, 이는 나의 바람에 지나고
우리 문호에 광채 배승倍勝하도다."

말을 마치매 장자 쥐를 명하여 주병酒餠[194]을 갖추어 지극 관대寬待[195]하더니 이윽고 일

---

186) 선비는 관을 벗지 않는다는 말로, 선비는 언제 어디서고 항상 체면을 지켜야 한다는 뜻
이다.

187) 차라리 죽을지언정.

188) 한나라 광무제가 무루정에 이르렀을 때 풍이馮異라는 사람이 그에게 콩죽을 주었다고
한다.

189) 보리밥.

190) 좋은 일에 기뻐하고 슬픈 일에 위로함은 예의로 보아 그만둘 수 없다는 뜻.

191) 따로 한 자리를 마련해 줌.

192) 측은하고 불쌍하여.

193) 누추한 곳에 욕되게 찾아왔다는 뜻으로, 주인이 손님 앞에서 겸손하게 하는 말.

락함지日落咸池하고 월출동령月出東嶺[196] 달 돋아 오매 좌객坐客 쥐 다 흩어져 각귀기가各歸其家[197]할새 제객諸客이 대취하여 원근을 헤아려 서로 붙들며 이끌어 완보서행緩步徐行으로 주흥酒興을 띠어 혹 소동파蘇東坡의 적벽부赤壁賦도 외우며 월광을 대하여 풍월도 읊으며 돌아가니 팔괘동중이 잔치 이튿날이라 훌훌 적막欸欸寂寞[198]하더라.

서 동지 장자 쥐와 노복 쥐로 하여금 포진 차일과 허다 기명器皿[199]을 일일이 수습하여 조사하라 분별하고, 정당에 올라 동자 쥐로 하여금 방 중에 일쌍 등촉燈燭을 밝히고 자리에 나아가 안석案席에 몸을 의지하여 앉거늘, 이때 다람쥐는 홀로 머물러 가지 않고 있다가 모든 손이 흩어지고 당중堂中이 조용한 틈을 타서 앞으로 가까이 나아가 슬피 고하여 왈,

"소생이 오늘날 미주 성찬美酒盛饌으로 선대지덕善待之德[200]을 입사오니 감사하옴을 이기지 못하오나 오히려 미진한 소회所懷가 있삽기로 우피牛皮를 즉모卽冒하고[201] 감히 황공한 말로써 고告코자 하옵나니 아지 못게이다, 찰납察納[202]하시리까."

서 동지 가로되,

"그대의 소회를 알지는 못하거니와 모로매(모름지기) 은휘隱諱치 말고 실정을 말하라."

다람쥐 다시 무릎을 거두고 왈,

"소생이 일찍이 부모를 여의고 혈혈 적신子子赤身이 토혈土穴에 고단히 의지하여 귀로는 공맹孔孟을 들음이 없고 손에는 문필을 배움이 없이, 낮이면 고봉준령에 솔씨를 주우며 층암절벽에 개암을 거두고 근동 원촌近洞遠村에 모맥牟麥[203]을 구하며 산전 야답山田野畓에 서속黍粟을 취하여 평생 잔명殘命을 근근 자생資生하옵더니, 이같이 겸년歉年[204]을 당하와 주우며 거둠이 없사온즉 낭탁囊橐이 고경枯罄하고 본무저속本無儲粟이라[205], 약한 자식과 파리한 계집은 기한을 견디지 못하오니 목석간장木石肝腸이라도 목불인견目不忍見이라. 좌사우상左思右想에 생계生計 무로無路하와 구구한 사정을 고하옵나니, 빌건대 대인 영감은 자비심을 드리우사 백자柏子, 황률黃栗[206] 수삼 두斗를 쾌히 허락하

---

194) 술과 떡.

195) 아주 잘 대접하는 것.

196) 해가 서산에 지고 달이 동쪽 마루에 솟는 것.

197) 저마다 제집으로 돌아감.

198) 어느덧 사방이 고요해짐.

199) 많은 그릇.

200) 후하게 대접해 주는 덕망.

201) 쇠가죽을 무릅쓰고, 곧 체면을 생각지 않고.

202) 어떤 청탁을 받아들이는 것.

203) 메밀과 보리.

204) 흉년.

205) 쌀 주머니가 텅 비고 본디 곡식을 모아 둔 것이 없어.

여 대급貸給[207]하시면 이는 한 되 물로 학철涸轍에 마른 고기[208]를 살리며 병의 밥을 내어 여상몸尙의 주림을 먹이심이니, 혼천대은渾天戴恩[209]을 살아서는 마땅히 머리를 숙여 갚고 죽어서는 마땅히 풀을 맺어 갚으리니, 애지련지哀之憐之하시고 긍지휼지矜之恤之하심을 바라나이다."

서대쥐 청파聽罷에 심히 애련하여 가로되,

"그대의 말을 들으니, 진실로 비감한지라. 희희라, 고진감래苦盡甘來와 홍진비래興盡悲來는 자고自古 상사常事[210]라 하늘에도 불측不測 풍운風雲의 조화 있고 만물에도 조석朝夕 길흉화복 있나니, 옛날 한신韓信은 바지 아래 욕을 받고 표묘漂母의 밥을 빌었으되[211] 마침내 왕후 장상王侯將相이 되고, 소진蘇秦은 나간 지 수월數月에 집에 돌아오매 처는 베틀에 내리지 아니하고 아지미는 부엌에 불사르지 아니하되 마침내 육국 정승이 되었는지라. 그대 비록 아직 곤궁하나 자고로 영웅 군자도 한 번 곤궁은 면하기 어려운 고로 고인이 일렀으되, '함지사지陷之死地 이후에 생생하고 치지망지置之亡地 이후에 존존이라, 죽을 땅에 당하여 살 곳이 열린다.' 하였으니, 그대는 빈곤을 혐의치 말고 하늘을 순히 하여 돌아오는 때를 기다리라."

인하여 세간 청지기 쥐를 불러 생률生栗 일 석石과 백자柏子 오 두斗를 주라 하여 노복 쥐로 하여금 달 석사[212] 댁으로 보내되 잔치 여물餘物을 큰 표자瓢子[213]에 담아 부송付送하라 하고, 다람쥐더러 일러 왈,

"생률, 백자는 비록 약소하나 이는 한 잔 물로 아방궁阿房宮 대화大火를 구함이요 한 그릇 밥으로 맹상군孟嘗君[214]의 삼천 객을 먹임이라. 모로매 갚음을 생각지 말고 한때 조석을 보내라."

다람쥐 일어나 재배 왈,

"대인의 활명지택活命之澤[215]으로 박薄한 잔명殘命을 고념顧念하사[216] 천한 목숨을 구

<hr />

206) 백자는 잣, 황률은 밤.

207) 꾸어 줌.

208) 수레바퀴 자국에 고인 물에 있던 붕어가 물이 말라 고통을 겪는 것을 비유한 말.

209) 큰 은혜.

210) 옛날부터 늘 있는 일.

211) 한나라 창업 공신인 한신이 소년 시절에 가난하여 남의 업신여김을 받으며 구차하게 생활한 것을 이르는 말.

212) 다람쥐 선비.

213) 바가지.

214) 전국 시대 제齊나라 사람. 식객을 좋아하여 삼천 명 식객을 먹여 살렸다고 한다.

215) 목숨을 구해 주는 큰 은혜.

216) 보잘것없는 목숨을 돌아보시어.

하시니, 이른바 물 없는 고기를 잡아 대해에 놓음이라 어찌 감격지 않으리꼬."

인하여 하직하고 양식을 거느려 집으로 돌아오니라.

계집 다람쥐 밤이 깊도록 소식이 없으매 마음에 우민憂憫하여 문을 의지하여 바라더니, 달이 서산에 기울고 닭이 새벽을 보報하매 멀리 바라보니 다람쥐 양식을 거느려 오거늘, 크게 기꺼 나와 맞으며 양식을 거두어 들이고, 노복 쥐를 돌려보낸 후에 표박瓢朴²¹⁷⁾의 옥미玉未 성찬盛饌을 이끌어 한가지로 방중에 들어와 처자로 더불어 나누어 먹을새, 다람쥐 계집 다람쥐더러 서대쥐 잔치 장려壯麗함과 서 동지에게 후은厚恩을 칭송하며, 얻어온바 양식으로 기탄없이 삼춘三春을 지내더니, 일월日月은 여류如流하고 광음光陰은 홀홀하여 춘하春夏를 다 지내고 가을에 거둔 양식은 이삼 두에 지나지 못하매, 초동初冬에 이미 다 진하고 엄동이 또다시 돌아오매, 종세終歲는 불과 일순一旬에 신정新正은 십 일이 격하매 대소 반盤²¹⁸⁾ 가운데 일기一器 죽이 어렵고 부엌 아래에는 한 줌 남긴 없는지라, 손을 비비며 위태히 앉았다가 그 계집 다람쥐더러 일러 가로되,

"본시 백면서생으로 몸이 선비 되어 위로 조상의 기업基業²¹⁹⁾이 없고 아래로 친척의 목족睦族²²⁰⁾이 없이 섬섬약질이 동취서대東取西貸²²¹⁾하여 구구한 잔명을 보존하나 마음은 항상 안빈낙도安貧樂道를 일삼더니, 정초는 불원不遠하고 제석除夕이 격일隔日한데 조상 신령이 일기一器 병탕餅湯²²²⁾을 흠향할 길이 없는지라 자탄내하自歎奈何²²³⁾오."

계집 다람쥐 양구良久에 가로되,

"낭군의 말을 들으니 사세事勢 고연固然이나 대장부 세상에 나매 예의염치를 알지 못하면 이는 무용無用 필부匹夫라. 낭군이 지금 또 팔패동을 치의致意²²⁴⁾하나 당초에도 염치를 불고함이 장부의 도리 아니어늘 다시 가서 두 번 말함은 차마 남자 소위 아니라. 사생이 명이 있거늘 어찌 구차히 살 것을 도모하여 염치를 돌아보지 않으리오. 비록 여자나 낭군을 위하여 차마 권하리니 낭군은 만 번 생각하소서."

다람쥐 묵묵히 말이 없더니 양구良久에 왈,

"내 어찌 염치를 모르리오만은 궁무소불위窮無所不爲²²⁵⁾라 하였으니 염치를 돌아볼진

---

217) 표주박, 곧 바가지.

218) 크고 작은 그릇들.

219) 대대로 전하는 재산과 사업.

220) 화목하게 지내는 가까운 친척.

221) 동쪽에서 얻어 오고 서쪽에서 꾸어 온다는 뜻으로, 여기저기에서 구걸하며 사는 것을 이른 말.

222) 한 그릇 떡과 국.

223) '어찌할 것인가' 하고 스스로 탄식함.

224) 뜻을 둠. 생각함.

대 처자를 보전치 못할지라. 이러므로 나아가 동정을 보고자 함이요 인기세이이도지困
其勢而以圖之²²⁶⁾라 사세를 보아 주선하리니 그대는 나의 돌아오기를 기다리라."

말을 마치매 의관衣冠을 수리修理하고²²⁷⁾ 바로 팔패동에 나가 다람쥐 왔음을 통하니, 이
윽고 청하거늘 다람쥐 청상廳上에 올라 서대쥐를 향하여 예한대, 서 동지 일어 답례한 후
서로 좌정한대 서대쥐 말을 내어 가로되,

"낭자曩者²²⁸⁾ 연석에서 창황히 만난 피차에 별회別懷를 다 못 펴고²²⁹⁾ 숙숙悠悠히 이별
한 후에 지금껏 경경耿耿²³⁰⁾하더니 오늘 다시 만나니 심히 다정한지라. 그간에 연하여
무양無恙하든가."

다람쥐 피석避席 대對 왈²³¹⁾,

"소생이 향자向者²³²⁾ 영감의 구활지은求活之恩을 입사와 소생의 수다 잔약한 명이 춘하
春夏 육 삭朔²³³⁾을 무고히 지낸지라 생아자生我者는 부모요 재생자再生者는 대인이오
니²³⁴⁾ 소생의 부처夫妻 매양 서로 대하여 말하면 화산의 풀을 맺으며 수후隋侯의 구슬을
머금어²³⁵⁾ 대인의 은혜를 갚기를 원하는 바일러니, 자연 생계로 말미암아 장구지계長久
之計는 없고 고식지계姑息之計뿐인 고로 초추初秋에 약간 거두온 양미糧米 이삼 두를
초동初冬에 없이하고 산간에 흐르는 열매나 거두고자 하나 백설白雪이 만건곤滿乾坤하
여 천산千山에 조비절鳥飛絶하고 만경萬逕에 인종멸人蹤滅이라²³⁶⁾ 처처에 쌓인 눈에 발
섭하기 어려운 중 이 같은 종세終歲를 당하여 전가前家는 술을 빚고 후가後家는 떡을 쳐
서 송구영신에 조상 신령을 향화香火코자 함이어늘, 지어소생至於小生²³⁷⁾하와는 집이
가난하고 몸이 잔약하와 정조正朝 제석除夕에 선조 향화를 받들 길이 없는지라, 엎드려

---

225) 가난하면 못 할 일이 없다는 뜻.

226) 형세에 따라 일을 벌이는 것.

227) 옷과 갓 등 차림새를 가다듬고.

228) 전날, 지난번.

229) 서로 이별의 회포를 다 나누지 못하고.

230) 마음속으로 잊지 못하는 모양.

231) 자리를 피하며 대답하여 말함. 상대방을 존경하는 뜻을 나타낸 것이다.

232) 접때.

233) 봄, 여름 여섯 달.

234) 나를 낳아 준 사람은 부모요 나를 다시 살게 해 준 사람은 어르신이오니.

235) 옛날에 수후가 죽어 가는 큰 뱀을 살려 주었는데 나중에 그 뱀이 구슬 하나를 가져다 주
    었다고 하는 이야기로, 반드시 은혜를 갚겠다는 뜻으로 쓰는 말이다.

236) 흰눈이 온 세상에 가득 쌓여 산마다 새가 날아다니는 것을 볼 수 없고 길마다 사람 자취
    가 끊어졌다.

237) 소생에게 이르러서는. 소생의 경우에는.

바라나니 기왕에 구활하신 바는 명심불망銘心不忘하거니와 다시 대덕을 내리오사 박주薄酒 일배一盃라도 차례를 받들어 불효를 면케 하올진대 분골쇄신粉骨碎身하더라도 소생이 생사간 보은하오리니 원컨대 대인은 재삼 생각하심을 바라나이다.”

서대쥐 침음 양구沈吟良久에 왈,

“그대는 내 말을 들으라. 본디 우리 서씨 누천 세에 당내지친堂內至親[238]과 원근 제족諸族이 경향 각처에 분산 유락하여 부요자富饒者도 있으며 빈곤자도 있으매 구년신정舊年新正[239]과 경조상문慶弔相問이며 궁교빈족窮交貧族의 제활구목濟活救目[240]이 매년 매월에 만여 금이 지나고 가중家中 소솔所率[241]과 상하 노복이며 조상 신령의 사시 향화를 의론할진대 용도를 불가 형언이라. 이러하므로 그대의 재차 구청求請하는 바를 청종聽從치 못하니 불여불문不如不聞이요 불여불청不如不聽이라[242]. 모르매 나의 부족함을 혐의치 말고 일후日後 다시 상종함을 헤아리라.”

다람쥐는 본디 성품이 표독하고 마음이 불순한지라 서대쥐 허락지 않음을 보고 독한 안모眼貌에 노기 돌돌하여 몸을 떨치고 일어나며 가로되,

“분재憤哉며 통재痛哉라. 빈자貧者 소인小人이요 빈무성명貧無姓名이라더니[243] 나를 두고 이름이라. 집이 가난하면 군자도 욕을 받고 몸이 곤궁하면 남의 천대를 받으며 귀하여야 집안 개도 공경한다 하나 시호시호時乎時乎에 부재래不再來라[244] 부귀도 매양이 아니라. 오호嗚呼라, 한나라 양기梁冀[245]는 일문一門 내에 제후가 칠 인이요 황후는 삼 인이요 귀인貴人[246]은 육 인이요 대장이 이 인이요 공주는 삼 인이요 삼공육경三公六卿은 오십칠 인으로 부귀영총이 여차하되 일조일석에 처자 형제와 노비 계견奴婢鷄犬이 일제 사망하였으니, 부귀는 끈이 있어 매양 차고 있을 것 아니요, 빈천은 씨가 있어 매양 빈천만 낳을 바 아니며, 옛날 북해상에 십구 년 고생하던 소무蘇武[247]도 돌아올 때 있었

---

238) 집안의 가까운 친척.

239) 한 해를 보내고 새해를 맞는 것.

240) 가난한 친구와 친척들을 도와주고 구제하는 데 드는 비용.

241) 집안에 거느린 식구.

242) 보지 않고 듣지 않은 것만 못하다는 것.

243) 가난한 자는 소인으로 취급되고 이름도 없다는 뜻.

244) 때는 다시 오지 않는다는 뜻.

245) 한나라 때 사람으로, 사치를 일삼으며 포악한 행동을 마음대로 하다가 마지막에는 스스로 목숨을 끊었다.

246) 황후의 다음가는 여자를 이르는 말로 쓰임.

247) 전한 때 충신으로 알려진 사람. 흉노에 사신으로 갔다가 열아홉 해 만에 귀국하였는데 절개를 지킨 공으로 높은 벼슬에 임명되었다.

으니, 내 비록 빈천하나 귀불귀貴不貴를 어찌 의론하리오. 속담에 일렀으되 가빈家貧이면 당보세개의當報世皆疑요 부주富住 심산深山에 유원친有遠親이라[248]. 가히 분하고 가히 통석痛惜하도다."

인하여 노기발발하여 가거늘, 서대쥐 도리어 웃고 가로되,

"옛말이 옳도다. 배은망덕이요 은반위수恩反爲讐를 어차於此에 가위可謂로다[249]. 연이나 영피부아寧彼負我언정 아불부피我不負彼하리니[250] 후일에 다시 저의 함원含怨을 풀어 주리라."

하더라.

이때 다람쥐 분기를 이기지 못하여 집에 돌아오니, 계집 다람쥐 나와 맞아 왈,

"낭군이 이번 갔다가 노기를 띠어 돌아오니 아지 못게라, 노중에서 호협 방탕자를 만나 혹 견욕見辱함이 있느뇨?"

다람쥐 왈,

"그런 일은 없으나 그대의 말을 듣지 않고 다만 신정지초新正之初에 절화絶火[251]를 면할까 하고 가서 서대쥐를 보고 슬픈 소리와 애련한 말로 생각하기를 바라노라 한즉, 서대쥐 대답이 궁가빈족窮家貧族을 목족睦族하기에 염불급타念不及他로라[252] 하고 빈말로 불안한 말만 하는 중 언어 불순하고 여간 재물이 있어 집이 부요하다 자셰藉勢하고 대접이 경박하니 설사 본디 저축함이 없을진대 용혹무괴容或無怪[253]로되 세전지기물世傳之基物[254]이 많을 뿐 아니라 요사이 천자께서 사패賜牌하신 율목栗木이 사만여 주라. 나를 생각하여 활협闊挾[255]한대도 수백 석 줄 것이 아니요 많으면 일이 석이요 적으면 일이 두 줄 것이어늘 내가 이같이 무료히 돌아옴을 저가 패념掛念치 아니하니 어찌 통분치 않으리오. 생불약사生不若死요 욕사무지欲死無地라[256]. 내 마땅히 산군山君[257]에게 송사

---

248) 집이 가난하면 세상에 이름이 알려져도 다 의심하고 부자는 깊은 산속에서 살아도 먼 친척이 있다는 뜻으로, 가난한 사람을 멀리하고 부자를 가까이 하려는 세속 인심을 이른다.

249) 은혜를 도리어 원수로 갚는다는 말이 바로 이 경우를 두고 이른 말이로다.

250) 저는 비록 나를 저버릴지언정 나는 저를 저버리지 않으리니.

251) 끼니를 끓이지 못함.

252) 가난한 친척집을 돌보기에 생각이 다른 데는 미치지 못한다.

253) 더러 그런 일이 있더라도 괴이할 것이 없음.

254) 대대로 전해 내려오는 재산과 세간.

255) 남을 도와주는 데 인색하지 않고 너그러움.

256) 살아 있는 것이 죽은 것만 못하고 죽자고 해도 죽을 만한 곳이 없다는 뜻으로, 매우 통분함을 이르는 말.

257) 산속의 임금 호랑이.

하여 이놈을 잡아다가 재물을 허비토록 엄중한 형벌로써 몸을 괴로이 하여 나의 분을 설치雪恥하리라."

계집 다람쥐 이 말을 듣고 크게 꾸짖어 왈,

"낭군의 말이 그르도다. 천하 만물이 세상에 나매 신의로써 으뜸을 삼나니 서 동지는 본래 우리로 더불어 비록 항렬이 같으나 남과 다름이 없고 하물며 내외를 상통함이 없으되, 다만 일면 교분만 생각하고 다소간 양미를 쾌히 허급許給하여 청하는 바를 좇았으니 서 동지가 낭군을 대접함이 옛날 주공周公이 일반一飯에 삼토포三吐哺하고 일목一沐에 삼악발三握髮[258]에 지나거늘, 한 번도 치하함이 없다가 하면목何面目으로 또 구활을 청하매 허락지 아니하였다고 도리어 노함도 오히려 무신무의無信無義어늘, 항차 포학의 마음을 발하여 은혜 갚을 생각은 아니 하고 도리어 관정官庭에 송사를 이루고자 하니, 이는 이른바 적반하장賊反荷杖이요 은반위수恩反爲讐라. 낭군이 만일 송사코자 할진대 서 동지의 벌장罰狀을 무엇으로 말하고자 하느뇨? 고언古言에 일렀으되 '지은知恩이면 보은報恩이요 지지知止면 불태不殆라.'[259] 하니, 원컨대 고서를 박람博覽함이 있을진대 《소학小學》을 익히 알지라. 구사중九思中에 분사난忿思難[260]을 어찌 알지 못하느뇨? 다시 생각하고 깊이 헤아려 갚기를 힘쓰고 험언險言[261]의 마음을 버릴지라. 서대쥐는 본디 관후장자寬厚長者라. 반드시 후일에 낭군을 위하여 사례할 날이 있을 것이니 비록 천한 여자의 말이나 깊이 찰납察納하여 후회막급치 않도록 하옵소서."

다람쥐 청파聽罷에 대로 왈,

"이같이 천한 계집이 호위인사好爲人師[262]로 나를 가르치고자 한다? 계집이 되어 장부 견욕見辱함을 분히 여김이 옳거늘 도리어 서대쥐를 관후장자라 일컫고 날더러 포학하다 꾸짖으니, 이는 내 형세 곤궁함을 보고 배반할 마음을 두어 서대쥐를 얻고자 함이라. 자고로 부창부수夫唱婦隨는 남녀의 정이요 여필종부는 부부의 의義어늘 부귀를 따라 이심二心을 둘진대 빨리 가고 지완遲緩[263]치 말라."

계집 다람쥐 발연대로하여 눈을 부릅뜨며 귀를 발룩이고 꾸짖어 가로되,

"그대로 더불어 이성지친二姓之親을 맺어 유자생녀有子生女하여 남취여가男娶女嫁하여 고초苦楚를 감심甘心하고 그대를 좇는 바는, 부귀를 부운같이 알고 빈천을 낙으로 알

---

258) 주나라 주공은 손님이 찾아오면 먹던 밥을 뱉고, 머리를 감다가도 머리카락을 쥐고 손님을 맞이했다는 고사에서 온 말.

259) 은혜를 알면 은혜를 갚을 것이요, 그만두어야 함을 알면 위태롭지 않다.

260) 아홉 번 생각하면 성내기 어려움.

261) 남을 헐뜯는 말.

262) 남을 가르치기 좋아하는 것.

263) 머뭇거림.

아 상강湘江의 이비二妃를 효칙效則하고 여상呂尙의 마 씨馬氏를 꾸짖는 바이늘[264] 더러운 말로써 나를 질욕叱辱하니 이는 일시 조석을 아끼어 처자를 내치고자 함이라. 고인이 일렀으되 '조강지처糟糠之妻는 불하당不下堂이요 빈천지교貧賤之交는 불가망不可忘이라.'[265] 하였으니, 오늘날 빈천의 고락은 생각지 아니하고 나를 이같이 수욕授辱하니 두 귀를 씻고자 하나 영천수潁川水[266]가 멀어 한이로다. 오늘날 수양산首陽山을 찾아가서 백이숙제伯夷叔齊[267] 채미採薇타가 아사餓死한 일을 좇으리니 그대는 홀로 자위지自爲之하라."

말을 마치며 행장을 수습하여 한번 자취를 문외門外에 나매 홀연 부지거처不知去處라.

다람쥐 더욱 분노하여 가로되,

"소장지변蕭牆之變은 유아이사由我而事라.[268] 도시 서대쥐로 말미암아 생긴 일이라. 내 당당히 서대쥐를 설치雪恥하고 말리라."

인하여 일장 소지所志[269]를 지어 가지고 바로 곤륜산 동중洞中에 이르러 백호궁白虎宮 형방소刑房所를 찾아들어가 다람쥐 원정原情[270] 올림을 고하니, 이때 백호 산군이 태산泰山 오악五嶽을 순행巡行하다가 곤륜산으로 돌아와 각처 짐승의 선악을 문죄코자 하더니 홀보忽報 형부刑府 아전이 들어와 고하되,

"하도산 낙서동 등지에 거하는 다람쥐 원정차原情次로 궁문 밖에 대후待候[271]하였나이다."

하거늘, 백호산군이 형부관刑府官을 명하여 다람쥐를 불러들이라 하는지라. 다람쥐 허리를 구부리고 머리를 숙이고 형졸을 따라 백호산 궁전 정정庭庭에 이르르는 전후좌우에 위의가 범상치 않은지라, 감히 우러러 쳐다보도 못하고 숨을 나직이 하여 복지대령伏地待令하였더니, 이윽고 전상으로조차 형부 관원이 나와 소지를 바삐 올리라 하거늘, 다람쥐 품속으

---

264) 이비二妃는 순임금이 죽자 소상강에서 따라 죽었다고 하는 아황과 여영. 마 씨는 강태공 여상의 안해로, 여상이 때를 기다리며 어렵게 지낼 때 남편에게 불만을 품고 떠났다. 뒤에 여상이 제후가 되어 돌아오는 길에서 초라해진 마 씨를 만났는데, 마 씨가 용서해 달라고 하자 한 번 엎질러진 물을 다시 담을 수 있겠냐며 꾸짖었다고 한다.

265) 고생을 같이 한 안해는 집에서 내쫓지 않고 가난할 때 사귄 친구는 잊을 수 없다는 뜻.

266) 옛날에 허유라는 사람이 귀를 씻었다고 하는 강의 이름.

267) 은나라 고죽군孤竹君의 두 아들. 주 무왕이 은나라를 치자 형제가 같이 수양산에 들어가서 고사리를 캐 먹다가 죽었다.

268) 안에서 일어나는 변은 나로 말미암아 생긴 일이라는 뜻.

269) 옛날에 사정을 호소하기 위해 관아에 내던 글.

270) 사정을 호소하는 것.

271) 웃어른의 명령을 기다리는 것.

로서 일장 소지를 내어 두 손으로 받들어 올린대, 백호 산군이 그 소지를 받아본즉, 사연에 가로되,

"하도산 낙서동 거하는 다람쥐 발괄白活²⁷²'이라. 우근진右謹陳 소지의 사단²⁷³'은 의신 矣身²⁷⁴'이 본디 낙서동에서 생어사生於斯 장어사長於斯²⁷⁵'하와 천성이 용우庸愚하고 마음이 졸직拙直하온바, 항상 굴 문 밖에 나는 바 없고 밖으로는 강근强近의 친척²⁷⁶' 없으며 오 척의 동자 없고 척신尺身이 고고孤孤하여, 다만 미미微微한 계집과 약한 자식으로 더불어 낮이면 초산에 올라 남글(나무를) 베며 산야에 밭을 갈고 밤이면 탁군涿郡에 자리치며 패택沛澤에 신을 삼고, 춘하에 사렵射獵하며 추동에 독서하여 동서를 분간치 못하고, 만수 천산萬水千山 깊은 곳에 꽃을 보면 춘절春節인가 짐작하고 잎을 보면 여름을 깨닫고 낙엽으로 추절秋節을 양도量度하며 상설霜雪로 동절冬節을 알아 문호門戶의 명철보신明哲保身으로 일삼고, 청운에 공명을 기약지 아니하여 부귀를 뜻하지 아니하고, 천수만목千樹萬木의 열매를 거두어 양식을 자뢰와 일일一日 재식재食을 계산하옵더니, 천만의외 거월거月 망야望夜에 구궁산 팔패동에 거하는 서대쥐 놈이 노복 쥐 수십 명을 데리고 모야某夜 삼경三更에 의신의 집에 불문곡직하고 배달돌입排闥突入²⁷⁷'하와, 천봉만학에 흐르는 생률生栗과 고봉준령에 떨어진 백자柏子를 천신만고하여 주우며 거두어 풍한 설절風寒雪節에 깊은 엄동嚴冬을 보전코자 저축하온 양미 수십여 석을 탈취하여 가오며 도리어 의신을 무수 난타하온즉 의신의 슬픈 정세는 땅 없는 외로운 망량魍魎²⁷⁸'이라. 호천고지呼天叩地에 호소무처呼訴無處 고로²⁷⁹' 지원극통至冤極痛하와 한 조각 원정을 지어 가지고 엎디어 백호 산군 명정지하明政之下에 올리옵나니, 복걸伏乞 참상參商하신 후에²⁸⁰' 장차將差 장차將差²⁸¹'를 발하사, 이 같은 서대쥐 놈을 성화星火 착래捉來²⁸²'하여 엄형 중치嚴刑重治하와 잔약하온 의신의 잃어버린 양미를 찾아 주옵서. 혈혈무의孑孑無依하온 잔명이 함한원사含恨冤死²⁸³'하옴이 없게 하옵심을 천만 바라올 뿐이라.

---

272) 관가에 사정을 호소하는 것.

273) 아래와 같이 삼가 아뢰니. 이 일로 말한다면. 옛날 공문서에서 쓰는 문투.

274) 이 몸. 죄인이 법관에게 자기를 일컫는 말.

275) 여기서 나서 여기서 자랐다는 뜻.

276) 가까운 친척

277) 무단히 남의 집에 뛰어듦.

278) 도깨비.

279) 하늘을 부르며 땅을 쳐도 호소할 곳이 없으므로.

280) 엎드려 바라건대 참작하여 헤아리신 뒤에.

281) 수령이나 감사가 죄인을 잡아들이기 위해 보내는 사람.

282) 성화같이 급히 잡아옴.

산군 왕 처분이라 무진 정월일正月日 소지라.”

하였거늘, 백호 산군이 남필覽畢에 제사題辭[284]를 불러 왈,

  “대개 만물의 경중을 알고자 할진대 저울만 같음이 없고 송사의 곡직을 알고자 할진대 양언兩言을 들음만 같음이 없나니, 한편의 말만 듣고 선불선善不善을 가벼이 판결치 못할지라. 소진蘇秦의 말로써 진秦나라를 배반함이 어찌 옳다 하며 장의張儀의 말로써 진나라를 섬김이 어찌 그르다 하리오. 소蘇, 장張 양인의 말을 같이 들은 연후에야 종횡을 쾌히 결단하리니, 다람쥐는 아직 옥으로 내리고 서대쥐를 즉각 착래捉來하여 상대한 연후에 가히 변백辨白[285]하리라.”

한 번 제사하매 오소리와 너구리 두어 형졸로 하여금 서대쥐를 빨리 잡아 대령하라 분부하니라.

  두 짐승이 청령聽令하고 나올새 오소리 너구리더러 일러 왈,

  “내 들으니 서대쥐 재물이 많으므로 심히 교만하매 우리 매양 괴악히 알아 벼르던 바이러니 오늘날 우리게 걸렸는지라. 이놈을 잡아 우리게 시교示驕[286]하던 일을 설분雪憤하고 또 패자牌子[287] 전례는 위에서도 아는 바라. 수백 냥 아니면 결단코 놓지 말자.”

고, 둘이 서로 약속을 정하고 호호탕탕히 기운을 발호跋扈하고 예기銳氣는 맹렬하여 바로 구궁산 팔패동에 이르러 토굴 밖에서 여성 대호厲聲大呼[288] 왈,

  “서대쥐 정소로訴[289]를 만나매 백호 산군의 명을 받아 패자를 가지고 잡으러 왔나니 서대쥐는 빨리 나오고 지체치 말라.”

독촉이 성화같은지라, 비복 쥐들이 이 말을 듣고 혼백魂魄이 비월飛越하여[290] 급급히 들어가 서 동지께 연유를 보報할새 호흡이 천촉喘促하고 한출점배汗出沾背하는지라[291].

  모든 쥐들이 이를 보고 눈이 둥글고 두 귀를 발록이며 황황망조遑遑罔措하거늘, 서 동지 왈,

  “너희들은 놀라지 말라. 옛날 말에 일렀으되 칼이 비록 비수나 죄 없는 사람은 해치 못한다 하였으니 우리 본디 죄를 범한 바 없는지라, 무엇이 두려우리오.”

---

283) 원한을 품고 억울하게 죽음.

284) 관아에서 백성의 소장이나 원정서에 기록하는 지시.

285) 사리를 분별하여 명백히 함.

286) 교만을 부림.

287) 윗사람이 아랫사람에게 권한을 위임하는 공식 문서. 패지, 배지라고도 한다.

288) 큰소리를 지르며 크게 꾸짖음.

289) 소장이나 소지를 관아에 바치는 것. 여기서는 송사.

290) 넋이 날아갈 정도로 당황하여.

291) 너무 급하여 숨이 차서 헐떡거리고 땀이 나서 등을 적시는지라.

인하여 자손과 노복 쥐를 데리고 토굴 밖으로 나오니, 오소리와 너구리가 서대쥐 나옴을 보고 더욱 호기 만발하여 의기양양하는지라.

서 동지, 오소리를 보고 흔연히 웃어 가로되,

"오 별감은 그사이 무양하시뇨? 나는 층암절벽 한끝에 토굴을 의지하고 그대는 천봉만학 절승처에 산군을 시위하여 미현迷顯에 길이 다른 고로[292] 마음은 항상 그윽하나 승안접사承顔接辭[293]를 일차 부득하더니, 오늘날 관고官故[294]로 말미암아 누지陋地에 왕굴枉屈하여 의외 청안淸顔을 대하니 패자 예차例次는 서서히 수작하려니와 일배 박주를 우선 잠깐 나누기를 바라노니 모로매 허락하소."

오소리는 본디 마음이 양정良正한지라 서대쥐의 대접이 심히 관후함을 보고 처음에 발발하던 마음이 춘산春山에 눈 녹듯이 스러지는지라, 서대쥐더러 왈,

"우리 백호 산군의 명을 받아 서대쥐와 다람쥐로 재판코자 하여 성화 착래하라 분부 지엄하니 빨리 행함이 옳거늘 어찌 조금이나 지체하리오."

장자 쥐 왈,

"오 별감 말씀이 옳은지라, 어찌 두 번 청함이 있으리오마는 성인도 권도權道를 둠이 있나니, 원컨대 오 별감은 두 번 살펴라."

모든 쥐들이 일시에 간청하며 서대쥐는 오소리의 손을 잡고 장자 쥐는 너구리를 붙들고 들어가기를 청하니 너구리는 본래 음흉한 짐승이라 심중에 생각하되,

'만약 들어가는 경우면 전례는 단당斷當코 토지 못하리라[295].'

하여 소매를 떨치고 양노佯怒[296] 왈,

"관령官令은 지엄하고 일한은 박모迫暮한대[297] 어느 하가何暇에 술을 마셔 환유歡遊[298]하리오. 관령이 엄한 줄을 알지 못하고 다만 일배 박주에 팔려 형장이 몸에 돌아오는 것을 생각지 못하는다? 나는 굴 밖에 있으리니 빨리 다녀오라."

하고 말을 마치며 나와 수풀 사이로 수음樹陰[299]을 찾아 앉고 종시 들어가지 않는지라.

서대쥐 이 말을 듣고 오소리더러 너구리를 청하라 권한대 오소리 나아가 너구리를 이끌어 가로되.

---

292) 한미함과 현달함이 서로 다르므로.

293) 웃어른을 직접 마주하고 말을 나누는 것.

294) 관가의 연고로. 관가의 일로.

295) 결단코 뇌물 달라는 말을 하지 못하리라.

296) 거짓 노한 체하여.

297) 날은 어두워지는데.

298) 즐겁게 노닒.

299) 나무 그늘.

"서 동지 이같이 간청하거늘 어찌 차마 거절하리오. 잠깐 들어가 동정을 봄이 좋도다."

너구리 왈,

"그러면 전례는 어찌 한다 하더뇨?"

오소리 너구리 귀에 대고 두어 말로 대강 이르니, 너구리 그제야 오소리로 더불어 가니 주란화각이 굉장한지라. 전상殿上에 올라 서대쥐로 더불어 좌정 후에 다람쥐 기송起訟[300]한 일을 수어數語 수작하더니 거무하居無何[301]에 안으로서 주찬이 나오는지라, 잔을 잡아 서로 권할새 수십 배를 지낸 후에 장자 쥐 화각畵角 모반에 황금 이천 냥을 담아 서 동지 앞에 드리니, 서 동지 황금을 가져 오소리 앞으로 밀어 놓으며 왈,

"이것이 대접하는 예는 아니나 서로 정을 표할 것이 없으매 마음에 심히 무정한 고로 소소지물小小之物로써 구정舊情을 표하나니 양위兩位[302] 별감은 혐의치 말고 나의 작은 정성을 거두라."

오소리 웃으며 왈,

"서 동지의 관대함이 감사하온 중 이같이 후의를 끼치시니 받는 것이 온당치 못하오나 감히 물리치지 못하올지라. 연이나 서 동지는 조금도 염려 말고 다람쥐와 결송決訟케 하면 내일 좌기坐起[303]할 때에 우리 둘이 집장執杖[304]할 터이오니, 어찌 다람쥐를 중좌重坐[305]하여 서 동지의 분을 설치雪恥치 못하리오."

하고, 인하여 서 동지로 더불어 떠날새 장자 쥐와 노복 쥐로 하여금 왕래 잡부비와 소용지물을 구비하여 가지고 바로 백호궁 앞에 이르러는 서 동지를 문에 세우고 오소리 들어가더니, 이윽고 안으로서 호령 소리 나며 하리下吏 분분히 나와 서대쥐를 이끌어 들어갈새, 서대쥐 허리를 굽히며 머리를 숙이고 앙연히 전상 앞으로 들어가며 잠깐 눈을 들어 보니 백호 산군이 몸에는 돈점 황전포黃戰袍[306]를 입고 금색 양안兩眼을 높이 떴으니 위풍이 늠름하고 기상이 위위威威한지라.

좌우를 둘러보니 녹鹿 판관, 저猪 판관이며 장獐 주부, 웅熊 주부[307] 백호 산군을 옹위하여 청상廳上 좌우에 가득하고 여우, 토끼와 너구리, 오소리는 계하階下에 열립列立하여 국궁鞠躬 소리 산중이 들레는지라. 서대쥐 조금도 두려운 빛이 없이 가까이 나아가 길이 읍

---

300) 송사를 일으킴.

301) 앉은 지 얼마 되지 않아서.

302) 두 분.

303) 고을 원이 자리에 앉아 일을 보는 것.

304) 곤장을 칠 때 매를 드는 것.

305) 무겁게 처벌함.

306) 엽전과 같은 둥근 무늬가 있는 누른 갑옷.

307) 사슴, 멧돼지, 노루, 곰 들을 판관과 주부에 비긴 말.

하고 섰거늘, 백호 산군이 소리를 크게 질러 왈,

"네 어찌 이같이 무식무례한다? 글에 일렀으되, '수중水中 청룡은 만어왕萬魚王이요. 산상山上 백호는 백수장百獸將이라.'[308] 하였으니, 나는 백 짐승의 장수어늘 네가 내 면전에 이르러 길이 읍하고 절을 아니 함은 어쩜이뇨?"

서대쥐 안색을 불변不變하고 눈을 깜작이며 소리를 가다듬어 대답하여 왈,

"산군의 이르시는 말씀을 깨닫지 못하온지라. 대개 산군은 천산만학과 태산 오악을 순수巡狩하사 짐승의 선악을 살피시는 직임이요, 의신矣身은 벽재해우僻在海隅하고 양지壤地 편소하여[309] 거친 뫼와 깊은 골에 웅거하여 다만 산군 절제節制를 받을 따름이로되 만 리 강산과 사해 팔황四海八荒[310] 안의 허다 만물은 당 천자의 신민臣民 아님이 없는지라. 이제 의신 몸 위에는 당 천자께서 내리신 교지를 머물렀는 고로 길이 읍만 하고 절치 아니함은 당 천자께 욕되지 않도록 함이요, 산군의 위엄을 범함이 아니오니 원컨대 산군은 살피소서."

백호 산군이 양구良久에 왈,

"진실로 선재善哉라. 이는 충의忠義의 말이라. 연이나 들으니 요사이 다람쥐로 더불어 무슨 결원結怨이 있어 남의 과동過冬 양식을 도적함은 어쩐 연고이뇨?"

하고, 인하여 다람쥐를 불러들여 서대쥐로 대송對訟[311]할새 다람쥐의 소지를 내어 서대쥐에게 읽혀 들리니, 분부 왈,

"서대쥐는 들으라. 다람쥐 소지 원정이 약시若是하니 사실 이허裏許가 과연 이러하뇨? 조금도 은휘치 말고 이실직고以實直告하라."

서대쥐 이 말을 듣고 전상을 우러러 소리를 높이며 왈,

"산군 조령지하朝令之下[312]에 어색하온 말로 감히 품달稟達[313]키 어려운지라, 바라건대 잠깐 머무르시면 일장 소지를 베풀어 하정을 고달告達하리이다."

산군이 이에 허락하니, 서대쥐 지필紙筆을 취하여 수유간須臾間 일장 소지 지어 올리거늘, 산군 그 소지를 받아 보니, 가로되,

"구궁산 팔괘동 거하는 가선嘉善의 서대쥐 발괄이라. 우근진 소지의 사단은 의신이 엎드려 들으니, 자고로 만물의 쟁송爭訟하는 바는 나라에 도 없으면 인군의 덕이 없는 사유라. 고로 걸주桀紂[314]는 행악行惡하여 백성이 도탄에 들고 만민이 함원含冤하매 양민

---

308) 물속의 청룡은 모든 물고기의 왕이고 산속의 백호는 모든 짐승의 장수라.

309) 저는 바닷가 한쪽 구석진 땅에 살아 사는 곳이 치우치고 좁으니.

310) 온 세상.

311) 송사에 응하는 것.

312) 조정의 명령 밑에.

313) 웃어른에게 아룀.

이 변하여 도적을 이루고 쟁송이 그치지 아니하여 형벌하는 자 길에 짝하고 주검이 저자에 쌓이니, 이는 나라에 도 없고 인군이 덕 없음이오. 무왕武王은 대의를 행하사 조민벌죄弔民伐罪[315]하여 어짊을 행하며 덕을 끼치니 화피초목化被草木하고 뇌급만방賴及萬方이라 산무도적山無盜賊하고 도불습유도不拾遺하며[316] 도적이 화하여 양민이 되고 남녀 길을 사양하며 농부는 이랑을 사양하고 백성은 송사를 알지 못하며, 획지위옥劃地爲獄이라도 의불입議不入이요 각목위리刻木爲吏라도 기약코 상대치 아니하여[317] 죄를 범함이 없고 송사를 알지 못하여 옥이 사십여 년이 비었으니, 유차관지由此觀之[318]컨대 만물이 다투어 송사함은 위에서 덕지유무德之有無에 있는지라.

희噫라, 지금은 당 천자 새로 즉위하사 대사천하大赦天下[319]하시매 백성이 쟁송을 알지 못하고 왕화王化가 사해에 점급漸及[320]하였거늘, 산군은 백 짐승의 장수 되시고 천 짐승의 왕이 되사 인의를 짐승에게 베푸시며 덕을 짐승에게 끼치시며 태산 오악의 천만 짐승이 산군의 교화를 힘입었으면 어찌 쟁송과 도적이 있으리꼬마는 양 태부梁太傅[321]에 하였으되, '덕가원시德可遠施하며 위가원가威可遠加라[322], 수백 리 외에 위령威令이 불신不伸하니[323] 통곡자痛哭者 이것이라.' 하였으니, 엎디어 생각건대 산군의 용맹이 천산만학을 순행하사 백 짐승의 으뜸이로되 위엄은 천리 밖에 나지 못하고 덕은 백리 밖에 베풀지 못하사 수하의 작은 짐승이 산군의 교화를 입지 못하고 항렬 사이에 서로 사송을 일으키며 쟁송지경爭訟之境에 이르니, 슬프다, 의신과 다람쥐의 무도함이 아니라 책재원수責在元帥[324]라 산군의 교화 이르지 못함이요 덕이 무왕을 효측지 못함이라.

대개 의신은 구궁산에 거한 지 수천 년에 조상의 전하온 재물이 수천 금에 지나고 겸하여 요사이 당 천자 사급하옵신 율목이 사만 주에 지나오니 항상 마음에 과복過福함을

---

314) 포악무도하기로 이름난 하나라 마지막 임금인 걸과 은나라 마지막 임금인 주.
315) 백성을 위로하고 죄를 벌하는 것.
316) 왕의 덕화가 초목까지 미치고 어진 정치가 온 누리에 미쳐 산에는 도적이 없고 길에 떨어진 물건도 주워 가는 사람이 없으며.
317) 땅에 금을 그어 놓고 감옥이라 하더라도 들어가지 않고, 나무를 깎아 관리를 만들더라도 기어코 상대하지 않는다.
318) 이로 말미암아 보건대.
319) 온 나라의 죄인을 용서함.
320) 점점 미치는 것.
321) 한나라 때 학자 가의賈誼. 한 문제의 아들 양왕梁王의 태부로 있었다.
322) 덕은 멀리 베풀 수 있고 위엄은 멀리 가해질 수 있다는 뜻.
323) 위엄이 널리 펴지지 못하니.
324) 책임이 호랑이 당신에게 있다는 뜻.

염려하는 바요, 상하 권솔이 매양 굴 문을 남이 있어도 출필고出必告 반필면反必面 하옵
거늘 노복 중이라도 하일何日 하시何時에 무엇이 부족하여 타인의 양미를 엿보아 도적
하오리이까.

다람쥐는 수십 세世를 내려오며 빈한한 것을 천산만학이 중소공지衆所共知[325]요 성품
이 본디 장구지계長久之計하는 원려遠慮가 없고 고식지계姑息之計로 어제 거두어 오늘
살고 금일 취하여 내일 지내오며, 또한 가중이 본디 적막하와 휘장삼처揮杖三處에 사벽
四壁이 무애無碍어늘[326] 무엇이 넉넉하여 도적맞을 수십 석 양미를 하가何暇에 저축하
오리까.

다람쥐 거년에 애련하온 사정을 의신더러 말하옵기에 생률, 백자 일이 석을 주어 구활
하온 후 금년 신정에 다시 나아와 두 번째 사정하오나 마침 시존자時存者[327] 없사와 신
청信聽치 못하였더니 글로 함원含怨하와 보은함은 생각지 않고 이같이 기송지경起訟之
境에 이르오니 어찌 억울치 않사오며, 동 공董公의 글에 일렀으되, '명기위적明其爲賊이
라야 적내가복賊乃可服이라.'[328] 하오니, 도적의 증거를 밝혀야 도적이 가히 항복하올
지라.

옛날 한 태조는 진秦나라를 멸하고 함양咸陽에 들어가 부로父老로 더불어 삼장법三章
法을 언약할 제[329] 살인자는 사死하고 상인자傷人者와 도적은 죄에 다닫기로[330] 국법을
밝혔사오니, 원컨대 산군은 참상參商 교시敎示 후에 만일에 의신이 도적에 나타나는 형
상이 분명하올진대 쾌히 의신을 명정기죄明正其罪[331]하와 일후에 다른 짐승으로 하여금
징계하시고, 산군도 덕화를 멀리 베풀지 못하사 덕화를 널리 흐르지 못하므로 이런 송사
가 생기는 것이오니 스스로 탄식만 하옵시고 의신 등의 쟁송함을 그르다 마옵소서."

백호 산군이 서대쥐의 소지를 본 후 말이 없더니 이윽고 제사題辭를 부르니, 그 제사에
왈,

"예로부터 일렀나니 재하자在下者는 유구무언有口無言이어늘 당돌히 위를 범하여 나의
덕화 없음을 꾸짖으니 죄당만사罪當萬死라. 연이나 인군이 어질어야 신하 곧다 하였나
니 위魏나라 임좌任座[332] 그 인군 문후文侯[333]의 그름을 말하였고, 한나라 신하 주운朱

---

325) 사람들이 다 함께 아는 일.
326) 서발막대 휘둘러도 네 벽에 거칠 것이 없거늘.
327) 그때 가지고 있던 것.
328) 그가 도적임을 밝혀야 그 도적이 복종할 수 있다는 뜻.
329) 한고조가 진나라를 멸망시킨 뒤, 진나라의 가혹한 법을 폐지하고 진나라 백성들에게 약
    속한 세 가지 법.
330) 살인자는 죽이고 사람을 상하게 한 자와 도적은 죄를 다스린다는 뜻.
331) 그 죄를 밝히는 것.

雲³³⁴⁾은 그 임금 한제漢帝의 그름을 말하였더니, 너는 이제 내 무덕함을 말하니 너는 진실로 임좌, 주운이 되고 나는 진실로 무후, 한제 되리니. 너 같이 곧은 자, 어찌 다람쥐의 양식을 도적하리오. 어불성설語不成說이니 다람쥐는 엄형정배嚴刑定配하고 서대쥐는 특위방송特爲放送하라."

제사 이미 내리니, 서대쥐 일어나 다시 꿇어 왈,

"산군의 밝으신 정사를 입어 방송하심을 입사오니 황감무지惶感無地하온지라 다시 무엇을 고달告達하리꼬마는 의신의 미천한 하정을 감히 산군 뇌정지하雷霆之下에 앙달仰達하옵나니, 다람쥐의 죄상을 의론하올진대 간교하온 말로써 생심生心코 기군망상欺君罔上³³⁵⁾하온 일은 만사무석萬死無惜이요 죽어도 죄가 남겠으나, 헤아리건대 다람쥐는 일개 작은 짐승으로 기갈이 몸에 이르고 빈곤이 처자에 미치매 살고자 하오나 살기를 구치 못하고 죽고자 하나 또한 구하기 어려우매 파부중 소려사破釜甑燒廬舍³³⁶⁾하던 항우의 군사라, 다만 죽기를 달게 여기고 살기를 원치 않는 고로 방자히 산군께 위엄을 범하오나, 도리어 생각하올진대 가련한 바이어늘 다람쥐로 하여금 중형으로 다스릴진대 이는 죽은 자를 다시 침이요, 오히려 노승발검怒蠅拔劍³³⁷⁾이오니 복망伏望 산군은 뇌정雷霆의 위엄을 거두사 다람쥐로 하여금 쇠잔한 명을 용대容貸³³⁸⁾하고 하택河澤의 덕을 끼치사 일체 방송하시면 호천지덕昊天之德을 지하에 돌아간들 언감망기焉敢忘棄³³⁹⁾하오리까. 찰지찰지察之察之³⁴⁰⁾ 하심을 바라옵고 바라나이다."

산군이 듣기를 다하매 길이 탄식하여 가로되,

"기특하도다, 이 말이여. 다람쥐의 악함으로 서대쥐의 선을 누르고자 하니, 진소위眞所

---

332) 위나라 문후가 중산中山을 정벌하여 자기 아들을 봉하고는 신하들에게 자기가 어떤 임금이냐고 물으니, 신하들이 모두 어진 임금이라고 했으나, 임좌만이 "아우에게 봉해 주지 않고 아들을 봉했는데 어찌 어진 임금이라 할 수 있습니까." 했다고 한다.

333) 전국시대 위나라를 세우고 나라를 부강하게 한 임금.

334) 한나라 성제成帝 때 사람으로, 임금에게 칼을 청하며 간신의 목 베겠다고 했는데, 간신은 바로 임금의 스승이었다. 임금이 주운을 끌어내리게 해도 난간을 붙잡고 임금에게 간하여 난간이 부러졌다고 한다.

335) 마음먹고 임금을 속임.

336) 가마솥과 시루를 부수고 진영을 불태움. 죽을 각오를 하고 싸움터에 나서거나 최후의 결단을 내리는 것을 비유하는 말.

337) 파리를 잡으려고 검을 뽑아듦.

338) 용서하여 살려 주는 것.

339) 하늘같이 큰 덕을 죽더라도 어찌 감히 잊어버리고 저버리겠는가.

340) 살피고 또 살피는 것.

謂 반딧불로 하여금 월광을 가리고자 함이라. 서대쥐의 선언善言으로조차 다람쥐를 방송하나니 돌아가 서대쥐의 선심을 본받으라."

하고 인하여 방송하니, 다람쥐 백배 사은하고 만만 치사한 후 물러가니라.

백호 산군과 녹 판관, 저 판관이며 모든 하리 등이 서대쥐의 인후함을 못내 칭송하더라.

서대쥐 문밖에 나와 장자 쥐 불러 선시先時 가지고 온 재물을 흩어 백호궁 하리들에게 나누어 주고 왈,

"이번 송사에 무사히 돌아감은 그대 등의 주선함이라. 아직 약간 재물로써 소소한 정을 표하나 일후에 다시 사례할 날이 있으리라."

하고, 면두面頭에 서로 이별을 고하고 노복 쥐로 더불어 곤륜산을 하직하고 팔패동으로 나올새, 다람쥐 비록 포악한 마음이나 회과자책悔過自責341)하며 서대쥐의 후의를 감격하여 송사함을 심히 뉘우치며 부끄러움을 머금고 마지못하여 서대쥐로 더불어 노중에서 서로 작별할새, 서대쥐가 다람쥐더러 왈,

"그대는 오늘날 일을 조금도 부끄러 말고 오히려 전일로 더불어 다름이 없이, 물경勿驚에 사죄私罪를 맺어 길이 함원含怨을 이르지 말라342)."

하고, 장자 쥐를 불러 가진 바 남은 전냥錢兩343)을 상고詳考하니 다만 수십 냥이라. 인하여 다람쥐를 주어 왈,

"그대의 형세를 익히 아니 집으로 돌아가 가중 범어사凡於事를 대강 보부족補不足하라."

다람쥐 부끄러워 차마 받지 못하거늘 서대쥐 간절히 권하며 오늘날 정의를 서로 배반치아니함을 이르니, 다람쥐 마지못하여 만만 배사拜謝하여 전냥을 받아 가지고 오히려 눈물을 머금어 스스로 죄를 꾸짖으며 돌아가니, 서대쥐 또한 돌아가매, 이후로부터 서대쥐와 다람쥐끼리 서로 좋음을 맺어 다투지 아니하나, 다람쥐는 항상 제 일을 생각하고 지금이라도 서대쥐를 만나면 서로 피하나니라.

---

341) 잘못을 스스로 뉘우침.
342) 놀랍게도 사사로이 죄를 지음으로써 길이 한을 품도록 하지 마라.
343) 돈냥.

두 소설에 관하여

리창유

　우리 나라의 풍부한 고전 소설 유산 가운데는 고전 의인 소설 〈옥포동기완록〉('옥포동 명판관 두꺼비')과 〈서씨전〉같이 사상 예술적으로 우수한 작품이 적지 않다.

　〈옥포동기완록〉은 1980년대에 고전 문학 유산 자료를 조사하면서 처음으로 발굴한 장편 형식의 고전 의인 소설이다. 18~19세기 초의 작품으로 추정되며 작가는 알려져 있지 않다.

　작품은 〈두껍전〉의 기본 사건을 취하고 거기에 〈녹처사연회鹿處士宴會〉, 〈노섬상좌기老蟾上座記〉, 〈섬로전蟾老傳〉, 〈섬노장전蟾老丈傳〉 같은 소설을 비롯 동물을 의인화한 우화나 민화 속 이야기들이 일련의 사건, 세부 들로 연결되어 있다. 그러므로 〈옥포동기완록〉은 〈두껍전〉의 이본으로 고찰할 수 있으면서도 위에서 든 모든 작품들이 나온 다음 시기인 18~19세기 초에 개인 창작으로 쓰였다고 보는 것이 맞을 것이다.

　이 소설의 원본으로는 한문으로 쓰인 필사본 한 부가 전해지고 있을 뿐이다.

　작품의 내용은 크게 두 부분으로 나뉘어 있는데, 그 하나는 두꺼비가 원숭이, 토끼, 여우와 대결하여 윗자리에 오른 뒤 여러 송사를 공정하게 판결하는 이야기이며, 다른 하나는 두꺼비가 반야사라는 절의 늙은 중과 만나 불교의 허황함을 낱낱이 까밝히는 이야기이다.

작품에는 서른 남짓한 짐승들이 의인화되어 사람처럼 말하고 생각하며, 노루 어머니의 생일잔치를 즐기는 과정을 통하여 개성 있게 형상되어 있다.

소설의 주제 사상은 단일하지 않다. 무엇보다 먼저 옥포동의 짐승들이 번잡하게 모인 자리에서 웃어른을 뽑는 이야기를 통해, 어지러운 정사를 바로잡고 나라 안의 질서를 세우자면 공로 있고 덕행을 다 갖춘 관료를 만나야 한다는 사상을 제기하고 있다.

작품에서 봉건 관료로 의인화된 주인공은 뭇짐승들이 한결같은 뜻으로 웃어른으로 추대한 두꺼비이다. 두꺼비는 잔치에 기어든 커다란 구렁이를 보잘것없는 몸으로 홀로 물리쳐 뭇짐승들을 보호한 공로가 있으며, 제 안일과 이기만을 좇아 죄 없는 토끼를 죽이려 한 북해 용왕에게서 토끼를 구원해 준, 덕행을 겸비한 인물이다. 두꺼비가 용왕에게 제 병은 남을 희생시켜서가 아니라 덕행으로 고쳐야 한다고 말한 것은, 관료는 곧 백성을 덕으로 다스려야 한다는 작가의 주장을 나타낸 말이다.

이 밖에도 두꺼비가 쥐들의 싸움을 판결하는 사건, 포악한 범을 다시 함정에 빠뜨리는 이야기, 여우와 삵에게 벌주를 내리는 이야기 들을 통하여 정사를 맡아보는 관료는 온갖 옳지 못한 일에 대하여 가차 없어야 하며, 세상사의 옳고 그름을 정확히 구별하여 죄 있는 자에게는 벌을 주고 죄 없는 자에게는 선을 베풀어야 한다는 사상을 주장하고 있다.

다음으로 당대 사회에서 제 잇속을 차리려고 온갖 방법으로 인민들을 착취하고 부정부패를 일삼는 사기꾼들을 날카롭게 비판 풍유하면서, 이런 자들은 법으로 제재해야 한다고 주장한다. 이것은 범으로 가장하고 잔치에 나타나 호통 치다가 망신당하는 삵, 범을 뒤에 달고 다니며 짐승들이 있는 곳을 가리켜 주고 범이 잡은 짐승을 나누어 먹는 여우, 청개구리를 시켜 두꺼비에게 뇌물을 바치려다가 실패한 들쥐 이야기 들을 통하여 나타내고 있다.

또한 반야사의 중 혜총과 두꺼비의 담화를 통하여 불교 교리의 반동성과 해독성을 비판하면서 불교를 믿지 말 데 대한 사상을 제기하고 있다. 두꺼비는 중을 천지간의 큰 좀벌레, 인간 세상의 도적으로 단죄하면서 불가의 도는 거짓에 찬

공리공담이라고 까밝힌다. 그리하여 일생 불도를 닦아 온 늙은 중은 제자들을 불러 속세로 돌아가서 살게 한다. 이는 불교 교리에 대한 부정, 나아가서는 그것을 없애 버려야 한다는 사상을 주장한 것이다.

주인공 두꺼비는 의인화된 이상적 봉건 관료 또는 봉건 군주의 대변자이다. 그는 제 내력과 덕행, 재주로 웃어른으로 뽑히며 숱한 짐승들을 덕으로 감화할 뿐 아니라 제기된 송사를 제때에 올바로 판결하는 공정한 인물이다. 뭇짐승들이 다 두려워하는 구렁이를 홀로 물리치는 용맹한 인물이며, 재물을 탐내지 않고 청렴결백하게 살 것을 지향하는 대바른 성격이다. 인간 세상에서 온갖 허위와 위선에 찬 생활을 강요하는 불교 교리를 부정하고 내세가 아니라 현실에 눈을 돌릴 것을 바라는 인물이다.

작품에서는 긍정적 주인공인 두꺼비의 이러한 성격 특질을 보여 주면서, 두꺼비의 모습을 통해 봉건 사회의 온갖 문란상을 바로잡고 질서와 규율을 세우며 국력을 강화하여 나라를 외적의 침입으로부터 잘 방위하려면, 세상사를 정확히 알고 정사를 잘할 수 있는 이상적인 관료를 내세워야 한다는 초미의 사회 정치적 문제를 제기하고 있다.

이상적인 관료로 두꺼비를 형상한 것은 이 시기 소설 문학이 창조한 특수한 성격, 낭만주의적 성격이다. 이런 특수한 성격은 당대 현실에는 아직 없었으나 이런 성격을 체현한 봉건 통치자를 바라던 이 시기 선각자들이 갖고 있는 이상을 대변하였다.

그러나 이 이상화된 관료의 형상은 당시 진보적 양반 문인들의 입장과 이상을 반영한 데 지나지 않는다. 곧, 제기된 송사를 옳게 처리하며 간신들을 제때에 조정에서 내쫓고 충신들을 의지할 데 대한 입장을 반영하고 있을 뿐, 가난하고 힘없는 인민들의 이해관계를 대변하고 있지는 않다.

작품에는 비천하고 가난한 인민의 형상이 그려져 있지 않으며, 또한 이러저런 형상들이 창조되어 있기는 하나 구체적인 성격적 높이를 알기 어렵고, 많은 경우 벼슬, 덕행, 이미 세운 공적으로 인재를 등용할 데 대한 문제를 제기하고 있을 뿐이다.

결국 주인공 두꺼비의 형상은 이상화된 봉건 관료의 형상일 뿐이며, 그것을 통하여 봉건적 중앙 집권제를 강화하고, 문란한 정사를 바로잡으려면 '어진' 정치를 베풀고 덕으로 백성을 다스려야 한다는 봉건 왕도 정치의 테두리 안에서 일련의 사회 개혁을 해야 한다는 사상을 제기하고 있을 뿐이다.

또한 두꺼비와 여우의 대결 장면에서 볼 수 있는 것처럼 많은 부분이 인간의 기지를 보여 주는 공리공담으로 채워져 있으며, 불교의 허황함과 위선을 비판하고 있으면서도 행복한 내일에 대한 이상이 실현될 방도가 주어져 있지 않다.

결국 봉건 왕권을 강화하려면 문란한 질서를 바로잡을 통치자가 나타나 덕으로 만민을 감화하여야 한다는 봉건 유교 사상이 바탕에 놓여 있을 뿐이다.

주인공 두꺼비의 형상에서 다른 한 측면은, 부정에 대하여 철저하지 못하고 그저 벌주나 마시게 하는 것으로 죄를 적당히 처리하는 것이다. 이것은 봉건 사회의 온갖 부정적인 현상들에 대하여 가차 없이 비판함과 동시에 그러한 부정과 조금도 타협 없이 싸워야 한다는 사상을 제대로 뒷받침하지 못한 것이며 작가의 제한된 세계관이 드러난 것이라고 볼 수 있다.

주인공 두꺼비는 내력으로 보아 공적이 있는 이상적 관료로 그려져 있으나, 한때 포악한 임금을 도와 적지 않은 일을 하였으며, 이름난 기녀들과 방탕한 생활을 한 인물이다. 이것은 두꺼비의 낭만주의적 성격을 창조하기 위해 외형과 내면세계를 대조시키면서 해학적인 웃음을 자아낸 작품 창작의 한 수법이다.

〈옥포동기완록〉은 이 시기 대표 의인 소설로서 특수한 구성을 가진 작품이다.

무엇보다 먼저 장편 소설의 생리적 구조에 맞게 이런저런 의인 소설의 사건, 세부 들과 구전 민화를 끌어들이면서도 그것을 그대로 옮겨 놓은 것이 아니라 주인공을 비롯한 인물들의 호상 관계에서 벌어진 사건과 세부로 변형시켰다.

예를 들면, 고전 소설 〈토끼전〉의 줄거리를 토끼와 두꺼비의 대화에 끌어들여 작품의 주제 사상을 부각시켰는데, 여기에서도 원작의 인물들과 함께 두꺼비를 주요 인물로 등장시킴으로써 용왕과 두꺼비의 관계로 이야기를 변형시켰다. 말하자면 〈토끼전〉에서와는 달리 두꺼비가 북해 용왕을 설복시켜 토끼를 빼돌린 다음 용왕에게 간을 약으로 꼭 써야겠다면 자기 배를 가르라고 함으로써 두꺼비와 용왕의 관계에서 벌어진 이야기로 자연스럽게 사건을 변형시켰다. 또한 두꺼비가 용왕에게 생명을 죽여 제 병을 고치려 하는 것은 덕 있는 자가 할 일이 아니라고 하면서 왕이 덕을 쌓으면 병도 덕을 이길 수 없다고 강력히 주장하는데, 이는 〈토끼전〉에 나오는 용왕의 포악한 행위를 더 힘 있게 비판 폭로한 것이다.

〈섬노장전〉, 〈섬로전〉에서 두꺼비와 산중왕인 범이 재주를 겨루는 사건은 이 작품에서 그대로 다루지 않고 범이 여우의 잔꾀에 넘어가 그를 앞세우고 다니면서 나쁜 짓을 하는 이야기, 함정에서 자기를 구해 준 은인을 잡아먹으려다가 두꺼비의 지혜로 다시 함정에 들어가 영영 나오지 못하게 되는 이야기 두 편으로 바꾸어 놓음으로써, 인물들의 호상 관계에서 두꺼비와 범의 관계만이 아니라 부정 인물인 여우와 범의 관계 또는 원숭이와 여우, 그 밖의 주요 인물들 간의 관계 속에서 주어지게 하였다.

이런 뜻에서 이 소설은 다른 소설, 예컨대 〈두껍전〉과 이본 관계에 놓여 있으면서도 같은 유형의 작품이라는 인상을 주기보다는, 이 시기 다른 의인 소설들의 사건과 이야기를 쓰기는 하나 그것을 등장인물들의 호상 관계 속에서 새롭게 변형시켜 독자적인 장편 소설이라는 느낌을 준다.

이 소설의 구성은 우리 나라 고전 장편 소설의 일반적인 구성과는 다른 형식을 취하고 있다.

우리 나라 고전 장편 소설들은 대체로 일인 일대기적 구성, 다주인공 일대기적 구성으로 나뉘며 비교적 긴 시간 동안에 벌어지는 이야기를 줄거리로 하고 있다. 다주인공 일대기는 일인 일대기보다 폭넓은 공간 속에서 여러 인물들의 인생 경로를 다루고 있으며 일인 일대기보다 인간관계의 폭이 넓고 복잡한 것이 특징이다.

그런데 이 소설은 단 하루 동안 벌어진 이야기이며, 서른 남짓한 등장인물들의 호상 관계로 여러 문제들이 제기되고 해명된다.

따라서 이 소설의 구성 형식은 시간 면에서 짧은 사건을 취급하고 있으며, 이야기의 전개 방식이 폭넓은 횡적 관계 속에서 벌어지는 것이 특징이다. 이러한 구성 형식은 현대 장편 소설에서는 가장 보편적인 구성 형식이지만, 우리 나라

고전 장편 소설에서는 보기 어렵다.

이 소설의 구성이 이러한 특이한 형식을 취하고 있다는 점은, 이 작품이 근대적 요소가 차츰 강화되던 18~19세기에 쓰였다는 것을 분명히 알려 주며 〈두껍전〉 과의 이본 관계에서 후기에 쓰였다는 확신을 갖게 한다.

이 소설은 인물들의 말과 행동에서 해학과 풍자가 넘치는 것이 특징이다. 두꺼 비와 여우가 대결하는 장면에서의 언어 구사도 그러하지만, 원숭이와 삵이 서로 재주를 겨루면서 삵에게 제 경망스러운 행동을 인정하게 하고 원숭이를 '형님' 으로 섬기게 하는 장면만 보아도 얼마나 해학과 풍자로 일관되어 있는가를 볼 수 있다.

작품에서는 또한 의인 수법으로 당대 봉건 사회의 부정한 면을 날카롭게 비판 폭로하고 있다. 비유가 예리하고 날카로운 것이 특징이다.

이러한 성과들로 하여 〈옥포동기완록〉은 이 시기 우리 나라 의인 소설의 성과 를 집대성한 고전 소설이라고 할 수 있다.

〈서씨전〉은 〈서옥설鼠獄說〉, 〈서대쥐전〉과는 달리 쥐를 긍정 인물로 하여 우리 나라 중세 봉건 시기 재판 제도의 불공평함을 어느 정도 비판한 의인 소설이다.

〈서씨전〉은 〈서동지전〉, 〈쥐전〉이라고도 한다. 작자는 알려지지 않았으며 창작 연대도 정확히 알 수 없으나 작품이 다루는 내용과 옛날 투가 많은 문체상 특성 으로 보아 18세기 무렵에 쓰인 것으로 추정된다. 현재 국문으로 된 수사본과 20 세기 초에 출판된 인쇄본이 있다.

〈서씨전〉은 서대쥐와 부정 인물인 다람쥐(고쳐 쓴 글에서는 '다람골 쥐') 사이 에 벌어진 송사를 통하여 당대 사회 서민 계층의 생활을 보여 주면서, 한편으로 는 뼛심을 들이지 않고 놀고먹는 자들을 비판하고, 다른 편으로는 아무리 사악 한 자들도 덕으로 교화하면 나쁜 버릇을 고칠 수 있다는 문제를 제기하고 있다.

인간 생활에는 흔히 제힘으로 살지 않고 남의 등에 업혀 그날그날을 보내는 나 태한 인간들이 있다. 다람쥐는 바로 그러한 인간들을 의인화한 것이다.

여기서 특히 다람쥐와 그 안해의 대조되는 성격을 보여 준 것이 눈길을 끈다.

그것은 다른 고전 소설들에서는 찾아보기 드문 현상으로 이 작품의 특징이다.

남편 다람쥐는 온갖 나쁜 일을 하고도 안해더러 '부창부수'니 '여필종부'니 유교 도덕을 주장하는 고루하고도 그릇된 자로, 안해 다람쥐는 그러한 남편을 좇지 않고 집을 나서는 인물로 의인화되어 있다. 곧, 안해 다람쥐는 봉건적 유교 도덕에 얽매이지 않고 여성의 자립성을 요구할 뿐 아니라 남편이 잘못된 생각을 할 때 날카롭게 비판하는 대바르고 정의감이 강한 여성으로 의인화되어 있다.

주인공 서대쥐는 긍정 인물이긴 하나 어느 계층의 인물인지 분명치 않다. 집안에 노복을 둔 것을 보면 아무리 부지런한 인물이라 해도 부유한 계층임이 확실하다. 그러나 황제가 내린 교지에서 "대대로 산업을 삼고"라는 구절이 있는 것을 보면 특권층의 양반 족속은 아니나, 가난한 백성이 아니고 돈 많은 평민을 대변한 듯하다.

주인공 서대쥐는 권력 앞에서 주저하거나 비굴하게 굴지 않으며 제 입장과 생각을 당당하게 표명한다. 온갖 짐승의 왕인 산군 백호에게 다람쥐가 거짓 송사를 하게 된 것은 산군이 정사를 잘하지 못한 데 주된 원인이 있다고 까밝히고 있다. 이것은 "서발막대 휘둘러도 네 벽에 거칠 것이 없는" 최하층 인민들의 빈곤한 생활과 그로 인한 각종 악폐가 봉건 군주의 그릇된 정사 때문임을 말한다.

이 작품에서는 부자인 서대쥐에게서 뇌물을 받아먹고 흰소리를 하는 오소리와 너구리며, 주인을 잡으러 왔다고 벌벌 떠는 서대쥐네 하인 쥐며, 먹을 것이 없어 어린 자식들을 데리고 고생하다 못해 서대쥐를 찾아와 하소연하는 청지기 쥐를 통해 다양한 사회 계층의 다양한 인물들을 의인화해 생동하게 보여 주고 있다.

〈서씨전〉은 사상 주제가 뚜렷하고 여러 사회 계층의 다양한 성격을 보여 준 작품으로 문학사에서 확고한 자리를 차지하고 있다.

그러나 이 작품은 지나칠 수 없는 사회 역사적 제한성과 작가의 사회 미학적 제한성을 반영한다.

그것은 첫째로 우리 인민의 전통적인 미감에 맞지 않게 쥐를 긍정 인물로, 다람쥐를 부정 인물로 설정한 것이다.

우리 인민은 예부터 쥐나 까마귀, 승냥이나 여우 들을 악착한 동물로 여겨 왔으며, 따라서 의인화 대상으로 작품에 등장시킬 때 증오와 멸시의 인물로 성격을 규정지었다. 그러므로 쥐를 긍정 인물로 하고 다람쥐를 부정 인물로 설정한 것은 잘못된 것이다.

둘째로, 긍정 인물인 서대쥐가 자기를 잡으러 온 형졸 오소리와 너구리에게 술도 먹이고 돈도 주는 것인데, 이것은 서대쥐의 대바르고 부지런한 성격과 모순된다.

또한 부지런한 자와 게으른 자의 대조를 통하여 권선징악을 추구하였으나, 자칫하면 백성들이 가난한 까닭이 게으른 탓인 양 느낄 수 있는 표현들이 있다.

이러한 점들을 극복하기 위하여 고쳐 쓴 이는 다람쥐를 다람골에 사는 쥐로 바꾸고, 서대쥐가 형졸들에게 뇌물 주는 장면을 서대쥐의 큰아들 쥐로 바꾸어 나중에 서대쥐한테 꾸중 듣는 것으로 처리하고, 그 밖에도 작품의 사상 주제를 흐리는 표현들을 없애거나 약화시켰다.

글쓴이 옛사람

고쳐 쓴 이 백순남

북의 작가. 고전에서 찾은 재료를 요즘 말로 고쳐 써서 오늘날의 독자들에게 전하는 일을 한다.

겨레고전문학선집 28

옥포동 명판관 두꺼비

2007년 9월 20일 1판 1쇄 펴냄 | **글쓴이** 옛사람 | **고쳐 쓴 이** 백순남 | **편집** 김성재, 남우희, 전미경, 하선영 | **디자인** 비마인bemine | **영업** 박희준, 안소영, 정승호, 조병범 | **홍보** 조혜원 | **관리** 박영애, 박용석, 서정민, 홍정희 | **제작** 심준엽, 이옥한 | **인쇄** 미르인쇄 | **제본** (주)상지사 | **펴낸이** 정낙묵 | **펴낸곳** (주)도서출판 보리 | **출판 등록** 1991년 8월 6일 제 9-279호 | **주소** 경기도 파주시 교하읍 문발리 파주출판도시 498-11 우편 번호 413-756 | **전화** 영업 (031) 955-3535 홍보 (031) 955-3673 편집 (031) 955-3678 | **전송** (031) 955-3533 | **홈페이지** www.boribook.com | **전자 우편** classics @boribook.com

ISBN 978-89-8428-453-1 04810
      978-89-8428-185-1 04810(세트)

이 책의 국립중앙도서관 출판시도서목록(CIP)은 e-CIP 홈페이지(http://www.nl.go.kr/cip.php)에서 볼 수 있습니다. (CIP 제어 번호: CIP2007002769)